JESUS *para* Presidente

Roland Merullo

JESUS *para* Presidente

SEXTANTE
FICÇÃO

Este livro é uma obra de ficção. Os personagens e os diálogos foram criados a partir da imaginação do autor e não são baseados em fatos reais. Qualquer semelhança com acontecimentos ou pessoas, vivas ou mortas, é mera coincidência.

tradução
Alves Calado

preparo de originais
Rachel Agavino

revisão
Cristhiane Ruiz, Sérgio Bellinello Soares e Sonia Peçanha

projeto gráfico e diagramação
Valéria Teixeira

capa
Raul Fernandes

pré-impressão
ô de casa

impressão e acabamento
Bartira Gráfica e Editora Ltda.

CIP-BRASIL. CATALOGAÇÃO-NA-FONTE
SINDICATO NACIONAL DOS EDITORES DE LIVROS, RJ

M538j Merullo, Roland
Jesus para presidente / Roland Merullo [tradução de Alves Calado]. – Rio de Janeiro: Sextante, 2008.

Tradução de: American savior

ISBN 978-85-99296-40-0

1. Ficção política americana. I. Calado, Alves, 1953-. II. Título.

CDD 813
08-4382 CDU 821.111(73)-3

Rua Voluntários da Pátria, 45/1.407 – Botafogo
22270-000 – Rio de Janeiro – RJ
Tel.: (21) 2286-9944 – Fax: (21) 2286-9244
E-mail: atendimento@esextante.com.br
www.sextante.com.br

Para
Marly Rusoff, Michael Radulescu,
Chuck Adams e Ina Stern

Falei de coisas que não entendia, de maravilhas que me ultrapassam.

– Jó 42:3

um

QUANDO JESUS DECIDIU SE CANDIDATAR a presidente dos Estados Unidos, de modo muito sensato começou sua campanha com um milagre. Dois, na verdade. Por isso talvez eu devesse começar esta história com uma frase do tipo *No princípio foram os milagres*, mas o fato é que, na época, a maioria das pessoas da mídia – eu inclusive – não acreditava nesse tipo de coisa, principalmente quando dizia respeito a uma campanha pela Casa Branca. No começo fui cético e mais tarde, depois de conhecer o homem que se dizia Jesus, um pouco menos cético. E então todo o meu modo de enxergar a vida foi virado de cabeça para baixo.

Deixe-me começar a história do seguinte modo: no princípio era uma perfeita tarde de maio na Nova Inglaterra, mais precisamente no Oeste de Massachusetts. O céu estava límpido, o ar, carregado com o cheiro de árvores floridas e lama secando, e meu produtor e chefe, Paterson Wales, estava de pé junto à janela de seu escritório olhando para a conturbada cidade de West Zenith, sobre a qual dávamos as notícias toda noite às 18h10. Wales e eu formávamos uma dupla estranha. Ele tinha um ar cansado e triste depois de 30 anos trabalhando na TV, e eu era um repórter novato em ascensão, famoso na área, de fala macia, cabelo bonito e aspirações a um cargo de âncora numa grande cidade. Wales me chamou à sua sala, ficou de costas, tirou da boca o charuto cubano ilegal no qual salivaria até que apodrecesse mas que jamais acenderia, e disse com ternura:

– Tenho uma coisa para você.

Lembro-me de ter olhado para suas costas e percebido que seu terno de lã azul luxuosa provavelmente custava mais do que eu ganhava em um mês.

– Tiroteio em Hunter Town? – perguntei.

– Não.

– Policiais com armas e sacos de drogas numa mesa da delegacia?

– Não.

– Vazamento na estação de tratamento de esgotos na Westover Road?

– Você vai gostar. É uma coisa esquisita. Como você.

– Não sou esquisito, sou totalmente americano.

– Certo, e eu sou Mahatma Gandhi. Agora escute. – E então, para minha perplexidade, Wales, que não era famoso por um forte contato visual, se virou e cravou seus olhos azul-bebê em mim, enquanto deixava a mão com o charuto pender ao lado do corpo. – Ontem à noite, em Fultonville, um menininho caiu de uma escada de incêndio – disse do seu jeito staccato. – Do terceiro andar... Morreu.

– Isso é triste.

Naqueles dias – penso neles como os dias anteriores a Jesus –, eu também tinha um ar cansado, depois de sete anos na WZIZ fazendo matérias sobre uma centena de prisões por drogas e uma dezena de assassinatos. Tiroteios entre quadrilhas. Discussões domésticas que se complicavam. Garotos de escola passando trote sobre ameaças de bombas. Coisas às quais nos acostumamos e que já não me afetavam mais como nos primeiros anos. Mas crianças caindo de escadas de incêndio não faziam parte dessa lista. Embora eu não tivesse filhos, queria uns cinco ou seis algum dia e não conseguia dormir depois de fazer reportagens em que uma criança fosse machucada. Wales sabia disso e fiquei surpreso por ele me mandar cobrir aquela matéria.

Mas então, depois de um silêncio, acrescentou, me olhando atentamente:

– Morreu e depois voltou à vida.

– Bom – respondi. – Isso acontece. Principalmente com os pequeninos. Podem sobreviver a uma queda assim. Eles apagam, parece que estão mortos, mas podem voltar. É como pessoas que caem em água muito fria e...

– Foi em Fultonville – Wales disse de modo tão veemente que por um segundo pareceu a ponto de chorar, algo que ele simplesmente não faz.

– Certo, chefe. Você já disse.

Fultonville era a parte pobre de West Zenith ou, devo dizer, *uma* das partes pobres. A segunda mais pobre e mais triste, pelo que eu sabia, depois do bairro chamado Hunter Town. Com 10 quarteirões de apartamentos baratos, um parquinho sem graça e casas de tijolos infestadas de ratos, o lugar era povoado por uma mistura bem equilibrada de brancos, negros e latinos e apresentava as características comuns da pobreza: um monte de gente desempregada, um monte de mães solteiras, um monte de drogas, brigas, algumas vezes tiroteios. Fultonville era o tipo de lugar do qual a gente não se aproxima a não ser que tenha errado o caminho, more lá ou queira comprar uma substância classe D.

– Cale a boca por um instante – disse Wales. – Esta noite vou lhe dar dois minutos e 50 segundos, no horário nobre, portanto poupe suas palavras para isso, certo?

– É um bocado de tempo.

– Feche a matraca.

Ele virou as costas de novo e deu uma tragada de mentira no Havana.

– Dessa vez foi diferente. Se você acreditar no que estão dizendo por aí, a mãe e o namorado faziam um piquenique na escada de incêndio... Um pouco de birita, talvez algo mais. O garoto tem 2 ou 3 anos. Caiu no sono. Rolou na escada quando eles não estavam olhando. Uma das barras estava solta, ou sei lá o quê. Ele caiu. Havia capim e terra onde ele bateu, mas era um lugar duro. A mãe gritou. Desceu a escada correndo, pulou do último lance, quase quebrou os dois tornozelos. Viu que o menino não estava respirando. Um minuto se passou, ela ficou histérica. Dois minutos. Oito minutos. Os vizinhos vieram correndo. Sirenes no ar.

– Estou visualizando.

Ele fez uma pausa. Mesmo de costas, pude ver que eu realmente o havia irritado, por isso me calei.

– Então, segundo os relatos, um cara estranho veio andando pelo meio da multidão. Um sem-teto ou algo assim. Ninguém nunca o tinha visto. Talvez hispânico, talvez não. Cabelos compridos. Uma flor tatuada no antebraço esquerdo. Ele se abaixou e tocou o ombro do menino. Depois foi embora. Desapareceu na rua. O garoto, que estava morto, começou a chorar. Um minuto mais tarde, quando a ambulância e a polícia chegaram, o menino estava ótimo.

Não pude manter o silêncio.

– Quer minha opinião?

– Não.

– Minha opinião é a seguinte: a mãe sabe que vai ser acusada de ter deixado o menino em situação de risco. Assim, quando percebe que o bebê está bem, inventa essa história. Um tempinho de exposição positiva na TV. O bebê do milagre. A boa mãe visitada por um anjo. E ela se livra.

Wales estava balançando a cabeça.

– As testemunhas confirmam o depoimento dela.

– Compradores de drogas – sugeri. – Vizinhos com medo de apanhar do namorado dela caso neguem essa versão. É por aí. Sinto cheiro de podre nessa história.

– Talvez. Veremos. Vá a Fultonville e verifique. Vou lhe dar dois minutos e 50 segundos às 18h e, se a história for boa, um complemento às 22h. O nome da mulher é Ada Montpelier, o mesmo nome da capital de Vermont. Não me faça repetir.

– A cidade universitária na França. Vou lembrar assim.

– Ediston Street, 877.

– 877 eram os últimos três dígitos do número de telefone da minha ex-sogra.

– Quem se importa?

– O coração das trevas.

– O quê?

– Ela.

– Certo. Vá.

◆◆◆

Então este foi o princípio. O cara tatuado com o toque mágico era Jesus Cristo de volta à Terra. Pelo menos é no que acredito agora. Realmente não espero que todo mundo concorde, claro: uma pesquisa do *USA Today*, feita com 1.200 americanos logo depois dos acontecimentos que vou narrar, mostrou que apenas metade de nós acreditava que ele era mais do que um ser humano interessante. Mas deixe-me contar toda a história antes de fazer seu julgamento. Fiz reportagens sobre algumas coisas estranhas nos meus dias na WZIZ e geralmente não as compreendia bem. E o Jesus que vou descrever aqui talvez não seja nem um pouco parecido com o que os jornais e a TV mostraram durante a campanha e nem um pouco com o Jesus que você sempre imaginou.

dois

OITO MINUTOS DEPOIS DA REUNIÃO COM WALES, entrei no meu conversível novo e segui para Fultonville – passei pelo que um dia tinha sido um belo centro de cidade, por um bairro de belas casas vitorianas dos dias de glória de West Zenith e depois atravessei o rio e entrei no lamentável mundo pobre dos Estados Unidos.

Minha teoria sobre a pobreza americana é que ela é invisível. Pelo menos para as pessoas que têm poder para mudá-la. Depois da catástrofe causada pelo Katrina, por um breve tempo tivemos um vislumbre da verdadeira pobreza: a história era grande demais para ser ignorada. Mas aquelas pessoas – e aposto que muitas delas continuam sofrendo – logo voltaram a ser invisíveis e a grande e confortável massa composta pelo restante de nós, ocupada com nossos planos e problemas, parece contente em fingir que elas não existem.

Encontrei uma vaga numa rua movimentada onde havia menos chances de o carro ser roubado, verifiquei se não tinha deixado nada valioso nos bancos, saí, tranquei as portas, verifiquei se elas realmente estavam trancadas e depois fui procurar o número 877 da Ediston Street.

Muitas coisas que acontecem dentro das casas em outros lugares acontecem do lado de fora em Fultonville, pelo menos quando o tempo está mais quente, por isso não foi surpresa encontrar Ada Montpelier sentada na escada de entrada do prédio, cercada por um bocado de amigos e vizinhos, os tornozelos enfaixados e os olhos inchados de tanto chorar. Havia um repórter do *West Zenith Sun*, Randall Zillins. Sei que atualmente seu nome é familiar, mas naqueles tempos era estritamente provinciano, um cara nada brilhante. Nós o chamávamos de R. Z., e para algumas pessoas essas iniciais significavam "Realmente Zero". Ele era um daqueles caras da mídia que sentem inveja da atenção recebida pelas outras pessoas. Estive em sua sala algumas vezes e notei que ele havia pregado nas paredes as matérias que tinha escrito – sobre o prefeito, sobre um astro de hóquei local, uma vovó que voltara a estudar e se tornara chefe de cozinha. Em cada matéria, ele tinha grifado seu nome com marca-texto amarelo.

De qualquer modo, as pessoas levantaram os olhos quando me aproximei e todas me reconheceram.

– É o cara do Canal 23 – alguém falou. – O... como é mesmo o nome dele?

Ada segurava o pesado menino de 3 anos no colo como se ele fosse um recém-nascido e os dois ainda estivessem a 12 metros do chão. O garoto – que se chamava Dukey Junior – estava dormindo e não tinha aparência inspiradora, mas, depois de me apresentar, fiz questão de dizer como ele parecia forte e saudável. A própria Ada não era exatamente do tipo forte e saudável. Na verdade era magra como um graveto, com cabelos arrepiados e olhos castanhos inchados.

Ela me contou sobre a queda do menino e o súbito aparecimento do estranho e, ao terminar, fez o sinal-da-cruz – o que, por mim, estava bem. Sou mais ou menos religioso, ainda que meio misturado, uma vez que minha mãe é católica e meu pai, judeu. Quando eu era pequeno, eles costumavam ter grandes brigas sobre religião, em geral depois de minha mãe fazer o sinal-da-cruz ou dizer "Deus te abençoe" quando um de nós espirrava. Meu pai, como bom judeu, insistia que o Messias ainda não tinha vindo e que o nome de Deus não deveria ser invocado por algo tão casual como um espirro. E minha mãe, como boa católica, insistia em que só houvera um Messias, que suas iniciais eram J. C. e fim de papo. Nesse quesito, cresci em terreno neutro. Mas, pelo menos, minha herança mista me deixou a idéia de que Deus não poderia amar meu pai e odiar minha mãe, ou vice-versa. Que Deus era maior do que nossas idéias a seu respeito e maior do que qualquer nome pelo qual pudéssemos chamá-lo. (Jesus, por sinal, concorda.)

De todo modo, devo admitir que, quando ouvi pela primeira vez a história de Ada Montpelier, ela se pareceu com as muitas histórias que eu encontrava no decorrer de minha semana de trabalho, como se houvesse sido contada tantas vezes que o sumo já tivesse sido espremido. Não dava para ouvir o tal "sino da verdade", se é que você me entende. A repetição faz isso. Não importa quão fantástico é um prato: se você comer a mesma coisa repetidamente durante um mês, ela perde o algo mais.

Mas estou divagando. O ponto é que, para meu ouvido bem treinado, a história da Sra. Montpelier parecia gasta. Gasta, talvez um pouco enfeitada, constrangida, como o noticiário de TV nos tornou. Olhei para cima e vi a barra quebrada na escada de incêndio, de modo que parte da narrativa parecia verdadeira, mas eu não acharia impossível que o namorado (que não estava à vista) a tivesse quebrado *ex post facto*. Desculpe se estou sendo politicamente incorreto, mas, para certas pessoas em Fultonville, abrir processos por qualquer ferimento ou dano era praticamente uma profissão. Então meu relatório a Wales seria o seguinte: a história de Ada Montpelier estava gasta, manchada pelo interesse pessoal. Talvez fosse verdadeira, talvez não, mas era o tipo de coisa que as pessoas adoravam ver num noticiário normalmente dedicado aos esportes, ao clima e às coisas medonhas do animal humano. Eu mesmo estava ficando animado, mas alguns segundos depois de Ada terminar seu relato uma de suas conhecidas sibilou:

– Ele não acredita em você! – E apontou um dedo perverso para mim. A mulher parecia estar a caminho de casa depois da visita diária ao botequim quando chegou ao terreno sagrado.

– Claro que acredito – retruquei.

– Você fez uma coisa assim com a boca – a mulher disse, torcendo um lado dos lábios para baixo. – Não acredita em nada! Para vocês, somos todos mentirosos, nós aqui em Fultonville. Eu o vi na TV um monte de vezes. Sempre tem uma cara de espertinho quando fala sobre gente como nós. Não é? Ele não faz isso?

Ela correu o grupo com os olhos, mas ninguém lhe deu atenção.

– Qual é o seu nome? – perguntei a ela.

– Não é da sua conta.

– Bom, eu acredito na história. Talvez você é que não acredite.

– Vá se catar – disse ela.

– Ótimo. – Voltei a atenção para a mãe da criança salva. – Sra. Montpelier, escute, nós gostaríamos de colocá-la no noticiário do início da noite como matéria principal. A senhora se importaria se eu chamasse o câmera? E poderia segurar Dukey Junior no colo enquanto repete a história, como contou para mim agora? Por sinal, fico feliz de ver que ele está bem.

Ada não se incomodou. Parecia atordoada, preocupada, talvez em choque – reações que me pareciam normais, depois de uma pessoa ver o próprio filho, ou até mesmo o filho de qualquer outro, cair do terceiro andar. Enquanto esperávamos o câmera, ela fumou um cigarro sem filtro depois do outro, balançando o braço para afastar a fumaça do rosto do filhinho, como se tivesse ouvido em algum lugar que isso poderia não ser bom para ele. Mais amigos pararam para tocar a criança, abraçar a mãe e ouvir a história notável. Diante da câmera, ela se mostrou relaxada e autêntica, e até fez uma excelente descrição do salvador do bebê: tatuagem de flor no antebraço esquerdo, jeans rasgados, cabelo preto despenteado. (Ainda parado ali perto, ansioso, Randy Zillins estava anotando tudo isso com um risinho no rosto.) O fato era que, claro, ninguém sabia quem era o milagreiro tatuado. Como afirmei em meu comentário final:

– O homem misterioso nunca tinha sido visto em Fultonville antes de aparecer e tocar o ombro do pequeno Dukey Junior. E não foi visto desde então. Russ Thomas, ao vivo...

Transmitimos a matéria no bloco principal do jornal das 18h. Trinta segundos depois, a estação começou a receber telefonemas de espectadores dizendo conhecer o homem ou afirmando que coisas semelhantes haviam acontecido com eles, mas que tiveram medo de divulgar sua história. Em outras palavras: o de sempre.

Na manhã seguinte, Randy Zillins ligou e perguntou se eu achava que o negócio era real. Falei, extra-oficialmente, que a coisa fedia.

– O garoto caiu, mas provavelmente não de tão alto. Perdeu a consciência. O tal cara, de passagem, olhou para ele, talvez até tenha se abaixado para ver como estava, como se fosse fazer massagem cardíaca ou algo assim. E então o garoto voltou a si, o cara foi embora e o boato começou.

– Concordo – disse R. Z., como se eu me importasse com o fato de ele concordar ou não. – Mas não foi assim que você fez parecer no noticiário ontem à noite.

– Em geral a gente incrementa as coisas um pouquinho. Você sabe como é, R. Z. Se não for assim, o noticiário de TV seria bem chato. Não temos a integridade de vocês, que trabalham com jornais.

– Mas por que todas aquelas pessoas iriam inventar? Psicologia de massa, certo? Esta é a verdadeira história. É nisso que *eu* estou trabalhando.

– Eles não inventaram, só exageraram. Para começar, ficaram perturbados, a mãe ficou em êxtase porque o filho estava bem. A coisa simplesmente cresceu demais, só isso.

– É, talvez – disse ele.

E esse pareceu o fim do assunto.

três

MAS ENTÃO WALES ME CHAMOU À SUA SALA para a segunda missão estranha – estávamos na primeira quinzena de junho. Parado junto à janela, usando outro terno muito bem-feito, pronunciou esta memorável observação:

– Desde a matéria do milagre estamos recebendo um monte de telefonemas.

– Besteira, todos eles – respondi. – Nós verificamos. Conversei com minhas fontes na polícia, até com o chefe Bastatutta. Relatos falsos é como os chamam.

– Certo. Concordo. Mas agora recebemos um de Wells River. Hoje mesmo. Esta manhã. Parece que pode ser, talvez, você sabe...

– Verdade?

– Pode ser. Quem sabe? Em que mais você está trabalhando?

– Pouca coisa. O jogador de futebol de Homersville que vai dar um jantar com pernil para os avós que acabaram de voltar dos Corpos de Paz.

– Certo. Vá até lá.

– A Wells River?

Ele se virou de novo.

– Não, a Marte. Claro que é a Wells River. Ao hospital de lá, não sei como é o nome. Um cara mais ou menos com a mesma descrição do outro, de Fultonville. Andou por um corredor do hospital, olhou para uma menininha que tinha... não sei, alguma coisa grave... e um monte de gente que estava morrendo não está mais. Incluindo a garota.

– Misericórdia.

– Isso mesmo. No terceiro andar. Onde ficam os casos graves.

◆◆◆

Wells River era exatamente o oposto de Fultonville. Um centro de cidade limpo, com lojas chiques vendendo vestidos de 400 dólares, um teatro e cerca de uma dezena de cafés, onde pessoas de 30 e poucos anos, bem-vestidas e com um filho dormindo num luxuoso carrinho de bebê italiano se sentavam usando óculos escuros de grife e falando sobre livre comércio. Havia um colégio exclusivamente feminino cuja anuidade era assustadoramente próxima do meu salário anual. Velhas casas vitorianas perto de fábricas antigas que jovens casais vindos de Nova York estavam consertando ou mandando consertar para morarem a pouca distância de seus ateliês de cerâmica.

Desculpe se pareço sarcástico. Wells River era um ótimo lugar. Todos os lugares deveriam ser tão bons assim, mas não são, e quando você passa a segunda-feira nos bairros pobres de West Zenith entrevistando uma mãe que acaba de enterrar sua única filha que morreu atropelada, e na terça é mandado a Wells para conversar com... não sei, algum escritor famoso que está ensinando os dois filhos a jogar tênis para que possam levar as raquetes para Barcelona nas férias... bom, estou divagando.

Há um hospital decente em Wells River, sou testemunha. A prima de Zelda, minha namorada, teve gêmeos lá, numa banheira quente ou algo assim e, quando fomos visitá-la depois, o lugar parecia limpo e com cheiro refrescante. Hospital da Misericórdia, é como se chama, mas dizem que, quando você recebe a conta pela colonoscopia ou sei lá o quê, o nome muda para Sem Misericórdia. Pois é, fui até lá, parei no estacionamento do Misericórdia e não me importei com o que deixei no banco do carro. Enquanto me aproximava do prédio, quem vi saindo pela porta da frente senão Randy Zillins? Ele estava balançando a cabeça, examinando suas anotações e quase tropeçou no meio-fio.

– R. Z., como estão as coisas aí dentro?

– Mandaram alguém do *Boston Herald* há pouco. O sujeito acaba de sair. Cara, eles são chiques.

– Muito. Um dia você chega lá.

– Ah... – ele disse numa voz que mostrava o quanto queria isso. Nos raros momentos em que eu ficava de baixo-astral, pensava em algo do tipo: R. Z. e eu não somos muito diferentes. Os dois sonhamos com coisas grandes e ficamos presos às pequenas. Isso me causava uma espécie de dor particular.

– Esses religiosos são um bando de impostores – disse ele.

– Você é um não-crente, pelo que vejo.

– Um anticrente. Como qualquer um que tenha ao menos meio cérebro. Quando você morre, está morto. Aproveite enquanto puder.

◆◆◆

Dentro do Misericórdia, no terceiro andar, fiquei sabendo que a enfermeira-chefe, Alba Seunier, era a pessoa com quem eu deveria falar. Eu tinha conhecido Alba alguns anos antes, em outra parte do hospital, sob circunstâncias não muito agradáveis. Ela estava com uns 50 e poucos anos, pesava exatos 90 quilos, e você iria querê-la em seu time de rúgbi. Ela me puxou de lado para ficarmos longe da agitação e dos telefones.

– Coisa incrível – sugeri, para engrenar a conversa. Esse tipo de fala neutra é um dos truques que nos ensinam no curso de jornalismo.

Alba mordeu a isca.

– Sua descrença está gravada em seu rosto, moço – disse.

– Certo. Sou cético. É uma exigência profissional, como você ter de lavar as mãos.

– Eu também era cética – admitiu ela. – Trabalho neste hospital há 29 anos e vi muitas coisas estranhas, incluindo algumas que as pessoas chamam de milagres, mas não gosto dessa palavra. Nunca vi algo assim. O pessoal do jornal que esteve aqui por certo não acreditou em mim, mas estou dizendo: é verdade.

– Dê os detalhes, por favor.

Ela nem pareceu sorrir. Tinha lábios apertados e pequenos, olhos azuis pequenos, nariz pequeno, mas de algum modo tudo isso se somava para fazer algo grande.

– Temos 14 leitos nessa parte do terceiro andar – disse. – A maioria de doentes terminais. Muitos são crianças. No momento, nove leitos estão ocupados. Vários tipos de câncer. Uma doença rara, do sangue. Um paciente alérgico a tudo: qualquer comida. E temos uma menininha, Amelia Simmelton, que tem uma doença crônica nos pulmões e sente dificuldade para respirar. Isso sobrecarrega seu coração, de modo que medimos seus sinais vitais de hora em hora. Como muitos pacientes daqui, ela vive entrando e saindo da UTI. Hoje de manhã, Amelia recebeu uma visita. O homem disse que era da família, trazia flores e sabia muita coisa sobre a menina: a data de nascimento, o nome completo, o nome da mãe. Então acreditamos. Mas ele não era parente. Fomos enganados, mas não ouse colocar isso na sua matéria.

– Tudo bem.

Ela me olhou como se minha palavra não valesse muito.

– Ele ficou durante cinco minutos e agora Amelia não está mais com dificuldade para respirar. Parece que não se sentiu mal desde que ele saiu do quarto. Depois da visita do homem, três outros pacientes do andar mostraram o que eu chamaria de melhora extremamente improvável, embora essa melhora esteja começando a regredir em um deles. Amelia não está regredindo. Seus pais, Norman e Nadine Simmelton, da fundação, ficaram aqui durante a maior parte do dia e acabaram de sair para comer alguma coisa. Ao que parece, estão em êxtase.

– Fundação Simmelton – repeti. – Muito dinheiro.

– Muitíssimo dinheiro. E extremamente gentis.

– Espero poder falar com a menina.

– Pode sim. Os Simmelton disseram que permitiriam desde que não houvesse filmagem. Só cinco minutos.

– Ótimo. Qual é a idade dela?

– Nove anos e meio. Até hoje eu lhe daria mais três semanas de vida. Agora não sei, e você também não vai falar nada sobre isso.

– Claro que não. Não sou um animal.

Ela estreitou os olhos.

– Já vi você aqui antes, não vi?

– Não – menti.

– Bom, vejo você no noticiário de vez em quando. Não me parece digno de confiança, se quer minha opinião sincera. Parece alguém com quem eu não gostaria de ver minha filha saindo.

– A senhora também não me parece digna de confiança – contra-ataquei, mas nem de longe era verdade. – Não gostaria que meu pai saísse com a senhora.

Ela já estava se afastando na direção do quarto de Amelia. Eu deveria ter ficado de boca fechada – afinal de contas, ela poderia mandar eu me catar ou esperar até que os pais voltassem e mandassem eu me catar –, mas isso sempre foi difícil para mim e, sinceramente, este pode ter sido um dos obstáculos para minha escalada no jornalismo televisivo. Além do mais, não gostava que dissessem que eu não era digno de confiança. Assim, caminhamos pelo corredor numa espécie de desfile militar rápido, composto por duas pessoas, eu seguindo dois passos atrás.

Quartos de hospital não são meus lugares prediletos e, claro, é muito pior quando o paciente é tão jovem. Mas ali estava Amelia, a pele preto-carvão e trancinhas grudadas ao couro cabeludo, apoiada na beira da cama e olhando feliz pela janela, por trás de um vaso de flores. A enfermeira Alba foi gentil – dado nosso passado recente – em me deixar a sós com ela.

– Oi, garota! – disse sorrindo para ela.

A menina virou os olhos grandes e escuros para mim. Durante alguns segundos, me visualizei como seu pai, parado ao lado da cama, sabendo que ela teria poucas semanas de vida e que nem todo o dinheiro do mundo poderia salvá-la. Só de imaginar, senti como se meu coração tivesse sido arrancado do peito.

– Oi, cara da TV.

– Então você me conhece, hein?

– Todo mundo conhece você. "Russ Thomas, para o jornal *Wizard*, da WZIZ, em West Zenith."

– Diga, eu pareço... você sabe... um cara honesto?

– Mamãe diz que gosta do seu cabelo.

– E o seu pai?

– Papai acha que às vezes você exagera um pouco.

– Isso me deixa realmente chateado.

– Eu concordo com mamãe.

– Que bom. Aposto que você pode adivinhar por que vim aqui.

– Porque ouviu dizer que o terceiro andar tem a melhor comida de Wells River?

Ela disse isso. Simples assim. Com um brilhozinho doce no rosto, e pensei: imagine o que essa menina passou durante seus 9 anos e meio de vida. E está aí sentada, com o tubo de soro no braço, fazendo piada com um estranho.

– Certo, admito – respondi. – Vim até aqui por um motivo, e somente um: o mundialmente famoso frango à la king do Misericórdia.

Ela sorriu e apontou para a poltrona, o tubo de soro balançando junto com o braço.

– Pode se sentar. Estou meio cansada de repetir a mesma história, mas conto mais uma vez, se você quiser.

Eu me sentei. Examinei seu rosto redondo, o cabelo com tranças intricadas, os olhos tristes e bonitos, parecendo adultos. Perguntei-me – quem poderia evitar a pergunta? – o que Deus tinha em mente quando decidiu dar a uma criança assim uma doença daquelas.

– Certo – falei. – Vou poupar você. R. Z. pode me dar...

– Quem?

– O senhor Zillins, o repórter do jornal. Eu o vi lá fora. Ele pode me dar os detalhes. Mas diga, esse cara que veio aqui, o que você achou dele? Quero dizer, as crianças têm um radar para gente boa e gente ruim. Como ele era? Um maluco ou o quê?

Ela se perdeu em pensamentos por um instante, mas não afastou o olhar de mim.

– O rosto era legal – disse finalmente. – Tinha um nariz bem grande e torto, e o modo como falava era muito... gentil. Falou comigo durante um tempo e depois encostou a mão na minha perna, aqui. – Ela apontou para o lado externo do joelho esquerdo. – Então disse que me veria mais tarde, que a gente tinha um trabalho importante para fazer e saiu. Pensei que era só um cara legal que o hospital manda para conversar com as crianças doentes e entregar flores, mas assim que ele saiu a enfermeira entrou e verificou meus sinais vitais, que estavam diferentes, e eu me sentia muito melhor. Para começar, não estou usando oxigênio. Quase sempre preciso usar.

– E tem certeza de que não estava se sentindo melhor antes de ele vir?

– Nunca me senti tão bem. É como se eu tivesse outro corpo, ou algo assim. Eles vão voltar daqui a uns minutos para fazer um TFP.

– Que significa o quê? Tomate frito com pimentão?

– Teste de função pulmonar.

– Como você sabe essas coisas? Quero dizer "sinais vitais", "função pulmonar"?

– É uma longa história, Russ.

Nesse momento Alba me fez notar sua presença. Estava parada no corredor com um dedo levantado. Confirmei com a cabeça.

– Última pergunta, Amelia. O que esse homem bonzinho disse a você?

– Isso é segredo.

– Mesmo para o cara da TV?

O olhar que ela me lançou transmitia um sentimento... *pena* é a palavra que eu usaria, acho, mas admitir isso não me deixa feliz. Nunca esqueci aquele olhar ou a sensação de que aquela menina de 9 anos enxergou através de mim até encontrar alguma coisa que eu insistia que não estava lá.

– Ele pediu para eu manter em segredo até ele contar a todo mundo, e vou fazer isso – respondeu ela com convicção.

– Certo – disse, animado. – Agora vão me levar daqui. Desculpe ter feito você contar a história de novo, e fico feliz por ver que está se sentindo melhor. De verdade.

Esperei que ela me pedisse um autógrafo ou algo assim, mas acho que aquela menina havia conhecido um monte de celebridades na vida. Simplesmente assentiu e olhou de novo pela janela, como se minha visita não significasse muita coisa.

Claro que tentei gravar uma entrevista com Amelia e seus pais, mas não consegui. Eram pessoas legais, na verdade, tímidas, que doavam milhões de dólares para várias causas urbanas e ambientais. Dava para ver que esperavam, mesmo contra todas as possibilidades, que sua filha não tivesse uma recaída e que não admitiriam ter seus rostos na TV por nenhum motivo. Mesmo assim montei uma matéria legal sobre o Bom Visitante (idéia de Wales, ninguém mais gostou do nome), tentando parecer neutro, talvez um pouco cético, mas sem ser cínico. Como se eu achasse que aquilo pudesse ser parcialmente verdadeiro e que, mesmo que não fosse, era uma história bem-intencionada que contrabalançava a desgraça de todas as noites.

quatro

DEPOIS DA VISITA AO HOSPITAL DA MISERICÓRDIA, comecei a tomar notas sobre a história do Bom Visitante. Durante toda a vida, eu havia mantido diários (crescer numa família estranha faz isso com as pessoas), de modo que era mais ou menos natural anotar as notícias do dia. A primeira anotação é a seguinte:

3 de junho

W. River ontem. Misericórdia. Alba S. e a menina do milagre. Pais recusaram gravação. Há chance de não ser besteira?

Mais tarde. Encontro com Z. Aeromoça. Armário. Conversa.

A última parte significa que, na noite da visita a Wells River, eu tive um "encontro" com Zelda. Encontro era quando eu ia passar a noite em sua casa ou ela vinha à minha. Quando íamos a um restaurante ou assistir a um filme, era "saída", mas não fazíamos isso com muita freqüência porque inevitavelmente chamávamos a atenção de algum cara com a barriga do tamanho de três melancias que me dava um tapa no ombro como se fôssemos antigos colegas, dizia que eu estava com boa aparência e depois me lembrava que eu havia cometido um ato falho algumas noites antes, dizendo algo como "Carnal 23" em vez de "Canal 23". Um cara assim pode acabar rapidinho com o brilho de uma noite.

Dormir na casa de Zelda não trazia esses riscos. A idéia que ela fazia de um encontro era, por exemplo, exatamente o que aconteceu naquela noite: me recebeu à porta do apartamento vestida de aeromoça. Saia justa, cabelo preso, broche com asas preso na blusa branca (ela passava bastante tempo em brechós). Tinha um martíni na mão, fez com que eu me sentasse na poltrona e me serviu. Depois, enquanto eu bebericava, ela voltava a intervalos de alguns minutos e perguntava, num certo tom de voz, se havia mais alguma coisa que poderia fazer por mim. E assim por diante. Você captou a idéia. Aquela mulher tem muita imaginação e também é uma excelente atriz. Terminamos arrancando a roupa um do outro no armário, fingindo que era o banheiro do avião e que estávamos a 30 mil pés sobre o Arizona. Aeromoça uma noite, policial na outra, dentista, garota de programa, bibliotecária. E então, algumas vezes por mês, só uma mulher bonita, feliz com um papai-e-mamãe. Tinha um repertório de papéis que se expandia constantemente e gostava disso tanto quanto eu. Ou seja, bastante. Além disso havia outras características dela que me agradavam, e outras minhas que pareciam agradá-la, por mais espantoso que isso possa parecer.

Depois eu queria dormir e ela queria falar. Pelo jeito, ouvi-la fazia parte do acordo e isso me parecia bastante justo, embora após um dia na estação ou na rua eu preferisse o silêncio. Depois de um dia ouvindo os clientes, era natural que ela quisesse falar. Naquela noite, após nosso vôo exaustivo pelo país, ficamos deitados na cama e, justo quando eu estava afundando naquele céu de descanso pós-coito, Zelda disse:

– Por que você não mostrou imagens da tal menininha no noticiário desta noite?

– Não autorizaram.

– Quem?

– A enfermeira-chefe. Os pais da menina. A enfermeira provavelmente nem me deixaria entrar no quarto, mas os pais estavam fora, e ela deixou.

– Quantos anos tem essa enfermeira?

– O dobro da sua idade e um décimo da sua simpatia. Acha que a matéria ficou meio sem graça sem as imagens?

– Tão sem graça quanto a fachada do hospital – disse Zelda. Uma coisa de que eu gostava era que ela podia ser totalmente franca sem ofender nem tentar lisonjear. Estava deitada ao meu lado, de costas, muito perto, e segurou minha mão e apertou meus dedos. – Não durma ainda, Russ.

– Certo.

– Acho que há uma coisa especial nessa história.

– Um monte de gente também acha. Você deveria ver os telefonemas que...

– Não. Sério. Tive uma sensação esta noite.

– Fui eu. No armário. Eu dei a sensação.

– Pára de brincadeira.

– Está bem.

– Era como se eu soubesse que isso ia acontecer ou algo assim. Eu estava olhando você, ouvindo, e era como se tivesse visto a transmissão antes.

– *Dê já vi*, é como os franceses chamam.

– Foi mais forte do que um *déjà vu*.

– *Dê já vi* sem gelo. Puro.

– Às vezes você é um idiota.

– Andei ouvindo isso um bocado nos últimos tempos, de diversas formas.

– Você não perceberia uma coisa grande nem se ela se sentasse no seu colo... Além disso, se conseguisse um emprego melhor em outra cidade, o que aconteceria comigo, com a gente?

Em meu estado de exaustão, este me pareceu o âmago da discussão. Eu queria dizer a Zelda que havia dias em que eu tinha certeza de que não podia viver sem ela, mas a tempestade de areia do meu passado não havia se assentado o bastante para que eu enxergasse a vida com clareza, e não estava pronto para outro casamento. Ela era uma daquelas mulheres que têm felicidade escrita em todo o futuro, e merecia isso. Só que eu era um daqueles homens que tinham tristeza escrita em todo o passado. Aos 30 anos, era ambicioso como o diabo e não estava pronto. Por isso contei uma mentirinha.

– Se aparecer um emprego em outro lugar, tenho um plano, certo? Até lá, não vamos falar disso, para não dar azar.

Em decorrência dos anos ouvindo almas perturbadas, Zelda tinha um instinto para a mentira conveniente e não respondeu. Ouvi o farfalhar dos lençóis enquanto ela rolava para longe de mim e senti o calor gostoso sumir. Então fiquei sozinho com a pessoa que eu havia passado a ser.

cinco

VOCÊ PODERIA PENSAR QUE A OCORRÊNCIA do que pareciam ser dois milagres no mesmo fim de mundo faria um estardalhaço na mídia. Mas não fez. A história do Bom Visitante/Wells River/Hospital da Misericórdia evaporou do consciente coletivo como uma poça na calçada sob o choque do sol de verão. Em primeiro lugar, a maioria das pessoas cultas não acredita em milagres. E, em segundo, pouquíssimas histórias têm sobrevida de mais de um ou dois dias. O público nos Estados Unidos tem atitudes promíscuas e impacientes em relação à informação, e os conglomerados de mídia compreendiam bem isso.

Apesar disso, durante umas duas semanas telefonei para o hospital – sem contar a ninguém, como um projeto particular – e verifiquei com a enfermeira Seunier como as coisas estavam. (Fiz anotações no meu diário, também, como se tivesse uma estranha intuição de que aquilo iria se transformar numa coisa grande.) Fiquei feliz em saber que Amelia Simmelton estava bem e que continuou assim até receber alta. Pela voz da enfermeira Seunier, pude notar que a história não havia evaporado de sua consciência.

– Isso é tão incomum na minha experiência que você deveria dar um pulo aqui para conversar comigo uma hora dessas – sugeriu da última vez que nos falamos. – Vocês deviam fazer outra matéria.

Gostei do convite, mas havia tantas outras coisas acontecendo que não voltei para falar com ela. Wales também não mencionou a história de novo, de modo que, como dizemos, não houve ímpeto profissional.

Mas então, numa noite comum, depois de terminado o noticiário das 18h e de eu ter atravessado a rua até o Patsanzakis's para meu bife-com-queijo de sempre, uma cerveja e dois pedaços de *baklava* (trabalho como um louco para me manter acima do peso, pois o pagamento da academia de ginástica é dedutível do imposto), retornei à redação e estava dando um tempo para ver o que poderia ter para o dia seguinte quando minha linha particular tocou. Atendi esperando que fosse Zelda fingindo ser Beyoncé e querendo uma festinha depois do último noticiário, mas não era. A voz, masculina e desconhecida, pronunciou meu nome com uma certa autoridade.

– Russel Thomas?

– O próprio.

– Encontre-me no Pete's Cafe, em Wells River, amanhã, às 14h25.

– Claro, com prazer. Quem está falando?

– O Bom Visitante.

– Certo. Você e 65 outras pessoas que ligaram para a estação nas últimas semanas. Como conseguiu este número, afinal?

– Toquei Amelia Simmelton no joelho esquerdo – disse o cara, depois desligou.

Isso era diferente até mesmo dos estranhos recados telefônicos que eu costumava receber. O que quer dizer alguma coisa, porque essas mensagens iam desde o esquisito até o patológico. Uma vez, quando eu tinha poucos anos de trabalho e ainda era inexperiente, recebi um telefonema de alguém dizendo ter informações internas sobre um escândalo de drogas no futebol profissional que ocupava bastante espaço na mídia na época. Achei que poderia ser meu ingresso para um mercado maior, porque aquela era uma história dos grandes mercados. Assim, ambicioso, jovem, puxando ferro, me sentindo corajoso, concordei em me encontrar com o cara numa parte da cidade de reputação não muito agradável, numa hora pouco sensata. O repórter intrépido. Mais do que isso: o repórter intrépido que não teve a esperteza de contar a alguém aonde ia.

Lá, naquela rua de má reputação, fiquei parado numa calçada escura, diante de um bar, e esperei. Por fim surgiu um Cadillac, a janela do carona se abriu e fizeram sinal para eu entrar. Obedeci. Fui levado por alguns quarteirões até o estacionamento escuro de uma fábrica de doces fechada e "enrolado", como costumávamos dizer. Isto é: um amigo da minha "fonte" acertou minha cabeça por trás e fui empurrado para fora do carro depois de ter roubados a carteira e outros bens variados – um belo relógio, um celular confiável, ingressos para o show do Bob Dylan em Wells River na semana seguinte. Acordei numa poça, com o nariz sangrando, quebrado, a cabeça e o pescoço muito doloridos e arranhões no rosto, nas mãos e nos joelhos.

Durante um tempo, Wales e eu pensamos em preparar uma matéria a respeito: repórter corajoso espancado por bandidos inescrupulosos. Mas no fim optamos por não fazer, argumentando que isso poderia dar a um segmento perturbado de nosso público a idéia de que os repórteres de rua existiam para realizar os aspectos mais sombrios de sua vida de fantasia. Fiquei duas semanas de licença remunerada. A polícia foi ao show do Dylan e encontrou os dois gênios sentados nos meus lugares. Eles pegaram 18 meses na prisão estadual de Winford e desde então não fizeram contato comigo. Depois do primeiro atendimento na emergência hospitalar em West Zenith, fui a Wells River consertar o nariz e tirar outro raio-X da cabeça, no Misericórdia, onde há um especialista em reconstrução facial e um cara que cuida de cérebros. (A enfermeira Seunier se lembrava de mim daquela curta estada, que não foi o meu melhor momento.)

Mas a coisa acabou dando certo, porque foi durante aquela semana, depois de minha visita ao hospital, que conheci Zelda. Na verdade foi no Pete's, um café bonitinho que servia comida vegetariana a um quarteirão da rua principal de Wells River. Talvez eu tenha deixado de mencionar que Zelda é terapeuta. Na época, além de seu próspero consultório particular, ela dava um curso sobre aconselhamento no caro colégio feminino de Wells River, e estava lendo alguns trabalhos das alunas enquanto tomava um *mocaccino* com xarope de baunilha e comia torrada integral com manteiga.

– Há um certo *je non sé quá* numa mulher que come torrada integral com manteiga – falei. Uma frase terrível, admito, mas a culpa foi da medicação contra dor. Além disso, eu havia esquecido momentaneamente que meu rosto estava todo arranhado, o nariz com curativo e um olho ainda roxo. De modo que não tinha a melhor das aparências.

Sem sequer levantar os olhos, ela disse:

– É, e há um certo *je ne sais quois* em babacas como você.

Não respondi, mas continuei olhando para ela. E isso a fez levantar a cabeça. Quando me olhou, ela captou o espetáculo medonho das minhas feições arrebentadas. Por um segundo pensei que ela ia pedir desculpas por pena ou sair berrando do lugar. Mas não fez nem uma coisa nem outra. Simplesmente me avaliou, observando os arranhões recentes, o hematoma embaixo do olho esquerdo e aquele negócio de bandagem com tala que haviam usado para manter meu nariz no lugar.

– Tremenda visão para olhos cansados, não é? – falei, tentando de novo.

– Pelo menos o cabelo está bom.

Agradeci. Rimos. Durante um tempo, a conversa ficou confusa e não deu os resultados que eu desejava, até que tropeçamos numa das minhas paixões – a situação política americana, que, naqueles anos, era material adequado para o sarcasmo. Por acaso, na última eleição nós dois havíamos votado num candidato a senador que dizia ter uma invenção secreta, ainda não patenteada, que abasteceria os carros com extrato de baunilha. Ele era de East Zenith. Eu tinha feito uma matéria a seu respeito, mas Zelda não vira (assistia aos nossos concorrentes).

Ela votou no cara porque o senador que então ocupava o cargo, de quem nós dois gostávamos, não tinha chance de perder e porque ela sentia uma queda por figuras excêntricas e inofensivas. O que, de algum modo, a levou a me dar seu "contato", como dizia. Ou seja: um endereço de e-mail. Naquela tarde, mandei um recado divertido. Ela respondeu duas semanas depois. O resto é história.

Assim, acho que foi por causa de minhas agradáveis associações com o Pete's que decidi ir a Wells River e verificar o tal cara. Desta vez não haveria passeios de Cadillac à meia-noite, eu sabia. O aspecto noticioso do dia estava bem devagar. E Wales – a quem a princípio eu nem ia contar – me surpreendeu jogando um "Certo, sem problema" por cima do ombro enquanto olhava para a cidade.

E foi assim que passei a ter um relacionamento pessoal com Jesus.

seis

O ENCONTRO COM O BOM VISITANTE seria o início de uma vida nova para mim, mas na época eu não sabia disso e não senti nenhuma ansiedade ou excitação especial enquanto dirigia até Wells River. No máximo, estava chateado comigo mesmo por ter concordado com aquela idiotice.

Faltavam alguns dias para o fim das aulas. Caía uma chuva constante e fria (nosso homem do tempo, um fisiculturista careca chamado William Fiskawilly, conhecido na estação como Willy-Willy, adorava esse tempo ruim, de modo que pelo menos ele estava feliz). Depois de 15 minutos procurando, encontrei uma vaga 800 metros fora da cidade e caminhei até o Pete's com as bordas do meu guarda-chuva tremulando e um par de sapatos caros sendo arruinados.

O único lado bom de tudo isso foi que, quando avistei o Pete's Cafe, já estava com um apetite saudável e pronto para um prato de sua excelente lasanha vegetariana. Além disso, entrar naquele local sempre me fazia pensar em Zelda. O Pete's estava cheio de pessoas com pequenas sacolas de compras e capas de chuva caras, todas segurando xícaras de café com as duas mãos e lançando olhares aborrecidos pela vidraça. Eu não fazia idéia de como era o sujeito que dizia ser o Bom Visitante e, honestamente, esperava que ele não aparecesse.

O Pete's tinha um pequeno salão principal e, nos fundos, uma varanda estreita com janelas que iam do piso ao teto e podiam ser abertas quando o tempo estava bom. Lá atrás era sempre mais calmo e menos pessoas ficariam me olhando ou pedindo autógrafos, por isso fiz um ziguezague entre as cadeiras e peguei uma mesinha numa das extremidades da varanda, ficando de costas para o salão. Em menos de um minuto, alguém chegou e parou à minha frente. Alto, de ombros largos, com cabelo escuro puxado para longe da testa larga e um rosto retangular e bonito que mostrava leves traços de índio sul-americano, o sujeito poderia ser um típico arquiteto ou empreendedor de softwares de Wells River, formado na Universidade de Los Andes, casado com a filha de um obstetra e com dois filhos lindos em seu apartamento contemporâneo, de um milhão de dólares. Mas não era. Não sei exatamente como eu sabia disso. Depois de um tempo, a gente desenvolve uma intuição para esse tipo de coisa. Meus piores conhecidos em Wells River (e devo dizer que também tinha bons amigos lá) possuíam um ar de autofelicitação, como se tivessem conseguido domar esse negócio confuso que chamamos de vida e não vissem motivo para deixar sua consciência desse grande feito se perder quando estavam em público.

Desculpe. Estou sendo maldoso. Tenho meus motivos e eles têm a ver com meu primeiro casamento, que terminou mal e envolveu um jovem mestre de tai chi de Wells River. O fato é que esse cara à minha frente não parecia perfeitamente à vontade naquele lugar. Havia um quê de aspereza nele, só um toque em volta dos olhos, como se sua vida nem sempre tivesse sido fácil. O cabelo era preto, os olhos de um profundo castanho "café com um pouquinho de leite", o nariz parecendo um bico, a boca larga e reta, com um sorriso iminente. Em vez de capa de chuva – uniforme do dia –, ele estava usando um paletó esporte, de lã, no qual Wales se orgulharia de ser visto, camisa branca feita sob medida e jeans – tudo absolutamente seco. Provavelmente havia deixado o guarda-chuva junto à porta.

– Não se levante – disse ele, quando fiz menção de me mexer. Estendeu a mão e deu um aperto firme. – Jesus – pronunciou o nome como eu fazia e depois acrescentou: – Ressús, para meus amigos de fala hispânica.

– Russ Thomas.

Jesus se sentou. Antes que pudéssemos dizer qualquer outra coisa, a garçonete se aproximou, como se me reconhecesse mas fosse esperta demais para demonstrar.

– Lasanha vegetariana e uma salada pequena – pedi. – Molho à parte. Cappuccino grande.

– O mesmo para mim – disse Jesus.

Quando ela se afastou, ele cruzou as mãos sobre a mesa e se inclinou para frente. Tinha presença, devo admitir, e notei, ou senti, isso desde o primeiro instante em que estivemos juntos, mesmo que eu não me sentisse exatamente predisposto a gostar dele. Não havia olhos dourados brilhantes ou ossos faciais reluzentes, só um jeito calmo, confiante mas humilde, como se tivesse deixado o constrangimento de lado e estivesse em paz com a personalidade que apresentava ao mundo. Não se vê mais isso nas pessoas. Recebemos tantas informações – o que deveríamos ou não comer, o que deveríamos ou não dizer, o que deveríamos ou não pensar, os diversos modos com que deveríamos sentir culpa pela vida em comparação com esta ou aquela alma sofrida em qualquer outro lugar da Terra – que é raro encontrar alguém que pareça totalmente confortável e sem constrangimentos com sua vida cotidiana. Acho que na geração dos meus pais isso era mais comum. Mesmo hoje em dia, meu pai consegue engolir um sanduíche de frios e beliscar o traseiro da minha mãe na cozinha sem pensar por um segundo no colesterol ruim, nas gorduras trans ou em como as mulheres são tratadas que nem objetos. Nem mesmo a situação do meu irmão Stab – vou falar disso mais tarde – os havia levado a alguma consideração particularmente filosófica sobre a existência.

De qualquer modo, Jesus se inclinou para mim e disse:

– Não vou tomar seu tempo, Russell.

– Russ.

– Tudo bem. A situação é a seguinte. Preciso que você largue seu trabalho e faça Zelda largar o dela. O mais rápido possível.

Entendi de cara que o sujeito era, como costumávamos dizer, "miolo mole". Mas não queria ir embora sem comer a lasanha e o tempo estava horrível, então, sem perder o pique e sem pensar muito em como ele sabia sobre Zelda (qualquer um que consegue o seu telefone pode descobrir o nome da sua namorada), falei:

– Estou esboçando a carta de demissão agora mesmo, enquanto conversamos.

Não foi muito agradável ver sua testa franzida.

– Você tem uma atração infeliz pelo sarcasmo – disse ele. – É um modo de manter as pessoas à distância. Você sabe disso, claro.

– Ah, desculpe. – Tomei um gole do cappuccino e enxuguei o lábio superior. – Olha, você liga para o meu número particular com uma história idiota, faz com que eu venha aqui num dia desses e diz para eu largar meu trabalho e fazer minha namorada largar o dela. E devo dizer o quê? Obrigado?

– Desculpe – respondeu ele, mas isso não pareceu nem um pouco um pedido de desculpas. – Achei que a essa altura você já teria entendido.

– Bom, comparado a pessoas como você, acho que sou meio lento.

O homem que dizia se chamar Jesus recostou-se na cadeira e me deu um sorriso.

– Você é um tanto cínico – disse. – O que é uma manifestação de medo.

– É mesmo?

– É, é mesmo. E cínica é a personalidade que você mostra na TV. No entanto, você jamais liga isso ao fato de ainda ser um repórter de rua depois de oito anos, enquanto muitos outros que terminaram a faculdade com você já passaram para a mesa do âncora em várias partes do país.

– Estou indo bem, obrigado – menti, mas dava para ver que ele não ia engolir.

A garçonete veio e pôs os pratos à nossa frente. Jesus a olhou nos olhos ao falar "obrigado", algo que meu pai me ensinou a fazer há muito tempo. "Sinal de que você tem classe", como gostava de dizer.

– Mas não se preocupe, posso usar uma pessoa cínica, amedrontada e ambiciosa no que vou fazer.

– Você parou de tomar os remédios – falei pegando o garfo. – Por que não vai encontrar outra pessoa para insultar? Eu pago a conta e podemos concordar simplesmente que não somos boas companhias para o almoço.

– Você será bem cuidado. E Zelda também.

– Por que não damos um passo atrás? – sugeri, depois da primeira garfada de salada, mas nesse ponto eu havia praticamente parado de me importar com o que ele dizia. Queria terminar o almoço e ir embora e, se o cara fosse atrás de mim, mandaria prendê-lo por perseguição e não perderia o sono com isso. – Quem, diabos, é você?

– Jesus Cristo.

– E o que você faz?

– Todo mundo sabe o que faço e o que fiz. Você fez reportagens sobre dois dos meus atos no mês passado.

Pensei nisso, mastiguei, engoli e olhei para ele. Uma coisa ao mesmo tempo tediosa e intrigante com relação ao meu trabalho é que a gente fica cara a cara com as manifestações ilimitadas do ser humano – conhece pessoas como Alba Seunier, que dedica a vida a confortar crianças doentes, e pessoas como o namorado de Ada Montpelier, que quebra escadas de incêndio na esperança de conseguir um acordo judicial para nunca mais ter de trabalhar. E havia pessoas como meu novo colega, Ressús, que habitava um nível de insanidade que a maioria das pessoas achava apavorante demais para contemplar. Tudo me pareceu muito claro na hora: ele assistira às matérias sobre o trambique de Ada Montpelier e sobre a recuperação de Amelia Simmelton e chegara à conclusão iludida de que era o homem de quem eu estava falando, o mítico salvador e operador de curas. O Messias.

Tendo crescido nas circunstâncias em que cresci (vizinhança barra-pesada, pai boxeador peso-médio) e me casado ainda jovem com alguém de uma família mentalmente perturbada, eu não me sentia intimidado por sociopatas. Independentemente de qualquer outra falha ou deficiência, tenho um pouquinho de coragem física. Enquanto comia, ali na varanda quase vazia do Pete's Cafe, em Wells River, com uma forte chuva de junho escorrendo pelas vidraças, finalmente compreendi que meu companheiro de almoço dizia ser Jesus Cristo, aquele que muitas pessoas – minha mãe, por exemplo – acreditavam ser Deus. Um grande número dos meus fãs e amigos acharia improvável que Deus me escolhesse como companheiro de almoço e se sentasse comigo num café bonitinho mandando eu largar meu emprego.

– Claro, todo mundo sabe o que você faz – falei. – Você engana as pessoas. Quer atenção. Você é mais um louco trazendo problemas para a vida dos que não querem ter nada a ver com você.

Jesus riu. Tenho de admitir que foi um riso sincero, que soava completamente são. Ele tinha dentes bons. Não havia tocado sua comida – o que, como diria minha mãe, o desqualificava imediatamente de ser Deus. Deus não desperdiçaria uma boa lasanha. Eu estava na metade do meu almoço e contando os minutos quando ele estendeu a mão sobre a mesa e tocou meu antebraço de um modo específico. É difícil descrever aquele toque. Não havia nada de esquisito. Era ao mesmo tempo uma espécie de pedido de desculpas por qualquer inconveniência que pudesse estar me causando e uma calma insistência em sua sanidade e bondade, uma reafirmação, uma compreensão de que eu talvez precisasse manter uma postura defensiva nos contatos públicos e que, afinal de contas, eu poderia não estar tão satisfeito com... bem... com minha situação na vida quanto fingia estar. O gesto me fez olhar para ele de verdade pela primeira vez e realmente ouvir o que ele disse em voz baixa:

– Eu trouxe o pequeno Dukey Junior de volta à vida por um motivo. E curei Amelia Simmelton por um motivo também.

Quero registrar oficialmente aqui que minhas dúvidas não desapareceram subitamente ao som daquelas palavras. Mas *alguma coisa* aconteceu. Meu braço se arrepiou no lugar onde ele havia tocado.

– Você não se encaixa exatamente na descrição de Deus – consegui dizer, mas parte do meu pique havia desaparecido.

Ele pareceu satisfeito.

– Escolhi você por um motivo também.

– Bom, isso diminui automaticamente suas credenciais.

– Vejo que você não tem um pensamento muito elevado a respeito de si mesmo.

– Sou legal. Nem o melhor nem o pior.

– Bem no fundo você sente um desapontamento pelo rumo que sua vida tomou.

– Escute – falei –, minha namorada é terapeuta e já escuto uma quantidade mais que suficiente desse tipo de coisa, obrigado.

Mas por trás da cortina de fumaça dessas palavras eu sentia vontade de chorar, e seria mais ou menos a segunda vez que eu derramaria lágrimas na minha vida adulta. A primeira vez foi na pista de corrida de cães, agora desativada, em Pownal, Vermont, quando deixei de ganhar 10 mil dólares por um focinho. O que lhe dá uma idéia de como sou sensível.

– Você sente como se devesse estar fazendo alguma outra coisa – continuou Jesus. – Algo grandioso, que tenha mais impacto no mundo.

– Quem não sente? Noventa por cento das pessoas com quem falo sente isso. Os caras com quem jogo golfe pensam secretamente que seriam tão bons quanto o Tiger Woods se houvessem começado a jogar aos 4 anos e tivessem o psicólogo esportivo certo. Várias mulheres que conheço acreditam que deveriam estar casadas com o Brad Pitt ou o Denzel Washington, mas por azar acabaram presas ao velho marido comum.

– Não estou falando dos caras com quem você joga golfe, estou falando de você.

– Certo. É, algumas vezes me sinto assim.

– Estou aqui para dizer que outra coisa é essa que você deveria estar fazendo.

– Quer dizer que Hollywood finalmente vai me chamar?

Jesus deu um sorriso triste e por um instante baixei a guarda e comecei a pensar que, Deus ou não, ele era um cara legal e eu estava sendo um idiota.

– Vou fazer as coisas de modo diferente desta vez – disse ele, naquele mesmo tom baixo.

– Verdade?

Ele assentiu e pegou o garfo.

– Na última vez, não fiquei totalmente satisfeito com o resultado. Para ser franco, demorou centenas de anos para que o que eu fiz tivesse impacto sobre o mundo e até lá as coisas estavam tão atrapalhadas que... Bom, vocês nunca se recuperaram de verdade. Olhe só o Oriente Médio.

– Então desta vez você vai participar do *American Idol.*

Ele balançou a cabeça.

– Desta vez vou me candidatar a presidente dos Estados Unidos.

Isso me deixou em silêncio, mas só por um segundo.

– Esperto – respondi. – Bom passo. Um monte de santos faz isso.

– Vim pedir sua ajuda. Sua, de Zelda e de algumas outras pessoas de bom coração que nasceram neste lugar e nesta época por este motivo. Mas posso sentir que você ainda não se sente digno de ser chamado e vejo que, a princípio, não vai acreditar em mim apesar dos dois eventos.

– Eventos?

– Os dois milagres.

– Supostos.

– Você não tem fé, então?

– Um pouquinho – respondi. – Mas neste momento ela está lutando com uma grande quantidade de objetividade profissional.

– Entendo muito bem esta batalha – disse ele, finalmente mastigando um bocado da comida e assentindo como se aprovasse. – Sempre há uma guerra acontecendo entre o intelecto e a fé, isso não é novidade.

– De que lado você luta?

– De nenhum. Muito mal já foi feito por pessoas que estão dos dois lados.

– Bem, está certo. – Sua última observação havia me amolecido. Além disso, costumo ficar com o humor melhor depois de tomar café. – Você parece um cara decente. Tenho certeza de que tem boa intenção. Mas precisa entender que andar por aí dizendo ser Jesus Cristo vai provocar reações negativas. Assim como falar que vai se candidatar a presidente. E também a tendência, que você parece ter, de pedir que as pessoas larguem o emprego. Só estou lhe dando um conselho.

Ele me deu um sorriso luminoso e empurrou o prato dois centímetros para longe.

– Por que não deixamos a coisa nesse pé? – disse. – Vou tentar convencê-lo de outro modo. E se você continuar cético, vou parar de pegar no seu pé e encontrar um substituto decente.

– Parece bom. – Eu estava com a carteira na mão, ia pagar em dinheiro, ansioso para ir embora logo. – Sabe, mande a mensagem em sonho, ou algo assim. É como faziam nos velhos tempos. – Uma boa frase de saída, pensei, mas, quando me levantei e olhei para ele pela última vez, seu olhar demonstrava um desapontamento tão profundo que me abalou. Fiquei preocupado com a possibilidade de tê-lo magoado e, ainda que a gente não queira cair no papo de todo camelô em toda esquina, também não quer endurecer o coração a ponto de não sentir nada por ninguém a não ser a gente mesmo e talvez as pessoas mais próximas. Por um segundo me preocupei, imaginando se não teria passado dos limites.

Mas então, depois de um aperto de mão firme, saí de novo para a chuva e, que Deus me perdoe, já fui mais ou menos me esquecendo de Ressús ou quem quer que ele fosse realmente, voltando ao conforto e à relativa sanidade de meus colegas de trabalho, minha rotina, minhas esperanças, meus vários apetites e suposições, etc.

sete

EU PROVAVELMENTE FICARIA CONFORTÁVEL com esse desfecho pelo resto da vida se não tivesse acordado na manhã seguinte com um som de choro. Havia passado a noite sozinho, em meu belo apartamento de cinco cômodos no oitavo andar, com vista para a cidade de West Zenith. Por um ou dois segundos, quando ouvi o choro, pensei que devia ser um sonho. Fechei os olhos e estava tentando voltar a dormir quando senti alguém se sentar na beira da cama. Pisquei os olhos e vi Zelda, toda vestida para trabalhar, com um terninho sensual, abrindo o maior berreiro.

Meu primeiro pensamento, claro, foi que ela ia me dizer que estava grávida. Por que outro motivo entraria no meu apartamento às 9 horas da manhã chorando daquele jeito? E, mesmo em meu estado sonolento, aceitei a idéia numa boa. Pus a mão em seu braço e disse:

– Está tudo bem. Tudo bem.

Ela estava balançando a cabeça e chorando, com fios de cabelo preto presos no canto da boca.

Puxei-a para meu lado e ficamos ali deitados por um tempo, Zelda amassando o terninho de trabalho e eu sonhando em jogar bola com Russel Jr. num gramado sem ervas daninhas nos subúrbios de Boston ou Nova York.

Mas depois de alguns minutos ela se sentou e disse:

– Jesus apareceu para mim num sonho.

– Hein?

– Apareceu. Você tem de acreditar, Russ. Por favor, acredite.

– Certo, acredito. Por que não acreditaria?

– Ele disse que eu fui escolhida para ajudá-lo com alguma coisa. Não foi como nenhum sonho que já tive. Foi muito, muito mais real. Sou psicóloga, lido com sonhos o tempo todo. Nem foi um sonho; na verdade, foi uma visão. Você tem de acreditar!

– Certo, calma. Eu acredito.

– Mentira!

– Certo, não exatamente. Quero dizer, acredito que você teve o sonho, mas não sei se foi diferente de qualquer outro...

Ela começou a me bater, e foi a primeira vez. O punho macio contra meu ombro me surpreendeu mas não machucou. Segurei sua mão e disse:

– Certo, desculpe.

– Eu sabia que isso ia acontecer. – Havia tanto desapontamento em sua voz que tive medo. Ultimamente vinham acontecendo muitos desses episódios: pessoas dizendo que eu não era digno de confiança, que era cínico ou ambicioso demais e outras coisas do tipo. Uma linha de defesa se desmoronou.

Sentei-me encostado na cabeceira e disse:

– Certo, hora da confissão.

– Eu sabia! – gritou Zelda. – Você andou me traindo. Eu sabia. Sabia que era um erro me envolver com uma celebridade, ainda que uma celebridade menor.

– Obrigado pela parte do menor. Mas não traí você. Almocei com um cara em Wells River ontem. Ele...

– Um *cara?* Você está me traindo com outro cara? Você nunca me contou isso. Quero dizer, não é tão ruim, não dói tanto, mas é o tipo de coisa que você deveria contar.

– Zel, escute. Você está perturbada. Só fique quieta um minuto e me deixe terminar. Conheci um cara que diz que é o milagreiro. O Bom Visitante. Disse que se chamava Jesus. Você sabe, como na Bíblia. Disse que queria que você e eu largássemos o emprego, que vai se candidatar a presidente dos Estados Unidos. Claro que não acreditei, achei que era outro fugitivo de um hospital estadual que assistia a muitos noticiários. Mas ele disse que me mandaria uma mensagem em sonhos.

– E em vez disso mandou para mim! – Zelda gritou.

– Certo. Calma.

– Mas foi isso que aconteceu, você não vê?

– Estou pensando.

– Pensando? O que há de errado com você?

– Errado comigo? O que há de errado com você? Você é terapeuta, uma cientista da mente. Não acha que pode haver algo perfeitamente explicável acontecendo aí?

– Não, não acho. Jamais tive um sonho assim em toda a minha vida. E você nunca fez matérias sobre um estranho curando crianças ou salvando um garoto que caiu do terceiro andar. Ou fez?

– Não.

– Então por que está resistindo tanto?

– Não sei.

– Ora, por quê?

– Não banque a terapeuta para cima de mim, Zel.

– Responda à pergunta. Apenas fale honestamente, sem se reprimir.

– Honestamente?

– Sem se reprimir, Russ.

– Sinceramente, acho que é porque quero ser Deus. Bem no fundo, sou outra figura tipo Randy Zillins, outro cara egocêntrico, inseguro, que tem ciúme dos heróis que aparecem em suas matérias. Aí está. Quero ser especial, tão especial como se supõe que Jesus seja, para você e para todo mundo. Curar crianças, causar o maior agito. Um monte de gente quer estar por cima, ser o rei da cadeia alimentar. Âncora no noticiário noturno mundial. Certo? Agora falei. Seu namorado é o maior egocêntrico de todos os tempos.

Esperei, chocado comigo mesmo, avaliando os danos. Há um lado negativo no desmoronamento das nossas defesas. Zelda estava me olhando como se eu fosse um orangotango que havia escapado do zoológico. De repente, tive a sensação enjoativa de que ela ia sair pela porta e nunca mais voltar. Por isso me surpreendi de novo:

– E que tal isso, já que estamos sendo honestos: quero que você se case comigo. Quero me casar. Quer casar comigo?

– Está falando sério?

– Totalmente.

– Pensei que você tinha dito que, depois de Esther, nunca mais ia se casar.

– Mudei de idéia.

– Quando?

– Agora mesmo. Qual é a resposta? Não me deixe esperando. Não dê uma de namorada do Mitchell para cima de mim.

– Não vou.

– Não vai. Certo. Ótimo. Isso resolve as coisas. Não culpo você, para ser sincero. Nesta manhã, não culpo nem um pouco. Estou num humor tão ruim que nem eu me casaria comigo.

– Falei que não vou dar uma de namorada do Mitchell. A resposta é sim. Sim, eu caso com você.

Sua resposta me deixou feliz, naturalmente. Mas devo dizer que eu continuava chocado comigo mesmo e meio sonolento, e nu. Zelda estava desabotoando e depois tirando seu belo terninho de trabalho verde de modo frenético e, enquanto subia na cama ao meu lado e me envolvia com os braços quentes, não consegui evitar, momentaneamente, o pensamento em Mitchell Honorais, ex-âncora da ZIZ. Mitch havia pedido a namorada em casamento no ar, na noite de ano-novo. Ela disse que não, ou pelo menos muito claramente não disse sim, e a partir desse momento o Mitchell foi descendo a ladeira, pessoal e profissionalmente, e terminou perdendo a autoconfiança, o emprego, a casa, o que restava do relacionamento com a namorada, e depois se refugiou nas anfetaminas.

– Vamos largar o emprego e trabalhar para Jesus – falei para Zelda, resoluto, e isso pareceu agradá-la demais.

oito

ENTÃO ZELDA E EU FIZEMOS AMOR, mas naquela manhã foi um pouco diferente, como se o pedido de casamento tivesse causado uma mudança fundamental em nós. Em seguida, descansamos encostados um no outro por um tempo, até que ela se sentou de repente e olhou o rádio.

– Ah, meu Deus, tenho uma consulta às 10 horas! – gritou. Eram 9h41. Se não houvesse nenhuma explosão nas tubulações de gás nem tiroteios no caminho, ela levava 12 minutos para ir do meu apartamento ao seu consultório, estacionar o carro e subir correndo a escada, e Zelda era obsessiva por não deixar um cliente esperando. – Vão achar que não me importo com eles – disse mais de uma vez. – Isso vai reacender seus sentimentos de abandono na infância.

– Se isso acontecesse, talvez fosse uma chance de cura – respondi, porque já conhecia a linguagem. Até fiz um pouquinho de terapia também, depois do divórcio. Acreditava no potencial de cura de se conversar com um profissional, claro, mas esse não era o tipo de coisa que os candidatos ao concorrido posto de âncora gostavam de tornar público.

De qualquer modo, Zelda me beijou apaixonadamente, atravessou a porta correndo, abotoando a blusa e, por algum motivo, chorando.

Fiquei sentado na cama durante uma hora, olhando para a parede. O que havia acabado de acontecer? Minha namorada inteligente e pé-no-chão tinha visto Jesus em sonho. Eu havia pedido que ela se casasse comigo. Aparentemente, eu concordara em largar o emprego, mas não conseguia ter certeza dessa parte. A coisa toda me aterrorizava. Por um instante, achei que deveria fazer terapia de novo. Mas naquele momento não conseguia me mexer, não conseguia sair da cama, não conseguia pensar direito. O telefone tocou.

– Alô? – atendi com voz atordoada.

– O que você está fazendo?

– Quem é?

– Jesus.

– Fantástico.

– O que você está fazendo agora?

– Sentado na cama com a bexiga cheia, preocupado.

– A preocupação esgota o espírito.

– Para você é fácil falar. Eu não acabei de aparecer em sonhos para a *sua* namorada.

– Você não tem o que temer enquanto eu estiver com você.

– Claro, certo. Você vai pagar o seguro do meu carro, que vence amanhã? E a prestação do apartamento? A taxa do clube de golfe no próximo ano? Vai pagar as alianças, o casamento, a lua-de-mel, as fraldas, as aulas de tênis, o aparelho dentário, a mensalidade da escola? E todas as outras despesas?

– Vou, sim. Indiretamente, talvez, mas seu trabalho comigo vai pagar todas essas coisas.

Fiquei sentado por um minuto e não disse nada.

– Você está acalentando uma dúvida – disse Jesus.

– Exatamente.

– Apesar do sonho que mandei a Zelda.

– Para mim, esse negócio do sonho parece meio feitiçaria. Fica algumas centenas de quilômetros distante das sacanagens comuns com que lido todos os dias.

– Zelda, por outro lado, não tem absolutamente nenhuma dúvida, notou?

– Claro, eu...

– Você é mais inteligente do que ela?

– De jeito nenhum.

– Mais sensato?

– Nunca na vida.

– Ela é especialmente fácil de ser enganada?

– De jeito nenhum. Fácil de ser enganada é a última coisa que ela seria.

– Então como explica a diferença entre as reações de vocês dois a mim? Já pensou nisso?

– Não, honestamente, não pensei, até agora.

Jesus ficou quieto por alguns segundos e achei que ele tinha desligado. Mas depois falou:

– Quando vocês fazem amor, Zelda gosta que você segure o lóbulo da orelha direita dela entre o polegar e o indicador e aperte suavemente.

Fiquei sentado olhando a parede. Em nome da sinceridade total, eu deveria admitir neste momento que, ao ouvir essas palavras, e traumatizado pelos problemas matrimoniais do passado, me ocorreu que Zelda poderia ter me traído com esse tal Ressús e que o resto era só um disfarce bem elaborado. Seu modo de finalmente me levar a pedi-la em casamento, talvez. Seu próprio trauma de abandono na infância vindo à tona.

Mas então, com a voz mais calma do mundo, Jesus continuou:

– Aos 15 anos, você estava saindo de um jogo de beisebol com uns amigos em North Salem, todos felizes, fazendo barulho. Em sua alegria juvenil, você correu para a rua e quase foi atropelado e morto por um homem que dirigia um Chevrolet Impala vermelho.

– Você andou conversando com minha mãe.

– Você se masturbou pela primeira vez no banheiro da casa dos seus pais quando tinha 13 anos.

– Certo, você não falou com minha mãe – respondi, mas ele estava me apavorando.

– Quando se barbeia, você sempre começa à direita do pomo-de-adão e faz um corte para cima. Esther o criticava por preferir usar só um tipo especial de colher para comer aveia. Às vezes, quando vai girar o taco de golfe para trás, você pensa numa antiga namorada que o abandonou. O nome dela era...

– Pare – falei em voz baixa e calma. – Pode parar agora.

– Ou eu poderia continuar para sempre.

– Você não é só um paranormal particularmente talentoso, não é?

– Você não precisa que eu responda.

– Certo. Tudo bem. Próxima pergunta: por que eu?

– De novo com ódio contra si mesmo.

– Não tem nada a ver com ódio contra mim mesmo. Me desculpe, só estou surpreso porque, dentre os seis bilhões de pessoas na Terra, você escolheu justamente Russel Thomas.

– Os pescadores também ficaram surpresos. Maria ficou surpresa. José. Lázaro. Madalena. A turma toda, houve surpresa em todo canto. O que você acharia de uma pessoa que *não ficasse* surpresa?

Pensei nisso. Era como uma espécie de elogio. Falei:

– Certo. Tudo bem. – E então precisei fazer força para as palavras seguintes saírem, porque achava que sabia qual seria a resposta. – O que você quer que eu faça em seguida, então? Quero dizer...

– Vá à estação e entregue sua carta de demissão.

– Hoje?

– É. De manhã.

– Para daqui a quanto tempo?

– Dois dias.

– Dois *dias?* Você só pode estar brincando. Estou lá há quase oito anos. Devo entrar e dizer que vou sair em dois dias!

– Você não é tão difícil de ser substituído.

– Obrigado. De verdade.

– Coragem é a coisa mais importante da vida. E ela vem em várias formas. Entregue a carta e vamos conversar. Você não vai se arrepender.

nove

LEVANTEI, FUI AO BANHEIRO E FIZ A BARBA, começando, como sempre, do lado direito do pomo-de-adão. Parecia haver duas opções: eu poderia descartar o cara como um completo maluco que por acaso tinha estranhas habilidades psíquicas, começar a filtrar meus telefonemas e me recusar a almoçar de novo com qualquer pessoa que dissesse ser Jesus Cristo. Manteria o emprego, essa era a parte boa. A parte ruim é que Zelda perderia todo o respeito por mim, provavelmente romperia comigo, e, se por acaso Jesus fosse realmente quem dizia, eu estaria ferrado por toda a eternidade.

A outra opção não era muito mais agradável: eu poderia ir até a WZIZ, entrar na sala do Wales e dizer a ele que ia embora em dois dias. Bum!, fim de carreira. Nunca conseguiria outro emprego no ramo depois de uma atitude dessas porque, se há uma qualidade necessária para trabalhar no noticiário televisivo, é a confiabilidade. Eu tinha algumas economias. Provavelmente poderia me virar durante uns meses, talvez até meio ano, sem perder o apartamento e o carro. E depois estaria começando do zero em algum outro ramo.

Enquanto tomava um banho, me vestia, descia à garagem e dirigia até à estação, me ocorreu que era perfeitamente fácil você passar pela vida dizendo que acreditava em Deus, desde que não houvesse um preço a pagar. Você acreditava em Deus, você não acreditava em Deus – talvez fizesse diferença depois da morte, mas, não importa o que você dizia, não tinha conseqüências reais, imediatas, na sua passagem comum pela vida. Então uma coisa dessas acontecia e você era obrigado a colocar seu dinheiro nisso, por assim dizer. Assumir as conseqüências. Eu havia crescido com histórias sobre pessoas que tinham de pagar um preço pela fé. Meu pai vivia falando de seus parentes na Polônia (nosso verdadeiro sobrenome havia sido Tzomascevic, antes que o pessoal na ilha Ellis o americanizasse), que nunca haviam tentado esconder o fato de que eram judeus e foram torturados e mortos por causa disso. E minha mãe era fã dos primeiros mártires do cristianismo, que poderiam evitar ser queimados na fogueira ou comidos por leões apenas dizendo "Não, eu não. Não acredito no cara", mas não fizeram isso.

Não pretendo me comparar com essas pessoas, mas pela primeira vez na vida acreditava que podia compreendê-las. E mesmo entendendo que havia uma diferença importante entre ser comido por um leão ou ser mandado ao campo de concentração e perder meu emprego, a questão era que eu estaria pagando um preço por acreditar em alguma coisa. E, em geral, pelo menos nesta nação abençoada, a gente pode passar a vida inteira sem ter de fazer isso.

Na redação, fui até minha mesa e embromei. Folheei alguns papéis. Ouvi os recados telefônicos. Chequei meus e-mails. Por fim me levantei e fui até o banheiro masculino, parei diante da pia e me olhei no espelho. E então pronunciei, bem baixinho, aquelas palavras estranhas:

– Belo rosto. Digno de confiança. – E dois segundos depois: – Mas de que isso vai lhe servir? – Em seguida destranquei a porta e saí, ainda numa espécie de transe, para a sala do meu chefe.

dez

DEPOIS DE PASSAR POR ENRICA DOMINIQUE, a secretária de Wales que praticava artes marciais, bati, abri a porta de sua sala e vi que meu chefe estava sentado junto de sua graciosa esposa, Esmeralda van Antibes, e os dois estavam ocupadíssimos tirando coisas das prateleiras e gavetas e pondo em caixas de papelão.

– Oi, chefe. Oi, Ezzie – falei, o mais tranqüilo que pude. Fechei a porta silenciosamente na cara de Enrica Dominique, que bisbilhotava sem muita discrição. – Deixe-me adivinhar. Você foi promovido a gerente geral e vai se mudar para a sala grande lá em cima.

Wales não olhou para mim. Lutando desajeitadamente com um pedaço de plástico-bolha, estava embrulhando seu único troféu de golfe – oitavo lugar no campeonato municipal. Sua esposa há apenas um ano, mais ou menos, uma criatura loura, cheia de jóias e braceletes, de quem eu gostava um bocado, disse:

– Ele está saindo.

– Saindo de onde?

– Você continua imbecil como sempre – disse Wales, mas eu havia aprendido, ao longo dos anos, que ele só falava assim com as pessoas que admirava.

– Ele se demitiu hoje cedo – Esmeralda disse calmamente.

– Você não pode sair, chefe, e não pode se demitir também. *Eu* é que estou saindo.

Eles não pareceram me ouvir nem se importar. Continuaram embrulhando e encaixotando, como se pretendessem apagar 21 anos de lembranças em meia hora.

– Estou entregando minha carta de demissão.

Esperei. Sem resposta.

– Para daqui a dois dias.

Nada.

– Fui contratado para trabalhar numa campanha presidencial.

Nada ainda. Wales terminou com o plástico-bolha e depois se sentou em sua cadeira, atrás de uma mesa que agora estava tão vazia como no dia em que ele chegara, e deu um suspiro que dizia "estou cheio de você". Pegou um charuto apagado que havia posto numa das caixas e, finalmente, me olhou. Esmeralda, 10 anos mais nova e com mais energia, continuou trabalhando.

– Sente-se – disse Wales, apontando com o Havana para uma cadeira. Quando eu estava sentado, ele apoiou os cotovelos na mesa e se inclinou para frente, de modo que seu rosto ficou bem perto do meu. Dava para ver os sinais da idade, as papadas se formando nas laterais da boca, as rugas em volta dos olhos. Corria o boato de que, quando jovem, Wales tinha pensado em entrar para o clero, mas para os que o conheceram mais tarde isso parecia absurdo. Já passando da meia-idade, tinha sido o típico cara que adora bebida e festas, que curte pesca em mar profundo, esportes na TV e a companhia de mulheres. E então, um mês depois de fazermos uma festa surpresa por seus 50 anos, ele anunciou que ia se casar com a rica Esmeralda van Antibes, com quem estava saindo havia cerca de um ano. Ezzie tinha dinheiro, por isso presumimos que Wales iria se aposentar, pescar, jogar golfe e assistir à NBA. Quando o vi guardando as coisas, naturalmente presumi que havia chegado a hora.

– Ele vai chegar em cinco minutos – disse Wales.

– Quem?

Ele piscou. Sem tirar os olhos de mim, levou o charuto à boca, deu uma tragada de mentira e o baixou de novo.

– Como é a sensação de ser imbecil? – perguntou, no tom mais sincero do mundo. Fez uma pausa, como se esperasse minha resposta, mas eu sabia que não era isso. – Você poderia ter uma bela carreira neste negócio. O rosto, a voz, a atitude de homem do povo. Mas – ele bateu na cabeça grisalha – não tem grande coisa no andar de cima. Baixa octanagem. Pouca massa. Poucas fibras. Você entende o que quero dizer.

– Tudo que sei aprendi com você – respondi, e Esmeralda virou a cabeça para mim e deu um sorriso de aprovação.

– Jesus – disse Wales.

Entendi mal. Pensei que ele estivesse me criticando por pedir demissão e que, como teria dito minha mãe, estivesse pronunciando o nome do Senhor em vão. Por isso me defendi com uma frase que viera ensaiando por todo o caminho até à estação.

– Em algum momento da vida o homem tem de tomar as decisões mais difíceis e mantê-las. Sei que parece loucura. Mas a oportunidade surgiu e pareceu o passo certo na carreira neste...

– Jesus vai chegar aqui em três ou quatro minutos – disse Wales, ainda com os olhos azul-bebê cravados em mim.

– Nós nos falamos – comentei, surpreso demais por estar pensando. – Recentemente. Há cerca de uma hora ou menos.

– E você decidiu, baseado nesta conversa, mandar sua carreira pelos ares e trabalhar na suposta campanha dele, estou certo?

– É, claro, mas "mandar pelos ares", você sabe, é meio forte.

– Sei.

– Bom.

– Sabe por que eu sei?

Balancei a cabeça. Esmeralda se virou para olhar para mim. De repente, fiquei desconfortável.

– Porque estou fazendo isso também – disse Wales.

– Fazendo o quê?

Ele continuou me olhando com o que parecia incredulidade. Lenta, implacavelmente, uma compreensão estava baixando sobre mim. Iriam se passar anos antes que Wales revelasse, depois de vários martínis na festa do primeiro aniversário da minha filha, que tivera o que chamou de "visitação" pouco depois do milagre em Fultonville. Estivera dando um passeio na hora do almoço num parque da cidade, e Jesus viera a ele "mais ou menos como um fantasma", conforme disse. Por isso tinha me mandado checar a história de Amelia Simmelton quando produtores das outras duas estações da cidade haviam optado por ignorá-la.

Wales se virou para a mulher.

– Não dá para ter certeza – disse a ela –, mas, se eu tivesse de adivinhar, diria que há uma luz chegando ali. Uma luz pequena, mas mesmo assim uma luz.

– Você está brincando com relação a se demitir, certo? – perguntei, mas nesse momento ouvimos alguém bater à porta. Duas batidas fortes. Pensei que devia ser Enrica Dominique para se certificar de que eu não estava abusando das boas-vindas. Administrava uma escola de boxe tailandês no período da noite, e guardava a privacidade de Wales como se fosse as jóias da coroa.

Wales gritou:

– Entre – mas antes disso voltou o olhar para mim e disse: – Estamos na campanha também, Einstein. Ezzie e eu.

O que foi – e não estou exagerando nem um pouco – a maior perplexidade da minha vida.

onze

HAVIA SIDO UM DIA DE NOTÍCIAS CHOCANTES, e eu ainda estava sob o impacto desse último golpe quando entrou na sala ninguém menos que meu amigo do Pete's Cafe. Ele vestia – e esse era o tipo de coisa que eu reparava – um estonteante terno cinza com uma poderosa gravata vermelha sobre uma camisa branca. Sapatos com borlas brilhando como diamantes. Abotoaduras. Um elegante anel de ouro e safira na mão esquerda. O cabelo tinha sido penteado para trás e parecia que havia acabado de fazer a barba ou de sair da sala de maquiagem. Por um segundo realmente medonho, fui tomado pelo pensamento solto, zumbindo, abominável, de que ele estava invadindo meu território: havia me enganado para que eu pedisse demissão e ele pudesse pegar meu cargo na ZIZ; além disso, estava a fim de Zelda. Ele havia me pesquisado, jogado as cartas com perfeição, e ali estava, me empurrando porta afora.

Fiquei de pé e vi que Wales também tinha se levantado.

– Deixemos de formalidades – disse Jesus. – Vamos ao trabalho.

Em seguida sentou-se na poltrona de couro com encosto alto que estava no canto da sala, a poltrona onde ninguém além do Wales se sentava. Wales não somente não fez objeção como trouxe uma cadeira mais para perto de Jesus, levou uma para Esmeralda e, com um olhar zangado, fez sinal para eu me aproximar também. Formamos um pequeno semicírculo em volta do homem de quem, depois de meu breve flerte com a verdadeira fé e o martírio potencial, eu estava voltando a duvidar. Talvez fosse por causa da imagem que eu havia guardado em minha mente durante todos aqueles anos. Este Jesus simplesmente não se encaixava na moldura. Parecia mais o homem que sempre fazia o papel do cara que quebrava a perna dos outros nos filmes sobre a máfia, embora fosse mais bem cuidado, mais classudo, mais bem-vestido. Devo admitir que ele trouxe um algo mais para dentro da sala. A mesma coisa que eu havia notado durante o almoço. Uma presença. Olhei para Wales e fiquei chocado ao vê-lo olhar para o Bom Visitante com um ar de reverência cobrindo todo o seu rosto. Esmeralda parecia a ponto de, como Zelda gostava de dizer, ter um treco.

– Vamos fazer o anúncio na semana que vem – Jesus declarou. – Na quarta-feira. – Em seguida, apontou para Wales: – Gerente de campanha. – Para Esmeralda: – Captadora de verbas, etc. – Depois voltou o olhar para mim e parou antes de apontar para o meu peito e dizer: – E você, de pouca fé... segurança.

– O quê? Você? Eu pensei que... – A princípio fiquei magoado. Esperava algo maior.

– Você estava esperando algo maior – disse Jesus, e piscou para mim com o olho que Wales e Ezzie não podiam ver.

– Sinceramente, sim.

– Você fará um excelente trabalho – ele falou. – Estou pensando em tornar Zelda minha assessora de imprensa. O que você acha? Você a conhece melhor do que qualquer um aqui.

Senti algum tipo de truque. Lutei contra com uma onda de ciúme.

– Bem pensado – consegui dizer.

Ele assentiu.

– E quero seus pais na equipe.

– Você só pode estar brincando.

– Nem um pouco. Quero os dois na equipe.

– Meu pai é judeu.

– Temos isso em comum. Meu pai também era. – Ele sorriu. Wales e Ezzie também estavam sorrindo.

– Ele ser judeu não é o que importa – reagi. – A parte importante é que ele é pirado. Minha mãe é mais pirada ainda. E os dois sabem tanto sobre administrar uma campanha política quanto sabem sobre... não sei...

– Eu os quero. E quero seu irmão, Stab, também.

– Stab é... você sabe. Diferente.

Jesus me olhou durante alguns segundos, depois virou-se para Wales.

– Tudo que você falou sobre ele é verdade.

– O que ele falou sobre mim?

Minha pergunta foi ignorada. Eu estava começando a suspeitar de que todo esse negócio era um exercício de destruição de ego e que o meu era o alvo principal.

Jesus disse:

– Vamos anunciar a candidatura daqui a uma semana. Aqui, em West Zenith. Na Praça Banfield. Ao meio-dia. Preparem tudo.

– Praça Banfield? – perguntei. – Houve dois tiroteios lá no mês passado. Até os caras dos noticiários têm medo de ir lá. Mesmo durante o dia. Até Randy Zillins, que iria a qualquer lugar atrás de uma matéria e que freqüenta o stand de tiro Pinkie's com alguns dos caras mais barra-pesada da...

– Zillins não deve ser considerado parte de nossa operação – Jesus disse com firmeza.

– Bom, fico feliz por termos ao menos algum critério.

Jesus me ignorou novamente e se virou para Ezzie.

– Os Simmelton estão conosco?

– Estão – respondeu Ezzie. – Falei com Nadine hoje no clube. Ela disse que eles vão fazer uma doação inicial de dois milhões.

– Certo. É um começo. Presumo que ninguém mais sabe disso, não é? Nenhum vazamento?

Todos balançamos a cabeça.

Jesus se levantou e fez sinal para todos continuarmos sentados.

– Pense em Enrica Dominique para sua equipe – disse-me ele, enquanto se dirigia para a porta. – Mal consegui passar por ela.

– Mas...

– Ao meio-dia, quarta-feira. Praça Banfield. Mandem imprimir algumas dezenas de faixas dizendo "Jesus para a América". Usem os irmãos Rodriguez para o serviço de impressão. Eles são amigos. Fiquem em paz. A reunião está encerrada.

Depois que ele fechou a porta, continuamos sentados, imóveis.

– Uma pergunta – falei ao meu antigo chefe depois de um minuto. – Por que ele perguntou se houve algum vazamento? Quero dizer, se ele é quem diz que é, já sabe se houve algum vazamento, certo? Ou tem alguma coisa que não percebi?

– Sempre – disse Wales. – Ele está tentando agir como humano, tentando se limitar, como da última vez.

– Então ele ao mesmo tempo é Deus e não é?

– Provavelmente – respondeu Esmeralda. Era uma mulher boa, gentil, bonita, doce demais para Wales, pelo que muitos de nós pensávamos. – Provavelmente não deveríamos querer entender essas coisas. Só devemos aceitá-las pela fé.

– É – concordou Wales. – Especialmente aqueles de nós que têm cérebro pequeno. Captou?

– O que eu sei sobre segurança? – perguntei. – É isso que me preocupa.

– Use sua criatividade. Fale com suas alardeadas "fontes policiais". Aprenda fazendo.

– Certo, tudo bem. Você é o gerente da campanha. Eu sou apenas o encarregado de...

– Manter Deus vivo – disse Esmeralda com doçura.

doze

ZELDA SEMPRE MANTÉM O HORÁRIO entre 13 e 14 horas livre. Às 13 horas eu estava no corredor do lado de fora de seu consultório e, quando ela abriu a porta, veio correndo, me envolveu num abraço apertado e ficou me segurando por um bom tempo.

– Estou com medo – sussurrou no meu ouvido. Ela parecia estar tremendo.

– Eu sei, eu sei. Não se preocupe. Vai ficar tudo bem. Vamos dar um jeito. – Entramos em seu consultório e nos sentamos no divã, perto um do outro.

– Fui à estação hoje e pedi demissão – contei, pensando que isso poderia aliviar seus temores.

Ela pôs a mão na minha coxa e apertou com força.

– Eu te amo, eu te amo, eu te amo.

Olhei para ela: os olhos separados, escuros, o nariz arrebitado, a boca bonita que podia florescer num sorriso tão lindo e luminoso quanto o sol jorrando numa mina onde você estivera preso durante um mês. A inteligência, a bondade, a compaixão brilhando. Dada a minha história, não era uma coisa pequena ter uma mulher assim dizendo que me amava.

– Jesus apareceu – contei. – Ou Ressús, ou sei lá como ele se chama.

– *Apareceu!*

Confirmei com a cabeça.

– Entrou na sala de Wales quando estávamos todos lá: eu, Wales e Esmeralda. Disse que sou um homem de pouca fé.

– Verdade?

– Ele falou que vamos lançar a campanha daqui a uma semana. Você é a assessora de imprensa.

– Assessora de imprensa? Não sei nada sobre como lidar com a imprensa.

– Certo, mas ele achou que você seria fantástica no cargo. Eu estou encarregado da segurança, se é que isso faz você se sentir mais confiante.

– Não muito, honestamente.

– Bom, então que tal isso? Ele quer que meus pais se envolvam. Meu irmão Stab também. Wales. Ezzie. Talvez até Enrica Dominique. Já levantamos dois milhões de dólares.

– Então agora é sério. É de verdade.

Senti um arrepio subindo pelos meus braços.

– O que há de errado, Russel?

– Nada.

Ela segurou meu queixo com uma das mãos e virou meu rosto em sua direção, amorosa e gentilmente. Mas o contato visual era intenso.

– Honestidade total.

Afastei o olhar, olhei de novo.

– Você não o conheceu – respondi.

– Eu sei. Mal posso esperar.

– Certo. Mas eu me encontrei com ele. Duas vezes. E, bem, você sabe, há certos aspectos disso que não inspiram muita confiança.

– Por exemplo?

– Por exemplo, ele não se encaixa na descrição.

– Que descrição?

– Ele diz que é *Jesus*, Zel. Jesus. O Cara, você sabe, *Deus* para um monte de gente.

– E?

– E não se encaixa na descrição. Quero dizer, não me entenda mal, ele parece saber coisas sobre as pessoas que me surpreendem por ele saber. E quando entra na sala você definitivamente sente uma espécie de, não sei, um poder, ou algo assim. Mas, veja bem, senti isso com enfermeiras em quartos de crianças, com...

– Sua amiga, a fulana, por exemplo.

– É, minha amiga, a fulana, que você também não conhece. E deixe de ser ciumenta, que esse é o meu território. Ele é um cara impressionante, mas veja o que estamos fazendo. Estou largando o emprego. Vamos apoiar publicamente esse cara, dizendo que ele é Jesus, quero dizer, *o* Jesus. O que será da minha reputação, e da sua, se estivermos errados? Se for algum trambique? Já pensou?

Ela olhou para mim. Recostou-se no sofá e simplesmente olhou. Era um olhar que faria você sentir que tinha 3 anos e meio e havia derrubado a tigela de cereal pela segunda vez.

– Você está hesitando – falou um pouco depois.

– Provavelmente.

– Tem alguma idéia de quanta hesitação eu vejo neste consultório?

Balancei a cabeça.

– Maridos que dizem querer amar alguém para sempre e depois hesitam. Mães que decidem ter filhos e criá-los num lar amoroso e depois hesitam. Homens e mulheres que prometem isso ou aquilo, mantêm a promessa por um mês, um ano, ou 10 anos, e então algo acontece, a vida acontece, e eles balançam, hesitam, racham e desmoronam. Sabe o que isso faz com as pessoas que participam da vida deles?

– Sou divorciado, você sabe. Isso acontece. Chama-se equívoco, má avaliação, juventude. Não significa...

– Não estou falando de romper com um parceiro louco ou abusivo, ou quando o casamento não é saudável. Estou falando de fé. Constância. Você está preocupado com sua reputação. Sabe o que Gandhi falou?

Neguei com a cabeça.

– Ele disse: "Um homem de coragem pode viver sem reputação."

– Machista desgraçado – disse eu. – E eu que pensei por todos esses anos que ele era um cara legal.

Ela quase sorriu. Quase. Depois de um ou dois segundos, disse:

– Você me pediu em casamento hoje cedo. Vai hesitar com relação a isso também, Russ?

– Nunca.

– Talvez eu não me encaixe na descrição.

– A situação é diferente. Você não está dizendo que é Deus. Não pediu que eu largasse o emprego e a ajudasse a se candidatar a presidente. Tem um corpo melhor que o dele...

– Fala sério, por favor.

– Certo.

– O que, exatamente, ele precisa fazer para você acreditar que ele é quem diz que é? Pense nisso, Russ, dois milagres e um sonho mandado a mim... Isso não basta?

– Deveria bastar. Quero dizer, bastaria, e ele parece conhecer toda a minha história... mas, pessoalmente, não sei. Talvez eu tenha encontrado trambiqueiros demais nesse trabalho. Talvez seja o que eu disse hoje cedo: sou egocêntrico demais para querer que outra pessoa receba toda essa atenção. Ou talvez seja o oposto: quero dizer, verdade, se Deus viesse à Terra, ele viria a *mim?* Viria logo para West Zenith, dentre todos os lugares do mundo?

– West Zenith é *exatamente* o tipo de lugar ao qual ele viria. E talvez você seja mais especial do que imagina. Talvez todos nós sejamos. Esse pode ser o ponto. Todos nós somos, você sabe, *dignos* de que algo assim nos aconteça, mesmo que não acreditemos. Somos apanhados em nossas falhas, nossas coisas ruins.

Andamos por aí achando que deveríamos ser melhores o tempo todo porque a sociedade nos manda constantemente essa mensagem. Não somos magros o suficiente, nem jovens o suficiente, nem bonitos ou ricos o suficiente... Vejo isso neste consultório todo dia, toda hora.

– Esse argumento tem um certo apelo.

– Você não consegue levar nada a sério, consegue?

– Claro que consigo. Quando o menino caiu da escada de incêndio, quando ouvi falar nisso, levei a sério.

– Porque conseguiu, durante aqueles poucos segundos, se relacionar com sua criança interior, ferida. A única compaixão que você consegue ter por si mesmo é através da história de outra pessoa.

– Pare, por favor.

– Não vê o que está acontecendo? Deus vem a você, em carne e osso, e você o rejeita. E por quê? Por causa de sua profunda mas sutil falta de estima por si mesmo. Você está se impondo limites que não existem. Isso tem a ver com seu trauma de infância e, antes disso, com o trauma de infância dos seus pais.

– Zel, pare, por favor.

– Certo. Mas vou dizer mais uma coisa: você não tem muito tempo para decidir. Tem uma semana para se preparar para o que essencialmente vai ser um tumulto completo.

– E vou ver meus pais. O que é muito mais assustador.

– Me leve junto. Eles são meus futuros sogros, eu deveria conhecê-los. Ou você hesita com relação a isso também?

Eu estava balançando a cabeça.

– Não está hesitando? Ou não vai me levar para vê-los?

– Não estou hesitando. Eu te amo. Pode apostar tudo nisso. Eu amo você, quero me casar, ter filhos, viver com você até morrer. Certo?

O sorriso havia surgido. A mina estava iluminada de novo e dava para ver a saída para a luz do dia.

– E a outra parte? Jesus?

– Preciso de cerca de mais uma hora.

Eu a abracei e beijei, saí do consultório e desci à rua. Andei ao acaso por um tempo, coisa que faço sempre que estou perturbado, só olhando o mundo passar, pessoas correndo aqui e ali, carros, caminhões, ônibus, skates. Fui ao American Soldier's Memorial Park e me sentei num banco. Havia alguns moradores de rua espalhados na grama, e as folhas das árvores brilhavam ao sol. Não estava pensando, exatamente. Era mais como se minha mente estivesse rodopiando e deslizando de um lado para outro, um peixe minúsculo preso numa piscina formada pela vazante da maré. Depois de um tempo, não sei quanto, um cara veio e se sentou não muito longe de mim, no banco. *Dreadlocks*, tênis podres de velhos, calças manchadas, camisa de flanela no calor de junho. Pediu um trocado, enfiei a mão no bolso e lhe dei uma nota de 10 dólares. Pude ver a surpresa no seu rosto por um instante e então ele a escondeu, como se não quisesse parecer grato demais ou como se não merecesse nada além de duas moedas de 25 centavos. Então correu para comprar o que quer que fosse comprar com aquilo – um hambúrguer, um pouco de droga, uma garrafa de bebida.

Então tudo se resumia ao que Zelda tinha dito? Será que esses caras na minha frente e aquelas mulheres que andavam à noite pelas ruas com shorts curtos e miniblusas, aqueles garotos que atiravam uns nos outros em Fultonville e Hunter Town... tudo isso era uma elaborada dramatização do fato de que não tinham "estima" por si mesmos, como ela disse? Será que os bêbados bebiam, que as prostitutas saíam às calçadas e que as garotas do ensino médio fumavam mais um pouco de crack só para provar a si mesmas – ou aos pais – que não valiam nada? E as pessoas que entendiam que não eram sem valor – as Amelia Simmelton, as Alba Seunier e os Steven "Stab" Thomas do mundo –, como acabavam daquela maneira?

Eu não sabia. Não sabia. Não sabia.

treze

NOS DIAS EM QUE EU SABIA QUE IRIA até North Salem visitar minha mãe e meu pai, sempre acordava com uma mistura de sentimentos, comó se, durante a noite, expectativa, amor e ansiedade se fundissem numa loção e algum misterioso espírito do sonho a aplicasse na minha pele desde o começo do couro cabeludo até às unhas dos pés. E isso era antes de uma visita comum. Imagine como eu me sentia com mais um anúncio de noivado (eles não conheciam Zelda). E, claro, acima de tudo isso havia aquilo em que eu pensava como "a coisa do Jesus".

Para aumentar a diversão, Dukey McIntyre, o namorado de Ada Montpelier e suposto pai de seu filho, fora designado pelo próprio Jesus como membro de minha equipe de segurança, havia telefonado para se apresentar e já estava me deixando maluco. Empolgado com as novas responsabilidades, passara a ligar para o meu apartamento a cada 90 minutos com relatórios de progresso. Tinha amigos nos Panthers, um "clube" de motociclistas local (eram supostamente esclarecidos, nós havíamos feito uma matéria sobre eles; tinham regras revigorantes como "sócios não podem dar socos nem chutes nas namoradas" e "sócios não podem vender drogas a crianças do ensino fundamental"), e eles haviam concordado em estacionar as motos num círculo ao redor do centro da praça Banfield, com passagens para os "VIPs" entrarem e saírem. Uma hora e meia depois ele me ligou com mais novidades: os caras do Dermott's, um bar barra-pesada na Versifal Street, tinham oferecido tempo e dinheiro para construir um palco para Jesus e "assumiriam posições" de todos os lados para garantir que nenhum punk causasse problemas ao nosso candidato. E assim por diante.

Apesar de ainda não ter conhecido Jesus, Zelda disse aos seus clientes que tiraria licença por tempo indeterminado. Isso foi traumático para ela, naturalmente. Ela havia montado um consultório bem-sucedido no correr dos anos e sentia uma responsabilidade quase maternal para com as pessoas a quem atendia. Encontrou-se com Wales mais tarde naquele dia e, seguindo suas instruções, começou a contatar o pessoal de imprensa. Zel me disse que os principais jornais, as estações de TV e rádio e as revistas de alcance nacional estavam sendo apropriadamente cautelosos. Nenhuma matéria seria impressa ou transmitida por mais um ou dois dias, até que eles verificassem os relatos de milagres e conseguissem testemunhas que os confirmassem. Sabiam que, assim que esse gato saísse do saco, iria se transformar instantaneamente em mil tigres caçando e que ninguém, nenhum domador com chicote e um pedaço de carne, conseguiria pegá-lo de volta. Nos meus anos no ramo, eu havia desenvolvido uma espécie de sexto sentido com relação a essas coisas, e agora era como se pudesse escutar um milhão de vozes sussurrando umas às outras num círculo que se expandia a partir da Praça Banfield.

Zelda e eu não falávamos muito a respeito, mas algo estava diferente entre nós, uma expectativa tingida de medo. Eu gostava disso, quando a parte do medo não era forte demais. Acho que ela também gostava. Tínhamos um novo significado para nossa vida, isso sem falar do noivado, claro (ainda não havia alianças, mas eu tinha lhe dado um par de brincos de safira para fazê-la se sentir melhor por ter deixado o consultório, e ela adorou).

Mas nem tudo era alegria e diversão. Na manhã de sábado, antes de sair para ver meus pais, ao abotoar o colarinho da camisa, descobri que estava com as mãos trêmulas. Havia uma guerra dentro de mim. Nesse ponto eu estava totalmente comprometido com Jesus, estava mesmo – e com Zelda, Wales, Ezzie e, de certo modo, até com Dukey McIntyre. Eu me sentia parte de uma comunidade de esperança impossível. Mas, mesmo estando oficialmente fora do negócio da TV, ainda vivia a história enquanto ela crescia, ainda duvidando, verificando, imaginando qual poderia ser a reviravolta. Porque o jornalista dentro de mim dizia que tinha de haver uma reviravolta. Se esse Jesus era realmente perfeito, raciocinava aquela parte de mim, teria ficado no céu e nos deixado com nossa insolência e nossa imundície.

Vestido e pronto, lutando com minhas dúvidas, pensando no dia à minha frente, fui até meu conversível e esperei que a coisa se clareasse por si só.

A coisa clareou quando cheguei ao prédio de Zelda. Ela estava na calçada, usando seu melhor vestido, com Jesus a seu lado. Eram 7h45 e, naturalmente, meu primeiro pensamento foi que eles tinham passado a noite juntos. Sei que isso parece um primeiro pensamento estranho para se ter. Afinal de contas, estávamos lidando com Jesus e não com algum Romeu local, e com minha noiva fiel e não com alguma *devassa* barata, para usar uma palavra do meu pai. Mas a triste verdade é que Esther Gilbanda, minha ex, havia se envolvido em algumas atividades extracurriculares depois de três ou quatro meses de casados.

De modo nada inesperado, essas atividades levaram ao nosso divórcio. E, também nem um pouco surpreendentemente, deixaram uma ferida profunda na minha psique. Eu tivera tanta certeza da fidelidade de Esther, tivera tanta certeza de que ela era feliz no casamento e fiquei tão pasmo quando descobri que ela estava me traindo que algumas vezes me perguntava se algum dia superaria isso. Quero dizer, eu ia confiar na minha própria capacidade de julgamento depois disso? Como saber que não ia acontecer de novo? Era preciso seguir pela fé e fazer o melhor possível. Desse modo, acho, me casar era como acreditar em Deus ou em algum Grande Espírito, ou até mesmo acreditar que, em última instância, o mundo girava em volta da bondade. A menos que você pegue seu companheiro *em flagrante delito*, como dizem, é difícil ter 100% de certeza de qualquer coisa. E, a não ser que Deus lhe dê uma prova absolutamente inegável de Sua existência, bem, sempre se fica com uma dúvida incômoda.

Pois é, estou dando desculpas para o ciúme, mas acho que são boas. Assim, quando fui pela West Broadway na direção do prédio de Zel e a vi parada junto ao meio-fio com o belo milagreiro bem ao lado, às 7h45, quando ele não fizera parte de nosso planejamento do dia... não foi muito difícil imaginar se, talvez, alguma coisa não tão linda estaria acontecendo.

Mas não falei nada, naturalmente. Acusar Jesus de dormir com sua noiva não é a coisa mais delicada que você pode fazer, principalmente na frente dela. Assim, beijei Zelda quando ela entrou no carro e estiquei uma das mãos, entre os bancos, para apertar a de Jesus, como se tivesse esperado o tempo todo que ele fosse se apresentar a Zelda de manhã cedo e depois se juntasse à nossa viagem a North Salem.

– Tem certeza de que não quer se sentar na frente, Senhor? – Zelda perguntou, virando-se para olhá-lo e afastando uma mecha de cabelos do rosto de um modo que eu, e acho que muitos outros homens, achava particularmente sensual. – Suas pernas são muito mais compridas do que as minhas.

Tive um pressentimento ruim.

– Vamos parar com esse negócio de "Senhor" – disse Jesus. – E estou muito bem aqui.

– Então como devemos chamá-lo? – perguntei. – Você tem um apelido ou algo assim? Que tal Jê? Ou Cris?

Infelizmente é isso que me acontece quando fico chateado com alguma coisa – com ciúme, nervoso, ansioso porque ia ver minha família. Fico "sabe-tudo", como costumávamos dizer quando eu era moleque, se bem que *sabe-nada* talvez fosse provavelmente uma expressão melhor. Fico com a língua solta, como Zelda diz.

Ela me deu um soco no ombro. Não deixei de notar que, até Jesus entrar em cena, ela não era do tipo que batia, e agora, por duas vezes nos últimos dias, eu havia levado uns tapas.

– O que foi? É uma pergunta razoável.

– É desrespeitosa.

Notei pelo retrovisor que Jesus estava olhando pela janela como se examinasse o espetáculo lamentável da West Broadway – suas lojas de rosquinhas, casas de penhores com placas dizendo que a gente podia vender as jóias ou descontar os cheques ali, as fachadas com tábuas pregadas, o lixo e os homens enrolados em cobertores, sentados com as costas apoiadas em algum prédio, ao sol.

– Apenas Jesus está bom – respondeu ele.

– Achei que era Ressús.

– Para os de fala hispânica, sim.

Olhei de relance novamente, achando que ele podia estar fazendo algum tipo de piada, mas era difícil saber. Seu rosto bonito não revelava nada.

– E quanto aos eleitores ítalo-americanos? – perguntei, pois era o caso de minha mãe. – Não deveríamos dizer *Gesu Christo* quando estivéssemos em certos bairros?

Houve um momento de silêncio desconfortável.

– Ele é sempre tão encrenqueiro assim? – Jesus perguntou a Zelda, depois de um minuto.

A essa altura, ela havia me dado as costas, enojada. Mas, para seu crédito, disse:

– Não, nem sempre. – E depois: – Só quando vai ver a família.

– Percebo que há algum resíduo de estresse aí – disse Jesus. – Vou ajudá-lo com isso, se você quiser.

– Certo. Obrigado. E desculpe pela tentativa de fazer gracinha. É meio difícil para mim você não querer ser chamado de Senhor, Deus ou algo assim. Não creio que vá ajudar na campanha, também, para dizer a verdade. Quero dizer, se você faz milagres e diz que é Jesus, as pessoas vão esperar que esteja um pouquinho acima dos Bob Dole ou Mike Dukakis da vida.

– Sei disso.

– Certo. É só um conselho. Se quiser que eu me atenha às questões de segurança, tudo bem.

Nesse ponto havíamos pagado o pedágio e estávamos subindo a rampa que leva à rodovia interestadual. Eu sabia, por centenas de outras viagens nessa estrada, que haveria um trecho de tristeza antes de chegarmos ao campo: fábricas abandonadas cercavam West Zenith como as ruínas de fortificações antigas, com as paredes de tijolos cheias de pichações medonhas em tinta vermelha e azul, marcas de quadrilhas, rostos de histórias em quadrinhos, slogans políticos ou frases exprimindo uma espécie de angústia americana moderna como a típica: TRAGAM MEU EMPREGO DE VOLTA! As caixas-d'água nos telhados estavam enferrujadas. As janelas tinham mais vidros quebrados do que inteiros. Os estacionamentos haviam se tornado vastas planícies de asfalto cheias de cacos de vidro e pneus velhos. Uma vez, algo bom e sólido tinha sido feito ali dentro. Agora eram só tijolos quebrados e montes de bosta. Imaginei o que ele pensaria disso. Quero dizer, o Grande Cara.

– Não – disse Jesus. – Não quero que você se atenha à segurança. E, Zelda, não quero que você se prenda aos contatos com a imprensa. Vocês são dois dos meus principais conselheiros. Na verdade, decidi viajar com vocês hoje para falarmos sobre estratégia. Valorizo suas opiniões.

Ficamos em silêncio, os dois animados com essa observação. Jesus conseguia fazer isso, eu estava começando a ver. Conseguia irradiar sua personalidade num instante e fazer você sentir como se o conhecesse a vida toda. Dei outra olhada pelo espelho e pareceu que suas feições haviam se suavizado. Os malares altos e o nariz ligeiramente torto, a testa alta por baixo dos cabelos pretos puxados para trás, a boca grande e meio torta haviam assumido, como se por uma magia de outro mundo, um brilho de suavidade. Totalmente consciente de estar dirigindo um tanque de 40 toneladas sobre gelo fino e me arriscando à ira perpétua dos *apropriacionistas*, como Wales os chama, vou sugerir que Jesus podia passar de uma aspereza tradicionalmente masculina para uma gentileza tradicionalmente feminina, embora, é claro, essas expressões estejam fora de moda, sejam ofensivas e possivelmente tenham caído em desuso. Mesmo assim, foi o que pensei. Às vezes ele parecia um macho, pelo modo como falava, como se portava, as coisas que dizia. Era como se tivesse um capacete de hóquei e estivesse sentado no banco de reservas, cuspindo pelo lugar onde os dentes da frente haviam estado um dia. E então, no meio de uma única frase, tudo isso mudava e ele era... bem, quase maternal... no melhor sentido.

– Se quer conselho, procurou o casal certo – falei e pude sentir Zelda me olhando quando usei a palavra "casal". – Porque somos duas das pessoas mais cheias de opinião que conhecemos.

– E duas das mais inteligentes – Jesus acrescentou.

– Não exatamente. A Zel aqui não é uma lâmpada acesa, como você provavelmente já notou. Este seu criado, por outro lado... – foi tudo o que consegui dizer antes de ela me bater de novo, desta vez com mais força, ainda que de modo amoroso.

– Quero a opinião de vocês sobre a situação da campanha – disse Jesus.

– Mas você já sabe tudo isso, Senh... – Zelda se conteve antes de pronunciar a palavra inteira. Havia girado de novo em seu banco para olhá-lo. – Você sabe tudo, não sabe?

– Deixo que haja lacunas – Jesus respondeu, ainda olhando pela janela, onde agora o cenário havia mudado para uma densa floresta de madeira de lei e morros. É uma parte linda do mundo o Oeste de Massachusetts, muito diferente do Leste, geológica e politicamente. Ir do Oeste coberto de florestas para o Leste enérgico, onde fui criado, sempre me deixava ligeiramente ansioso, como se o mundo ao redor estivesse se movendo cada vez mais rápido e eu tivesse de me esforçar muito mais para acompanhá-lo.

– Não entendemos esta parte – falei. – Quero dizer, a das lacunas.

– Num determinado nível, sei de tudo, sim, claro. Em outro, enquanto estou aqui, me limito. De propósito. Me separei do Grande Espírito, do Espírito Pai e Mãe, e assumi esta forma, que, devo dizer, não é a minha forma física predileta...

– Mas você é *lindíssimo* – Zelda interrompeu.

Outra pontada ruim. Tentei dizer a mim mesmo que era porque ela não tinha conhecido seu verdadeiro pai.

Jesus continuou como se não tivesse escutado:

– O que vocês talvez não entendam é que as regras deste planeta são fixas. Assim como a água congela a zero grau centígrado, por exemplo, ou como a Terra faz sua rotação em aproximadamente 24 horas, há certas leis espirituais aqui, estabelecidas antes mesmo da criação da esfera que abriga e alimenta vocês. Até certo ponto, posso dobrar essas leis sempre que quero: realizando um milagre, por exemplo. Mas se eu eliminá-las por completo, com objetivos pessoais, tudo vira de cabeça para baixo e o fato de eu assumir a forma humana fica sem sentido. Preciso atuar dentro dos limites de sua compreensão, de seu sistema de pensamento e até mesmo, na maior parte do tempo, de suas limitações físicas.

– Mas por que o "preciso"? – não pude deixar de perguntar. – Essa é a parte difícil, pelo menos para mim. Me parece que você poderia fazer qualquer coisa que lhe desse na telha.

– Minha mãe ordenou isso – ela respondeu.

– Sua mãe? – Zelda ficou empolgada. – Na Bíblia você sempre fala do pai. "Meu pai no céu", e assim por diante.

– É a mesma coisa. Mãe, pai, eu. É a mesma coisa.

– A Santíssima Trindade – sugeri.

– Claro – disse Jesus –, se você gostar desse modelo. Todo o sentido dos ensinamentos que dei naqueles dias era tentar arrancar vocês de sua insistência em se identificar com o corpo físico. Todo o sofrimento vem dessa identificação, o que deveria ser bastante óbvio. Minhas palavras originais foram alteradas, infelizmente, mas seu significado original tratava principalmente disso. – Ele parou um momento e olhou pela janela, me pareceu que estava de algum modo se comunicando com as árvores e as pedras. *Este é o meu corpo. Este é o meu corpo. Não sou meu corpo.* Senti um pequeno desejo de ter prestado mais atenção à escola dominical.

– Escutem – disse Jesus. Em seguida se inclinou à frente para que sua cabeça ficasse mais perto de nós. – Não quero ir muito longe neste assunto agora. Mais tarde, se vocês quiserem, podemos dar uma volta no deserto, ou algo do tipo, e ter uma aula particular. Eu ficaria feliz com isso. Mas temos duas horas juntos na estrada e pode ser nosso último momento de tranqüilidade por um bom tempo, por isso quero que me coloquem a par, ao máximo possível, da situação em que estou entrando.

Zelda e eu nos olhamos.

– Você primeiro – falamos no mesmo instante.

– Certo – disse eu. – Eu cuido dos republicanos e você dos democratas, está bem?

Ela assentiu.

– Você primeiro.

– Certo. Mas quero prefaciar minhas observações dizendo que estas são aproximações grosseiras.

– Ótimo, o que eu quero é o quadro geral. E seja duro.

– Isso nunca foi problema para ele – Zelda observou.

– O quadro geral – comecei – é que, neste momento, a menos de cinco meses das eleições, estamos muito atrás da bola oito. Todos os outros têm pelo menos um ano de dianteira, levantaram um monte de dinheiro, passaram por uma série de prévias difíceis, de debates violentos. Você vai ser visto como Jesus Atrasado, se quer a dura verdade.

– Quero.

– Então está certo. A boa notícia é que as duas principais pessoas com quem você vai concorrer não são exatamente...

– Divinas – Zel contribuiu, quando hesitei.

– Certo, divinas. Do lado republicano, você tem Marjorie M. Maplewith, senadora durona de Idaho. Seu marido, o reverendo Aldridge Maplewith, é pastor de uma megaigreja em Boise, famoso por pregar na TV, multimilionário, orgulhoso cristão conservador. Marjorie herdou uma fortuna de dois tipos de empreendimentos familiares: balneários de esqui e mineração de alumínio. E quando se casou com Aldridge foi como dois impérios se fundindo. Ela se chama de "Protetora Pró-ativa" dos valores e do território americanos. Quer dobrar o tamanho das Forças Armadas. Conseguiu aprovar no Congresso uma lei que aumenta as penalidades para qualquer crime contra crianças, e as pessoas a admiram por isso. Os molestadores vão para a cadeia e não saem mais. Os pais que machucam seriamente seus filhos ficam uma década atrás das grades, perdem automaticamente os direitos de guarda, esse tipo de coisa. Ela fala em privatizar serviços do governo, os correios, por exemplo, de modo que os grandes empresários gostam dela. Escolheu Adam Clarence, senador de West Virginia, para vice. Ele é basicamente um zé-ninguém, e as pessoas se perguntam se há algo por trás dos panos, um favor devido ou algo do tipo. Ela levantou um monte de dinheiro com um número relativamente pequeno de doadores e comitês de ação política, e viaja pelo país para fazer comícios organizados com cuidado pelo seu pessoal, depois os filma de modo a parecerem muito maiores do que realmente são. Campanha bem lubrificada. Implacável no que diz sobre o opositor. Aborto é assassinato, ponto final. Homossexualismo é um crime contra Deus e deveria ser ilegal. Também quer tornar ilegais os filmes pornôs, fecharia os sites de pornografia na internet, mas ninguém conseguiu que ela dissesse como faria isso. Acredita que não deveria haver dinheiro público para a educação sobre controle da natalidade neste país ou fora dele. O governo deveria sair da vida das pessoas... a não ser quando quer espiá-las por motivos de segurança nacional. Isso basta ou quer mais detalhes?

– Por enquanto está ótimo – disse Jesus.

– Sua vez, Zel.

– Bom... – Zelda tocou os brincos novos de um modo contemplativo e depois disse: – Numa reviravolta interessante, este ano os democratas arranjaram um militar: Dennis Alowich. Seu avô emigrou da Lituânia e originalmente o sobrenome era Alowicious. Talvez haja algum sangue judeu aí, não temos certeza, mas pode apostar que isso está sendo averiguado. Não é o maior dos militares, apenas um coronel, mas é um herói de guerra reformado que inventou uma espécie de inseticida chamado GreenBiscuit, que mata os insetos sem fazer mal às pessoas. Ganhou uma fortuna vendendo isso, foi governador do estado de Washington durante um mandato, secretário de assuntos dos veteranos por um período, depois se afastou há alguns anos para preparar sua campanha. Escolheu o senador John-John Maileah, do Havaí, porque Maileah é um baluarte do partido há 30 anos, e eles lhe deviam alguma coisa. Não tem tanto dinheiro quanto Marjorie Maplewith, é uma personalidade mais agradável segundo a maioria das estimativas, mas não é tão bom em campanha nem tão inteligente. Tende a se afastar das questões sociais quando está falando para certas platéias, mas em termos gerais é progressista. Fala duro quando se trata de defesa nacional. Sua grande questão é aumentar o salário dos professores, tornar as escolas seguras, as faculdades mais baratas, etc. Além disso, sua mulher é a famosa estrela de novelas Lenda Elliot. Ela atrai grandes multidões e é querida pelo povo.

– Ótimo – observou Jesus.

– Os dois têm as bases bem guarnecidas – falei. – A direita adora Maplewith. A esquerda gosta de Alowich. Fico me perguntando onde você se encaixa.

– No meio – respondeu Jesus.

– Todo mundo quer o meio. Quanto mais perto você está do meio, mais votos recebe. Ciência Política I.

– Estou contando com as bem-aventuranças.

Houve um silêncio perplexo no banco da frente. Depois de um minuto, eu disse:

– Quer dizer, "felizes os pobres no espírito" e assim por diante? Aquelas bem-aventuranças?

– Exatamente.

– Eles vão atacar você falando sobre a defesa nacional – disse Zelda, verbalizando meus pensamentos. – Vão dizer: "O que você propõe se os EUA forem atacados de novo? Dar a outra face?" O povo vai zombar de você.

– Não será a primeira vez.

– Mas você realmente diria isso? Quero dizer, dar a outra face?

– Eu já disse antes, não disse?

– Mas, se você é chefe de uma nação e diz isso, vai... ser como no Tibete. O inimigo, quem quer que seja, virá, vai torturar as pessoas, matar milhões, tomar o país em uma semana. Você precisa de 50 ou 60 milhões de votos para ser eleito presidente. Diga algo assim e não vai receber nem dois milhões. Seria como dizer: "Quero tirar dos ricos para dar aos pobres." Bela idéia. Mas, se um candidato a presidente disser isso, é melhor fugir para, não sei, a Venezuela, ou algo assim. Você estaria acabado.

– Deixe-me cuidar disso – Jesus respondeu. – Acho que posso dizer de um modo que faça sentido para as pessoas. Não vamos entregar o país aos homens maus. Não sou ingênuo.

– Fico feliz em ouvir você dizer que *existem* homens maus.

– Claro que existem.

– Por quê? – perguntou Zelda.

– Como assim, por quê?

– Por que existem homens maus? Por que você os fez, ou por que sua mãe e seu pai os fizeram? É uma pergunta pessoal, não tem nada a ver com estratégia. Sempre me perguntei. Todo dia lido com pessoas que foram estupradas, que sofreram abusos ou que foram abandonadas pelo parceiro ou algo assim. E sempre quis perguntar por que você deixou que isso acontecesse.

– As leis da Terra – ele respondeu. – Não é assim em todo lugar. Assim que vocês saem desta perturbada esfera azul, não há tanta dor. Esta é a esfera do sofrimento. Todos vocês, individualmente, precisam encontrar uma saída. Uma vida aqui, até mesmo a grande bênção de uma vida humana aqui, não é considerada um dia na praia aos olhos da maior parte do resto da criação. Vocês trabalham mais do que as almas na maioria das encarnações. Sentem mais dor, dos mais variados tipos. Preocupam-se muito mais, em especial nas sociedades industrializadas, onde a verdadeira paz de espírito é rara. Uma vida na Terra equivale a uma infância difícil. Eventualmente vocês superam isso. As cicatrizes e as lições que levam desta infância dependem totalmente de vocês.

– Mas por que você permite que seja assim?

– É a lei.

– Mas por que a lei não pode ser não ter dor? Por que não podemos ser todos felizes para começar? Por que houve o pecado original, ou o que quer que seja? Adão, Eva e a maçã, e assim por diante?

– Como este universo, vocês estão envolvidos numa expansão constante de si mesmos – continuou Jesus. – Essa expansão exige esforço. A dor faz parte desse esforço. Eu poderia entrar em mais detalhes, mas não é a hora.

– Por quê? Ela está fazendo uma pergunta importante.

– É complicado demais para vocês.

– Até para mim? – perguntei.

– Especialmente para você.

Olhei pelo espelho e fiquei satisfeito em ver um sorriso nos cantos de sua boca. Então Deus tinha senso de humor, afinal de contas – todos os meus amigos do golfe achavam isso.

– Que tal uma dica, pelo menos?

– Certo. Quando você tem um sonho, sente que ele é absolutamente real, não é?

– Sim, às vezes.

– E, quando acorda, percebe que não era absolutamente real.

– Certo – concordei. – Então isso é o sonho.

– Eu vim, como da última vez, para mostrar como acordar do sonho.

– Para o paraíso – Zelda sugeriu.

– É, mas nem mesmo o paraíso é estático.

– É como o meu trabalho – disse ela. – Sem querer comparar o seu trabalho com o meu, claro, mas o que faço é ajudar as pessoas a ir além das lembranças e dos maus pensamentos que as assombram.

– Uma analogia perfeita – disse Jesus. – Você não pode estalar os dedos e lhes trazer a paz. Elas mesmas têm de fazer o serviço, ainda que você e outros possam ajudá-las. De modo semelhante, os santos e os anjos estão ajudando vocês... Direi mais em conversas futuras.

– Por que não agora? – perguntei.

– Porque no momento estou interessado nas coisas da política. O comício da quarta-feira, para começar. Como andam os preparativos de segurança, Russ?

Contei que as coisas iam bem, o que era mais ou menos a verdade, mas Zelda me deu um olhar esquisito, como se eu tivesse acabado de mentir para Deus, e então um silêncio incômodo caiu sobre nós durante alguns quilômetros. Paramos num posto porque Jesus disse que precisava usar as instalações.

Fizemos uma visita ao banheiro, depois nos encontramos na área de alimentação. O mesmo incômodo permanecia entre nós, como se tivéssemos ficado íntimos ali no carro e isso tivesse nos deixado – pelo menos Zelda e eu – sem graça. Comprei três cafés (Jesus gosta com duas colheres de açúcar), e estávamos ao ar livre quando eu lhe disse:

– Você deveria se preparar para o choque espiritual de conhecer o clã Thomas. Somos um pouco... bem, deixe-me colocar do seguinte modo: sou o mais normal da turma.

– Não vou conhecê-los hoje – disse Jesus. E tomou seu café em longos goles. – Vou voltar agora para West Zenith.

– Agora? Mas estamos indo para o outro lado.

– Vou pegar uma carona.

– Não é seguro – disse Zelda.

– E eu estou encarregado da segurança. Não vou permitir.

Essa observação provocou o primeiro sorriso aberto que eu o vira dando naquele dia estranho. Foi um sorriso fenomenal. Seus lábios se alargaram, revelando dentes perfeitos. Aquele sorriso deixava a gente feliz, fazia a gente esperar coisas melhores, e comecei a achar que talvez, apenas talvez, apesar das bem-aventuranças, ele poderia se sair bem na campanha.

– Vou ficar bem – disse ele. – Lembre-se, eu gostaria de ampliar o raio da campanha no dia seguinte ao comício de lançamento. Peça ao seu pai para fazer uma programação, Russel. Ele é o nosso guru dos transportes, nosso homem da logística.

– Certo – respondi, mas o que queria fazer era pegá-lo pela lapela do paletó esporte e gritar: "O cara dos transportes? Meu pai? Ele tem sorte quando acha o caminho do trabalho para casa! Você pirou de vez!"

Jesus jogou o copo de café num latão de lixo e pôs a mão no meu ombro direito. Senti um tremor atravessar meu corpo. Bom, devo dizer que tive uma experiência mínima com drogas, provei algumas vezes na época da faculdade. Sorte minha, acho, isso nunca ter resultado em nenhum grande barato. Mas tive algumas experiências com analgésicos receitados por médicos, e havia usado álcool em várias ocasiões para alterar meu estado mental, por isso não desconhecia as possibilidades do júbilo químico. Seu toque me fez sentir isso claramente, me deixou feliz de um modo que não posso descrever. Feliz, otimista, confiante. Isso durou talvez meio minuto depois de ele retirar a mão.

– Tudo está ótimo exatamente como está – disse Jesus, antes de se afastar. Por alguns minutos depois de ele me tocar, achei fácil acreditar nisso.

Olhamos enquanto ele atravessava três faixas de trânsito de alta velocidade, a de velocidade média e depois mais três faixas, tão casualmente como se estivesse cruzando uma rua secundária numa cidadezinha do interior às 6 horas da manhã. Quando ele estava em segurança do outro lado, entramos no meu carro e fomos para o Oeste.

catorze

ERAM APENAS 40 QUILÔMETROS DO POSTO até à humilde cidade de North Salem, onde nasci e cresci, e onde meus pais, Arnold e Maria Thomas, ainda moravam. Mas devido ao trânsito da cidade, 40 quilômetros se transformaram em cerca de 40 minutos, tempo suficiente para Zelda e eu termos uma das piores brigas da nossa história.

Menos de 15 segundos depois de nos despedirmos de Jesus e dizermos para ele ter cuidado, ela partiu para cima de mim:

– Você é absolutamente, absolutamente desrespeitoso com ele – disse, se afastando de mim o máximo possível no banco da frente.

– Sou respeitoso ao meu modo. Você parece uma adolescente com ele. Senhor isso, Senhor aquilo. Você é *lindíssimo*, Senhor.

– Bem, ele é.

– Elogio não é o que ele deseja. Ele mesmo disse.

– Você está com ciúme.

– E daí? Estou com ciúme de Jesus, e você tem ciúme de enfermeiras de 50 anos. E, de qualquer modo, o que há para ter ciúme? Ele é Jesus. É Deus. É celibatário. Não tenho tanto ciúme de caras celibatários.

– Ele não é celibatário.

– Como você sabe? – perguntei. Naquele momento pensei que ela ia dizer que os dois tinham passado a noite juntos. E, se ela dissesse isso, eu pararia o carro no acostamento, entregaria as chaves para ela e largaria tudo: Zelda, o noivado, Jesus e a campanha. Ia pegar minhas economias e me mandar para as Bermudas, Belize ou Saskatchewan por umas longas férias e depois bolar uma nova existência para mim. Uma carreira de ateu. Uma vida nas ruas. Ia fundar uma empresa de investimentos de risco. Por aí dá para ter uma idéia de como as feridas antigas eram profundas.

– Posso sentir esse tipo de coisas num homem. Celibatário é a última coisa que ele é.

– Ele deu em cima de você? – perguntei, antes que pudesse me impedir. – Você dormiu com ele ou algo assim?

– Você é nojento. De verdade.

– Só estou perguntando. E você não está respondendo.

– Algumas perguntas não merecem ser respondidas.

– E talvez alguns homens não mereçam ficar noivos.

– Não falei isso. Você não acredita em ninguém, nem em si mesmo. É como se fizesse tudo mecanicamente, sem interesse. Você realmente fez as coisas de segurança que ele pediu?

– E você fala de perguntas que não merecem ser respondidas.

– Você fez?

– Claro que fiz. Está tudo pronto. O próprio chefe Bastatutta me disse que tudo está ajeitado. Você fez as coisas de imprensa?

Ela assentiu, de braços cruzados, sobrancelhas e boca franzidas numa expressão de infelicidade.

– Gostaria que você relaxasse e confiasse ao menos uma vez na vida – disse, num tom menos beligerante. – Nunca dei motivos para você duvidar da minha fidelidade, nenhuma vez, e você sabe disso. Ele fez milagres e escolheu você para o trabalho mais importante da sua vida. E você está hesitando por dentro.

– Larguei meu emprego, Zelda. Isso não é exatamente um sinal de indecisão.

– Você largou o emprego por minha causa. Tinha medo de me perder se não acreditasse nele.

– E teria perdido?

– Não sei.

– Pelo menos você é honesta.

– E eu larguei meu *consultório*. Você tem idéia de como é deixar 43 pessoas na mão, pessoas que confiavam em você? Algumas delas mal conseguem passar um dia sem pensar em acabar com a própria vida.

Ela começou a chorar. Seguimos assim por alguns quilômetros. Os prédios altos no centro da cidade surgiram. O trânsito ficou mais intenso. Paguei o pedágio e, depois de serpentear entre os carros e caminhões durante mais alguns quilômetros, peguei a rampa que levava à ponte sobre o rio que separava North Salem do mundo sofisticado, o mundo de ateus e jornalistas, o mundo da dúvida, das complicações e da relatividade moral.

– Você acredita que amo você? – Zelda perguntou, quando estávamos no meio da ponte.

– Na maioria das vezes, sim.

– Acredita que é possível eu amar você e adorar Jesus ao mesmo tempo?

– Claro, em princípio. Na realidade, ele tem uma aparência tão desgraçadamente humana que, para mim, é difícil. Ele é bonito e se veste bem. Daria um excelente âncora.

– Você não consegue largar essa obsessão de âncora? Por favor! Acha que o sonho da minha vida é me casar com um âncora?

– Não. Este é o sonho da minha vida. Alguns deles são bem bonitos, têm corpos ótimos. Além disso...

– Pare.

– Estou nervoso. A família, você sabe.

– *Eu* é que deveria estar nervosa, Russell. E você está mudando de assunto.

– Preciso de uma bebida.

– Está mudando de assunto de novo.

– Meu pai faz um martíni decente.

– E de novo. Você não consegue se entregar totalmente a Ele. Deus vem à Terra e você se reprime. É assim que vai ser o casamento com você? Você vai ser um daqueles maridos que vivem atrás da armadura? Que saem com os amigos o tempo todo? Que só falam de esporte? Sexo à noite e silêncio de manhã?

– Sou assim agora?

– Não, mas o modo como você age com Jesus me preocupa.

– O modo como *você* age com Jesus é que *me* preocupa. E aqui estamos, na rua onde meus pais moram, e de volta ao ponto de partida. Perfeito.

– Culpa sua.

– E é você quem sabe. A terapeuta. A que se senta para julgar enquanto as pessoas desfilam seus problemas. Como se não tivesse os seus próprios.

O que foi uma coisa terrível de dizer, uma coisa idiota. Mas não sou o melhor ser humano do mundo nem vou fingir ser só pela conveniência desta história. Na verdade, depois de me preocupar muito com isso, decidi incluir esse material pessoal exatamente porque ele demonstra a minha, a nossa humanidade. Para mim, para todos nós, simplesmente ficar perto de Jesus não nos transforma de repente em amantes perfeitos e santos na Terra. Ele desceu para a sujeira, o pó e a maldade da vida comum, e, ainda que essas coisas mal parecessem tocá-lo, o inverso também era verdade: sua divindade não contagiava nenhum de nós. Ainda tínhamos de cuidar de nossa evolução, acordar de nossos próprios pesadelos.

Encontrei uma vaga a um quarteirão da casa dos meus pais, tranquei o carro e fomos em direção à escada da frente com um bom metro de ar entre nós, Zelda alisando a frente do vestido e eu mastigando o interior da bochecha e me lembrando de que não havia trazido nada de presente. O que, na minha família, era uma espécie de pecado.

quinze

MEUS PAIS MORAM NUM *TRIPLE-DECKER*. Para quem não sabe, um *triple-decker* são três apartamentos estilo caixa, de um andar, empilhados um em cima do outro, em geral com três varandas na frente ou nos fundos e teto plano. Nos velhos tempos em North Salem, eram quase sempre os imigrantes recentes que moravam nos *triple-deckers:* os irlandeses, italianos e judeus, as grandes famílias da Nova Escócia ou da Rússia, que não tinham muito dinheiro e não eram silenciosas. Meus pais pertenciam a essa demografia básica – mamãe era de um clã de napolitanos de cabelos escuros, e o povo de papai vinha da terra de ninguém que tem sido a Polônia e a Ucrânia em vários momentos da história. Ele era um judeu típico: grande, atlético, terrível com dinheiro. E ela era uma típica italiana católica, tinha olhos azuis e era péssima cozinheira. Apesar da esquisitice, foram bons pais para mim e excelentes para meu irmão Steven Anthony Bernie Thomas, ou simplesmente Stab. Stab havia nascido com necessidades especiais e ainda morava com nossos pais no *triple-decker*, que agora era propriedade deles. Ocupavam o último andar e alugavam os dois apartamentos de baixo.

Quando começamos a subir a escada da frente, eu me virei para Zelda e perguntei:

– Meu cabelo está legal?

– Quem se importa? – foi a resposta.

– Obrigado. Está nervosa também?

– Claro.

– Eles vão adorar você.

Eu estava tentando contornar a situação, mas quando Zelda ficava furiosa ela se acalmava na mesma velocidade com que a neve derretia num dia de inverno no Alasca. Subimos os dois lances de escada num silêncio doloroso. Os cheiros – de madeira velha, poeira de tijolos, solvente de tinta e da comida dos inquilinos – penetravam em minha mente, provocando um milhão de lembranças. No pequeno patamar no fim da escada, Zelda ficou de lado para que eu pudesse parar junto à porta, e dei minha batida característica – três toques rápidos, uma pausa e mais dois toques.

Ouvi passos no piso da cozinha num ritmo rápido e familiar e a voz de minha mãe: "Stab! Atenda! Por favor!" Em seguida a porta foi escancarada e meu irmãozinho de 27 anos estava com os braços em volta de mim, tentando me levantar do chão enquanto soltava grunhidos altos, "Anh! Anh! ANH!". Por fim ele me soltou, agarrou minhas mãos, uma de cada vez, e as beijou com um estalo alto, e seu rosto, malformado, com olhos amendoados, boca frouxa e barba malfeita, se iluminou como uma rua molhada diante de uma casa em chamas.

– Mãe, Russ tá aqui! Pai, Russ tá aqui!

Era uma recepção que nos fazia acreditar de novo na possibilidade de sermos amados. Era puro Stab. Eu o abracei, beijei e então, com um dos braços em volta de seus ombros, me virei de modo a ficarmos de frente para Zelda.

– Stab, quero que conheça minha noiva, Zelda Hirsch. Zelda, meu fantástico irmão, Stab.

– Mãe! Pai! – Stab gritou, e sua voz potente estrondeou pelo apartamento, desceu a escada que havíamos acabado de subir e saiu pelas janelas até à Shirley Street. – Russ tá NOIVO! A namorada dele é UM TESÃO!

Zelda estendeu a mão para cumprimentar meu irmão, mas Stab não aceitaria isso. Tendo quase exatamente a mesma altura que ela, ele a agarrou pela cintura e comprimiu os lábios contra os dela, depois encostou o rosto na lateral do pescoço de Zelda e apertou com força. Pude ouvir o ar sendo espremido para fora dos pulmões dela. O som seguinte foi dos saltos dos sapatos de mamãe no linóleo. Outro abraço, outra apresentação.

– Ah, querido! – disse mamãe, a ninguém em particular.

E então meu pai estava atrás dela, berrando:

– O que é isso? Que notícia é essa? – Havia tanto alívio em sua voz que me fez rir. Desde o divórcio, ele andava preocupado com a hipótese de eu ter virado gay. Eu sabia disso sem que uma palavra direta fosse dita por causa de suas perguntas ansiosas sobre namoradas, sobre o que *realmente* havia acontecido entre mim e Esther, sobre que tipo de coisas eu fazia quando não estava trabalhando. Eu o provocava sem piedade. "Vou às boates de Nova York, pai", dizia. Ou: "Vivo na academia, malhando." De qualquer modo, eu o apresentei a Zelda e pude ver que ele gostou dela, de um modo masculino, e até apreciei o fato de ele quase ter quebrado meus dedos com seus parabéns paternos.

– O que estamos fazendo aqui parados? – falou minha mãe. – Entrem, entrem!

Na casa da minha família as pessoas se sentam à mesa da cozinha mesmo quando não estão comendo. Stab correu, pegou a cadeira extra e a segurou para Zelda, enquanto ela ocupava seu lugar. Em seguida ficou de pé atrás dela e pôs as mãos em seus ombros. E ela se fez ainda mais querida para mim, e para o resto da família Thomas, colocando uma das mãos sobre uma das dele e mantendo-a ali.

– Já pensei em tudo – disse papai. – Vou correr até o Schwab's e pegar o champanhe. Não temos nenhum em casa. Sua mãe vai fazer *blintzes.*

– Lasanha – corrigiu ela.

– Ligue e peça para o pessoal do Schwab's entregar – falei. – Precisamos conversar.

Um silêncio súbito tomou a pequena cozinha, com sua velha pia de louça e o fogão a gás, o crucifixo pendurado discretamente na lateral de um armário, o calendário com um ditado feliz impresso sob o nome de cada mês: TUDO ACONTECE POR UM MOTIVO, E O MOTIVO É A BEM-AVENTURANÇA!, e coisas desse tipo.

– Qual é o problema? – mamãe perguntou.

E Stab, ainda orgulhoso por ter ficado a par dos fatos da vida cerca de uma década antes, perguntou?

– Ela está grávida?

Zelda riu.

– Não – respondi. – Queríamos contar a vocês pessoalmente sobre o noivado. Vocês são os primeiros a saber. Só isso.

– Então vou correndo até o Schwab's – disse papai.

Pus a mão em seu braço.

– Ligue, pai.

Papai ligou. Mamãe já havia preparado suas armas – a ricota, a massa de lasanha, o vidro de molho – e Stab se sentou conosco à mesa e fez um monte de perguntas a Zelda, o tipo de coisas que meus pais teriam perguntado se não estivessem tão preocupados em fazê-la gostar deles: Como havíamos nos conhecido? Em que ela trabalhava? Quanto dinheiro ela ganhava? Já havia sido casada antes? Sabia que Russ tinha sido casado e que "não deu certo, só isso, não foi culpa de ninguém, só não deu certo"? Ela queria ter filhos e gostaria que ele dissesse como eles eram feitos? E assim por diante.

Quando Stab ficou sabendo que os pais de Zelda haviam morrido quando ela era nova e que ela havia sido adotada, ficou com lágrimas nos olhos e a beijou nas duas orelhas. A coisa boa em se ter alguém como Stab na família é que era difícil manter segredos, e os segredos devoram as famílias vivas. Segredos, mentiras, a auto-repressão que vai crescendo e se torna um hábito à medida que os anos passam – não tínhamos muito disso, de modo que mesmo a família sendo *tré* esquisita, como dizem os franceses, nunca tivemos grandes problemas e sentíamos a ligação quando estávamos uns com os outros, e eu esperava que Zelda também a sentisse, naquela tarde ensolarada, e que me perdoasse pela falta de confiança.

Mamãe demorou um tempo para cozinhar demais a massa e colocar a lasanha no forno, e o garoto da Schwab's levou mais ou menos o mesmo tempo para chegar correndo com três garrafas de champanhe bom. Meu pai e eu fizemos uma disputa de tapas na mão, no corredor, para ver quem pagaria, mas eu o deixei ganhar, e logo sentimos o cheiro da comida cozinhando, e Stab foi se acalmando, olhando Zelda, dando um riso capaz de animar um morto. Dentro de pouco tempo estávamos arrumando a mesa e nos sentando ao redor da comida. Papai fez um brinde.

– Ao meu filho famoso – disse, depois se conteve e acrescentou: – Ao mais velho dos meus dois filhos famosos. E à sua futura esposa, linda, inteligente, toda a saúde e felicidade do mundo.

– Amém – disse mamãe.

– E sexo bom! – Stab gritou. Era o tipo de coisa que ele dizia para todo tipo de pessoas, no supermercado, na igreja, nos enterros. E eu recebi como bom sinal o fato de que todo mundo riu.

Zelda estava sentada ao meu lado. Depois do brinde, e depois de termos feito algum progresso com a lasanha, que para variar não estava tão ruim – minha mãe deve ter corrido um pouco, porque de algum modo evitou estragá-la como geralmente fazia sendo criativa e acrescentando um punhado de cebolinhas ou outra curiosidade original e divertida que ela jurava ter ouvido no canal de culinária –, Zelda começou a me cutucar com a lateral do sapato. Pensei, a princípio, que era um toque amoroso, seu modo de fazer as pazes. Mas depois da segunda ou terceira vez, à medida que as cutucadas se tornavam mais fortes, percebi que ela estava me instigando a jogar a segunda grande notícia na mesa.

Eu ficava dizendo a mim mesmo que puxaria o assunto na próxima pausa da conversa, depois da próxima garfada de lasanha ou da próxima taça de champanhe (papai e eu estávamos pegando meio pesado com a bebida, considerando a hora). Mas eu não conseguia me obrigar a quebrar o clima feliz apresentando a "novidade do Jesus". Por fim, a refeição terminou, minha mãe estava pegando três ou quatro potes de sorvete na geladeira e Zelda quase de pé com os saltos dos sapatos sobre meus mocassins de 215 dólares.

Pigarreei.

– Há outra coisa – finalmente consegui dizer e pude sentir o olhar do meu pai passar sobre o meu e se grudar ali. Minha mãe estava fazendo o que sempre fazia quando ficava nervosa: enchendo as pessoas de comida, indo de um armário até a geladeira, trazendo tigelas para a mesa, distribuindo sorvete, quatro sabores diferentes em cada prato, sem perguntar do que cada um gostava.

– Você foi demitido – disse papai. A marca de nascença, do tamanho de uma moeda de 10 centavos, no lado de seu queixo tremeu.

Balancei a cabeça.

– Eu me demiti.

– Tive um pressentimento. O que...

Levantei a mão, olhei para Zelda e pedi a minha mãe que se sentasse.

– Ela *tá* grávida! – Stab berrou.

– Não, meu chapa. Não está. Ainda não. Quando esse dia chegar, vou contar primeiro a você, certo?

– Por que você se demitiu? – minha mãe perguntou. – Eles estavam pegando no seu pé por causa da sua nacionalidade?

– Ele se demitiu porque nós conhecemos Jesus – Zelda respondeu.

Era a primeira vez que se metia na conversa da família Thomas e, mesmo eu sabendo que ela queria facilitar as coisas para mim, foi, digamos... um passo errado.

– Ah, Cristo – disse meu pai. A essa altura, sua marca de nascença estava latejando.

– Arnie, pare. Você sabe que eu odeio isso – disse mamãe.

– Eles são fanáticos de Jesus – meu pai praticamente gritou. Assim que uma idéia lhe ocorria, assim que formava uma opinião, não havia como pará-lo. Quando estávamos de férias em algum lugar, numa piscina em algum balneário ao qual não tinha dinheiro para nos levar mas aonde nos levava mesmo assim, ele começava a falar com algum outro cara sobre energia nuclear, impostos ou sindicatos e partia com tudo. Tinha opiniões especialmente fortes sobre religião e política. Os "falsos cristãos" era como chamava certos grupos de pessoas. Os "supostos judeus" ou "muçulmanos pirados". "O Sr. Republicano Rico de Cabelo Tingido" era o nome que dava ao nosso ex-governador. Ele era assim.

– Pai, espere um segundo – pedi, levantando a mão para ele como um guarda de trânsito no cruzamento entre as Ruas Proselitismo e Debate. – Não é o que parece.

– Claro que é – disse ele.

– Não é, pai.

– Claro que é. Você largou o trabalho. Encontrou Jesus. É tão óbvio quanto o nariz na minha cara.

– Arnie. Pare. Agora.

– Pai, quer parar? – disse Stab.

– Agora está todo mundo contra mim. Seu irmão e a mulher dele são fanáticos de Jesus. Ele largou o emprego. – Em seguida, se virou para mim, os pêlos de suas orelhas tremendo. – Gostaria de saber como vai sustentar uma família.

Eu me recostei e olhei para ele por alguns segundos.

– Pai, Zelda não conhece você. Vai achar que você é doido.

– Todos contra mim, todos.

Zelda pôs a mão em seu braço, e ele a olhou espantado. Ninguém jamais o tocava quando ele estava com esse humor.

– Sr. Thomas – disse ela.

– Arnie.

– Arnie. Não foi isso que eu quis dizer. Deixe o Russ explicar. Por favor.

Ele grunhiu, murmurou e rangeu os dentes.

– Certo. Desculpe. Vá em frente.

– Bela impressão você está causando na noiva do seu filho – mamãe não conseguiu resistir naquele momento.

– Mãe – falei, e mesmo tendo dito com gentileza ela ficou com lágrimas nos olhos. Stab a abraçou, meu pai engoliu o resto de seu champanhe e encheu de novo a taça. Eu estava pronto para sair pela porta. Resumindo: era uma cena comum de família no número 98 da Shirley Street. Respirei fundo e apertei a mão de Zelda por baixo da mesa. – Pai – tentei de novo. – Mãe, escutem.

– E eu?

– Stab, meu chapa, achei que você já estivesse escutando. Nós temos uma coisa engraçada para contar. Não exatamente engraçada, mas diferente, certo?

– Certo – disse Stab, e depois: – Papai acha que você é gay. Então na verdade Zelda é homem?

– Não, mas obrigado. Zelda não é homem.

– Que merda de Jesus é essa? – perguntou meu pai. – Desembuche.

– Arnie!

– Não venha gritar comigo agora!

– PAREM! – berrei tão alto que até Zelda levou um susto. E então, mais baixo: – Parem. Certo? Escutem, apenas escutem. Quando eu terminar de falar, se vocês acharem que sou doido, que Zelda e eu somos doidos, podem dizer. Digam: "Você é doido", mas, em nome de Pedro, pelo menos me dêem uma chance de dizer o que tenho a dizer.

– Note que ele usou a expressão "em nome de *Pedro*" – observou mamãe.

– Há maneiras de as pessoas inteligentes se expressarem sem pronunciar o nome do Senhor em vão.

– Pode pegar no meu pé – disse papai.

– PARE! – Estendi a mão e enchi de novo a taça de champanhe de Zelda, depois a minha. Ela tomou tudo de um gole só. – O que Zelda disse é verdade, mais ou menos.

– Como assim, mais ou menos? – perguntou ela.

Levantei outra mão para ela.

– Há cerca de um mês, um menino de 3 anos caiu de uma escada de incêndio em West Z e todo mundo achou que ele estava morto, até que um cara saiu da multidão e aparentemente o trouxe de volta à vida. Eu cobri a matéria. Fui cético. Muito cético. Mas então, umas duas semanas depois, uma garota que estava morrendo no hospital de Wells River foi curada e o mesmo cara estava no centro da história. Continuei cético de novo, mas talvez um pouquinho menos. Os boatos corriam, certo? Uns dois veículos da grande mídia mencionaram o assunto, mas tiveram o cuidado de não fazer um estardalhaço, de não fazer com que parecesse real. Então o tal cara, aquele que aparentemente estava salvando e curando, ligou para a minha linha particular. Tivemos uma espécie de encontro secreto. Ele foi impressionante, mas continuei em dúvida até que ele mandou um sonho para Zelda. Ele me dissera que o faria.

– E então? – disse meu pai, quando parei para respirar. – Isso fez você largar o emprego?

– Ele diz que é Jesus, papai. Curou uma criança e trouxe outra de volta à vida.

– É um truque. Ele é um médico complexado. Grande coisa.

– Foi o que pensei também, mas agora não penso mais. Acho que ele pode ser o cara de verdade. – Zelda me chutou por baixo da mesa. – Acho que ele *é* o cara de verdade. Tenho certeza de que é.

– Você não parece tão seguro.

– Ele vai se candidatar a um cargo público e pediu que eu largasse o emprego e trabalhasse na campanha, por isso larguei. Zelda deixou seu consultório e também está na campanha.

Silêncio perplexo. Todos estavam me olhando, embora o olhar de Stab ocasionalmente saltasse até Zelda e voltasse.

– Você conheceu Deus? – perguntou ele, com a voz cheia de espanto.

– Acho que sim. Conheci. Ou pelo menos algum tipo de homem santo. Conheci. Nós conhecemos. Você também pode conhecê-lo.

Meu pai inclinou-se para a frente.

– Dentre todas as coisas que você já fez, Russ. Dentre todas as coisas idiotas, e não vou fazer uma lista na frente de Zelda, mas incluo o casamento com a tal... como é mesmo o nome dela?

– Esther! – respondeu Stab, todo feliz. Minha mãe o silenciou.

– Esta ganha o prêmio máximo, certo? Acho que você pode ser um maluco total, um doido. Talvez seja uma coisa boa sua noiva descobrir isso agora e não mais tarde. Economiza um bocado de dor para todo mundo. Desculpe. É o que eu acho. Estou me abrindo.

Minha mãe ficou em silêncio, olhando para meu pai enquanto ele falava, depois para mim, para Zelda, apertando a mão de Stab. Seus belos olhos azuis percorreram toda a mesa e depois se fixaram no meu pai pegando fogo.

– Seu ateu – disse num tom gélido.

Ele não olhou para ela.

– Sou judeu.

– Nós somos meio judeus – Stab explicou a Zelda.

– Você nem é judeu – disse minha mãe. – É ateu. Agnóstico.

– Obrigado pelo "nem" – disse papai, ainda sem olhar para ela. Agora ele parecia triste. O espírito de comemoração havia se esvaído dele em apenas alguns minutos.

– Desde a primeira vez pude ver – continuou minha mãe, ainda fuzilando meu pai com o olhar. – Seu povo tinha suas tradições. Vocês interpretaram a coisa de modo diferente. Ele era apenas um rabino, um grande mestre, nada mais. Da primeira vez foi perdoável... Mas, agora, se fizer isso de novo, Arnie...

– O quê, vou para o inferno?

– Não tenha certeza de que não vai.

– E você? Você se casou com um judeu, como isso a deixa em relação ao seu Jesus? Vai torná-la o próximo papa? Ah, esqueci, desculpe, as mulheres não têm permissão, não é?

Minha mãe fez o sinal-da-cruz. Foi a palavra *papa* que provocou isso. Havia fotos de vários papas em seu quarto, o que deixava meu pai completamente maluco. Ele até me confidenciou que às vezes as fotos afetavam sua "performance", e no início do casamento convenceu minha mãe a virá-las para a parede antes que começassem a fazer amor.

– Criei meus filhos como católicos – disse ela.

– Erro número dois.

Zelda pigarreou. Pude sentir sua personalidade de terapeuta subindo ao rosto. Era uma espécie de distanciamento calmo, quase como se ela estivesse saindo de dentro de si mesma. Na maior parte do tempo, eu gostava. Mas isso era capaz de me deixar maluco se estivéssemos brigando e ela entrasse nesse estado físico.

– Sr. Thomas – disse ela. – Arnie. Posso falar uma coisa?

– Claro, querida – respondeu mamãe.

– Jesus tem pênis grande? – Stab perguntou inocentemente. O pensamento simplesmente havia lhe ocorrido, e ele tinha falado. Era o que ele fazia.

Mamãe o silenciou. Meu pai quase sorriu.

– Sei que você acha o Russ meio esquisito – começou Zelda. – Eu também acho, às vezes.

– Obrigado – falei.

– Mas dessa vez ele está no mínimo sendo cauteloso demais. Conheci esse homem que chamamos de Jesus e não sou nem um pouco religiosa. Não rezo. Não vou à igreja nem à sinagoga. Tento ser uma pessoa boa, mas não gosto muito da idéia de um Deus que governa o Universo. No entanto, quando tive esse sonho, ele me modificou completamente. Completamente. E era a última coisa que eu esperava ou queria.

– Não estou engolindo – disse meu pai. Ele não estava olhando para ela como costumava fazer quando ficava com raiva das pessoas ou quando perdia o respeito por elas.

– Não estou pedindo que você engula, de verdade – continuou Zelda, com tranqüilidade. – O que estou pedindo, e sei que você acaba de me ver pela primeira vez e não me conhece e nem faço parte da família oficialmente...

– Faz *sim* – Stab insistiu.

– Obrigada, Stab. Quero fazer.

– Só por isso, você já é maluca – papai disse, mas estava olhando para ela de novo e havia uma nota de afeto nas palavras. Zelda havia se virado para encará-lo e de algum modo a parte de cima de seu vestido decotado havia descido mais um centímetro e meio sobre o peito e pude ver que Zelda tinha toda a atenção do meu pai.

– Quero fazer – repetiu. – Eu amo seu filho. E o admiro por ter coragem de colocar as crenças acima da segurança financeira. Só estou pedindo que você venha conhecer Jesus e decida por si mesmo. Se achar que ele é um charlatão, vou entender, mas peço, com todo o respeito, que você e a Sra. Thomas...

– Me chame de Mudgie.

– Que você e Mudgie venham conhecê-lo pessoalmente. Ele vai fazer um comício na próxima quarta-feira em West Zenith e nós gostaríamos de convidar vocês três para ouvir.

– Isso nunca vai acontecer – disse meu pai, mas percebi em sua voz algo que tenho certeza de que Zelda não ouviu: um levíssimo enfraquecimento em sua posição, uma pequeníssima nota de rendição. Isso era típico de meu pai: fazia um grande estardalhaço, berrava e dizia coisas que feriam, saía tempestuosamente de casa e dizia que nunca iria voltar, que não estava engolindo, que não queria mais fazer parte daquela família maluca... E voltava uma hora depois com flores e sorvete.

– Porque ele é ateu – disse mamãe. – Ele não reconheceria Deus nem se Deus viesse e passasse suas cuecas a ferro.

Chegáramos àquele ponto em que as chamas haviam queimado durante um tempo, e então Zelda tinha chegado com a mangueira e começado a apagá-las. Mas pequenos incêndios continuavam ardendo por todo o cômodo, soltando uma fumaça que ela não conhecia. Gases venenosos. Eu estava sem graça também. Quem não estaria? Só queria fazer o que fazia quando era garoto: ir para o meu quarto, chutar a porta, me enrolar na cama e fingir que era um extraterrestre que tinha vindo parar no número 98 da Shirley Street por acidente e que logo meus amigos esquisitos do planeta Quelaty viriam me buscar. Mas agora eu não tinha nada a perder, e estava frustrado, enojado e talvez até com vergonha porque a reação do meu pai havia despertado a dúvida dentro de mim. Portanto, para compensar isso, finalmente soltei:

– Jesus não está simplesmente se candidatando a um cargo público, está se candidatando a presidente dos Estados Unidos.

Meu pai levantou a cabeça e me encarou. Achou que talvez eu estivesse fazendo uma piada. Que tudo não passava de uma espécie de peça que os jornalistas de TV pregavam nos pais quando anunciavam o noivado.

– Sem piada – falei, e foi como se tivesse lhe dado um soco. – E ele quer que você, mamãe e Stab trabalhem na campanha, comigo e com Zelda.

Longo silêncio, e então:

– Você está brincando, não é?

Balancei a cabeça.

– Você não está brincando.

– Não. Não estou brincando. Não é piada.

– Só um ateu perguntaria isso – disse mamãe.

– Então você pirou de vez. E sua namorada bonita, desculpe, gosto de você, mas sou um homem que diz a verdade, também é pirada. Em primeiro lugar, já foi feita muita confusão por causa de Jesus da primeira vez, se vocês querem saber o que acho.

Minha mãe estava estrangulando um pano de pratos. Falou sem som:

– Ninguém perguntou.

– Não estou dizendo que ele era ruim, certo? E, quanto a mim, vindo do povo do qual venho, um povo que foi encurralado num canto ou queimado vivo por pessoas que amavam Jesus... já ouviu as histórias do sexteto judeu?

– *Shtetl*, pai – falei, mas ele já estava na quarta marcha, zunindo a toda, e não teria me ouvido nem se eu tivesse um megafone. Para ele era uma questão de orgulho pronunciar errado algumas palavras. Não importava quantas vezes lhe mostrássemos o dicionário, ele insistia que sua pronúncia era correta, assim como corretos eram asprina, Alzímer, sextéto, Válicum, Madeline Monroe, etc.

– Até mesmo vindo desse povo, posso dizer que ele era um bom homem. Fez coisas boas, ajudou pessoas, tinha boa intenção.

– Deus o perdoe – murmurou mamãe.

– Mas foi feita muita confusão, estou dizendo. Demais! Olhe só os supostos cristãos de hoje em dia, o que eles estão fazendo! Quer ver? Eles estão começando tudo de novo. Uma em cada duas palavras que saem da boca deles é *Jesus*. Faz a gente enjoar. Eles realmente acreditam que Jesus ganha jogos de futebol para eles! Em mais alguns anos, vão sair pela porta com uma arma e perguntar se você acredita em Jesus, se tem um relacionamento pessoal com Jesus, se aceitou Jesus em seu coração. Se você disser que não, vão cortar sua língua antes de lhe dar um tiro. Eu vivi com essa merda a vida toda, certo? Então como devo me sentir quando meu filho mais velho chega em casa e diz que conheceu Jesus e largou o emprego? Diga, verdade, estou perguntando: como devo me sentir?

– Dê uma chance – falei. – Meia chance. Você é um bom avaliador de pessoas. Venha conhecer o cara. Venha ouvi-lo falar. Se ele for uma fraude, você vai saber num segundo. Ele vai anunciar a candidatura na quarta-feira. Venha, vocês podem ficar comigo ou eu os coloco num bom hotel. Ouçam-no falar e *depois* me digam como se sentem.

– Nunca – disse meu pai. – Isso não vai acontecer. E devo dizer, que fique registrado, que estou preocupado com você e lamento que uma coisa feliz como nos contar que você vai se casar tenha de ser estragada com essa, com essa...

Houve uma batida na porta da frente e, um segundo depois, ouvimos as dobradiças guinchando. Depois de nossa discussão sobre quem deveria pagar o champanhe, devemos ter deixado a porta aberta, o que foi um erro, porque a inquilina do segundo andar, uma tal de Sra. Wu, vinha de uma parte da China onde, pelo que sempre havíamos suspeitado, a porta aberta de um vizinho significava um convite. Ela era tremendamente solitária, e sua solidão se expressava no hábito de se convidar para a casa dos outros, freqüentemente na hora das refeições, e em sua capacidade de falar durante uma hora ou mais sem parar para respirar. Você dizia "Oi, Sra. Wu" na varanda da frente e ficava ali por 60 minutos ouvindo histórias de sua infância no vale do Ying Yang. Você poderia ser aprovado em geografia no ensino médio sem sequer abrir o livro. Podia atravessar a puberdade ali parado na varanda entre aquele primeiro "Oi, Sra. Wu" e a hora em que sua mãe começava a chamá-lo para o jantar.

Ela entrou arrastando os pés, mas, antes que pudesse passar da primeira frase, antes que tivesse chance de engrenar sua fala ininterrupta, antes que pudéssemos passar do fato de que era minha noiva Zelda que estava sentada à mesa e não Esther, e dali ao gosto do peixe apanhado no rio Ying Yang e grelhado numa fogueira sempre que havia um casamento, e como as meninas pequenas aprendiam a cozinhar o arroz que o acompanhava, e como até os olhos dos peixes eram comidos naqueles tempos, e como em certas ocasiões do ano o cheiro do rio era terrível por causa da fábrica rio acima, e como ela e o Sr. Wu haviam se esgueirado pela fronteira até o Nepal... meu pai se levantou.

– É demais – disse ele. – Mudgie, se você e Stab quiserem ir, tudo bem. Vão em frente. Mas isso é demais para mim. Vou ao Lincoln Park acertar umas bolas de golfe. A gente acerta a bola e ela vai parar no mato ou não, isso faz sentido, é simples. Sra. Wu, aqui, sente-se aqui. Zelda, Russ, sinto muito, para mim já chega por hoje. Estou feliz por vocês.

E foi embora. E, depois de Zelda ser forçada, junto com o restante de nós, a ouvir a Sra. Wu por uma hora e 15 minutos, dissemos que tínhamos de ir para o hotel e beijamos minha mãe, que tinha um ar como se todas as plantas de seu jardim tivessem morrido, e abraçamos Stab, que pareceu confuso, e dissemos que, se eles quisessem, poderíamos pegá-los na manhã seguinte e levá-los a West Zenith para ouvirem Jesus fazer seu grande discurso.

◆◆◆

– Bem-vinda à família Thomas – falei baixinho a Zelda enquanto descíamos os degraus que rangiam.

dezesseis

NA MANHÃ SEGUINTE, NINGUÉM ACEITOU a carona para o Oeste. Zelda e eu voltamos para casa mais ou menos em paz.

Mamãe disse que ela e Stab esperariam dois dias e iriam de trem – acho que ela queria ver se meu pai mudaria de idéia –, e durante esses dois dias Zelda e eu trabalhamos o tempo todo, tentando resolver as coisas para o grande anúncio na Praça Banfield. O que nos perturbava, a mim pelo menos, era o fato de que Jesus estava incomunicável. Em algum momento da sexta-feira, percebemos que não havia como contatá-lo. Ninguém – nem eu, Zel, Wales, Ezzie, ninguém – tinha um número de telefone. Zelda recebeu uma carta com uma ordem de pagamento substancial e um bilhete dizendo que a verba devia ser usada para alugar uma das lojas vazias na Main Street e transformá-la na sede da campanha, para alugar um carro com motorista para o acontecimento da quarta-feira e para cobrir eventuais despesas (não mencionava nada sobre o meu aluguel). Mas não havia endereço de remetente no envelope e nenhum modo de rastrear a ordem de pagamento. Enquanto esperávamos que o contrato de aluguel da sede fosse assinado, que a mobília alugada fosse entregue, que as placas e cartazes fossem impressos, ficamos trabalhando na casa de Wales e Ezzie, no Shetland Village, um condomínio de enormes casas de campo, a 25 quilômetros do centro de Zenith.

Ficamos sentados em sua sala de estar, com caixas de pizza e bandejas de sushi (idéia de Ezzie), conversamos, planejamos e demos telefonemas, esperando que Jesus aparecesse. Mas ele não apareceu. Comecei a ficar nervoso. Comecei a sentir, embora tivesse medo de falar isso para Zelda, que meu pai poderia estar certo: éramos vítimas de alguma tramóia muito bem elaborada. Iríamos aparecer na Praça Banfield ao meio-dia da quarta-feira, e milhares de outras pessoas também iriam aparecer e não haveria sinal do homem que se dizia Jesus.

Para deixar as coisas ainda mais tensas, na segunda-feira, dois dias antes do grande evento, as sementes que Zelda havia plantado na imprensa começaram a germinar. Em grande estilo. Quer acreditassem ou não na história, o fato de que alguém andava por aí dizendo ser Jesus Cristo era o suficiente para atrair a atenção pelo menos da mídia regional. E a idéia de que ele estava se candidatando a presidente, num clima de jornais e TV já completamente engajados em cobrir a disputa, tinha o potencial de ser uma história gigantesca. Nacional e internacional. Aqueles que já estiveram do lado de dentro sabem que a mídia tem uma mentalidade de rebanho. Depois dos dois ou três primeiros dias cautelosos, quando os grandes veículos estavam tentando garantir que não éramos só um punhado de malucos liderados por um lunático, todos pareceram decidir, simultaneamente, que a história tinha apelo. E então vieram num enxame.

O problema é que não sabiam *onde* atacar. Ainda não havia uma sede. O candidato não estava lá para ser entrevistado. Zelda tinha dado o número da casa de Wales, mas havia apenas uma linha telefônica, por isso eles cercaram os Simmelton, que já eram figuras públicas apesar de sua natureza reclusa – sensatamente, eles tinham decidido que era um bom momento para fazer a tão planejada viagem à Costa Rica –, além de Ada Montpelier, que embora não fosse a porta-voz mais eloqüente parecia estar gostando da atenção, e seu namorado, Dukey McIntyre, que passara a usar roupas e botas de combate, mesmo jamais tendo prestado serviço militar, e a dizer aos repórteres que era presidente da Scorched Earth, uma empresa especializada em itens de segurança: guarda-costas, limusines blindadas e transporte de grandes quantias de dinheiro. (Contra todas as probabilidades, depois do fim da campanha, Dukey faria uma pequena fortuna com esse negócio.)

Minha mãe e Stab deveriam chegar de trem na tarde de terça-feira, mas no último minuto ela telefonou dizendo que tinha havido um atraso – explicaria quando me visse – e que eles chegariam na manhã de quarta, no trem das 8h30. Esperava que isso não fosse problema.

Na manhã de quarta-feira, Zelda e eu já estávamos exaustos e a campanha nem havia começado oficialmente. Tínhamos ficado na casa de Wales e Ezzie até às 3 horas da madrugada durante três noites seguidas, atendendo a telefonemas de toda parte: como as pessoas podiam obter credenciais? Haveria tempo para entrevistar o candidato? Tínhamos alguma prova empírica de que esse homem era realmente *o* Jesus? Havia mais algum detalhe sobre os milagres? Como se poderia obter um release para a imprensa? Propostas de governo?

E ficávamos indo de carro por toda a cidade, da Praça Banfield à chefia de polícia, ao fornecedor de balões, ao pessoal que cuidava do som, à empresa Poop Safe, que fornecia banheiros químicos. Um pastor local havia organizado um protesto e arranjado para que membros de sua igreja ficassem em esquinas com cartazes dizendo: NÃO TERÁS FALSOS DEUSES DIANTE DE TI! E tínhamos recebido a notícia de que os hotéis, motéis e campings num raio de 80 quilômetros estavam lotados. As ruas do centro de West Zenith, geralmente meio desertas, estavam apinhadas de curiosos, fiéis, céticos, de imprensa legítima e ilegítima. Os restaurantes faziam o tipo de negócios que geralmente só aconteciam na semana anterior ao Natal, quando algumas centenas de almas corajosas vinham para o tradicional acendimento das lanternas na Biblioteca Pública de West Zenith – um acontecimento feliz onde duas pessoas haviam sido esfaqueadas alguns anos antes.

Havia quase uma semana que Zel e eu não comíamos uma refeição decente, não fazíamos amor nem tínhamos uma conversa com qualquer substância. Um vulcão de dúvida tremia e borbulhava dentro de mim e, mesmo sabendo que ela podia sentir, não lhe falei uma palavra até que estivéssemos a caminho da estação de trens, num trânsito atipicamente intenso, para encontrar minha mãe e meu irmão.

– E se ele não aparecer? – perguntei com inocência através da névoa de exaustão que pairava no banco da frente do meu carro.

– Ele vai aparecer.

– Mas e se não aparecer?

Pude sentir que ela estava se virando para me olhar.

– Se não aparecer, significa que ele estava mentindo para nós. Ele não mente.

– Você diz isso como se o conhecesse. Intimamente.

Não houve resposta.

– E se ele foi assassinado? Ou seqüestrado por algum doente mental evangélico que não quer vê-lo entrando no lucrativo território das pregações?

Mais uma vez não houve resposta.

– Você vai dizer que não tenho muita fé.

– Exato.

– Tenho fé suficiente. Só preciso da uma pequena prova de vez em quando para sustentá-la. É como saber que uma mulher ama a gente. A gente acredita, tem fé, mas um beijo de vez em quando ajuda a fortificar a confiança. Um "eu te amo" ou "querido" ou "meu doce", um cartão ocasional com a frase "Ao homem mais sexy que existe" escrita na frente. Algo desse tipo.

Nada. Ela parecia estar em outra dimensão, o que não era de seu feitio. Para usar um termo do qual não gosto, Zelda era uma das pessoas mais *presentes* que conheço. Olhava para você ao falar. Ouvia de verdade, apesar de todo o seu dia de trabalho ser composto de ouvir.

– Onde você está? – perguntei, depois de mais alguns segundos ruins de silêncio.

– Estou preocupada.

– É, eu também. Eu estava dizendo...

– Não com relação a isso. Estou preocupada com a hipótese de não estarmos preparados. Não para a campanha, mas para hoje.

– Nós encomendamos 10 banheiros da Poop Safe.

– Estou começando a achar que deveríamos ter encomendado 100.

– Cem! Não, isso é loucura.

– Só estou tendo um pressentimento. O trânsito está intenso demais. Nunca vi um trânsito assim em West Zenith.

Nesse ponto já estávamos na estação de trens. Encontrei uma vaga onde não havia muitos cacos de vidro, trancamos o carro e subimos os velhos degraus de pedra que levavam à plataforma. Pelo menos Zelda e eu estávamos nos falando.

– Acha que seu pai vem?

– A princípio, não.

– Eu realmente gostei dele.

– Bom, se você conseguiu gostar dele depois daquilo, de ele ter lhe mostrado seu pior lado, estamos numa boa.

– Ele me faz lembrar de você. Muito.

Não soube como interpretar essa observação, então apenas mantive a porta de vaivém aberta para ela, entramos, paramos na plataforma e esperamos o trem das 8h37.

Ele chegou na hora – o primeiro daqueles que eu esperava que fossem vários pequenos milagres. Entrou chacoalhando na estação, os freios guinchando, cabineiros saltando para fora e colocando os degraus de segurança no lugar, abaixo das saídas. E então abriram as portas do inferno. Como sempre havia seis vagões de passageiros e, num dia comum, você poderia ver 10 ou 12 pessoas descendo. Naquela manhã, um jorro de passageiros se derramou de todas as portas. Alguns eram até normais. Mas um monte usava o que poderíamos, por caridade, chamar de fantasias do dia das bruxas: homens com coroas de plástico ou de galhos na cabeça, mulheres usando lençóis que supostamente seriam mantos. Um casal – eram realmente jovens, com menos de 20 anos – carregava uma enorme cruz de madeira que havia dividido em dois pedaços para entrar no trem e agora estava montando ali na beira da plataforma. Mais crucifixos de prata, ouro e plástico do que seria possível contar. Cestos de piquenique com cabeças de peixe e pães franceses se projetando. Máquinas fotográficas penduradas nos pescoços. Bíblias, fotos do papa. Cartazes de JESUS PARA PRESIDENTE, a maioria feita à mão, em todas as formas e cores imagináveis. EU MORRERIA POR VOCÊ!, dizia um deles. SALVE-NOS! TRANSFORME A AMÉRICA NO CÉU! EXPULSE OS PAGÃOS!

Pense em qualquer coisa: nós vimos.

O que não vimos foi minha mãe e Stab. Recuamos para a parede, olhando horrorizados, enquanto a turba passava.

– Meu Deus, você estava certa – falei a Zel num determinado momento. – E isso são só as pessoas que vêm de trem. E as que...

E então minha mãe e Stab apareceram no fim da multidão. Nós nos abraçamos e beijamos. Notei que minha mãe estava carregando uma foto do papa, que na ocasião era Benjamim IV. Stab também tinha uma foto, mas em seu nervosismo a havia enrolado e estava tentando esticá-la de novo. No meu nervosismo, em vez de ficar de boca fechada, os recebi dizendo:

– Não estou bem certo quanto às fotos do papa, mamãe.

– Como assim?

Zelda estava me lançando um olhar. Íamos descendo a escada para a rua e aquele momento tinha um quê de jogo de beisebol ou futebol, com todas aquelas pessoas felizes e empolgadas indo para um grande ritual comunitário. Era de esperar que algum garoto passasse gritando: "Olha a pipoca!"

– Quero dizer, é Jesus, mas não tenho certeza se ele é católico. Você sabe... Vai haver protestantes aqui também, e o papa não agrada muito a eles.

– Por que não? – Stab perguntou. Mas então Zelda havia soltado minha mão.

– O papa é católico, Stab.

– Jesus também.

– Na verdade, não.

– Como assim, Russ? O que ele quer dizer, mãe?

– Nada, querido. Às vezes seu irmão diz coisas idiotas, só isso. Está nos genes que vêm do lado do seu pai. Você teve sorte de não receber nenhum.

– Tem gente de montão, hein, Russ?

– É, meu chapa. Se você acha que está ruim, espere até chegar lá.

– A gente tem lugares na frente porque você e Zelda são amigos de Deus?

– Você vai ficar no palco, meu chapa. Vai ver.

– Russel foi convidado a fazer a apresentação – disse Zelda, quando todos estávamos no carro afivelando os cintos de segurança.

Olhei para ela.

– Você vai apresentar Jesus – Zelda repetiu.

– Quem disse?

– Ele.

– Quando?

– Ontem. Tarde da noite, na verdade. Ele ligou e disse, mas me fez prometer que não contaria até... – ela olhou o relógio – depois das 9 horas da manhã. Decidi ter pena de você e contar cinco minutos antes.

– Está brincando, certo?

– Não. Vamos. Temos de ir à Padsen's pegar o carro. Talvez você queira ligar para o chefe Bastatutta e pedir que ele mantenha a Wilson Street aberta para podermos passar.

Eu estava com a chave na ignição mas não girei. Zelda não conseguia me encarar.

– Há mais alguma coisa que eu deveria saber?

– Nada.

– Você e sua mulher já estão brigando, Russ?

– Um pouquinho, meu chapa.

Eu ainda não havia ligado o carro.

– Ele fez contato com você?

– Acabei de dizer.

– Você esteve com ele?

Ela balançou a cabeça.

– Este foi o único telefonema?

– Ontem à noite, à 1 hora. Eu não poderia ligar para você e contar, poderia?

– Poderia ter me dito hoje de manhã.

– Ele disse que queria que você fosse espontâneo. Disse que você era fantástico quando pensava de pé, na frente de um microfone, e que não queria estragar isso fazendo-o passar a noite toda acordado elaborando a coisa certa para dizer. Disse que você deve simplesmente subir lá e falar o que lhe vier à cabeça, sem anotações, sem pensar antes.

– Conforme o Espírito Santo agir em você – minha mãe acrescentou do banco de trás, com a voz esganiçada.

– É, Russ.

Liguei o carro e entrei no trânsito. A estação de trens ficava a pouco mais de três quilômetros da Praça Banfield. A locadora de veículos Padsen's era mais ou menos no meio do caminho e a cada quarteirão mais pessoas se amontoavam nas calçadas. Íamos cada vez mais devagar e logo paramos completamente. Liguei para o celular de Bastatutta.

– Onde vocês estão? – o chefe de polícia gritou. Pelos sons de sirenes e de motores de caminhões, dava para perceber que ele estava na rua.

– Vindo da estação de trens. Acabei de pegar minha mãe e...

– Você já viu a praça?

– Não, como poderia? Eu acabei...

– Vou lhe dizer uma coisa, é melhor dar uns telefonemas. Mais banheiros químicos, para começar. Mais ônibus para levar as pessoas embora daqui quando esse negócio acabar. Vou lhe dizer uma coisa, Thomas, você tem nas mãos um negócio que não esperava, do qual não me avisou. Andei falando com o prefeito. Ele não está feliz.

– Não está feliz? Em primeiro lugar, o que você quer dizer com *eu* tenho uma coisa nas mãos que *eu* não esperava? Você é a droga do chefe de polícia.

– Seja educado, querido – disse mamãe no banco de trás. – Ele é um homem importante.

– E, em segundo lugar, o prefeito deveria estar feliz que nem pinto no lixo. A cidade dele está no mapa por algo diferente da alta taxa de desemprego. Vamos ficar famosos.

– Famosos por quê? Esta é a questão – disse Bastatutta. – E se o cara não aparecer?

– Ele vai, sim.

– Tem certeza?

– Claro que tenho. Estou indo pegá-lo agora mesmo.

– É? Onde?

– Onde? Não sei. Primeiro tenho de ir à Padsen's.

– Padsen's! – Bastatutta gritou ao telefone. – Jesus está alugando um carro na Padsen's!

– Foi ele que escolheu a Padsen's, não eu. Ele quer uma limusine para que a coisa pareça profissional. Temos de manter a Wilson Street livre para levá-lo ao palco.

– É meio tarde para isso – disse Bastatutta. – A Wilson Street parece a Times Square na noite de ano-novo. Você terá de encontrar outro modo de trazê-lo para cá. Que a Padsen's vá para o inferno! Alugue uma porcaria de um helicóptero ou algo assim. Já estou com três quartos da força policial aqui e mal conseguimos manter as pessoas fora do palco. Seu amigo idiota, o Dukey, que, aliás, é um bandido condenado, está até ajudando.

– Só me dê uma pista aberta no meio da Wilson Street e eu cuido do resto – falei, desligando em seguida, e o carro avançou a ritmo de caminhada. – Se você sabe onde ele está, deveria me contar – disse a Zelda, com a voz baixa e calma.

– Não sei onde ele está.

– Excelente. Vou apresentar um homem invisível.

– Ele disse que iria aparecer. Confio nele.

– Eu também – disse mamãe.

Senti a dúvida se remexendo e correndo dentro de mim como um lagarto numa caixa.

– Você está legal aí atrás, Stab? Tem espaço para as pernas?

– Claro, Russ. A gente vai aparecer na TV?

– Sem dúvida. Vamos passar na TV em todo o mundo. – E então me virei para Zelda. – Para quem você pode ligar para conseguir mais duas dezenas de banheiros químicos? E mais ônibus também. O que mais? – E ela estava ao celular, e nós, finalmente, chegando ao portão do estacionamento da Padsen's, onde uma limusine Hummer preta esperava por nós.

O estacionamento cercado era um oásis de relativa paz. Do lado de fora da cerca, a multidão fluía para a Praça Banfield como se andasse na direção de um desfile, um parque de diversões ou um evento olímpico. Mais cartazes (VIM DESTRUIR O TEMPLO. OLHO POR OLHO. AQUELE QUE ME OUVIR VIVERÁ!), pessoas cantando hinos de louvor. Quatro caras segurando uma faixa que dizia JUDEUS APÓIAM JESUS.

– Papai deveria ver isso – comentei.

– Por isso pegamos o trem mais tarde – disse mamãe, mas não parecia inclinada a explicar a observação na frente de Zelda.

Jocko Padsen, dono da locadora, saiu do pequeno escritório branco com um charuto barato na boca. Ele era, como dizíamos em West Zenith, "conectado", o que significava que tinha amigos que, por um preço, causariam danos físicos às pessoas, portanto não era alguém com quem se devesse brincar, apesar de seu QI de fundo de sala de aula.

– Jocko – disse eu. Ele apertou minha mão como se ela fosse uma noz e seus dedos quebra-nozes. – Quem pediu um Hummer?

– O seu pessoal. Que papo é esse de "quem pediu"?

– É um pouco... você sabe, inadequado.

– Hein?

– Em termos ambientais.

Ele deu de ombros.

– Ei. Nós recebemos um pedido, vocês recebem o carro, e não é de graça, deixe eu dizer assim, mesmo que o seu chapa esteja lá dentro e ele, você sabe, seja uma tremenda figura. E além disso tem um terno legal.

– Quem? Wales?

– Wales é um babaca. Deus está lá dentro. Você sabe, Jesum.

– Jesum?

– Não digo mais o nome em vão.

– Verdade? Desde quando?

– Desde quando? Desde agora. Vá vê-lo. O cara tá lendo um livro. Fiz café pra ele. Não me avisaram pra fazer nada com os calendários. De modo que ficaram como estavam.

Com algum nervosismo, Zelda e eu, junto com minha mãe e Stab, rodeamos o Hummer preto e fomos para o escritório de 12 metros quadrados onde Jocko aceitava apostas em jogos de futebol e vendia revistas pornográficas no atacado. Abri a porta. Ali dentro, sentado numa cadeira de metal barata que provavelmente tinha sido roubada de algum escritório do governo, rodeado por paredes cheias de calendários com mulheres nuas em poses provocadoras, e examinando, com a testa franzida, um exemplar muito manuseado de *O Código Da Vinci*, estava Ressús, em pessoa. Usava um terno magnífico, cuja cor ficava entre o cinza e o prata com finas linhas escarlate, camisa branca e uma gravata dourada e vermelha. Bem barbeado, o cabelo preto escovado para trás, as unhas perfeitamente cuidadas e os sapatos pretos brilhando, parecia ter tomado banho uma hora antes, preparando-se para se casar. Quando entramos, levantou os olhos e disse:

– Finalmente. Meu rebanho.

Notei que minha mãe estava olhando para ele com alguma suspeita, mas Stab já havia se ajoelhado no pequeno escritório e estava chorando. Jesus deixou o livro de lado e se levantou.

– Jesus, esta é minha mãe, Maria, mas todo mundo a chama de Mudgie. E este é o meu irmão, Steven, mais conhecido como Stab.

Jesus se aproximou e beijou minha mãe nas duas bochechas, ao estilo europeu, com as mãos nos ombros dela. Mamãe estremeceu e eu soube que ela havia sentido a mesma corrente que eu sentira quando Jesus me tocou. Qualquer suspeita que pudesse estar pairando sobre seu rosto voou pela janela gradeada. Então Jesus baixou as mãos, levantou Stab e o abraçou.

– Meu cara número um – disse. – Que bom você ter vindo até aqui. Deram licença a você na lanchonete?

Nesse ponto, Stab estava chorando inegavelmente, as lágrimas pingando do queixo no colarinho da camisa e dali na foto enrolada do papa. Ele assentiu.

– Quem lhe contou sobre a lanchonete? – perguntei e, quando ouviu, mamãe fez o sinal-da-cruz três vezes.

Por algum motivo, ela escolheu esse momento para estender a foto do papa para Jesus, como se quisesse que ele a autografasse. Jesus olhou a foto e sorriu de um modo completamente ambíguo. Numa voz mais gentil do que qualquer coisa que eu o ouvira falar até aquele momento, disse a Stab:

– Temos muito trabalho para fazer hoje, você e eu, portanto feche a torneira.

– Sim, Deus – ele respondeu, e Jesus não o corrigiu.

Minha mãe estava rezando baixinho. Seu olhar se mantinha fixo no homem de terno. O homem de terno piscou para ela.

– Está um verdadeiro hospício lá fora – falei.

Ele assentiu.

– Hoje vamos provocar algumas ondas.

Então, Jocko entrou em meio a uma nuvem de fumaça de seu charuto barato.

– Por que não combinamos as condições? – disse, olhando para mim. – Vou dar um desconto ao cara aqui. Por ser um bom sujeito. Você sabe, especial.

– *Capo di tutti capi* – respondi, mas parece que Jocko não achou graça e não sorriu.

– Digamos, 10%. A limusine Hummer geralmente custa mil pratas por dia. Vamos fazer por 900.

– Você deveria deixar de graça – disse Zelda. Ela estivera em silêncio a um canto, mas pronunciou essa frase com uma força que era bastante familiar para mim. – Este é Jesus Cristo. Tipo, Jesus Cristo mandado do céu. Você vai cobrar-lhe o aluguel de um carro?

– Hein?

– E se ele for o presidente dos Estados Unidos no ano que vem? – perguntei, aproveitando a deixa. – Quer ser conhecido como o cara que lhe cobrou por seus serviços?

– Ei, isso aqui é um negócio – Jocko respondeu. Em seguida, olhou para Zelda e para mim, depois para minha mãe e de volta, como se todo mundo, menos ele, estivesse de brincadeira. Jesus parecia não prestar atenção.

– Esse aí é Deus! – Stab disse alto. – Ficou maluco? Você é um homem mau? Quer ir para o inferno para sempre?

Pus a mão no ombro do meu irmão para fazê-lo se calar, mas devo dizer que gostei de ver Jocko se retorcer por trás de sua cortina de fumaça, jogando o peso do corpo de um pé para o outro, tirando o charuto da boca e remexendo os lábios grossos. No mínimo, isso o fez provar do mesmo remédio que ele vinha empurrando pela garganta de seus devedores havia anos. Depois de alguns segundos de indecisão, ele disse:

– Vinte por cento, então. É o máximo que posso fazer. Ela vai com o motorista, vocês sabem.

O motorista era um sujeito baixo, de etnia indeterminada, chamado Oscar Oswald. Ele se sentou atrás do volante, silencioso como uma pedra, e virou a limusine Hummer para a multidão. Durante alguns quarteirões, seguimos sem ser incomodados. Mas então, mesmo com as janelas escuras, devia ter corrido a notícia de que Jesus estava dentro do carro, porque as pessoas começaram a se comprimir contra os vidros e os pára-choques.

– Russ, isso dá medo – disse Stab. Ele estava sentado ao lado de Jesus, com as costas viradas para a direção em que seguíamos, e tinha uma das mãos no joelho do candidato.

– Pode ir mais rápido? – perguntei a Oscar.

– E matar alguém?

– Sem matar alguém, dá para ir um pouquinho mais rápido?

– Eles estão subindo no capô, cara.

Era verdade. Pelo menos duas pessoas estavam no capô e uma dezena de outras comprimia o rosto contra as janelas dos dois lados. Jesus estava sentado calmamente no banco, virado para nós, Stab apertava seu joelho e tinha a foto amassada do papa na outra mão. Como chefe de segurança, senti que minha primeira grande tarefa não estava começando bem. Para início de conversa, eu não gostava do olhar que podíamos ver em alguns rostos. As pessoas que se arrastavam sobre o capô, agora no pára-brisa (Oscar teve a brilhante idéia de ligar os limpadores e espirrar líquido de limpeza, o que os fez parar por uns instantes, mas depois os deixou com raiva, e eles começaram a bater no vidro com as palmas das mãos), eram especialmente desconcertantes – dois homens de meia-idade com barba malfeita e jaquetas de jeans. Mais um segundo e um deles pegou uma arma. Oscar apertou a buzina, em pânico, mas o homem levantou a pistola, disparou duas vezes para o ar e de repente deu para sentir o peso que estivera comprimindo as laterais do carro ser aliviado. O segundo homem espiou pelo pára-brisa, me viu e levantou o polegar. Gritou algo que não pude ouvir. Gritou de novo, mais alto.

– Somos o pessoal do Dukey! – E depois: – Scorched Earth, cara.

– Tudo sob controle? – Jesus perguntou calmamente, sem se virar para olhá-los. Stab continuava com a mão em seu joelho. Minha mãe estava rezando o terço baixinho. Zelda olhava pela janela, sentada de modo a deixar um espaço entre sua coxa e a minha.

– Sem problema.

– Aquilo era uma Glock, cara – disse Oscar, com alguma admiração.

– Ele trabalha para nós – respondi. – Vá em frente.

Com os dois empregados da Scorched Earth montados no capô e ameaçando os que se aproximavam demais do carro, chegamos à Wilson Street onde a primeira pessoa uniformizada que vi foi o chefe Bastatutta. Ele agitava o braço para um lado e para outro e gritava ordens através de um megafone. Embora não estivesse livre de pessoas, a Wilson Street estava esparsamente povoada e parecia que íamos conseguir chegar ao palco. Enquanto passávamos, baixei a janela e disse:

– Excelente trabalho, chefe.

Ele se virou de lado e cuspiu.

Ali, perto do palco, como Dukey havia prometido, havia um círculo de Harley Davidsons, com os tubos cromados brilhando, os donos de pé com os enormes braços cruzados, de frente para a multidão. E que multidão! Quando saímos da Hummer preta, percebi um barulho estrondoso. A expressão *mar de rostos* me veio à mente, assim como Poop Safe. Eu estava com mamãe presa a um dos braços e Zelda ao outro. Jesus e Stab iam à nossa frente. Ao nos aproximarmos do círculo de motos, o próprio Dukey saiu de trás de um dos seus empregados e, com expressão sombria de um coveiro abrindo a porta de um carro para uma viúva recente, afastou uma das motos para formar uma passagem estreita. Jesus e Stab passaram e nós os seguimos. No caminho, dei um tapa na jaqueta de couro de Dukey e disse:

– Excelente trabalho.

– Sim, senhor. Obrigado, senhor.

Depois de mais alguns passos, subimos no palco que os caras da Dermott's haviam montado na noite anterior. Reconheci o pódio – tinha sido pego "emprestado" do restaurante Anderson's, onde aconteciam as reuniões mensais do Rotary Club. Alguma alma esperta havia pensado em cobrir o logotipo do Anderson's com um pano roxo no qual haviam sido bordadas as palavras: JESUS PARA A AMÉRICA.

Subi ao pódio. A multidão lotava a enorme praça. Todas as ruas que chegavam nela também estavam cheias. Homens, mulheres e crianças se inclinavam para fora das janelas abertas em toda parte, com algumas pessoas até nos telhados. Um helicóptero barulhento sobrevoava o local. Luzes de carros da polícia piscavam por todos os lados. A imprensa estava encurralada em sua área isolada por cordas, apontando câmeras para nós. O caminhão da Poop Safe tentava abrir caminho das bordas para o centro, com um suprimento de novos banheiros sacolejando na carroceria. Oscar estava sentado no teto da Hummer com os braços cruzados apoiados nos joelhos, e aqui e ali um dos motoqueiros do Dukey empurrava alguém para longe do palco. Zelda tinha um largo sorriso no rosto. Pela primeira vez, depois do que me parecia um ano, ela passou o braço pelo meu e apertou.

– Sei que você vai se sair bem – gritou no meu ouvido... e me lembrei de que faria a apresentação. E então eu estava no pódio, levantando as mãos para tentar conseguir algum silêncio da turba. À minha frente havia 20 ou 30 microfones.

– Oi – disse eu. – Boa-tarde.

O rumor diminuiu um ou dois decibéis. Levantei as mãos tentando reduzir ainda mais o barulho. Sem sorte. As pessoas gritavam coisas, aplaudiam, choravam. Por fim, simplesmente apontei para Jesus com as duas mãos, e a multidão pirou de vez. Aqui e ali pude ver céticos sozinhos ou em pequenos grupos. Eles estavam olhando, sem gritar, sem aplaudir, sem ficar na ponta dos pés para enxergar melhor, sem usar coroas de espinhos, agitar cruzes ou carregar placas com citações bíblicas. Por um momento, senti uma afinidade culpada com eles.

Em reação a essa nova onda de aplausos e gritos que brotou da multidão, Jesus fez uma coisa estranha. Deu um passo à frente e levantou um dedo, como um atleta comemorando um gol. Quando me virei para olhar, pensei ter visto uma luz ao seu redor, um tremeluzir sutil no ar. Depois de deixar que os aplausos e gritos continuassem por cerca de um minuto, ele ergueu as duas mãos e imediatamente a multidão ficou em silêncio.

– Estamos cansados – me ouvi dizendo, sem ter me preparado para isso. As palavras ecoaram pela praça. – Estamos cansados da política de sempre!

Houve um grande rugido. Levantei as mãos, esperei, me inclinei para os microfones, improvisando completamente.

– Estamos cansados de guerra, cobiça, mentira e injustiça, de nosso grande país ficar dividido em facções concorrentes. Como alguns de vocês sabem, passei oito anos dando notícias, e nesses anos conheci milhares de pessoas comuns, e a mensagem que recebi dessas pessoas foi sempre a mesma: o que aconteceu?

Era verdade, e achei que esse era um bom caminho, mas a multidão não ficou louca como eu esperava – alguns aplausos hesitantes, só isso. Por um momento, eu não soube mais o que dizer, uma situação incomum para mim diante de um microfone. Fechei os olhos, abri e observei o mar de rostos.

– O que aconteceu com a minha cidade? – continuei. – O que aconteceu com o meu país? O que aconteceu com o sentimento de decência e compaixão que conhecíamos?... Bom, o Grande Espírito que vou apresentar – nesse ponto houve aplausos e gritos estrondosos que continuaram até que Jesus finalmente ergueu as mãos e os silenciou. – O Grande Ser que vai falar a vocês e fazer o que provavelmente será o anúncio mais importante da história política americana... Ele veio nos devolver nossa cidade, nosso país, nosso modo de vida! – Mais aplausos e gritos tremendamente altos, e um sentimento de impaciência empolgada atravessou a multidão até o palco. – Assim, sem fazer com que vocês esperem mais, apresento o próximo presidente dos Estados Unidos: Jesus Cristo!

Afastei-me reverentemente do pódio e posso dizer que nunca, antes ou depois disso, ouvi algo como o som que recebeu Jesus enquanto ele tomava o meu lugar. Absolutamente ensurdecedor. Uma estranha sinfonia de gritos, milhares de vozes, assobios, cantos, tudo isso ecoando na velha e deplorável Praça Banfield, com suas fachadas de lojas com grades de metal de baixa qualidade e trechos de grama cheios de ervas daninhas agora pisoteados. Stab veio correndo e me abraçou. Zelda me deu um beijo longo e molhado. Minha mãe, novamente com lágrimas escorrendo pelas bochechas, não conseguia parar de assentir para mim, para Jesus, para a multidão. Notei que Wales e Esmeralda haviam subido no palco. Ela me deu um grande sorriso, e ele assentiu duas vezes em minha direção – deve ter sido o maior elogio que alguém recebera dele.

– Obrigado. Obrigado a todos por terem vindo – Jesus estava tentando dizer, mas os milhares de pessoas na Praça Banfield não o deixavam falar. Durante vários minutos ficaram loucas e houve um empurra-empurra furioso abaixo de nós quando alguns idiotas tentaram invadir o palco. Um dos caras das Harleys foi derrubado. Vi pelo menos um soco ser desferido e tive esperança de que as ambulâncias conseguissem passar. Fiquei preocupado pensando que o chefe Bastatutta poderia ter um ataque cardíaco em algum lugar nos arredores da Wilson Street tentando manter um corredor aberto. De fato, notei que alguns dos ouvintes mais atentos e que aplaudiam com mais entusiasmo usavam uniforme da polícia.

– Obrigado. Obrigado a todos. – Jesus levantou as mãos e logo a multidão fez silêncio. – Vou ser breve. Como meu bom amigo Russ Thomas disse, estamos fazendo hoje, aqui, uma coisa que jamais foi feita. Eu vim para vocês, voltei para vocês – mais gritos e aplausos prolongados –, porque esta é uma nação que corre grave perigo espiritual. Vocês estão no processo, num estágio bem avançado, aliás, de perder a liderança moral no mundo, de perder o caminho em meio ao frenesi moderno. O que estou oferecendo não é uma campanha baseada no ganho pessoal ou político. Alguns de vocês não ficarão necessariamente em situação melhor com minha liderança, pelo menos não materialmente. Não posso dizer que vou diminuir os impostos e aumentar seus salários. O que posso dizer é que vocês terão um país baseado na gentileza e na bondade, não num mero slogan que inclua essas coisas, mas na gentileza e na bondade verdadeiras. Vocês terão uma política externa sadia, sensata, baseada mais na moral do que em imperativos estratégicos e alicerçada no princípio de considerar os outros como a si mesmos. Terão um país onde as crianças não passarão mais fome e viverão num planeta que não seja assolado pela cobiça e pela estupidez. Em nome do meu pai e da minha mãe, os maiores dos maiores espíritos, aqueles que vocês conhecem nas profundezas secretas de suas almas mas para os quais foram cegados pelas preocupações da vida cotidiana, em nome do Criador do Criador, o inventor do tempo, a grande vibração de amor que faz o Universo girar, vim a este corpo humilde, a este lugar humilde, neste planeta perturbado, para me tornar seu cidadão mais poderoso. Hoje, aqui na cidade de West

Zenith, eu, o Filho do Homem, anuncio minha candidatura à presidência dos Estados Unidos da América. E peço o apoio de vocês.

Esqueça o apoio. Naquele momento, o povo naquela praça – mais tarde Bastatutta estimou que havia 60 mil pessoas – teria dado a vida a Jesus. Foi um pandemônio. Jesus recuou do pódio, segurou a mão de meu irmão com sua mão esquerda e a de Zelda com a direita e as levantou, e não seria possível ouvir um canhão disparado a apenas três metros de distância. Foi uma loucura. Quase um caos. Havíamos arranjado para soltar mil balões, e eles foram soltos nesse momento, causando uma impressão quase tão grande quanto a de uma criança soprando bolhas de sabão nas barracas do Parque Fenway. Meu irmão Stab começou a pular, segurando a mão de Jesus e gritando:

– Je-sus! Je-sus! Je-sus!

O canto pegou, e me pareceu que o palco e as laterais dos prédios estavam se sacudindo, tremendo, a ponto de despencar.

– Je-sus! Je-sus! JE-SUS!

Depois de isso continuar por não sei quanto tempo, acho que uns 10 minutos, Jesus soltou a mão de Zelda e me chamou. Encostou a boca no meu ouvido e disse as seguintes palavras:

– Ligue para o seu pai.

dezessete

ASSIM, ENQUANTO JESUS ANDAVA DE UM LADO para outro do palco, apontando para pessoas em meio à multidão que aplaudia como se as conhecesse, levantando o indicador acima da cabeça como um artilheiro depois de um gol espetacular, fazendo reverências, dizendo sem som: "Obrigado! Obrigado!", agachei-me na parte de trás do palco e digitei o número do meu pai. Ele atendeu ao primeiro toque.

– Pai! – gritei, e ele gritou algo de volta. Pude ouvir sua voz mas não consegui entender as palavras. – Pai, você está aí?

– ...tindo pela TV! – pensei tê-lo ouvido gritar.

– Você viu a gente?

– Ogoce prop o mes! – foi o que pareceu.

– Ele é incrível, não é?

– Faldocês. Ses tos!

– Certo. Não consigo ouvir direito. Está uma loucura aqui. Mas sentimos sua falta. Apareça, está bem? Você não precisa acreditar nem nada. Só venha e fique conosco. Certo? Pai?

A linha havia ficado muda. Não sei se ele tinha desligado ou se o barulho estrondoso da multidão teria derrubado uma torre de celular em algum morro próximo. Nesse momento, demos um abraço coletivo, eu, Zel, minha mãe e Stab, enquanto Jesus continuava indo de um lado para outro no palco, ora erguendo a mão de Wales, ora a de Ezzie, ora dando seu sorriso fenomenal, ora levantando os dois punhos no ritmo do coro de JE-SUS! JE-SUS!.

Por fim, ele decidiu que era hora de ir e olhou para mim por cima do ombro, como o cantor de uma banda de rock olha para o baterista e o baixista sinalizando o fim de uma música. Repassei o sinal para Oscar, que se arrastou de volta para dentro da Hummer e se posicionou atrás do volante, e depois para Dukey, que colocou seus corpulentos quebradores de pernas enfileirados de modo que tínhamos um corredor de um metro de largura desde o palco até o carro. Mesmo com os motoqueiros empurrando, as pessoas esticavam a mão para tocar Jesus no ombro ou no braço, ou caíam de joelhos, ou gritavam coisas. Quando entramos na Hummer, dois carros da polícia vieram de ré através da multidão, com as sirenes ligadas e as luzes piscando. Com as radiopatrulhas dando apoio, conseguimos sair da Praça Banfield para o que agora era uma Wilson Street ligeiramente menos apinhada, pavimentada de lixo.

– Foi bom – disse Jesus, enquanto avançávamos sinais vermelhos atrás dos carros da polícia, voltando à Padsen's.

– Um estouro! – Stab enfatizou.

– E agora? – perguntei empolgado. – O que vem em seguida? Dê as ordens, chefe.

Ele me olhou e notei que, por trás dos olhos castanho-chocolate, parecia haver um poço fundo de absoluta calma. Na superfície, ele parecia, se não empolgado, pelo menos satisfeito com o modo como as coisas haviam acontecido. Gratificado. Otimista. Esses eram tipos de emoções que você esperaria. Havia algo *humano* nelas, por falta de uma palavra melhor. Alguns fios de cabelo tinham saído do lugar. Havia uma fina camada de suor em seu pescoço e testa – tudo normal. Mas a calma luminosa nos olhos não era deste mundo. Tenho certeza de que minha mãe notou. Em sua adoração, ela estava quase se encolhendo no canto do banco. A foto do papa havia desaparecido, e ela passava as contas do terço a toda velocidade, encarando-o fixamente.

– E agora? – respondeu o objeto de sua adoração. – Agora vou andar por aí sozinho durante algumas horas e todos vocês devem ir comer alguma coisa, descansar um pouco. Amanhã falaremos de estratégia.

– Andar por aí? – perguntei, talvez com ênfase demais, porque Zelda moveu o joelho de encontro à minha perna. – Como encarregado da segurança, não quero você andando por aí. Agora as pessoas o conhecem. Vão reconhecê-lo. Vão matá-lo esmagado na tentativa de chegar perto. Além disso, o bairro não é exatamente conhecido por...

– Deixe que eu me preocupe com isso – disse ele calmamente.

– É loucura. Temos de levá-lo a algum lugar, um esconderijo ou algo do tipo. Agora é tudo diferente. Essa coisa da qual a gente acabou de sair foi transmitida para todo o país, talvez para todo o mundo.

– Deixe que eu me preocupe com isso, Russ – ele insistiu e, ao som do meu nome em seus lábios, um arrepio subiu pelos meus braços.

– Tem certeza?

Ele assentiu e deu um sorrisinho.

– Talvez amanhã Stab e eu encontremos um bar onde possamos jogar sinuca.

– Ele sabe sobre Stab e a sinuca – sussurrou mamãe.

Jesus olhou para ela e disse:

– Você deveria ter mais orgulho desses seus dois filhos. E de sua futura nora também.

Minha mãe, naturalmente, começou a chorar. Stab estendeu a mão para confortá-la. Fiquei olhando.

Dentro de pouco tempo, estávamos passando pelo portão da Padsen's. A ironia dos carros de polícia levando Jesus a um lugar daqueles não me passou despercebida. Devo admitir que outra fagulha de dúvida voou na minha mente: como disse Bastatutta, por que Jesus estava fazendo negócios com um cara do submundo?

Parados no estacionamento, agradecemos a Oscar pelo bom trabalho. Oscar pediu um autógrafo a Jesus e estendeu um tíquete de estacionamento, que tirou do bolso de trás e parecia não ter intenção de pagar. Jesus rabiscou seu nome com um marca-texto azul sobre o papel laranja. E então todos nós – minha mãe, Stab, Zelda, eu e Jesus – nos apinhamos no escritório de Jocko (Wales e Ezzie tinham ido cuidar do aluguel da sede de campanha, e Ada Montpelier e seu filho haviam ficado para trás, na Praça Banfield, com Dukey Senior). Os calendários haviam sido retirados, e as pilhas de revistas pornôs embaladas em plástico, escondidas. Jocko estava parado perto da cafeteira colocando uma bebida preta de cheiro maligno em copos de isopor e pondo-os na mesa, numa fileira torta. Zelda preencheu um cheque de 800 dólares, que o deixou ruborizado – provavelmente a mais chocante de todas as visões chocantes que eu tivera naquele dia. Mas seu embaraço não o impediu de dobrar o cheque ao meio e enfiá-lo no bolso da calça feita sob medida.

– Poderia nos deixar a sós um instante? – Jesus lhe pediu e, corando e baixando a cabeça em pequenos movimentos de pseudo-reverência, Jocko saiu à luz do sol e fechou a porta.

Jesus empurrou uma cadeira e fez sinal para minha mãe se sentar. Ela hesitou, balançou a cabeça, continuou mexendo nas contas do terço.

– Mãe, sente – disse Stab. – Ele quer, mãe.

Jesus manteve as mãos no encosto da cadeira até que ela se sentou, depois se afastou e ficou de pé com as costas junto à porta. Tirou a gravata, dobrou-a com cuidado e enfiou-a no bolso lateral do paletó.

– Vocês se saíram bem – disse. – Este é um bom começo. Agora vou deixá-los por um curto tempo, mas – ele olhou para mim – não percam a fé.

– O que faremos em seguida, Senhor? – Zelda perguntou.

Jesus franziu a testa minimamente. Por algum motivo, parecia não se importar quando Stab e mamãe o chamavam de Deus ou Senhor, mas com relação a Zelda isso não lhe agradava.

– Deduzam vocês – respondeu. O tom não foi grosseiro, mas tinha um quê de impaciência, como se nesse ponto já devêssemos saber tudo que ele queria que soubéssemos, como se devêssemos ser especialistas em administrar uma campanha no centro da qual estava o homem mais famoso da história ocidental. E então, mais gentilmente, acrescentou: – Falei com Wales sobre nossa programação. Sei que ele vai reunir todos vocês amanhã.

– Você vai estar lá? – Zelda quis saber.

Jesus a olhou com mais ternura.

– Talvez. Stab e eu vamos jogar sinuca amanhã no fim do dia. Depois disso, começaremos nossas viagens.

Nesse momento, ouvi o que pareceu um tiro do lado de fora, no estacionamento. Cruzei a sala e derrubei Jesus, cobrindo-o com meu corpo, como tinha visto homens do Serviço Secreto fazer na televisão.

– Russell! – gritou minha mãe.

Jesus não ficou feliz.

– Saia de cima de mim, saia!

Nós nos levantamos. Fiz questão de manter meu corpo entre ele e a janela, pensando que poderia ter sido Padsen atirando ao acaso. Zelda e Stab me olhavam como se eu fosse um lunático. Jesus estava batendo a poeira das pernas da calça de seu excelente terno.

– Ouvi um tiro – expliquei. – Pensei que alguém estivesse atirando em você.

Jesus ajeitou as mangas.

– Foi um cano de descarga estourando, Russell.

– Você podia tê-lo *machucado* – disse Zelda.

Comecei a explicar a ele, com mais detalhes, dizendo que tinha ouvido o que parecera um tiro e que esse som não era exatamente raro em West Zenith naqueles dias, mas ele pôs a mão no meu ombro e senti o arrepio usual. Nossos rostos não estavam separados por mais do que 30 centímetros. Então pude ver que ele tinha pouquíssimos pêlos na face e imaginei se teria sangue índio. O nariz forte era ligeiramente curvo, a pele notavelmente sem rugas. Então me ocorreu que não fazíamos idéia da idade dele.

– Temos um problema – falei. – Você precisa ter nascido nos Estados Unidos para ser presidente.

– Não é problema.

– Você precisa ter pelo menos 35 anos.

– Também não é problema.

– *Onde* você nasceu? A imprensa vai querer saber. Vai começar a fazer um milhão de perguntas sobre seu posicionamento em várias questões. Já foram postadas mensagens em blogs questionando seu passado, e não temos nem mesmo um parágrafo de material biográfico.

– Inventem alguma coisa – disse Jesus.

– Não podemos *mentir*.

– Não estarão mentindo.

– Mas você acabou de dizer para inventar alguma coisa. Como assim, não será uma mentira? Claro que...

– Russell – disse Zelda. – Pare.

– Ótimo – respondi. – Invente você.

Talvez fosse uma espécie de descompressão depois da tensão da manhã, mas senti uma bolha de raiva contra Zelda subindo para a minha boca. Eu a amava, a admirava, mas já estava cheio da idéia de que sua adoração por Jesus (que a princípio eu não questionava) parecia andar de mãos dadas com seu jeito de me ignorar. Deus sabe que eu vinha me esforçando ao máximo, o que não era fácil, ainda mais tendo de pensar na dinâmica da família, na apresentação e em tudo mais. E só o que eu vinha recebendo eram cutucões, caras amarradas, abraço raro. Senti que merecia mais.

– Ela fará – disse Jesus. – Isso é parte da responsabilidade dela. Você é o homem da segurança e, só para deixar claro, agradeço por ter me derrubado. Fez com que eu me lembrasse de quando jogava futebol americano no Kansas. Pronto, aí está uma informação. Futebol americano. Kansas. Também estudei balé numa escola perto de Nova York, mas larguei quando distendi o músculo oblíquo do lado direito. Elaborem a partir disso. Pesquisem. Vamos discutir meu posicionamento nas questões assim que a campanha cair na estrada. Amo todos vocês e irei vê-los muito em breve.

E, com isso, passou por mim e cruzou a porta, fechando-a em silêncio e deixando o ar da sala cheio do que só posso chamar de uma falta de jeito afetuosa. Ainda não estávamos acostumados a ficar em sua presença. Nenhum de nós jamais havia sentido esse tipo de afeto direto, sincero, divino e imensuravelmente profundo. E acho que estávamos com medo, porque naquela manhã havíamos percebido que nos encontrávamos no centro de algum tipo de tempestade de areia, algo incrivelmente poderoso e imprevisível. Eu estava acostumado aos refletores, de modo que nesse sentido, possivelmente, a coisa fosse 5% mais fácil para mim do que para os outros. Mas os refletores aos quais eu estava acostumado pareciam as pequenas lanternas que as pessoas usam para ler quando estão num trem. Isto era como o sol.

Eu não conseguia olhar para Zelda e não podia pensar em nada para dizer, por isso me virei para minha mãe e falei a primeira coisa que me veio à cabeça:

– Liguei para o papai.

– O que ele disse? – perguntou Stab, e perguntou muito alto. – O que papai disse? O QUE PAPAI DISSE?

– Ele estava assistindo pela TV. Não pude entender o resto. Acho que ele disse que sente nossa falta.

– Também sinto falta dele – disse Stab. – E tô cansado, Russ. Eu sinto, eu sinto, eu sinto... – Isso acontecia algumas vezes, quando ele estava empolgado ou chateado. O disco travava. Minha mãe e eu estávamos acostumados, por isso deixamos que ele continuasse durante mais seis *eu sinto* e depois ele pôs para fora: – Eu sinto que estou muito acelerado por dentro. Parece que fiz alguma coisa errada.

– Acha que Jesus ia querer jogar sinuca com você se tivesse feito alguma coisa errada, meu chapa?

– Não sei. Só me sinto mal. Acho que eu deveria me sentir bem, mas me sinto mal. – Ele estava à beira de chorar de novo.

– *Eu* fiz uma coisa errada. Derrubei Deus. Foi quase um pecado. Mas estava tentando impedir que ele se machucasse. Sou meio que o guarda-costas dele, você sabe. Esse é o meu novo emprego. Você é o primeiro-secretário. Eu sou o guarda-costas.

– Mas por que alguém iria querer machucar Deus? – perguntou meu irmão, com os grandes olhos claros mais inclinados para baixo nos cantos do que o normal, a boca tremendo.

– Não iriam querer – disse Zelda. – Você não precisa pensar nisso. Ninguém vai machucar ninguém. Seu irmão está sendo bobo.

Foi uma observação mais ou menos inofensiva, acho, apenas Zel tentando fazer com que Stab se sentisse bem. Mas a bolha de raiva chegou à minha boca nesse momento, e eu a estava mordendo com força, tentando engolir, precisando de um pouco de espaço e incapaz de olhar para ela. Eu sabia que minha mãe podia sentir que havia algum problema entre mim e minha noiva – as mães têm um radar para coisas assim – e por isso eu disse:

– Escutem, peguem o meu carro e vão comer alguma coisa, depois sigam para a casa de Zelda, assistam à TV e me contem o que estão falando sobre nós. Eu preciso, vocês sabem... falar com o Wales e ver como vamos cuidar das coisas daqui por diante, em termos de programação. Mais tarde, em meu apartamento, farei um grande jantar para todo mundo. Certo, Stab?

– Certo, Russ.

Dei um grande abraço nele e em minha mãe e, embora Zelda estivesse estendendo os braços para mim, apenas apertei seu ombro sem fazer contato visual e saí para o estacionamento. Jocko estava ali, fumando. Começou a vir na minha direção, mas eu o descartei, fui para a rua e saí andando, esperando que ninguém me reconhecesse.

Sei que agi de modo mesquinho. Admito. Confesso: sou um homem mesquinho, que tende ao ciúme e fica inseguro com facilidade. No meio da confusão, da empolgação, da novidade e do medo causado por tudo aquilo, só queria que minha namorada percebesse que eu estava em terreno desconhecido e procurando manter o equilíbrio, tentando fazer a coisa certa. Mas – eu estava pensando nisso enquanto ia rapidamente pela prejudicada zona leste de West Zenith – era como se ela esperasse que de repente eu me tornasse alguém que eu não era. Ela parecia ter travado imediatamente um relacionamento caloroso com minha mãe e meu irmão, e eu estava feliz por isso, claro. E sabia que Jesus tinha visto como ela era inteligente e capaz, e que havia escolhido a pessoa certa como assessora de imprensa. Eu me sentia feliz com a idéia de estarmos trabalhando juntos num projeto tão importante, que na verdade não era nem mesmo um projeto mas quase uma cruzada.

Mas algo parecia ter mudado entre nós desde que Jesus apareceu em nossas vidas. Tivemos duas brigas, que tinham deixado um resíduo, e o resíduo estava endurecendo como tinta num pincel. Sei que não deveria estar pensando nessas coisas. Quero dizer, a campanha de Jesus era maior do que tudo isso, bem mais importante! Eu não deveria estar pensando nessas coisas. Mas estava.

Acredito que, se olhar na Bíblia, você verá que o mesmo tipo de coisa aconteceu naquela época: todas as pessoas que Jesus escolheu como discípulos tinham um lado mesquinho, com seus medos e dúvidas, sua natureza competitiva e a necessidade de aprovação. Às vezes o negaram, fugiram em momentos cruciais. Estavam com medo e inseguros. Não vou fingir que sou melhor.

dezoito

VAGUEI PELAS RUAS POR UMA HORA. Durante essa caminhada, Randy Zillins ligou para o meu celular e disse que estava chocado por eu fazer "parte dessa tramóia sobre Jesus".

– Quanto estão lhe pagando? – perguntou.

– Não só de pão vive o homem – respondi, e falei que estava recebendo uma chamada do *Good Morning America*.

◆◆◆

De volta ao meu apartamento, assisti a uma parte de um jogo de beisebol e fiquei curtindo meu mau humor. Só um pouco. Não muito tempo. Para melhorar, bastou eu trocar de canal na hora certa e assistir a uma reportagem. Começava com uma imagem de helicóptero mostrando a multidão que lotava a Praça Banfield. A câmera deu um zoom e lá estava este seu criado, parecendo bem decente, dizendo: "O próximo presidente dos Estados Unidos..."

Naturalmente, o pessoal dos noticiários nacionais, cínicos como são, tinha fingido imparcialidade e sofisticação mostrando o punhado de descrentes no meio da turba, cartazes em que estava escrito ELE É UMA FRAUDE!, e depois entrevistando um pregador de Oklahoma que dizia que o sujeito no palco não tinha qualquer semelhança com o Jesus bíblico, que era um homem humilde e não alguém que se importava com a aprovação mundana, se candidatando a presidente e usando um terno caro. Onde esse charlatão havia nascido? Quem eram aqueles outros charlatões em volta dele no palco? Bom, eles não passavam de gente da TV. Ainda por cima da TV *regional* e de Massachusetts, onde o povo era conhecido por não estar nas graças do Senhor. Aquilo tudo, inclusive os dois supostos milagres, teria sido montado para conseguir audiência e tirar o foco da brilhante campanha da senadora Marjorie Maplewith, cujo marido, Aldridge, era um *verdadeiro* pregador e homem de Deus.

E a coisa ficou ainda melhor. Depois de um comercial de absorventes e do novo Ford F-150, puseram no ar a própria Maplewith dando uma declaração descomprometida, dizendo que ainda não havia assistido ao vídeo do suposto Jesus anunciando sua candidatura, mas que lhe parecia uma estratégia desesperada de seu oponente, que estava caindo depressa nas pesquisas e sabia que não poderia vencer sem dividir o voto dos americanos religiosos, "a nova maioria cristã", como ela se referia àqueles que a apoiavam. Os "eleitores de valor". Como se todo mundo não fosse eleitor de valor de um modo ou de outro.

E então os democratas tiveram a sua vez, com o coronel Dennis Alowich, que cometeu o erro de tentar fazer pouco caso. Isso daria início a uma crise em sua campanha, e ele precisaria de semanas para se recuperar.

– Parece que a Sra. Maplewith deveria ir à igreja e fazer algumas orações pela sua campanha. Rá, rá. No último ano, ela andou por aí dizendo que tinha Deus ao seu lado. Agora Deus veio à Terra e não está do lado dela. Rá, rá, rá.

Parte do problema aqui era que Alowich realmente ria assim, dois ou três *rá-rás* espaçados por cerca de um segundo, e seus dentes inferiores não eram nem de longe tão brancos quanto as pessoas gostariam que fossem. Acho que a política americana se rebaixou a isso: votamos nas pessoas baseados em como são seus dentes e em como elas riem. Assim, por cortesia da máquina de lama republicana – financiada pelo notório magnata das hipotecas Justin Dreaf –, essas imagens foram mostradas repetidamente, durante semanas, no circuito de programas religiosos, com um locutor de voz profunda dizendo "Queremos um presidente que zomba das orações?" e a câmera dando um zoom nos feios incisivos inferiores do coronel.

Eu estava ali parado, diante da TV, considerando as prioridades dos eleitores americanos e me preocupando em saber como Jesus faria concessões quando ouvi a chave girando na fechadura. A porta da frente se abriu, Zelda entrou, cabelos despenteados, olhos pegando fogo. Fechou a porta com força.

– O que há de errado, Russ?

– Nada. – Indiquei a TV. – Cobertura.

– O que há de errado?

– Não há nada de errado. Eu precisava de um pouco de espaço.

– Você não me abraçou quando saiu. Stab notou. Sua mãe notou.

Dei de ombros.

– O que está acontecendo?

– Onde eles estão?

– Exaustos. Comprei comida para viagem no Siam Temple. Estão no meu apartamento, comendo, assistindo à TV. Os dois querem tirar um cochilo. O que está acontecendo? – Ela foi até à televisão. – Posso?

– Claro.

Ela desligou a TV.

– Fale comigo, Russ.

– A mesma coisa de sempre.

– Você está com ciúme de Jesus.

– Não é a melhor maneira de colocar as coisas.

– Achei sua apresentação brilhante. Exatamente como ele disse. Você consegue fazer esse tipo de improvisação melhor do que qualquer pessoa que eu conheça. Eu não poderia ter feito isso nem em um milhão de anos.

– Obrigado. Foi empolgante.

– Você parece tão empolgado quanto uma tartaruga.

– Obrigado.

– Quer desmanchar o noivado ou algo assim? Você parece tão... *distante*. Sinto como se eu o tivesse forçado contra a vontade. Você não estava totalmente acordado, eu estava chorando...

– Não quero desmanchar. Você quer?

– Claro que não! Como você tem coragem de perguntar uma coisa dessas?

– Porque não fazemos amor há uma semana. Porque você mal olha para mim. Porque tudo que recebo de você nos últimos dias tem sido uma espécie de risinho de zombaria, a testa franzida ou não sei o quê, como se tudo que eu fizesse fosse idiota ou não respeitoso o bastante. No resto do tempo, você basicamente me ignora. O que está bem. Certo. É um tempo de muito trabalho, sei disso. Mas estou tão ocupado quanto você e de vez em quando pelo menos olho nos seus olhos e não tento fazê-la se sentir idiota por se jogar em cima do cara como se você estivesse na nona série e ele fosse o astro do time de futebol ou algo assim. Desculpe. Sou só eu. Isso é o melhor que posso fazer.

Ela só ficou parada, me olhando. Olhei de volta. E então ela disse:

– Você está certo, me desculpe.

– Tudo bem.

– Nós sempre dissemos que não deixaríamos o trabalho ficar em primeiro plano e nós em segundo, e andei fazendo isso.

– Bom, são circunstâncias incomuns.

– Você foi fantástico, hoje. Verdade.

– Obrigado. Você estava certa quanto à multidão. Bastatutta acha que eram 60 mil. A TV falou em 75 mil. Está em todos os noticiários.

– E você está certo ao falar sobre a garota da nona série. Estou me sentindo assim, admito.

– Não se preocupe. Na maior parte do tempo, estou na oitava.

– Acho que, depois de todos esses anos tendo líderes com os quais eu não me sentia bem, vendo o país ir para o lado errado, pensar que isso talvez possa mudar, que talvez possamos ser, não sei, um luminoso farol de moralidade num mundo medonho. Quase parece uma fantasia ou algo do tipo.

– Eu sei. Sinto a mesma coisa.

– E fazer parte disso... quero dizer, meus últimos pais adotivos costumavam falar do sentimento que tinham nos anos 1960, como se realmente pudessem mudar o mundo para melhor. Sentir isso agora, e sentir que o poder de Deus está por trás... É quase demais para ser absorvido.

– Sem mencionar que você tem de contratar banheiros químicos e andar de Hummers.

Ela sorriu. Foi um sorriso mágico. Com a possível exceção de se afastar de uma vida de pecado, não há no mundo sentimento como fazer as pazes com alguém que você ama depois de uma briga em que você pensou que tudo ia desmoronar. Especialmente depois de você ter visto tudo desmoronar de verdade com outra pessoa. Ficamos assim durante um minuto, nos curtindo, e então Zelda afastou o cabelo do rosto de um certo modo e disse num certo tom:

– Na verdade, capitão, o motivo pelo qual passei aqui foi para renovar minha carteira de habilitação. Sei que já é tarde e que tive uns problemas de excesso de velocidade no passado, mas esperava que houvesse um jeito... bem... estou sem graça de pedir ajuda, mas será que o senhor...?

– Deixe-me ver a carteira – respondi. – Talvez eu possa fazer alguma coisa.

Ela levantou o vestido alguns centímetros, como se houvesse um bolso ali embaixo e ela estivesse procurando a carteira. Pude ver a pele lisa de sua coxa.

– Não estou conseguindo encontrar.

– Aqui, deixe que eu ajudo – falei, e logo estávamos resolvendo o problema da renovação, lutando no sofá como dois adolescentes, tendo os zíperes abertos, as roupas sendo desabotoadas e jogadas longe, partes de pele tenra recebendo atenção cuidadosa.

– Não há alguma prova que eu deva fazer de novo? – ela sussurrou em meu ouvido.

E o resto é particular.

Mas a carteira mal havia sido renovada quando ouvi uma batida na porta. Continuamos o que estávamos fazendo, só que mais silenciosamente, esperando que fosse apenas meu vizinho do lado, o engenheiro hidráulico aposentado Emmanuel Vespa, que gostava de passar com umas cervejas nos fins de tarde de jogo dos Sox e falar sobre a alíquota de restituição enquanto eu fingia escutar. Mas naquele dia não tivemos essa sorte.

Houve uma pausa, depois uma batida mais insistente e, em seguida:

– Russ? Ei, Russ?

Era a voz do meu pai. Por acaso ele tinha desligado o telefone e vindo de carro o mais depressa possível.

– Russ? Russ? Você está aí ou não?

dezenove

NÃO SEI SE É MAIS DIFÍCIL PARA UM HOMEM ou para uma mulher fingir que não estava fazendo sexo quando, na verdade, era exatamente o que estavam fazendo. Zelda agarrou suas roupas, correu para o banheiro e abriu o chuveiro. Eu me ajeitei o melhor que pude e gritei:

– Já vou, pai!

Meu pai não é idiota. É estranho e cheio de manias às vezes, tão teimoso quanto o dia é longo, mas não idiota. Quando abri a porta, ele olhou para mim e disse:

– O que está acontecendo? Acordei você?

– Não, só estava vendo os Sox. Entre.

Ele entrou, parou no meio da sala e olhou em volta. A TV não estava ligada. Dava para ouvir o chuveiro.

– Zel está aqui – falei. – Ela vai gostar de ver você.

– Ah. – Ele me olhou, virou a cabeça, depois me olhou de novo. – Cheguei bem na hora, acho.

– Não se preocupe, pai.

– Onde estão sua mãe e Stab?

– Na casa da Zel. Apagados. Queriam tirar um cochilo.

– E vocês queriam um tempinho a sós.

– Esquece, pai. Ligue a TV, vou pegar uma cerveja.

– Não, escute. Não dirigi até aqui a 140 por hora para assistir aos Red Sox.

– Desculpe pelo telefonema. Fazia tanto barulho que não consegui ouvir o que você disse.

– Assisti pela TV. – Ele fez uma pausa. Em seguida, deu três passos descrevendo um semicírculo, o que era um hábito seu: tinha vivido a maior parte do tempo em cômodos pequenos. – Em primeiro lugar, fiquei orgulhoso. Você se saiu bem ali na frente de todas aquelas pessoas. Parecia relaxado. No controle. Tive orgulho de você.

– Obrigado, pai.

– E em segundo lugar. – Outra pausa, mais olhares ao redor. Era quase como se ele estivesse com uma dor de dente e procurasse o armário onde eu guardava o analgésico. – Em segundo lugar, quero dizer que... bom, parece que ele é um ovo bom.

– É.

– Não me entenda mal. Não mudei de idéia. Estou por aqui com essa adoração a Jesus, acredite. Com sua mãe e alguns clientes tentando me converter todos esses anos, com as coisas estúpidas que as pessoas dizem, como "*Adoro* salmão defumado e pão judeu, Arnie, adoro mesmo", não era muito fácil ser judeu neste país, você sabe. Ainda não é, em certos dias. E eu sou quem sou. Não vou abandonar minha religião nesta idade.

– Ninguém está pedindo isso.

– Eu sei. Eu sei. Você não pediria. O que estou dizendo é que você sabe como sou. Um cara família. Brigo feito o diabo com sua mãe, mas não poderia ficar uma semana sem ela. Para não falar do Stab. O que estou dizendo, acho, é que não tenho mais nada a fazer hoje em dia. O que faço o dia inteiro? Ouço a Sra. Wu, jogo um pouco de golfe, faço coisas em casa, jogo baralho com os amigos. Então... vim ver se eu podia ajudar vocês com a campanha sem, você sabe...

– Sem se converter.

– É.

– Sem dúvida. Não acho que ele queira converter as pessoas. Não creio que essa campanha tenha a ver com isso.

– Também não achei – disse meu pai, e pude ouvir o alívio em sua voz. Era verdade o que ele dissera sobre não conseguir viver sem minha mãe. Isso sempre fora um mistério para mim, o modo como eles podiam brigar por qualquer coisinha e depois se beijar e fazer as pazes na cozinha no dia seguinte. O nascimento de Stab os aproximou mais. Sei que em parte era por isso, os dois haviam me dito com palavras diferentes. Mas existia algo mais. "Um bom relacionamento físico", minha mãe tinha confessado uma vez, num momento afoito. "Uma atração."

Nesse instante Zelda saiu do banheiro molhada e parecia radiante. Deu um grande sorriso para meu pai e foi abraçá-lo, e pude ver que ele estava quase pedindo desculpas quando decidiu que ainda não a conhecia o suficiente. Depois de alguns segundos sem graça, ele disse:

– Vi vocês todos na TV. Tive de vir. Aquilo foi incrível.

– Ainda estou excitada – disse Zelda, cheia de inocência.

E isso fez meu pai olhar pela janela.

Eu estava indo pegar uma bebida – muito necessária – para todos nós quando houve outra batida na porta. Muito antes de Jesus entrar na minha vida, eu havia me esforçado ao máximo para ser o mais anônimo possível. Essa era uma coisa que nos aconselhavam a fazer quando arranjávamos um emprego como o que eu tinha na ZIZ: tentar manter uma vida privada. Por isso aluguei o apartamento usando outro nome e o pus na caixa de correspondência lá embaixo. Meu número de telefone não estava na lista. Eu havia comprado esse apartamento, em parte, por causa da garagem subterrânea, e era possível ir da garagem para o elevador e vice-versa sem que ninguém o visse da rua. Por isso era surpreendente ter duas batidas à porta na mesma tarde. Torci, mesmo sem esperanças, para que não fosse Manny Vespa, e, quando abri a porta, não era. Havia um homem com uniforme de entregador com uma pequena caixa de papelão sob o braço. Até que tirasse o chapéu, o sujeito se parecia bastante com Jesus. Depois de tirá-lo, definitivamente era ele.

vinte

APERTEI A MÃO DE JESUS, O QUE PARECIA SER seu cumprimento preferido. Pelo menos com os homens. Zelda e ele se abraçaram calorosamente. Ele pressionava a mão na parte de trás dos cabelos dela e a apertava com força contra o corpo. Meu pai estava observando.

– Pai, este é Jesus. – Houve mais apertos de mão, mas, pelo modo como meu pai baixou a cabeça e olhava por baixo das sobrancelhas, notei que ele ficou desconfortável. Um tanto desconfiado. Pouco à vontade.

– Vi você pela TV hoje – disse ele a Jesus. E depois acrescentou (e isso era típico de Arnie Thomas, uma das coisas que me faziam admirá-lo tanto, apesar de suas manias): – Tenho de ser honesto, certo? Gostei do que ouvi. Concordo com você quanto ao que a América necessita. Vim aqui para dizer que vou ajudar como puder. Não tenho muito dinheiro para contribuir, mas dou duro, tenho algumas pequenas habilidades... – Ele parou e coçou a marca de nascença na lateral do queixo, sinal irrefutável de que estava nervoso. – Mas devo dizer o seguinte: sou judeu. Nasci e fui criado como judeu, e, bem, você é Jesus, *o* Jesus, acho, ou pelo menos é quem você diz ser. E, bem, não posso de repente começar a acreditar que você é o Messias ou sei lá o quê. Quero ser direto quanto a isso. Se não funcionar para você, vou entender e seguirei meu caminho sem mágoas e espero que você também.

Meu pai terminou com um gesto de mão, um gesto que envolvia uma espécie de ironia desamparada mas confiante, como se a história fosse o que era e continuaria assim, e tudo que nos restava diante disso era a capacidade de rir e suportar. Ficou olhando nos olhos de Jesus, que, por sua vez, parecia examiná-lo como alguém examinaria uma peça de museu. Ouvimos sirenes na rua lá fora. E então Jesus disse:

– Concordo.

– Bom – respondeu meu pai. Ele poderia voltar aos seus amigos na Deli Hillel, em North Salem, e dizer que tinha se mantido firme. Claro, eles viram seu filho Russ no palco com o sujeito que se dizia ser Jesus, e, sim, ele havia trabalhado na campanha. Mas só fez isso porque sua família estava envolvida. Além do mais, estava trabalhando para a *campanha* e não para a figura religiosa. Havia uma diferença crucial.

– Você é uma tremenda figura – disse Jesus. Ainda estava avaliando meu pai, mas agora havia um sorriso minúsculo nos cantos de sua boca. – Como o seu filho.

Meu pai olhou para mim e tivemos um belo momento.

– Dois filhos-da-mãe malucos – falou.

Jesus concordou.

– Mas quando temos um amigo, vivemos e morremos por ele – emendou meu pai.

Jesus concordou de novo.

– Esperemos que não precise chegar a esse ponto – disse de um modo que fez Zelda estremecer, e quando a olhei ela estava franzindo a testa e abraçando os próprios ombros.

– Bom, Arnie – continuou Jesus –, eu também sou judeu, como talvez você se lembre. Vamos dar uma volta e deixar os futuros esposos terminando a renovação da carteira ou sei lá o que era. Entende?

Meu pai ficou confuso por um momento, mas depois entendeu.

– Antes, duas coisas – disse Jesus. – Primeira – ele se virou para mim e para Zelda: – Digam a Wales que quero que vocês aluguem um jato comercial para todo o período da campanha. Algo onde caibam 20 pessoas e venha com piloto. Consiga o melhor acordo que puder, o dinheiro estará na conta.

– Faremos isso, Senhor – Zelda respondeu. Acho que ela estava tão traumatizada quanto eu pelo comentário sobre a renovação da licença, e me preocupei com a hipótese de nunca mais fazermos amor novamente, pelo menos não sem sentir que havia um par de olhos divinos sobre nós o tempo todo.

– Se me chamar de Senhor de novo, vou demiti-la – disse Jesus. – Para começar, isso deixa seu futuro sogro desconfortável, e eu, pessoalmente, também não gosto. É uma expressão ultrapassada e só causou problemas no decorrer da história.

– Desculpe.

– E esqueça o perdão e a culpa. Faça o que você diz aos seus clientes: deixe para lá. Você sabe que é uma boa pessoa, assim como eu sei, e o Russ e o Arnie também sabem. Isso brilha em você como a luz do sol se refletindo em ouro.

– Certo... Jesus.

– Melhor. Meus amigos me chamam de Chefe, se você quer saber. E tenho mais uns 30 apelidos. O Grande Cara. O Garoto que Voltou, etc. Mas "Jesus" está bom para os objetivos de campanha. Ressús, nos ambientes hispânicos. E, só para constar, nunca vim para ser adorado, nem da primeira vez nem desta. Vim para ser *imitado*. Foi isso que as pessoas não entenderam. *Seguido* como um exemplo, fazendo com que o interior de vocês se pareça com o meu. Está claro?

– Não exatamente, ainda não – disse Zelda, com sua honestidade típica.

– Mas esse é o seu trabalho – continuou ele, agora mais animado, com aquele toque de impaciência na voz, como se esperasse que seres humanos comuns como nós vissem o Universo como ele via. – O que você faz o dia todo? Ajuda as pessoas a consertarem seu mundo interior, não é?

– É. Quero dizer, eu fazia isso. Eu...

– Bom, então vamos ao próximo nível. Você, você mesma. Ultrapasse a questão do abandono de pai e mãe e do negócio de "mulher profissional lutando para superar a infância difícil" e vá ao nível seguinte. Vocês não percebem o que há lá dentro. Seus próprios cientistas dizem que vocês usam menos de 10% do cérebro. Bom, o que acham que os outros 90% são capazes de fazer? Pensem, certo? Vocês três. – Agora ele estava no maior pique. Dava par ver que não teria problemas em parecer passional durante a campanha. – Arnie, não me importo se você acha ou não que sou Deus ou o Messias. Que diferença isso pode fazer para mim? Pense bem. Isso vai me magoar? Vai me deixar inseguro? Não. O que me importa é que você entenda o que estou tentando lhe dizer.

– Então você é *mesmo* um grande professor – disse meu pai, esperançoso. – Um rabino. Quero dizer, é o que você foi da primeira vez.

– Claro, se isso faz você se sentir bem. Use a palavra que quiser. Só não diga que eu era *só* isso. E se esqueça de mim e comece a se concentrar em você mesmo, em seu potencial, em seu potencial *interior*. Certo? Se eu perder esta eleição, você realmente acha que vou sofrer, ficar despontado comigo mesmo, infeliz? Não estou fazendo por mim desta vez, e não estava fazendo por mim da última. Está claro?

– Sim – respondemos os três ao mesmo tempo, para sermos educados.

– Agora, quanto aos dois pombinhos, não se preocupem. A partir de hoje, vou desligar esta parte da minha visão celestial e lhes dar privacidade. Desfrutem de sua intimidade, já que ela foi inventada para isso. Aqueles que condenam o sexo tendem a condenar tudo. Têm coração duro. São mesquinhos. Defensivos demais. Eu não escolheria ninguém assim para trabalhar comigo. Ouviram?

– Ouvimos – Zelda e eu falamos com algum entusiasmo.

– Fazer amor é um dos Mistérios Maravilhosos.

– Certo.

– E mais uma coisa – Jesus disse e foi até meu pai, pôs as duas mãos em sua cabeça grisalha, depois tocou a marca de nascença na lateral do queixo dele. A marca desapareceu. Nós pudemos ver isso acontecer, meu pai não pôde. Zel arfou, meu pai olhou para ela, e então Jesus passou o braço pelos ombros dele e os dois saíram sem se despedir.

O pacote permaneceu sobre a mesa, sem ser aberto. Por alguns minutos, Zelda e eu ficamos andando pelo apartamento, desconfortáveis, sem dizer nada, sem fazer contato físico, evitando os olhos um do outro. Ela pegou uma toalha no banheiro e terminou de secar o cabelo. Eu estava pensando em ligar a TV no jogo ou para passar os canais e descobrir o que mais estavam dizendo sobre Jesus e a campanha, mas em vez disso fui verificar o endereço na caixa de papelão: RUSSEL THOMAS E ZELDA HIRSCH. Era muito leve. Usei uma faca de cozinha para cortar a fita e então abri as abas. Quando estava tirando o plástico-bolha, Zelda se aproximou e parou do meu lado. Dentro havia um envelope, nada mais. E dentro do envelope um cartão que dizia "Voltem ao que estavam fazendo!", com o desenho de uma carinha rindo e um cheque de 10 mil dólares. Dentro do cartão estava escrita a misteriosa frase: "O nome dela deve ser Delahi. Isto é para a poupança da faculdade."

Parados lado a lado, balançamos a cabeça e ficamos perplexos com aquilo durante cerca de um minuto. E então não havia realmente mais nada a fazer. O dia tinha sido tremendamente estranho, Zel e eu estávamos abalados pelo menos de três modos diferentes e tínhamos sete milhões de detalhes para cuidar. Então, naturalmente, tomamos o remédio clássico: buscamos conforto no corpo um do outro e nos divertimos com isso.

Como nota de rodapé, devo mencionar que somente alguns anos mais tarde uma criança nasceria de nós. Seu nome seria Delahi, que, como ficamos sabendo, significa "aquela que foi licenciada", em um dos antigos dialetos aramaicos falados em Belém mais ou menos na época do nascimento de Jesus.

vinte e um

ALUGAMOS O AVIÃO COMO JESUS HAVIA MANDADO, um BizzAire 527, com uma pequena cozinha, dois banheiros, um bar e assentos confortáveis para 20 pessoas. Jesus informou a Wales que nossa primeira parada seria em Topeka, Kansas. Iríamos para lá no jato novo, alugaríamos dois carros e passaríamos uma semana circulando pelas estradinhas do Kansas e de Nebraska e falando com as pessoas. Wales e eu achamos a idéia terrível.

– Kansas é um dos territórios de Marjorie Maplewith – reclamou Wales quando fui a sua casa discutir os arranjos de segurança antes de partirmos. Ezzie tinha ido ao clube de tênis avaliar algumas possibilidades de levantamento de verbas, de modo que a casa estava vazia. Wales estava sentado junto à bancada de granito na cozinha acariciando uma isca de pesca de um modo que pensei que ele iria cravar o anzol na ponta do dedo. – Não há sequer uma chance em 10 milhões de que alguém que não seja Maplewith fique com o Kansas.

– Além disso é perigoso – falei. – Aqueles supostos cristãos podem ser malignos, e as planícies estão apinhadas deles.

– Nem me fale.

Pelo modo como ele desviou os olhos para longe e ficou espiando pela janela da cozinha, me pareceu que Wales ainda estava apavorado com as repercussões de uma matéria feita pela ZIZ, cerca de um ano antes, sobre uma igreja evangélica – Casa da Santa Voz Alta – em West Zenith. O pregador de lá, o reverendo Jonathan "Buck" Scythe, havia levantado a impressionante quantia de 3,4 milhões de dólares, supostamente para um novo prédio ou, como ele disse: "um grande tributo à face jubilosa de Cristo". Então desapareceu com o dinheiro, acompanhado por uma universitária morena de belas pernas. Foi preso depois de um mês de diversão na ilha de Eleuthera e trazido de volta a Massachusetts para enfrentar as acusações, e Wales havia montado o que achei que foi uma história inventiva sobre ele, intercalando imagens da prisão e do indiciamento com relatos luminosamente positivos por parte de integrantes de seu culto lunático.

De algum modo, essa matéria, que ocupou dois minutos numa noite sonolenta de meio de semana, atraiu a atenção de um grupo na internet – sediado em Kansas, por sinal –, chamado Defensores da Antiga Fé Americana, que defendia qualquer pregador "cristão" que recebesse publicidade desfavorável. A DAFA tinha cerca de 200 mil sócios e a capacidade de estimulá-los a ataques de fúria por e-mail com o simples digitar de algumas teclas. Assim, no decorrer da semana seguinte, os covardes donos da estação tiveram de enfrentar todos aqueles telefonemas e e-mails. Foi desagradável. E tudo que puderam fazer foi causar sofrimento a Wales: memorandos, reuniões de diretoria, ameaças vazias sobre corte de pessoal.

Nós nos recuperamos, claro. No fim, o reverendo Buck foi condenado a três anos e meio de cadeia, a universitária recebeu um generoso contrato editorial e a estação voltou à vida de sempre, embora a direção tenha nos obrigado a ficar longe de histórias religiosas por algum tempo.

Wales nunca havia se esquecido disso. Enquanto ele olhava pela janela da cozinha, cometi o pequeno erro de dizer:

– E se Topeka estiver cheia de figuras como o reverendo Buck? E se a DAFA mandar chatos para os comícios?

Ele deu de ombros, mantendo a ausência de contato visual pela qual era famoso.

– Vamos cuidar disso quando chegar a hora. Estou mais preocupado em descobrir o posicionamento de nosso candidato sobre algumas questões. Estão nos pedindo documentos com propostas de governo. Zelda está sendo atacada com perguntas. Tentei fazê-lo falar sobre isso, mas ele é evasivo.

– Cuidado para não cravar esse anzol no dedo – disse eu, mas estava tão preocupado quanto ele.

◆◆◆

Um dia depois, ainda sem saber a posição de Jesus nas questões mais importantes, todos embarcamos no avião – Jesus, Wales, Ezzie, eu, Zelda, mamãe, papai e Stab, Dukey McIntyre com Ada Montpelier e Dukey Junior, além dos Simmelton, que tinham acabado de voltar da Costa Rica.

O vôo foi tranqüilo – papai preparou os martínis e Stab ditou uma carta gravada para sua namorada –, mas, assim que pousamos, as coisas desandaram quase de imediato. Nem bem nossa turma heterogênea desembarcou no Aeroporto Forbes Field, em Topeka, e entrou em duas limusines brancas (não eram Hummers dessa vez), fomos confrontados pela justa ira "cristã" que, naqueles dias, se espalhava como vírus em algumas partes do país. Naquela manhã em particular, essa raiva assumiu a forma de um grupo de 60 ou 70 moradores locais, com idades que iam de bebês em carrinhos até avós com bengalas, parados junto ao portão, bloqueando nosso caminho. Havia uma previsível variedade de cartazes dizendo coisas como "BLASFÍMIA!" e "SATÃ CHEGA NUM DISFACE!". As pessoas que seguravam esses cartazes gritavam "FALSO! FALSO! FALSO! FALSO! VOCÊ ZOMBA DO ÚNICO SENHOR VERDADEIRO!" e pressionavam o carro de um modo que só poderia ser interpretado como ameaçador.

Zelda, eu, Wales e Ezzie estávamos juntos no banco, de frente para Jesus, que gostava de se sentar ao lado de Stab, que adorava andar de costas na limusine. Meus pais estavam no segundo carro com Dukey, Ada, o filho deles e a família Simmelton. Stab estava estalando os lábios, fazendo barulho, como sempre faz quando está com medo e, vendo isso, comecei a ficar com raiva.

– Controle-se, Russell! – Jesus disse em seu tom tranqüilo.

– Vou me controlar. Como chefe da segurança, vou sair e começar a dar socos calmamente.

– Pá... pá... pá... Não, Russ – disse Stab.

Mas eu não precisava me preocupar. Foi Dukey McIntyre quem saiu e começou a dar socos. Seu cabelo muito curto, ruivo-ferrugem, parecia estar em pé na cabeça, e seus braços estavam afastados do corpo como se ele carregasse uma bisnaga velha em cada axila, voltando da padaria. Botas de combate. Jaqueta de couro. Aquela coisa toda. Devia ter bebido oito Red Bulls no vôo. Estava caminhando em direção aos manifestantes com expressão ameaçadora no rosto e o logotipo da Scorched Earth (nosso belo planeta azul envolto em chamas) na camisa. Estendi a mão para a porta na esperança de detê-lo antes que ele matasse alguém e tivesse de passar o resto da vida em Leavenworth, mas Jesus pôs a mão no meu braço. Em seguida, apertou o botão e baixou o vidro.

– Dukey – disse ele. – Está tudo bem.

– Tudo bem? – gritou Dukey acima dos cantos de protesto. Seu rosto estava quase roxo, as veias do pescoço e da testa, saltadas. – Vou arrebentar umas cabeças! Vou pegar um cartaz daqueles e começar a arrebentar a cabeça de algum caipira!

– Mas você *é* um caipiria – observou Esmeralda, num tom que Dukey não pôde ouvir.

– Deixe-me cuidar disso – disse Jesus, calmo.

Dukey hesitou, olhou para mim, que, na teoria, era seu chefe. Sem saber o que fazer, confirmei com a cabeça. Quando Jesus saiu, o segui de modo corajoso e resoluto, embora o suor já escorresse pela parte interna dos meus braços. Fiz sinal para Stab e Zelda ficarem no carro.

Jesus – cujo guarda-roupa era imprevisível – naquele dia usava jeans, botas de trabalho e camisa listrada de manga curta. Tinha os ombros poderosos e as mãos fortes de um operário e, com sua pele cor de cobre, parecia ter passado a maior parte daquela primavera nos campos. Quando saiu do carro e caminhou até os manifestantes, eles logo pareceram ficar sem energia. Não acredito que qualquer tipo de poder divino tenha sido usado. Foi sua presença, uma presença extraordinária mas ao mesmo tempo totalmente humana. Andou para eles calmamente, como se estivesse indo comprar um copo de limonada de uma criança de jardim-de-infância, numa barraquinha, parou alguns metros depois, pôs as mãos nos quadris e olhou para aquela gente. Uma ou duas pessoas na parte de trás do grupo ainda estavam gritando, mas todo mundo que eu pude ver – e Dukey e eu estávamos a pouco mais de um metro atrás de Jesus – o observava em silêncio. As crianças pareciam especialmente tocadas, como se alguma combinação do dinossauro Barney com um boneco de ação e o Troy do *High School Musical* tivessem saído do aparelho de TV e fossem lhes dar um presente. Vi uma equipe de cinegrafistas saindo de um caminhão de transmissão por satélite e correndo para perto. Eles se posicionaram do lado esquerdo da multidão, perto do portão, e começaram a filmar.

– Você não é real, é? – conseguiu dizer uma alma corajosa na fileira da frente, mas sua voz tinha um tremor de dúvida.

– Bem real – respondeu Jesus. – Perfeitamente real.

– Mas você não é o Cristo Ressuscitado – aventurou-se uma mulher, mais enfaticamente.

– É possível que não seja – respondeu Jesus, olhando diretamente para ela. – Mas é possível que seja. E, se eu for e você me vir e não acreditar, o que será de você?

A mulher desmaiou, simplesmente perdeu a força nas pernas e caiu. Seu marido começou a socorrê-la. A câmera se virou para eles. Um rapaz alto e magro, de camisa vermelha, abriu caminho entre a multidão, apontou o dedo para Jesus e começou a berrar, cuspindo:

– Falso! Falso! Falso!

Mas a multidão não estava mais acompanhando o canto. A câmera se virou para o rapaz. Ele parou de gritar e a encarou com um olhar furioso.

– Sou Jesus, o Cristo – disse Jesus, com ternura mas com segurança. – Eu os abençôo e peço seu voto.

Diante disso, mais pelo tom de sua voz do que pelas palavras, penso eu, três ou quatro manifestantes na linha de frente largaram seus cartazes e se ajoelharam. Cerca de um quarto das pessoas atrás deles fez a mesma coisa. A mulher que havia desmaiado ficou de quatro, depois desmaiou de novo e caiu com a cara no asfalto. Nesse momento, pude ouvir o repórter falando ao microfone:

– Estamos aqui no Aeroporto Forbes Field, em Topeka, onde o homem que se diz Jesus...

– Deixem-nos passar agora, por favor – continuou Jesus em voz baixa. – Temos um comício hoje no Veteran's Park e gostaríamos de ir para o hotel fazer os preparativos. Todos vocês estão convidados a comparecer ao comício e ouvir o que tenho a dizer sobre o resgate dos Estados Unidos.

Uma das mulheres idosas na beira da multidão subitamente jogou a bengala por cima da barreira de metal e gritou:

– Estou curada!

Alguém empurrou uma das seções da cerca para o lado e por um momento pensei que haveria um tumulto geral. As pessoas estavam pressionando à frente, ou pelo menos três quartos delas estavam. Ainda havia uma minoria razoável de incrédulos que se mantinha atrás. Não tinham se ajoelhado. Haviam baixado os cartazes e parado de gritar, mas a expressão em seus rostos era cheia de desdém. Dukey e eu demos a volta para a frente de Jesus e estendemos os braços, esperando que ele voltasse correndo à limusine. Em vez disso, ele avançou entre nós, foi para o meio da multidão e começou a tocar as pessoas no ombro ou na cabeça. Algumas tremiam. Por fim, uma delas começou a falar em línguas diferentes. Jesus se agachou e pôs a mão no ombro de um menino que não podia ter mais de 3 anos. Em vez de chorar diante da atenção daquele estranho de cabelos escuros, o menino deu um sorriso cheio de dentes. Naturalmente, neste ponto, o repórter abriu caminho, com o câmera logo atrás, colocou o microfone na cara de Jesus e disse:

– Qual é a sua posição sobre o aborto?

– Não tenho posição – respondeu Jesus depois de um momento, ainda agachado e olhando para cima.

– Mas é certo ou errado?

– Certo e errado – disse Jesus calmamente.

– Mas o senhor nomearia magistrados que consideram fora da lei tirar uma vida humana dentro do útero ou não? – pressionou o repórter.

Eu estava me encolhendo. Pude sentir o humor da multidão voltando ao estado de antes de Jesus ter se aproximado. Pareceu-me que a resposta a esta pergunta mandaria a campanha a toda velocidade numa ou noutra direção, para os estados de tendência democrata ou para os republicanos, ou, possivelmente, para um fim prematuro. Nessa questão, mais do que em qualquer outra da política americana, não havia meio-termo.

– Há a lei de Deus e a lei da nação – disse Jesus.

Encolhi-me de novo. Fui na direção dele, procurando um modo de colocá-lo em segurança na limusine e sairmos dali.

– O que você está dizendo é "Dai a César" – gritou um homem na multidão, assumindo o interrogatório antes que o repórter pudesse dizer a palavra seguinte. – Mas e se César permite que as pessoas trucidem os que ainda não nasceram?

– Eu vim para juntar as duas leis – respondeu Jesus.

– Então veio para tornar o assassinato ilegal – disse uma mulher, esperançosa.

– Para tornar a falta de gentileza inaceitável – contrapôs Jesus. – A raiva, a falta de gentileza, a cobiça e todo tipo de comportamento egoísta. – E então, dando um último tapinha na cabeça do menino, levantou-se, virou-se e em um minuto estávamos de volta à limusine com as portas trancadas e um silêncio terrível pairando sobre nós. O motorista nos conduziu lentamente através da multidão, agora claramente dividida entre os que acenavam e sorriam e os que estavam imóveis e com caras de desprezo. Virei a cabeça enquanto passávamos pelo portão e pude ver o repórter falando, animado, para a câmera e pequenas discussões já começando a surgir. O que ele quis dizer? Que tipo de duplo sentido político era aquele? Ele não era liberal, era?

Depois de alguns minutos de viagem rumo ao hotel, Wales, que Deus o abençoe, teve a coragem de quebrar o silêncio.

– É uma pergunta que vai assombrá-lo durante toda a campanha, você sabe – disse com cuidado.

– O quê? – perguntou Jesus. – A inclinação para a compaixão universal?

– Você sabe o que estou dizendo. A questão do aborto. Pró-escolha. Pró-vida. Você não pode ficar em cima do muro. Especialmente aqui. Mas, na verdade, em lugar nenhum.

– Estive me perguntando o que você gostaria que eu dissesse à imprensa a esse respeito – comentou Zelda. – Todos estivemos falando sobre isso.

– Diga que vou responder a qualquer pergunta que eles fizerem.

– Mas esta é a mídia americana – disse Wales. – Eles não querem parábolas nem frases cifradas. Vão tentar crucificá-lo.

Não foi a melhor escolha de palavras. Durante um ou dois segundos, Jesus quase pareceu rir, depois se virou para meu irmão e disse:

– Stab, estamos felizes porque você está aqui, sabia?

Meu irmão deu seu enorme sorriso, um sorriso sem qualquer defesa, sem qualquer sofisticação, cinismo ou armadura.

– Também estou feliz porque estou aqui, Deus – respondeu.

– Mas se você não tivesse nascido quando nasceu, filho de sua mãe e de seu pai, com esse palhaço aqui como irmão, seu espírito teria arranjado outro modo de vir até nós. Entende?

– Claro que entendo – disse Stab. – Mas ninguém iria me amar como minha mãe e meu pai, certo? E esse irmão?

– Ninguém.

– Eu sabia que isso estava certo. E também sei como eles me fizeram.

Jesus deu um tapinha gentil no joelho de Stab. Eu estava quase me inclinando para ele, pude sentir as palavras subindo pela garganta em direção aos lábios. "Mas diga claramente", quis gritar. "Diga o que pensa sobre isso!"

Jesus se virou para Zelda:

– Deixe-me cuidar dessa resposta por enquanto.

Ela assentiu em movimentos rápidos.

– Mas nós queremos saber – desembuchei. – É assassinato ou não tem problema? Ou vamos entrar na ética situacional? Como presidente, o que você faria?

Wales e Ezzie estavam murmurando em concordância, de modo que pelo menos não fiquei sozinho.

– Eu ensinarei – disse Jesus. – Ensinarei a gentileza e a compaixão. É o que sempre fiz. E isso sempre deixou algumas pessoas com raiva e violentas.

– Mas você está evitando a pergunta – insisti. Zelda ficou me cutucando com a perna. Eu sabia que estava forçando a barra, mas não conseguia me conter.

Jesus ficou me olhando até me deixar desconfortável, mas mantive os olhos fixos nos dele.

– Vocês têm a liberdade definitiva no modo como se comportam – disse finalmente. – Vocês receberam uma liberdade ilimitada para determinar seu destino. Nenhum de vocês parece entender isso ainda.

– Mesmo assim... – comecei.

– Eu entendo – disse Stab, e era o tipo de coisa que ele sempre fazia, pegando algumas palavras de uma conversa complicada e respondendo com algum tipo de conclusão incompleta.

– O seu irmão aqui entende – disse Jesus, cravando o olhar no meu. Não era um olhar frio, e sim a própria definição de um olhar direto, mas suas palavras tinham um tom suave. – Você, por outro lado, é meio lento.

– Eu digo isso a ele há anos – Wales emendou e todo mundo riu.

Ri também, contente em deixar o assunto de lado por enquanto, mas a coisa me pareceu falsa. Eu tinha sido lançado de novo numa zona de incerteza e sabia que Jesus podia sentir isso, e Zelda também, e fiquei feliz porque meus pais não estavam no carro para ouvir a conversa.

Enquanto nos hospedávamos no Topeka Sheraton, Wales esperou até que ninguém estivesse perto de nós e disse:

– Esse tipo de resposta vai acabar com a gente. Você sabe, não sabe?

Falei que sabia, e então subi com minha boa futura esposa, tomamos banho, trocamos de roupa e nos preparamos para o comício sem dizer uma palavra um ao outro.

vinte e dois

NO MEIO DA MULTIDÃO NO VETERAN'S PARK, várias pessoas seguravam cartazes com fotos de fetos mortos. Fiquei preocupado que Jesus tentasse contornar a questão do aborto falando de outra coisa ou que desse o tipo de resposta evasiva com que mais ou menos havia se livrado no aeroporto. Apresentei-o de novo. Desta vez foi mais fácil, embora o público fosse menos simpático. Não eram só as pessoas com as fotos de fetos e os imbecis gritando "Obrigado, Senhor, pela guerra!" (mais tarde descobrimos que eles acreditavam que Deus havia posto os Estados Unidos no que estava parecendo cada vez mais uma guerra dos 30 anos como castigo por nossa tolerância aos homossexuais). Não era somente o grupo da EVOLUÇÃO É A DOUTRINA DO DIABO! ADÃO E EVA FORAM FEITO NO PRIMEIRO DIA! (com dificuldades gramaticais, como pareciam ter tantas das bocas que faziam mais barulho), embora, como observou minha mãe, mesmo que você lesse a Bíblia literalmente, Adão e Eva só tenham sido feitos bem depois disso. Não que o povo fosse inamistoso. Na verdade, todo mundo que havíamos encontrado, desde os mensageiros do hotel até o motorista da limusine e os policiais com quem eu havia combinado a segurança, era amigável e gentil. Era simplesmente uma sensação geral que eu tive – talvez meus próprios preconceitos –, diante dos microfones e de cinco ou seis mil almas, de que esta nova região de planícies onde estávamos não era tão receptiva à candidatura de Jesus.

Assim, fiz uma apresentação curta e objetiva e depois entreguei o palco ao nosso candidato. Ele começou mais ou menos da mesma forma que havia feito em West Zenith, dizendo que os Estados Unidos corriam um grande perigo de perder a alma e que tinha vindo para espalhar o amor e a boa vontade de novo, e assim por diante. Mas então – talvez sentindo uma inquietação crescente na multidão – ele surpreendeu a mim e a todos nós.

– Bom, sei que a campanha é nova – disse do mesmo modo gentil, tranqüilo, com que dizia quase tudo – e que há muitas questões não respondidas.

Como falei antes, vou responder a cada pergunta que me fizerem, mas a resposta nem sempre vai deixar todo mundo confortável. Hoje no aeroporto, e gostaria de agradecer às boas pessoas que estiveram lá para nos deixar empolgados com a vinda a Topeka, me perguntaram sobre o aborto.

Ele parou, e até os imbecis ficaram em silêncio. Dava para ouvir os corvos voando no céu, emitindo seus grasnidos irritantes. Dava para ouvir rodas de skates na calçada ali perto. Jesus prorrogou o silêncio, ficou ali parado sem dizer nada durante 10 ou 15 segundos, só olhando a multidão. Eu tinha consciência, naturalmente, de todas as câmeras focalizando-o, de todo o tempo morto indo ao ar.

Ele tomou fôlego e recomeçou:

– Sei que esta é uma questão que divide este grande país, separa irmão de irmã, pai de filho, mãe de filha, amigo de amigo. Sei disso e fico profundamente entristecido. O que há no âmago dessa questão? O que podemos dizer sobre a verdade que há no centro dela?

– Que o aborto mata! – alguém gritou.

Jesus o ignorou.

– A verdade é que algumas pessoas, pessoas boas, acreditam que a vida humana começa na concepção e que tudo que interfira com o crescimento do ovo fertilizado até à maturidade equivale a assassinato.

– *É* assassinato – gritou o mesmo cara. – Não *equivale. É! É* assassinato!

Vi Dukey andando pela multidão em direção ao sujeito, empurrando pessoas de lado violentamente enquanto abria caminho.

– E outras pessoas, boas também, acreditam que a vida começa no nascimento. Ou em algum ponto entre a concepção e o nascimento. Ou que certas circunstâncias tornam o aborto o menor de dois males. Ou que é uma questão estritamente particular. Sei disso. Vejo tudo isso... O que vejo com mais clareza ainda é o ódio que cresceu em torno dessa importante questão. Pessoas foram mortas em nome do não matar!

– Então o que você vai fazer a respeito? – gritou o cara de novo. No momento em que disse a última palavra, Dukey o alcançou. Houve uma agitação, um pequeno amontoado de pessoas bloqueando minha visão do que aconteceu em seguida, e eu me perguntei, não pela primeira vez, se Dukey McIntyre seria uma vantagem ou um prejuízo para a campanha.

Jesus pareceu não notar. Ou, se notou, não reagiu:

– E assim, com todo o respeito pela complexidade do assunto, como presidente, nos dois primeiros meses do meu mandato, vou convocar uma conferência nacional sobre o aborto. Será feita aqui em Kansas, o coração da nação, e transmitida para todo o país. Não será um debate. Discursos carregados de ódio não serão permitidos. Será uma conferência na qual o porta-voz de cada posição terá o mesmo tempo para se manifestar. Sei que isso não vai deixar todos satisfeitos. Penso nisso apenas como um primeiro passo, pequeno mas importante. A realidade é que, se o aborto for tornado ilegal, as pessoas continuarão fazendo aborto aos milhões. Há provas disso nesta e em outras sociedades. E, se o aborto continuar sendo legal, as pessoas também o farão aos milhões, e o ódio e a raiva relativos a essa questão não vão acabar. Assim, vamos nos juntar como uma nação, com pessoas boas de cada lado desse tema, e ver se não podemos encontrar uma pequena base de reconciliação nacional, um modo inteligente e compassivo de *reduzir* o número de abortos, pelo menos. Sem dúvida, todos podemos concordar com isso.

Assim que Jesus terminou de apresentar essa idéia amena e sensata, as pessoas começaram a jogar coisas. Alguém a cerca de seis metros do palco foi o primeiro, atirando um tomate na direção do pódio. O tomate se esborrachou no chão e nos sapatos de minha mãe, parecendo uma mancha de sangue. Por um ou dois segundos, pensei que ela havia sido ferida. Tomando isso como exemplo de comportamento adequado, alguém mais atrás jogou uma pedra. Felizmente ele não era nenhum grande arremessador: a pedra não chegou ao palco, mas caiu na frente da multidão. Mais objetos foram atirados – cachorros-quentes, espigas de milho, latas de refrigerante, paus, pedras, pequenas pastas. Vi até mesmo uma Bíblia voando pelo ar. Depois houve uma reação contra os que atiravam coisas e logo uma dezena de conflitos havia irrompido na multidão, a polícia estava entrando em ação, e o que tivemos ali no coração do país, em vez de paz e reconciliação nacional, foi uma balbúrdia. Minha mãe, Zelda, Ezzie e os três Simmelton se amontoaram em volta de Jesus como se ele precisasse de proteção. Meu pai, Wales, Stab e eu nos amontoamos em volta deles, nos movendo como algum organismo do fundo do mar, com 22 pernas, em direção à segurança relativa das limusines.

◆◆◆

– Aquilo foi bom – observou Wales secamente, quando estávamos todos sentados, ajeitando as roupas e os cabelos, verificando se havia algum ferimento e olhando preocupados pelas janelas. A polícia parecia estar levando a melhor.

– Na verdade, foi sim – disse Jesus.

E, de certa forma, ele estava certo. Enquanto começávamos nossa turnê de 800 quilômetros pelos estados das planícies, ele repetiu sua convocação, em cada parada, para uma conferência nacional sobre o aborto. Ao ouvi-lo, fiquei me perguntando se ele era maluco ou ingênuo. Mas, no mínimo, isso nos rendeu muita atenção. Dentro de dois dias, alguns veículos da mídia haviam começado a nos chamar de Partido da Divindade e, mesmo eu achando que eles eram irônicos, o nome pegou e então, enquanto as imagens eram repassadas na internet ou nos programas de entrevistas na TV, os imbecis jogando pastas e tomates é que pareciam bobos.

A maior de todas as notícias – que ficamos sabendo quatro dias depois, em Kearney, Nebraska, uma bela cidade universitária onde tivemos um comício que atraiu cerca de 30 mil pessoas com uma recepção bem mais calorosa – foi que duas das vozes mais exaltadas dos lados opostos na questão do aborto, Milly Osterville, da Confederação Nacional das Mulheres, e Edie Vin, da Americanos Pela Vida e a Liberdade, disseram que estariam dispostas a participar da conferência. Isso, como você pode adivinhar, saiu na primeira página de todos os jornais dos Estados Unidos, foi a matéria principal em todos os grandes noticiários de TV, tanto liberais quanto conservadores. Zelda entrou correndo na sala de jantar do hotel, onde estávamos tendo um almoço tardio, acenando com três jornais e dando um sorriso exuberante.

É claro que os dois candidatos dos grandes partidos notaram essa mudança na situação. Mesmo depois do enorme comício em West Zenith, eles foram mais ou menos capazes de ignorar Jesus e ter esperanças de que ele sumisse. Mas com sua incursão bastante bem-sucedida no interior e com toda a publicidade que sua idéia da conferência sobre o aborto gerou, eles entraram em pânico. E a fé na sabedoria divina de nosso candidato – se não na bondade da humanidade – foi restaurada.

vinte e três

ALGUMAS PESQUISAS FORAM FEITAS LOGO DEPOIS do lançamento da campanha de Jesus em West Zenith, mas ninguém pôs muita fé nelas. Naquela época, ele ainda era uma novidade, uma notícia divertida. Para as pesquisas de verdade, tivemos de esperar umas duas semanas, quando havíamos completado nosso circuito pelo Kansas e Nebraska, passando mais tempo sobretudo em cidades pequenas e médias, e tínhamos voado para Denver e feito outro circuito de limusine: Greeley, Aspen, Salida, Colorado Springs e Pueblo. Uma coisa que me surpreendeu foi a variedade de reações individuais que Jesus recebia: desde o casal bem-vestido em Aspen, que veio sem dizer uma palavra e entregou um cheque vultoso a Wales, até a garçonete de um bar em Salida, que se recusou a nos servir. Algumas pessoas olhavam Jesus de cima a baixo, cautelosas, como se estivessem comprando uma bolsa de golfe caríssima. Outras só queriam tocá-lo ou que ele pusesse a mão em seus filhos. Havia ainda as que pareciam não se importar muito com sua divindade ou a falta dela e aproveitavam a oportunidade para atraí-lo a uma discussão séria sobre guerra, imigração, terrorismo, impostos ou serviço de saúde.

Mas, no geral, tínhamos a sensação de que ele era visto como uma brisa bem-vinda numa campanha que, durante meses, tinha sido cheia de desespero e retórica desgastada. A caminho do Novo México e de outro dia movimentado, cheio de apresentações e entrevistas, paramos num rústico motel de beira de estrada em Trinidad – chamava-se Wagon Wheel Inn, nunca vou esquecer – e estávamos assistindo ao noticiário quando a CNN mostrou na tela a pesquisa do prestigioso instituto Yansman-Carver. Era assim:

MARJORIE MAPLEWITH (REPUBLICANA)	36%
DENNIS ALOWICH (DEMOCRATA)	26%
JESUS CRISTO (INDEPENDENTE)	32%
INDECISOS/OUTROS	6%

Na hora, estávamos no meio do que poderia ser uma de nossas reuniões de estratégia – 13 pessoas sentadas num quarto de motel com comida para viagem (no caso, decente comida mexicana). Houve quatro ou cinco segundos de silêncio perplexo e então, bem... um pandemônio. Todo mundo, exceto Jesus, estava de pé e berrando o mais alto possível. Foi, pelo menos para mim, o momento em que nossa campanha deixava de ser um empreendimento tipo Davi contra Golias, uma bela viagem de pessoas boas por uma boa causa, e se tornava uma verdadeira corrida pela Casa Branca.

Só Jesus ficou sentado. Estava ali, com um prato de papel no colo e um copo de vinho tinto barato numa das mãos. Virei-me para olhá-lo, no meio da comemoração, e vi o rosto de traços firmes, bonito, se franzir com uma onda mínima de prazer e depois retomar a expressão de calma sobrenatural que ele parecia ter o tempo todo. Stab fez o que eu queria fazer, mas tive medo: bateu nos dois ombros de Jesus e o abraçou. O vinho se derramou no tapete que já era precário (na manhã seguinte, enquanto acertávamos as contas, Jesus me instruiu em voz baixa a deixar dinheiro para os donos do motel comprarem um novo). Jesus riu baixinho do vinho derramado, olhou para meu irmão e disse:

– Boa notícia, não é, amigo?

– É, claro que é, claro que é, claro que é! – disse Stab. E depois: – O que foi, Russ? O que... o que... o que... O que aconteceu?

– Jesus está muito bem nas pesquisas, meu chapa.

– Maneiro! O que é pesquisa?

– É quando algumas pessoas saem perguntando às outras em quem elas acham que vão votar. E um monte de gente disse que vai votar em Jesus.

– Por que é que *todo mundo* não vai votar nele, Russ?

– Porque nem todos o conhecem ainda. Por isso a gente tem de viajar de carro, de avião e tudo o mais.

– Ótimo, legal, então. Fantástico, mãe, hein? Pai, não é fantástico?

Em pouco tempo, Amelia Simmelton e o menininho McIntyre-Montpelier estavam na cama em outros quartos, e Ada Montpelier, exausta por causa do filho de 3 anos e ainda se recuperando dos ferimentos nos tornozelos, também tinha ido dormir. Havíamos assistido aos noticiários e às análises, como sempre, cheias de expressões de guerra: "Bom, é cedo, claro, mas certamente parece que a campanha do homem que se diz Jesus ganhou força e está se equiparando aos mais conhecidos." "É, mas ganhou força onde, é a questão." "Certo, e, claro, o que estamos vendo é principalmente o fator novidade. Os outros candidatos estão aí fazendo pressão há 18 meses. Sobreviveram às batalhas das prévias, levaram alguns golpes, lamberam alguns ferimentos. As pessoas estão cansadas deles." "O fator fadiga, sim." "Vimos terceiros partidos surgirem e sumirem no correr dos anos, não é?" "E chamar isso de partido é forçar a barra." E assim por diante.

Havíamos tomado 12 latinhas de cerveja e devorado um alqueire de burritos, chips de tortilla, um belo molho apimentado e quatro potes de sorvete. Com a possível exceção de Jesus, que tirava cochilos curtos enquanto viajávamos de avião mas fora isso nunca parecia se cansar, estávamos todos, acho, exaustos da viagem, da tensão dos comícios. Começávamos a entender que éramos uma equipe pequena demais para levar algo assim adiante. Nem conseguíamos atender a todos os telefonemas que recebíamos na meia dúzia de celulares novos que havíamos comprado. Zelda ficava acordada até tarde toda noite para cuidar dos pedidos de entrevistas. Wales e Nadine Simmelton haviam montado um site na internet, as contribuições e ofertas de voluntários jorravam e havia um pequeno grupo de pessoas contratadas na sede em West Zenith. Mesmo assim, não chegávamos nem perto de dar conta do que precisava ser feito. No entanto, Jesus insistia em que não queria uma equipe grande, e sim continuar como estávamos, gerando publicidade "do jeito antigo", como dizia – isto é: ralando até os ossos. Se as pessoas quisessem montar comitês locais para a campanha, dizia ele, eram livres para fazer isso. Recebemos até duas sondagens de agentes de alto preço que já haviam trabalhado em campanhas presidenciais, um de cada lado do corredor político. Jesus havia instruído Wales a recusar educadamente.

Portanto ali estávamos no quarto não muito grande do Wagon Wheel Inn – Jesus, Stab, mamãe, papai, Walles e Ezzie, Dukey, os Simmelton, Zelda e este seu criado – adorando a notícia de que, depois de apenas duas semanas na estrada, estávamos na disputa. Era empolgante, devo dizer. Mais empolgante do que qualquer coisa que eu já experimentara. E apavorante também. Em especial quando, depois de tomar o último copo de vinho, Jesus disse:

– Agora eles virão atrás de nós.

– Quem e como? – perguntou Ezzie. A mulher era afiada como uma navalha e implacavelmente gentil. Nas últimas semanas, Zelda e eu havíamos passado a adorá-la. E a ter, devo admitir, uma admiração maior por Wales.

– Escutem – disse Jesus, como se já não estivéssemos fazendo isso. – Coloquem-se no lugar das pessoas que trabalham para nossos colegas. Se o candidato delas ganhar, elas terão emprego por quatro anos, de secretário de Estado, chefe de Parques e Florestas ou algo assim. Para não mencionar os próprios Alowich e Maplewith e seus vices, todos dizendo que entraram nisso para ajudar o país, mas na verdade explodindo de ambição e ansiosos para ser o centro da atenção internacional. Eles estão num quarto de hotel, exatamente como nós, em algum lugar nas estradas americanas, olhando esses mesmos números. O que acham que eles estão sentindo?

– Um pânico desesperado – sugeriu Zelda.

– Exato. E o que as pessoas fazem quando entram em pânico?

Dukey, que raramente podia se conter em qualquer situação e que parecia, não sem motivo, lisonjeado por ser convidado a participar dessas discussões, falou de forma brusca:

– Cagam nas calças. É isso que fazem.

– Foi exatamente o que pensei – disse Jesus, o que fez um grande sorriso se estampar no rosto de Dukey. – E depois?

– Depois... – Dukey franziu os lábios como se tivesse comido alguma coisa azeda. Ficou repuxando uma costeleta ruiva.

– Depois partem pra cima da gente – disse Wales. – Sem piedade.

vinte e quatro

WALES ESTAVA CERTO, E NÃO DEMOROU MUITO para que a fúria de nossos adversários irrompesse, como uma erupção de gás na lama de um pântano. Em menos de 24 horas, alguns blogs de direita haviam postado uma fotografia de Jesus e Stab abraçados, e o ângulo fazia parecer que estavam se beijando. Na foto, não dava para ver que a formação do rosto e da cabeça de Stab era diferente do que consideramos normal. A imagem circulou rapidamente pela internet. O *Washington Times* a publicou na primeira página com a manchete: CANDIDATO QUE DIZ SER JESUS É GAY. EX-AMANTE ADMITE CASO DE CINCO ANOS.

Zelda, cuja responsabilidade era ficar a par da cobertura da imprensa, foi a primeira a ver a matéria e me mostrou em particular. Minha reação de início foi pessoal: fúria. Stab havia preservado uma inocência adorável até os 20 e tantos anos e eu detestava ver alguém mexendo com isso. Odiei a idéia de ter de lhe dizer que havia pessoas no mundo que contavam mentiras à custa dos outros. Pessoas convencidas de que tinham a aprovação de Deus e de que tudo que faziam era justificável.

Logo começamos a receber telefonemas da imprensa pedindo que confirmássemos ou negássemos as informações. Em sua melhor voz tipo "não mexa comigo", Zelda disse que o rapaz da foto era o irmão de seu noivo, que tinha síndrome de Down e uma ligação especial com Jesus. Mas, no decorrer da conversa com os representantes da imprensa, ela ficou sabendo que os blogueiros haviam usado a foto de Stab apenas como ilustração. O cara que dizia ter tido um relacionamento com Jesus era de Vermont, já fora contatado para ir a um dos programas de entrevistas de rádio ligados à direita e estava sendo convidado por todas as principais redes de TV. Seu nome era Johnston V. Paege Jr.

A essa altura, estávamos no Norte do Novo México, num motel que fazia o Wagon Wheel parecer um Hyatt (todas as acomodações decentes na área já tinham sido reservadas quando telefonamos, pois estava acontecendo um grande rodeio), e em vias de começar outro dia de apresentações. Eu sabia que a pergunta seria lançada no primeiro momento.

– Viu isso? – perguntei, mostrando a Wales a versão on-line da matéria do *Washington Times*.

Ele observou a tela do computador por cerca de dois segundos, depois afastou o olhar.

– Ótimo – disse com amargura, olhando pela janela do motel. – Costumavam fazer isso comigo antes de eu me casar. Faz a gente se lembrar dos tempos de escola. Vou falar com ele.

– Isso traz uma questão maior, chefe.

– Que ele não tem passado – disse Wales.

– Exato. Zelda vem recebendo uma tonelada de pedidos de informações biográficas e não temos nada para dar aos urubus, nenhum currículo, nenhum local de nascimento, nenhum parente conhecido.

– Vou falar com ele.

– Devemos chegar ao Rodeio West Edfort em duas horas. A imprensa vai estar lá.

– Veja se encontra outra maneira de manter seu irmão ocupado, só por hoje.

– Certo. Obrigado.

– Obrigado por quê?

– Nada. Esqueça o que eu disse.

Norman Simmelton e sua esposa Nadine adoravam cavalos, e Amelia também já havia montado, antes de adoecer. E, quando garoto, meu pai montara numa colônia de férias para judeus em Poconos. Stab já estivera sobre uma sela algumas vezes e gostava, por isso dei uns telefonemas e arranjei para que os cinco fizessem uma trilha simples ao pé das montanhas com duração de meio dia.

– Cedo ou tarde teremos de contar a ele o que está acontecendo – falei a meu pai –, mas, se pudermos apagar a maior parte do fogo antes de vocês voltarem, talvez possamos ignorar isso.

Meu pai estava pegando fogo. Quando ele ficava com raiva, costumava espremer coisas com suas mãos de pedreiro – latas de cerveja, bolas de beisebol, pedaços de papel, peças de roupa – e, enquanto examinava os blogs, estava comprimindo um copo de café até ficar do tamanho de uma ervilha.

– São os malditos cristãos que estão fazendo isso – disse entre os dentes. – Os *goyim*. Está vendo o que enfrentei todos esses anos, Russ?

– Calma, Arnie – disse mamãe.

– Para você é fácil.

– Pai, não creio que desta vez seja uma questão entre judeus e cristãos. Eles só estão assustados com o crescimento de Jesus nas pesquisas e querem afundá-lo depressa. Você sabe, nocauteá-lo. O grito de Dean, Dukakis no tanque, Muskie com olhos cheios d'água, Kerry dizendo que levou tiros no Vietnã quando na verdade estava na faculdade, freqüentando festas e faltando às reuniões do Centro de Preparação de Oficiais da Reserva. Esse tipo de coisas.

– É o tal de Carl Jove – disse meu pai. – O *goyim*.

– Pai, nosso candidato é o *goy* original.

– Quem disse? Ele me falou que era judeu.

– A Bília diz – observou minha mãe.

– Sua metade da Bíblia, Mudgie, não a minha.

– Só há uma Bíblia. Só há um Deus.

Começaram do jeito de sempre, mas depois de alguns minutos espremendo vários objetos até ficarem do tamanho de moléculas, meu pai começou a recuar, com a raiva desgastada pelas certezas de minha mãe. Mudgie podia não ser tão veemente, mas era capaz de continuar, e continuar, e continuar, repetindo uma idéia no mesmo tom de voz até que você fizesse qualquer coisa para ela parar. Está na Bíblia. Só há um Deus. Está na Bíblia. Só há um Deus. Está na Bíblia... Assim, Arnie se rendeu logo, parou de falar totalmente e foi com meu irmão e os Simmelton trotar e galopar.

Enquanto isso, Zelda e eu, junto com Dukey e Ada, estávamos tentando nos manter ocupados no quarto adjacente, esperando que Wales e Jesus aparecessem. Duas coisas estavam acontecendo. Primeiro: assim como Wales, Zelda e eu nos preocupávamos com a falta de um passado. Sabíamos que isso teria de ser resolvido logo – Jesus teria de dizer que nascera num estábulo no Kentucky ou numa cobertura em Manhattan, ou numa cabana de troncos no Alasca, alguma coisa, qualquer coisa, e nos colocar a par de como tinha vindo de lá até aqui. Havíamos tentado fazer com que ele falasse sobre isso em várias ocasiões, e ele só nos dera aquilo sobre ter jogado futebol americano no Kansas e estudado dança por um tempo. Agora isso nos preocupava. O que ele havia *feito* durante todos esses anos? Era, como disse Wales num momento incontido, a maior história jamais contada.

Segundo problema: Dukey McIntyre parecia estar levando as acusações para o lado pessoal.

– Estão dizendo que ele é *veado?* – gritou, andando rapidamente de um lado para outro no quarto e olhando para Ada de um modo que ele pensava ser discreto. – Que eu trabalho para um *veado?* Que o cara que salvou a vida do meu filhinho é *bicha?* Que Deus é uma droga de um *boiola?*

– Relaxa, Dukey – falei. – E a palavra que você está usando, acredite ou não, seria ofensiva para algumas pessoas que poderiam votar em nós.

– Que palavra?

– Olha, vão dizer todo tipo de coisa sobre Jesus. Isso é só o começo.

Dukey pareceu profundamente perplexo. Ao seu modo grosseiro, ele era quase tão inocente quanto meu irmão.

– Na boa, no lugar de onde venho a gente enche os outros de porrada quando dizem uma coisa assim.

– Eu sei. Você veio de onde eu vim. Mas temos de lidar com isso profissionalmente.

– Vou lidar profissionalmente – disse ele, olhando para a mãe de seu filho. – Vou encontrar esses caras e enchê-los de porrada como um profissional. Na boa.

Nesse momento feliz, meu celular tocou. Tirei-o do bolso e o abri, e o momento ficou ainda mais feliz ao som da voz estridente de Randy Zillins no meu ouvido.

– Russ, como vão as coisas?

– Você viu as pesquisas. Vão bem.

– Claro, claro. Mas estou ligando por causa dessa outra coisa.

– Que outra coisa?

– Você sabe, o negócio de ser gay.

– Você não me ligou quando a pesquisa saiu.

– É, eu sei. Andei superocupado. Mas e essa coisa? Parece ruim, vou lhe dizer. Pode me dar uma declaração, alguma informação interna ou algo assim?

– Vamos dar uma declaração hoje, mais tarde.

– Eu sei, certo. Mas não pode me adiantar nada, amigão?

– Nada oficial, Randy. Nada para ser publicado.

– Mas extra-oficialmente. A coisa parece ruim, não parece?

– Extra-oficialmente – disse eu. – Um conselho. De um jornalista para outro.

– O quê? – perguntou ele, empolgado.

– Observai os lírios do campo – respondi e desliguei.

Não sei exatamente o que eu quis dizer com isso. Era uma das poucas frases bíblicas de que eu me lembrava da época da escola dominical, e eu estava nervoso, ansioso para despachá-lo. Randy também não entendeu bem: mais tarde descobri que a conversa o fez pensar que eu me tornaria uma espécie de informante interno que lhe daria a grande chance, sua entrada para as rodas mais amplas do renome jornalístico. Meses depois, eu ficaria sabendo que ele havia tomado notas após nossa conversa: Algum tipo de código? *Lírio = termo sexual gay?*

Enquanto eu guardava o telefone, Wales saiu do outro quarto parecendo que tinha acabado de ver alguém morrendo num acidente de carro. Deixou-se cair numa poltrona, e todos nós, menos Dukey, que continuou andando, nos sentamos num círculo em volta dele, nas duas outras poltronas e em outras cadeiras.

– Ele não vai negar – disse Wales.

– O quê! – gritou Dukey. – Que diabo!

Nesse momento, eu não me espantaria se ele pegasse Ada pela mão, pusesse Dukey Junior nos ombros e saísse do quarto e da campanha para sempre.

– Calma – disse Wales – ou mando você para casa.

– *Me* manda para casa? – gritou Dukey. – Não trabalho para você. Trabalho para *ele!* – E apontou para mim.

– Eu mando você para casa também – avisei. – Deixe-o terminar.

Dukey teve um acesso de raiva e bufou por um momento, andando perto das janelas, mas se manteve em silêncio.

– Ele não vai negar a reportagem – repetiu Wales. – Não é verdade. Ele mesmo disse que não é verdade. Nunca ouviu falar de Johnston V. Paege Jr., mas não vai negar publicamente.

– Por quê?

– Disse que não vale a pena se dignar a responder.

– Então estamos ferrados – reagi. – Quando foi a última vez que os Estados Unidos elegeram um homem com orientação homossexual para o cargo mais alto?

– Ou mesmo um mulher homossexual – completou Zelda. – Ou alguém que não seja um homem branco anglo-saxão e protestante?

– John Fitzgerald Kennedy – disse minha mãe.

– A questão mais importante é que ele não tem um passado – disse Ezzie ao marido.

Wales estava assentindo, olhando para as mãos.

– Nós falamos disso.

– E?

– Ele está planejando fazer um relato completo de seu passado no comício de hoje. Depois do rodeio. Tudo que disse foi: "Eles perguntaram, e receberão." Eu não quis pressioná-lo.

– Um monte de gente em Fultonville disse que ele parecia familiar – Ada sugeriu humildemente.

– Muita gente em toda parte disse isso – lembrou Wales. – Milhares, provavelmente dezenas de milhares de pessoas, acham que ele se parece com algum conhecido. Para mim, por exemplo, ele se parece com o jovem Jackson Browne, um pouquinho mais moreno.

– Quem? – gritou Dukey. Nós o ignoramos.

– Mas até então ninguém disse ter tido um caso com ele – observei.

– Não é verdade. – Wales mexeu na aba do bolso de seu caro paletó esporte. – Quatro mulheres diferentes, de quatro cidades diferentes da Califórnia. Poderíamos achá-las, se fosse necessário. Uma delas é dançarina exótica, e na verdade...

– Ah, por favor – reagiu Ezzie.

Zelda assentiu.

– O que está acontecendo é o que ele disse que aconteceria: estamos sendo jogados na lama – observei.

– O público adora a lama – disse Zelda. – Nós saímos no *National Enquirer.*

Ada começou a falar alguma coisa, depois pensou melhor, chamou Dukey Junior e cheirou as calças do filho para ver se ele precisava do que ela, por algum motivo, chamava de "troca de óleo".

– Por falar nisso – disse Wales, e já ia nos colocar a par das últimas "colunas de cocô dos tablóides", como ele as chamava, quando Jesus veio do outro quarto. Estava escovando os cabelos para trás, e notei que agora usava um pequeno brinco de diamante na orelha esquerda.

– Como estão meus discípulos neste dia? – perguntou com o que eu havia passado a considerar sua voz feliz. Havia ocasiões em que ele parecia distraído, como se cuidasse dos negócios de alguma galáxia remota, e muitas vezes parecia desapontado ou impaciente conosco. Mas uma ou duas vezes por dia ele parecia esquecer o peso de suas responsabilidades e simplesmente lembrava bastante um cara cheio de pique, com uma boa carreira, uma vida amorosa estável, um carro do qual gostava, família normal, amigos que o admiravam, mil ações do Google de 10 anos atrás e um corpo que ainda não havia começado a lhe dar nenhum problema.

– Estamos no meio de um tumulto – Ezzie teve coragem de dizer.

Ele parou no meio do quarto e deixou a escova na beira da mesinha de centro com tampo de vidro.

– Deixe-me adivinhar – respondeu, todo feliz, sorrindo para sua turma heterogênea. – Muitas perguntas sem resposta.

– Exatamente – falei. Wales olhou para mim.

– Minha posição com relação ao combate ao terrorismo – continuou Jesus. – Minha posição quanto à mudança climática, aos impostos, a fornecer controle de natalidade para os menores de idade, à guerra, à guerra contra drogas, ao combate à pobreza, à questão da imigração. Minhas idéias sobre um vice, mais precisamente.

– Para não falar do seu passado – acrescentei, porque estava naquele estado de espírito em que não conseguia manter a boca fechada.

– Meu passado é um livro aberto.

– Legal – respondi. – O problema é que a maioria do público americano ainda não o leu. Inclusive nós.

– O que vocês gostariam de saber?

E Dukey, que também não conseguia ficar calado, disse de forma brusca:

– Número um: você é homossexual ou não?

– Já que isso significa tanto para você – Jesus olhou para ele de modo tolerante, para sermos caridosos. – Sou onissexual e assexual.

– Hã?

– Significa que ele não faz – disse Ada, do outro lado da sala.

– Hã? Por quê?

– Porque ele é Deus – sibilou ela. – Nem todo mundo é um animal como você com relação a isso.

Dukey sorriu, mas rapidamente fez um esforço com os músculos em volta da boca para o sorriso sumir. Tendo estabelecido sua masculinidade, ainda que não a do Senhor, ele se sentiu corajoso.

– Mas e o tal cara de Vermont? Você é de lá?

– Nasci no Texas – disse Jesus.

– Exatamente o que a gente precisava – disse Dukey. – Mais um. – Mas agora estava dando um riso largo. A julgar, pelo menos, por seu estado de origem, Jesus não parecia gay. Estava tudo certo com o mundo.

– Nasci de mãe navajo num barraco de tábuas nas planícies do Oeste do Texas. Meu pai, que era principalmente caucasiano, morreu numa plataforma de petróleo no golfo do México quando ela estava grávida de mim. Ela é de uma famosa família índia. Meu pai era um homem mais velho e praticamente a roubou da reserva no Novo México, mas os pais dela gostavam dele. Depois da morte do marido, ela voltou. Ela mesma me dava aulas em casa, exceto pelos dois anos em que moramos no Kansas, quando ela se apaixonou por um homem da reserva que havia se mudado para lá na esperança de arranjar trabalho. Esse homem morreu num acidente numa fábrica de processamento de carne e nós voltamos para a reserva, onde levamos uma calma existência tribal cheia de prazer e rituais.

Ele fez uma pausa e depois continuou:

– Não fiz faculdade, mas saí de casa quando tinha 17 anos, fui estudar dança em Nova York, ioga e meditação no Tibete e no Nepal, depois rodei o mundo conhecendo e ajudando pessoas, vivendo sob vários disfarces. Durante a vida adulta, meus papéis variaram. Fui o cirurgião cardíaco, o garçom amigo, o cara que pulava do carro para salvar uma criança que havia caído na rua, e muitos outros. O doador de rim que não queria qualquer atenção, o filantropo que permanecia anônimo. Apareci em Fultonville, Massachusetts, no momento programado, como as Escrituras indicaram que aconteceria, e decidi que era hora de sair do armário. – Depois dessa escolha infeliz de palavras, ele olhou para cada um de nós e disse: – Mais alguma coisa?

"Que Escrituras?", quis perguntar. "Que Escrituras eram essas?" Mas, como todo mundo no quarto, não consegui pronunciar uma palavra naquele momento. Acho que todos nós estávamos com vergonha. Assim que nossos oponentes ficaram impiedosos, todos havíamos retornado à adolescência, quando a acusação errada na hora errada poderia nos tornar rejeitados. Então olhei para Jesus, para o brinco e achei que começava a compreender. Ele estava segurando um espelho diante de nós para que pudéssemos ver toda a nossa desonestidade, nosso medo e nossa mesquinharia. Suspeitei que, como presidente, ele pretendia fazer isso com toda a nação, e eu não via de que modo um candidato com uma proposta assim teria a mais remota chance de ganhar a eleição. E nesse momento fiquei muito triste.

– Onde está o meu chapa Stab? – Jesus perguntou maliciosamente.

– Foi andar de cavalo. Nós o mandamos para longe. Não queríamos que ele tivesse de enfrentar, você sabe, as acusações.

– Que acusações? Que ele é uma alma afetuosa? Que acusações, exatamente?

– Que ele é... que ele pode ser gay – respondeu Dukey bruscamente.

Jesus olhou para ele por um longo momento. Aquele não era o melhor dos hotéis, como mencionei, nem o mais limpo. De fato, havia uma fina camada de poeira ou areia de deserto na mesinha de centro onde o Filho do Homem havia posto sua escova de cabelo. Sem dizer mais nada, Jesus se agachou e começou a escrever algo na poeira com um dedo. Dukey olhou durante um segundo, como o restante de nós, depois disse abruptamente:

– Vou pegar um café pra todo mundo – e saiu correndo do quarto. Jesus parou de escrever, apagou as letras com uma das mãos e disse:

– Todos prontos para o rodeio?

vinte e cinco

MINHA MÃE ME CONTOU, quando nos sentamos juntos numa parte silenciosa do ônibus fretado, a caminho do rodeio, que na Bíblia havia uma passagem em que um grupo de homens quis apedrejar uma mulher adúltera.

– Dessa parte eu me lembro – respondi.

– Que bom. As aulas da escola dominical não foram em vão. Lembra-se do que Jesus disse?

– Disse para não a apedrejarem. Depois disso não me lembro de mais nada. Acho que ele ficou escrevendo sobre isso em seu blog durante umas duas semanas.

Ela fez uma careta.

– Ele se agachou e começou a escrever na areia.

– Numa língua que ninguém entendia, aposto.

– Não seja chato. As pessoas entenderam direitinho. Ele estava escrevendo os pecados delas, os pecados secretos. Quando viram que ele sabia tudo de mau que elas haviam feito e que estava se preparando para contar a todo mundo, todos foram embora.

– Para pegar café pra todo mundo – sugeri, mas ela não entendeu a referência e fez um *tsc* com a língua e os dentes e olhou com tristeza para as mãos, como se algo tivesse dado errado no meio do caminho, e seu filho, depois de deixar a atmosfera sadia do lar, de fracassar no casamento e abandonar a igreja, tivesse começado a dizer blasfêmias. Bem-sucedido e gentil, um bom garoto, mas mesmo assim irreverente a ponto de blasfemar.

Eu queria lhe dizer que não era blasfêmia. Que, para mim, o humor era uma espécie de oração, e que ter crescido católico com pai judeu havia sido uma grande formação, um curso de 20 anos na arte da tolerância, do valor de apreciar a sabedoria antiga, de olhar para algo além do cotidiano, algo que não morresse com o corpo. Para mim estava ficando claro que o que Jesus desejava de nós não era a obediência submissa a um conjunto estreito de regras, e sim uma abertura mental inteligente e ilimitada que nos permitisse – na vida real, no dia-a-dia da vida americana moderna – tratar os outros como gostaríamos de ser tratados. Gays, judeus, idiotas, ricos, pobres, mulheres, homens, gente de direita, liberais, soldados e manifestantes contra a guerra, talvez até animais – deveríamos ver através do disfarce que estavam usando e chegar ao EU SOU que havia dentro deles. Era isso. Esse era o grande mandamento, eu tinha quase certeza.

Mas não sabia como dizer isso a minha mãe, como usar a parábola certa, o símbolo correto, a frase ideal. Por isso a envolvi com o braço por um minuto e disse:

– Comecei a ler a Bíblia, mãe. Por sua causa.

O que a deixou feliz e não me custou nada.

◆◆◆

O Rodeio de West Edford era um negócio gigantesco, com umas cinco mil pessoas, americanos nativos, mexicanos e novo-mexicanos, um monte de carne virando churrasco e tortilhas sendo fritas, tabaco sendo mascado e pessoas andando com chapéus de caubói e botas enfeitadas com costuras, os rostos queimados de sol e ressecados. Não tínhamos conseguido alugar as duas limusines de sempre em nenhum lugar das vizinhanças, por isso fomos para o evento num daqueles ônibus escolares de tamanho médio, com uma faixa branca e simples na lateral com as palavras JESUS PARA A AMÉRICA impressas em letras vermelhas. Minha mãe quis pôr uma cruz perto das letras, mas Jesus não deixou.

Uma quantidade de repórteres maior do que a usual estava nos esperando quando saímos do ônibus, talvez por causa dos números das pesquisas, ou talvez porque o boato sobre ser gay tivesse se espalhado muito depressa. Parado no degrau mais alto, Jesus deu uma breve declaração dizendo que ficaria feliz em responder a todas as perguntas mais tarde... mas que primeiro queria montar um touro. Todos nós – tanto da equipe quanto da imprensa – sorrimos ao ouvir aquilo. Montar um touro. Era o tipo de observação engraçadinha que qualquer candidato poderia fazer, algo sobre gostar de xarope de bordo em New Hampshire ou de batatas em Idaho, ou ser um grande torcedor do Crimson Tide no Alabama. Uma frase para fazer com que o pessoal da região sentisse orgulho de qualquer coisa da qual tivesse reputação de ter orgulho. Uma bela frase... só que, como logo ficamos sabendo, Jesus não estava brincando.

Um caubói de verdade caminhou até à frente da multidão de repórteres, com as botas, o chapéu, a pele curtida de sol.

– Sou Jake. Jake Best. – Ele estendeu a mão e deu um tapa amistoso nas costas de Jesus. Parecia, pelo cumprimento caloroso, que Jesus e Jake se conheciam de uma vida anterior ou que Jesus fizera algum arranjo sem nos avisar.

– Está pronto, Chefe? Tenho umas roupas para você vestir.

E antes que qualquer um de nós pudesse impedi-lo, nosso candidato foi na direção do curral conversando animadamente com Jake Best sobre coisas que só poderíamos tentar adivinhar. Não havia nada que pudéssemos fazer além de segui-los. Também não havia nada para a imprensa fazer. Como um enxame de formigas perseguindo um calcanhar descalço, os repórteres zumbiram empolgados na direção do cercado e se posicionaram ali em volta e no pequeno palanque. Arranjei um lugar espremido entre Wales e minha mãe. Zelda estava distribuindo uma pequena biografia que havia imprimido no escritório do motel: Jesus, nascido no Oeste do Texas, tinha viajado pelo mundo, estudara ioga, já tinha se disfarçado de cirurgião cardíaco e era doador anônimo de órgão. Senti que aquilo tinha potencial para explodir na nossa cara. E se ele tivesse inventado tudo? Mas nesse ponto não tínhamos outras opções.

Assistimos a um jovem nativo montar um touro preto maligno, com a coluna e o pescoço se movendo para um lado e para outro enquanto o animal tentava jogá-lo longe. O rapaz permaneceu agarrado durante seis segundos e depois saiu voando do animal e pousou com um som audível na poeira, aparentemente quebrando o punho esquerdo.

– E vamos aplaudir Austin Pine Needle – disse o locutor, enquanto Austin mancava segurando com a mão boa o pulso arrebentado. Ainda estávamos todos batendo palmas para ele, os ajudantes montados usando os cavalos para empurrar o touro na direção de um portão... e ali estava Jesus, usando jeans e uma camisa xadrez, luvas de couro, botas, culotes, sem capacete. Estava no cercado de espera, com uma das mãos na ripa e a outra segurando a tira que o prendia ao touro. Flashes espocavam, repórteres rabiscavam. Nenhum de nós conseguia afastar os olhos dele.

– Isso é puro dom – disse Wales com o lado da boca.

– Ou isso ou vamos dar uma coletiva na ala ortopédica do hospital mais próximo.

– Olhe. Tenho um bom pressentimento.

A campainha soou, o portão se abriu e Jesus saiu montado em seu touro. Se o animal de Austin Pine Needle era maligno, este era um demônio de quatro patas, um monstro de músculos e chifres que parecia encarar de modo muito pessoal a ofensa de que um humano tenha decidido se empoleirar nas suas costas. As patas traseiras chutavam mais alto do que a testa de um jogador de basquete. Ele girava como um carro descontrolado numa estrada coberta de gelo, chutava, arremetia e girava. E Jesus agüentava firme, um dos braços se movendo em círculos, o brinco reluzindo ao sol. Ficou montado durante oito segundos que pareceram 30, e então, soltando um grito alegre, permitiu-se ser jogado das costas do touro sem ao menos um arranhão. Foi voando pelo ar, os braços balançando e de algum modo conseguiu cair sobre as solas das botas. Foi trotando para o portão com gestos tão à vontade quanto qualquer jogador iniciante que saísse do campo após marcar três gols, se enfiou entre as ripas da cerca onde um trio de outros caubóis deram tapas em seus ombros, aprovando.

– Inacreditável – disse Wales.

Dentro de segundos, toda a imprensa estava em cima dele. De fato, naquele dia, Jesus não conseguiu fazer o discurso que havia planejado. Seu passado permaneceu um mistério. A questão gay ficou para trás porque todas as principais redes de mídia tinham manchetes como a do *Amarillo Chronicle:* CANDIDATO CRISTO PEGA O TOURO PELOS CHIFRES.

Eu começava a achar que Jesus sabia manipular a máquina de mídia americana melhor do que qualquer um de nós. Nos programas de entrevistas daquela noite e da manhã de domingo, a imagem mostrada repetidamente, até se gravar na consciência nacional, era a de Jesus como caubói – o que ajudou muito a tornar toda a história de ter nascido no Oeste do Texas digna de crédito e a lhe garantir votos no Sudeste. Da noite para o dia, ele havia se tornado um macho. Um garanhão. Os homens gostaram disso. As mulheres republicanas também. Homens e mulheres gays gostaram de ele não ter se distanciado deles negando a história anterior. Os conservadores inchavam o peito ao pensar num caubói de verdade, e não em outro falso, no Salão Oval. Os liberais sorriam indulgentes e se perguntavam em voz alta por que alguém se arriscaria a quebrar os ossos pela empolgação de oito segundos sobre um touro. A popularidade de Jesus disparou na parte rural dos Estados Unidos, a ponto de uma semana depois o famoso cantor country Andy Ray Pressbine lançar uma canção intitulada "Nosso Salvador Americano, o Caipira que Monta Touros". A música saltou imediatamente para o topo das paradas. Pressbine se ofereceu para tocar de graça nos comícios de Jesus em todo o Sul, e ficamos mais do que felizes em aceitar seu generoso apoio.

Em alguns dias, graças às reportagens diligentes do *Minneapolis Star*, revelou-se que Johnston V. Paege Jr. tinha sido condenado duas vezes por passar cheques sem fundos e ele logo se tornou *persona non grata* em todos os programas, menos no de Hary "Hurry" Linneament, que era transmitido pelo rádio de costa a costa pela Rede ED. Eu gostava de ouvir pequenos trechos desse programa, mas, depois de um tempo, ele sempre me deixava com raiva – o que talvez fosse a intenção de Linneament. Eu gostava de sua voz e admirava seu tom cheio de autoridade. De qualquer modo, Hurry ficou tentando ressuscitar a história muito depois de ela estar obviamente morta, dizendo que não entendia, simplesmente não entendia como os Estados Unidos podiam deixar algo assim passar com tanta facilidade! Quando um senador republicano fora apanhado de quatro no banheiro masculino de um aeroporto catando pedaços de papel higiênico dos ladrilhos, Hurry argumentou o oposto: que os democratas haviam se aproveitado do assunto. Agora era ele que estava se aproveitando.

Para completar nossa grande semana, uma pesquisa da *Newsweek* e da CBS, feita dois dias depois do rodeio, colocou Jesus saltando quatro pontos à frente de Marjorie Maplewith, um ponto acima da margem de erro.

Mas, assim que a nuvem de boa publicidade começou a se dissipar como a poeira na arena de touros de West Edfort, havia questões difíceis a encarar. Na nossa próxima grande aparição, no festival dos Spas Orgânicos do Sudoeste, em Santa Fé, Jesus nos disse para marcar uma coletiva antes de seu discurso e as perguntas vieram rápidas e duras.

Por que ele ainda não havia escolhido um vice?

Ele iria apresentá-la em exatamente uma hora, no comício. (Devo dizer que isso foi um choque para todos nós da campanha. Somente o fato de ser uma mulher já era notícia.)

Ele era realmente meio hispânico?

Bom, como filho do Texas, havia a possibilidade nítida de *sangre* mexicano misturado em algum lugar e, nesse caso, ele sentia orgulho disso. Falava espanhol fluentemente e até fora apelidado de Ressús quando jogava no time dos Fighting Meadowlarks em Nessland, Kansas, durante o ensino médio. Qualquer um poderia pegar o anuário da escola e ver.

O que ele planejava fazer com relação ao que agora todo mundo chamava de Guerra Sem Fim na América do Sul?

Acabaria com ela.

Simples assim?

Simples assim. Traria os rapazes e moças de volta para casa e os colocaria ao longo das fronteiras de seu país, iria treiná-los para inspecionar as cargas que chegavam para garantir que nada perigoso ou ilegal entrasse em nossa grande nação.

E a ameaça de terrorismo?

Era uma ameaça real. Qualquer um que pensasse que todos os habitantes humanos deste mundo eram decentes, educados e amigáveis vivia num sonho. A questão que estava diante dos Estados Unidos agora era a mesma que a humanidade enfrentava desde que o primeiro ato violento fora cometido: como reagir? Ao se proteger contra o mal, vocês se permitiriam se transformar numa sociedade má? Permitiriam que a nação fosse dominada pelo medo? Pelo ódio?

Permitiriam que seus preconceitos naturais se inflamassem? Não, disse ele, estávamos fazendo a coisa do modo errado. A não ser que os terroristas ocupassem um estado-nação e controlassem seu exército e suas armas, a guerra contra o terror era, em termos gerais, uma ação policial, da polícia e das forças especiais (encolhi-me diante disso, porque, alguns anos antes, este fora o bordão de John Kerry, e eu sabia até onde isso o havia levado), e ele colocaria nessas áreas metade da vasta quantidade de dinheiro que agora era gasta com a guerra. A outra metade financiaria seus programas internos, inclusive o atendimento de saúde para os veteranos.

Ele nomearia de imediato um grupo dos melhores cientistas do país para fundar um laboratório dedicado a acabar com a dependência dos Estados Unidos com relação ao petróleo. Eles seriam totalmente financiados pelo governo americano com a condição de que os lucros das empresas particulares que detivessem as patentes dessas invenções fossem usados para pagar de volta esse investimento público, sem juros. Outros cientistas receberiam a tarefa de encontrar um modo de apagar os efeitos de longo prazo das armas nucleares, caso uma coisa horrível assim acontecesse em nosso solo ou em qualquer outro local. Essa tecnologia, os produtos que surgissem desses laboratórios seriam vendidos ao restante do mundo e revigorariam a economia americana com "produtos inventados pelo nosso povo e feitos por nossos trabalhadores", segundo ele disse. Haveria um aumento na ajuda aos países pobres, mas essa ajuda acabaria assim que se descobrisse que esses países tinham patrocinado a violência em qualquer parte do mundo, inclusive em suas próprias prisões. Não mais financiaríamos ditaduras, ponto final. Não haveria qualquer tipo de tortura nem discussões técnicas sobre como defini-la. Ele faria um esforço conjunto para livrar a Terra das armas nucleares.

E quanto ao controle de armas?

Ele não tinha planos para restringir as armas usadas na caça. Caçar era uma coisa natural, desde que os caçadores comessem o que matassem, ou que dessem ou vendessem a outros que fossem comer. Quanto às armas automáticas e os revólveres fáceis de ser comprados, ele esperava que o Congresso os considerasse ilegais. (Essa observação provocou outra tempestade. Uma hora depois de ouvir as notícias, Brenda Battley, a primeira mulher chefe da ANR – Associação Nacional do Rifle –, apoiou Marjorie Maplewith e começou a levantar, junto a donos de armas, quantias significativas para serem usadas em comerciais contra Jesus. Mais tarde os analistas políticos avaliariam que aquela afirmação havia lhe custado entre 4 e 6% dos votos finais. Ele não pareceu se incomodar.)

– O senhor já foi casado? – perguntou um repórter.

– Ainda não. Estou procurando. Se souber de alguém que queira viver numa bela casa branca rodeada por agentes do Serviço Secreto dia e noite, me avise.

– O senhor é ou já foi gay?

– Próxima pergunta.

– O senhor já teve encontros homossexuais?

– Próxima pergunta.

– Já usou algum tipo de drogas que alterem a mente?

– Próxima pergunta.

– Pode dizer o nome de três de seus amigos mais próximos que possamos procurar para dar informações biográficas mais detalhadas?

Jesus citou oito pessoas: cinco americanos, dois mestres de ioga do Nepal e um fazendeiro da Argentina. Por acaso os americanos eram fáceis de encontrar: um banqueiro em Montgomery, Alabama, uma enfermeira de cardiologia em Saint Louis, um músico em Tampa, um mineiro de carvão no Leste de Kentucky e Anna Songsparrow Endish, sua escolha para vice-presidente, que estaria no palco com ele dentro de 10 minutos e que, acrescentou ele, "por acaso é minha mãe nesta vida".

Ao ouvir essa notícia espantosa, os repórteres começaram a gritar perguntas de todas as direções, a maioria sobre Anna Songsparrow: quais eram as qualificações dela? Quantos anos tinha? Por que não tínhamos ouvido falar nela antes? Ela participaria do debate entre os candidatos a vice? Jesus balançou um dos braços à direita – "Sim para todo mundo desse lado" – e um para a esquerda – "e não, jamais, sob nenhuma circunstância para todo mundo deste lado" – e deixou o pódio diante de uma centena de sorrisos.

Uma hora depois, quando chegamos ao palco depois de ganhar amostras de vários tratamentos em diversas barracas que promoviam spas orgânicos (Ezzie convenceu Wales a ter os ouvidos irrigados com água destilada e sal marinho), vimos uma mulher pequena parada ali em cima, com as mãos cruzadas diante do corpo. Usava uma vestimenta índia tradicional – mocassins, peles, contas – e, por acaso, era Anna Songsparrow Endish, uma navajo nascida e criada perto de Flagstaff, Arizona, que se mudou para o Novo México para viver na reserva e, pelo que ficamos sabendo, vinha de uma longa linhagem de místicos navajo. Seu pai havia servido no Exército dos Estados Unidos na Europa durante a Segunda Guerra Mundial. Seu avô fora o Chefe Garanhão Empinado, um dos mais reverenciados líderes nativos americanos da virada do século. Havia uma semelhança óbvia com o candidato.

Jesus envolveu sua mãe num forte abraço e segurou a mão dela no alto. Referiu-se a ela como "esta grande mulher" e "uma das verdadeiras rainhas espirituais de nossa era", e ela recebeu isso com um minúsculo sorriso de Buda nas feições morenas e finas. Pediu que ela dissesse algumas palavras, e ela se dirigiu às pessoas em inglês, depois em espanhol, e depois brevemente em sua língua nativa, o navajo, dizendo, entre outras coisas:

– Sinto-me honrada por ter sido escolhida para esse importante trabalho. O respeito pela mãe é um ponto fundamental na vida dos nativos americanos, e me agrada profundamente que meu filho tenha se lembrado disso, mesmo que ele esteja no centro do maior palco deste país. Há muito trabalho duro à nossa frente. Nossa nação tem uma necessidade desesperada de orientação espiritual, uma orientação baseada no princípio da inclusão, e não da exclusão.

E assim por diante. Foi um desempenho sólido, não particularmente empolgante, mantendo aquela famosa primeira regra para os candidatos a vice-presidente: não brilhar mais do que seu colega de chapa.

O comício correu bem – aplausos, cartazes, nenhum tipo de encrenqueiro. Depois Anna se juntou a nós no avião e se revelou uma integrante da equipe agradável, ainda que extremamente quieta. Algumas vezes ela e Jesus se tocavam quando passavam pelo corredor. De vez em quando, ele se levantava e lhe trazia um copo d'água ou se inclinava e sussurrava alguma coisa em seu ouvido. Mas os dois raramente pareciam sentir necessidade de conversas longas e, como anotei no meu diário: "Se você olhasse aquilo sem conhecê-lo, ou sem saber quem ele era, pensaria que Jesus tinha um relacionamento amoroso com todas as mulheres da equipe e com cada mulher da platéia nos comícios. Ele me lembra um astro do rock nesse jeito estranho – não está flertando, mas há uma verdadeira energia de corpo a corpo, algo diferente no modo como olha as mulheres e como elas o olham. Na Bíblia a gente nunca percebe isso."

De qualquer modo, Anna foi um acréscimo bem-vindo ao grupo e seu nome na chapa só aumentou a popularidade de Jesus. Quando terminamos nossa jornada calorenta de julho pelo Novo México, Arizona e o Sul de Utah e paramos em Palm Springs, Califórnia, estávamos, apesar da ANR e de Hurry Linneament, cinco ou seis pontos à frente de Mapplewith e 10 ou 11 à frente de Alowich, em todas as pesquisas que importavam.

vinte e seis

DEVO DIZER QUE, PESSOALMENTE, eu achava Jesus peculiar e um tanto imprevisível. Isso me perturbava. Também me fazia pensar em como todos havíamos formado uma imagem dele na mente. Se tínhamos sido expostos à Bíblia, geralmente era somente a alguns *pedaços*, algumas parábolas e citações básicas. Acrescentados a esses pedaços, havia farrapos de coisas que tínhamos ouvido, pinturas de pessoas que nunca o tinham visto e cenas de filmes. E, acrescentados a isso, acho, havia elementos de nossa própria psicologia: queríamos que Jesus fosse de um determinado modo – um salvador, um mártir, um pacifista, um político radical, um homem calmo e gentil, um bebedor de vinho, um bom amigo, um cara que ficava confortável perto das mulheres – porque essas coisas faziam com que nos sentíssemos bem com relação a ele e talvez a nós mesmos.

Mas na vida real ele desafiava qualquer tipo de rótulo. Montado no touro, havia parecido nada mais do que um bom rapaz texano, com os músculos dos ombros ressaltados, um brilho de aço no olho. Em outras ocasiões, movia-se graciosamente pelo corredor do jato como um astro do balé, ou saía de seu quarto de hotel com um terno cortado com tanta elegância que até mesmo o guarda-roupa de Wales empalidecia. Falando com universitários, usava palavras como *ininterrupto* e *segregação*, e então, em algum lugar do campo, jantava biscoitos com molho, parecendo o tipo de cara que contaria uma piada suja num bar de beira de estrada ou desceria o morro dirigindo uma picape e soltando um grito rebelde.

Em outro político isso poderia parecer falsidade. Em Jesus, de algum modo, tudo parecia fazer parte de um pacote. A imprensa continuava tentando pressioná-lo: ele falava sobre proibir fuzis de assalto ou sentenciar usuários de drogas não-violentos a aconselhamento em vez de cadeia, e ela o rotulava de liberal de coração mole que provavelmente aumentaria os impostos. Na semana seguinte, ele falava de ameaças reais à segurança americana nos próximos anos e da necessidade de as pessoas fazerem as coisas sozinhas, em vez de esperar doações, e de repente ele era de direita, coração duro, e assim por diante. O que era particularmente interessante era que quanto mais os analistas políticos tentavam encurralá-lo num canto ou no outro, mais eleitores comuns, os que contavam, pareciam apreciar o fato de que ele falava de coração, sem qualquer cálculo político.

Ele podia ser rude, mas na maior parte do tempo o que se via era uma gentileza sólida como rocha. Isso ficava muito claro pelo modo como falava com meu irmão – como se a capacidade mental de Stab fosse igual à de qualquer Einstein da Terra –, mas também pelo modo como às vezes pegava o pequeno Dukey quando o menino estava tendo um chilique e sua mãe parecia à beira de um ataque de nervos. Jesus o levantava e girava. Jogava xadrez com Amelia Simmelton, uma menina quieta e inteligente que Zelda e eu acreditávamos se tratar na verdade de uma adulta disfarçada. Quando havia crianças na platéia dos comícios, elas inevitavelmente tentavam tocá-lo. Um monte de políticos faz estardalhaço com crianças, não é uma idéia nova na categoria "quero o voto da sua mamãe e do seu papai", mas Jesus fazia isso com tanta alegria que quase parecia uma criança também. Adorava doces e vivia pedindo ao motorista do ônibus ou da limusine para parar "só um segundo" quando passava diante de lojas que vendiam rosquinhas. Tinha uma vitalidade física incrível e corria de manhãzinha, ainda no escuro, ou fazia difíceis posturas de ioga no gramado dos fundos do motel, fatos que deixavam muito desconfortável seu chefe de segurança que havia dormido tarde. Não se importava com dinheiro (no entanto, éramos bem pagos, por depósitos automáticos, a cada duas semanas), com o que as pessoas usavam, ou se eram bonitas ou feias. Eu iria perceber, à medida que a campanha prosseguia, que ele só dormia uma ou duas horas por noite e acordava de madrugada para meditar durante longos períodos. Apesar de nossa programação maluca, ele encontrava tempo para ficar sozinho com cada um de nós, indo passear com Ada quando ela estava particularmente exausta, jogando sinuca com Stab ou Dukey, reunindo-se com Wales, Ezzie e Zelda para repassar os acontecimentos do dia, batendo papo com os Simmelton – leitores ávidos – sobre grandes livros. Quando o tempo permitia, me chamava ao seu quarto para assistir aos noticiários locais com ele, e gostava quando eu apontava os truques usados pelos repórteres – mover a cabeça para impedir que a imagem ficasse estática demais, pronunciar palavras em diferentes volumes e ritmos.

O estranho, pelo menos para mim, e sei que para Zelda também, era que Jesus nunca tocava no assunto religião. Esperávamos mais milagres. Esperávamos que ele falasse com pessoas de igrejas, que cortejasse figuras religiosas ou que jogasse palavras como *fé*, *Deus* e *moralidade* em seus discursos. A imprensa também perguntava sobre isso. Junto com as tentativas exaustivas – e inúteis – de encontrar provas que desbancassem os dois primeiros milagres, perguntavam-se em coluna após coluna, num programa de entrevistas depois do outro, por que ele não fazia mais mágicas. Quero dizer, se ele era mesmo Jesus, por que, por exemplo, não ia resgatar uns mineiros de carvão do Oeste da Pensilvânia que ficaram presos por uma explosão e acabaram declarados como perdidos? Ou por que não percorria um hospital militar e sugava o trauma dos cérebros dos soldados que haviam lutado na guerra?

Jesus se recusava a falar sobre essas coisas conosco e em público.

Mas assim que havíamos nos acomodado nos nossos aposentos em Palm Springs, num chique clube de golfe (este era outro de seus truques: ele nos instruía a ficar algumas noites em motéis mofados e pulguentos e em outras nos cobria de luxo), avisou que, no dia seguinte, deveríamos estar no ônibus às 10 da manhã para o que ele chamou de "um passeio não-oficial".

No meio da manhã, em meados de agosto, faz um calor de rachar em Palm Springs. Vínhamos trabalhando em locais quentes durante semanas e teríamos preferido ficar na piscina algumas horas antes de sua apresentação naquela noite, ou de ficar deitados nos quartos com ar-condicionado e ler um bom livro ou assistir à TV.

Mas, trabalhadores fiéis que éramos, às 10 da manhã estávamos do lado de fora e subimos no ônibus. Anna Songsparrow não se juntou a nós: mamãe disse que a tinha visto caminhando na direção das montanhas mais próximas. O estranho, segundo minha mãe, é que ninguém pareceu reconhecê-la, e nenhum representante da imprensa a seguiu.

Quando Jesus apareceu, estava usando bermuda, sandálias e uma camiseta com gola em cujo braço estava bordado HOTEL E CLUBE PALM SPRINGS.

Vinte ou 30 jornalistas e fotógrafos foram em sua direção quando ele saiu do hotel. A porta do ônibus estava aberta, e eu pude ouvi-los gritando:

– Jesus, Jesus!

– Senhor, Senhor!

– Candidato Cristo!

– As pessoas estão se perguntando por que o senhor não vai participar do último grande debate.

– Qual é sua posição sobre as greves na Argentina?

– Podemos ter uma biografia da Sra. Endish?

– O senhor viu as últimas pesquisas?

– O que acha dos anúncios da Dreaf's dizendo "Ele não é *meu* Deus"?

Jesus sorriu, assentiu e não respondeu a nenhuma pergunta. Junto à porta do ônibus, parou e se virou para os repórteres que suavam e se empurravam, com os fotógrafos brigando pela melhor imagem.

– Gostaria de lhes pedir um favor – disse do seu jeito calmo. – Meu pessoal e eu vamos fazer uma reunião de estratégia no campo, e eu agradeceria se nenhum de vocês nos seguisse. Se pudermos ter essa privacidade, prometo que, quando voltarmos, teremos uma coletiva detalhada e informal na minha suíte. E meia hora especial para a imprensa de língua hispânica, também. Por que não combinamos das três às cinco, com permissão para as câmeras? Qualquer um que nos seguir não terá permissão de participar da coletiva. Certo?

Claro, disseram todos, sem dúvida.

– O senhor nos deixará entrar no céu esta tarde se não pecarmos de manhã, não é? – brincou um deles, arrancando risadas calorosas do grupo.

Mas, assim que caímos na estrada, apesar das promessas, alguns deles pularam nos carros e seguiram a uma distância discreta. Fomos para o deserto pela State Highway 94, uma estrada asfaltada, de duas pistas, que corria entre oceanos de areia. Fui para a traseira do ônibus e olhei, mas logo a maior parte dos mentirosos percebeu que era óbvio demais o que estavam fazendo. Não queriam arriscar suas duas horas de livre acesso à coletiva. A maioria ficou para trás, mas um grupo – repórteres e fotógrafos de tablóides sensacionalistas, acho – continuou nos seguindo. Pude ver seu 4X4 castanho fazer a curva quando fazíamos e acelerar quando acelerávamos. Nesse ponto estávamos bem dentro do deserto, com o calor tremeluzindo na areia, e as montanhas cinzentas erguendo-se à distância como uma miragem. Uma pluma de vapor subiu de repente do 4X4, como se uma mangueira tivesse estourado. Pensei: não se deve mentir para algumas pessoas.

Jesus estava sentado na frente com meu irmão. Como se soubesse para onde ia, dizia ao motorista para virar aqui e ali, nos guiando, ao que me pareceu, para um lugar cada vez mais ermo. Torci para que o tanque estivesse cheio.

E então, finalmente, 90 minutos depois de termos partido, Jesus mandou o motorista sair da estrada para uma espécie de área de piquenique. O lugar era administrado por um grupo de ambientalistas, pelo que dizia a placa. Um a um, saímos do ônibus com ar-condicionado para o calor. O motorista descarregou algumas caixas térmicas com bebidas geladas e sanduíches. Jesus pediu que pegássemos algo para comer e beber e depois nos sentássemos às mesas, mas não bebeu nada e ficou andando de um lado para o outro sob o sol escaldante, com as mãos às costas. Depois de ter nos dado um tempo para nos arrumarmos, parou e se virou para nós.

– Eu queria – disse ele, e depois parou e olhou para o céu incandescente como se estivesse pedindo inspiração ao seu pai e mãe divinos. – Queria mudar de ambiente, sair dos quartos de hotel e ir para o bom ar puro. – Ele fez outra pausa e quase pareceu que estava esperando que verbalizássemos reclamações quanto ao calor, ou quanto à interrupção de nosso prometido meio dia de descanso. Ninguém disse uma palavra. – Pra começar, sempre gostei do tempo quente. Além disso, queria pedir a opinião de vocês, em particular, por assim dizer, sobre por que estamos indo tão mal.

Houve segundos de silêncio atarantado, e então Wales disse:

– Mal? Subimos oito pontos na pesquisa de hoje. Dada a grande dianteira que os outros dois tinham, a diferença de dinheiro, o número maior de pessoas trabalhando, acho que deveríamos estar muito satisfeitos.

Jesus o olhou como se ele tivesse acabado de dizer que o norte era o sul. Estava de pé com os pés separados, as mãos nos bolsos da bermuda, os olhos ligeiramente apertados, para se proteger da claridade (diferentemente dos outros adultos, ele jamais usava óculos escuros).

– Todo mundo deveria estar votando em mim – disse. – Stab acha isso, e eu concordo.

Meu irmão projetou o maxilar inferior e sorriu.

Mas Wales pareceu preocupado.

– Todo mundo? Ninguém tem os votos de todo mundo. A não ser no Uruguai ou sei lá onde. No Usbequistão.

– Não sou um candidato comum.

– Concordo, claro – disse Wales. Ele havia tirado os óculos escuros para mostrar que, ao menos desta vez, estava fazendo contato visual. Como gerente da campanha, ele me pareceu bastante defensivo.

– Fiz alguma coisa errada? – perguntou Jesus.

– Não. Uma ou duas estratégias ruins. Sua posição sobre as armas não foi bem recebida em Wyoming, esse tipo de coisa.

– Então por que todo mundo não está me apoiando?

– Alguns são judeus – interveio meu pai. Acho que ele estava tentando fazer uma piada, mas às vezes seu senso de humor só era percebido por ele próprio e esta foi uma das ocasiões. Jesus não sorriu. O risinho do meu pai murchou como um girassol à meia-noite. – Quero dizer, acho que algumas pessoas não estão predispostas a aceitar você. Seu nome é meio... carregado. Divide as pessoas.

Minha mãe lhe deu uma cotovelada.

– Elas esperam que você faça milagres – falei, em parte porque estava me sentindo mal pelo meu pai. – Quero dizer, mais milagres.

– Não vou fazer.

– Por que não? – perguntou Ada Montpelier. – Você fez um grandão para nós. Por que não faz o mesmo por mais alguém? – Ela realmente era uma boa mulher. Não era a mente mais afiada do mundo, mas adorava Dukey Junior e tratava Dukey Senior com mais gentileza do que alguns de nós achávamos que ele merecia, e sempre era a primeira a trabalhar na hora de jogar fora as caixas de pizza e os pauzinhos de comida chinesa usados.

– Apóio isso – disse o normalmente reservado Norman Simmelton.

– Seria fácil demais – disse Jesus. – As pessoas votariam em mim por causa dos milagres, assim como, nos velhos tempos, algumas só acreditaram em mim por causa dos milagres. Quero que votem em mim por causa das minhas *idéias*, por causa da *experiência* de Anna como mãe, como mulher, como líder doméstica. Essas coisas não significam mais nada? – Ele nos olhou mas não parecia esperar resposta. – Quero que votem em mim porque eu seria o melhor presidente, não porque posso curar uma cega numa igreja em Montana ou algo assim.

– Então haverá dúvida – disse meu pai.

– Você está falando por si mesmo, Arnie.

– É, acho que sim. Admito. Você sabe como me sinto a seu respeito, simplesmente estabeleço o limite no negócio de ser Deus. Olhe, as pessoas são diferentes. Duas pessoas podem ir ao mesmo filme e uma gostar e a outra não. Por isso temos republicanos e democratas, judeus e cristãos.

– Certo e errado – acrescentou minha mãe, com um tom de sarcasmo que era incomum nela. Ficou claro para mim que trabalhar na campanha havia aumentado a tensão no casamento deles.

– Parte do problema é que você não apareceu em nenhum dos grandes programas de entrevistas – disse Zelda, tentando acalmar as coisas.

– Por exemplo? – perguntou Jesus.

– No Popopoffolous.

Jesus levantou as mãos junto à cabeça como se estivesse zombando do cabelo de Roger Popopoffolous, que fazia parecer que ele havia saído da cama três minutos antes do início do programa.

– O Spritzer – sugeriu Zel.

– Spritzer é uma figura – disse Jesus bruscamente. – Adora um drama.

– E o *Meet the Media?* – perguntou Ezzie.

– Bobby Biggs? Ao Biggs eu vou, se vocês acharem que vai fazer diferença.

– Acho que você deveria ir a todos eles – disse Zelda. – Venho dizendo isso o tempo todo. Todos esses e mais a NPR, a TV educativa, a Fox, o Linneament.

– Dukey – Jesus se virou para o nosso machão residente. – Quer participar?

– Não conheço nenhum desses caras – admitiu Dukey, com um olhar humilde para a esposa. – Ninguém que eu conheça assiste a isso. Que tal *Survivor?* Ainda está passando?

– Que tal *Ultimate Fighting?* – não consegui me impedir de dizer, mas fiquei satisfeito, depois de alguns segundos, porque ninguém pareceu ter ouvido.

– Vou ao programa do Bobby Biggs – disse Jesus. – Anna Songsparrow vai ao Popopoffolous. Wales vai ao Spritzer.

– E o Lenny Queen? – soltou Dukey de repente. – Ele recebe presidentes, não é?

– Você vai ao Queen – disse Jesus, apontando para ele.

– Eu?

– Você vai ser ótimo – concordou Ezzie. – Simplesmente seja você mesmo.

Achei que estávamos nos tornando bonzinhos demais rapidamente.

– O Sr. e a Sra. Thomas vão ao Linneament, o homem da discórdia, da raiva.

– E eu? – perguntou Stab. – Aonde eu vou?

Jesus pareceu não ter ouvido.

– Sou perfeccionista, admito – disse ele. – Não fico satisfeito com uma liderança de seis pontos. Seis pontos não me bastam.

– Então vamos trabalhar mais – respondeu Wales, e o restante de nós concordou, dizendo sim. Todos, menos eu. E notei que praticamente todo mundo, menos eu, Stab, Zelda e os reclusos Simmelton, havia sido escolhido para dar uma entrevista. E eu tinha mais experiência com a mídia do que todos eles juntos. Doeu, devo admitir.

Mas então Jesus disse:

– Vocês todos estão livres para retornar ao ônibus, relaxar e descansar até o comício às cinco horas. Eu posso cuidar da imprensa sozinho, não se preocupem... Russ, vamos dar uma volta, nós dois.

– Mas o ônibus – falei.

– Pegamos carona de volta. Não tenha medo.

– E eu? – perguntou Stab.

Desta vez Jesus o escutou, e fiquei feliz com isso.

– Tenho em mente uma coisa especial para você, meu melhor amigo. Informação especial. Por enquanto volte com os outros e garanta que todo mundo chegue em segurança. Você é o diretor de segurança interino até que seu irmão volte.

– Sim, Deus.

◆◆◆

Zelda me beijou como se eu tivesse feito, ou fosse fazer, algo especial pela campanha ou pelo mundo. Mamãe me deu um abraço caloroso e meu pai se aproximou e apertou minha mão com força, apoiando a outra no meu ombro e me olhando nos olhos. Com tudo aquilo e o modo como os outros me encaravam antes de se virar para subir a escada do ônibus, bom, era como se eu estivesse me despedindo antes de ir para o campo de treinamento dos fuzileiros na ilha Parris. O ônibus partiu rugindo. Jesus e eu o observamos até virar um ponto no horizonte. Ficamos no meio do deserto sem qualquer veículo. Ele passou o braço pelos meus ombros e fomos andando em direção ao nada.

– Presumo que você tenha um plano para voltarmos ao clube – cometi a idiotice de dizer.

– Ó Russ de pouca fé.

Caminhamos. Eu suava e olhava o chão à procura de cobras, mas ele estava perdido em pensamentos de novo. Seguimos mais uns 12 passos sem falar.

– Você parece agitado – comentei. – Não é do seu feitio.

– Não é nada. Só que, da última vez em que fui para o deserto, um mau-caráter me causou encrenca. Agora quero meu chefe de segurança junto.

– Então existe um diabo. Quero dizer...

– A ignorância – respondeu ele. – A ignorância. A arrogância. O egoísmo.

– Mas não um espírito maligno real?

– Não com poder que me preocupe, particularmente.

– Mas você acabou de dizer...

– Estava brincando. Sou intocável, impossível de ser ferido. Você também.

– Por que a coisa não parece assim, então? E por que você ao menos precisa de um chefe de segurança?

– Porque, como lhe disse uma vez, estamos trancados num sonho.

Pensei nisso por um minuto.

– Deixe-me adivinhar. Você tem a chave e eu não.

Ele sorriu.

– Nós dois temos. Eu sei usá-la, você não... pelo menos ainda não. No instante da morte, se sua mente estiver pura, tranqüila, calma, se você tiver sido bom com os outros, se tiver sido suficientemente altruísta, se libertará do sonho para sempre e, ao fazer isso, também ficará livre da dor e do medo e passará a ter uma existência muito mais agradável.

– O céu – sugeri.

– Uma espécie de céu, sim.

– É bom ouvir isso. E o inferno, então?

– Você faz o seu inferno. Você, não o diabo.

– Mas quem ia querer isso?

Ele riu. Não foi um som feliz.

– Vocês são uma raça estranha e masoquista. Posso dar exemplos, se quiser. Vejamos, em que capítulo do livro de história devemos começar?

– Certo. Só estou tentando, você sabe, me livrar das idéias com as quais fui criado.

– Bom. Esse é o objetivo e o propósito de sua existência. Velhas idéias, lembranças ruins, arrependimento, dúvida, medo... imagine tudo isso como o diabo no deserto, tentando-o. Seu trabalho é afastá-lo.

– Nós costumávamos perguntar por que ele tentou você. Quero dizer, logo você. Parecia uma tentativa destinada ao fracasso.

– Não havia um "ele". Era metafórico. Eu me permiti ser humano. Vocês não escapam da dor, não escapam da morte, nem da tentação... eu queria experimentar tudo isso.

– Sede, no fim, se me lembro bem.

– Está querendo dizer...?

– Um copo d'água seria bom agora.

Ele me apertou de encontro ao peito, depois me soltou. Parecia o gesto que um pai amoroso faria com um filho que lutasse para descobrir o caminho através da adolescência.

– Imagino que você tenha notado que não lhe dei nenhuma tarefa de rádio ou TV.

– Notei.

– Isso magoou seus sentimentos?

– Um pouco.

– Você fala as verdades duras. Você tem a força de caráter do seu pai.

Quase respondi: "Você também", mas consegui segurar a língua. Nesse ponto, estava com suor pingando nos olhos e olhando para um lado e para outro, esperando ver um local de sombra onde pudéssemos dar uma parada. Nada. Cactos, pedras cinza e secas, montanhas à distância. O resto era areia, céu e ninhos de cascavéis.

Seguimos em silêncio até que Jesus disse:

– Tive a sensação de que você queria me dizer alguma coisa lá na área de piquenique mas estava se contendo.

– Bom, não sou o encarregado da imprensa. E não sou o diretor da campanha.

– Não importa. Quero seu conselho.

– Bom, acho que colocar o Dukey no *Lenny Queen Show* é um risco.

– O que pode acontecer de pior?

– O que pode acontecer de pior? Queen pode escorregar e dizer algo que Dukey ache ofensivo, e ele pode perder as estribeiras em rede nacional. Posso ver as manchetes: CONSELHEIRO DE JESUS PRESO POR AGRESSÃO.

Jesus sorriu. Apesar de ter o que poderia ser descrito como personalidade alegre e alto astral, não era fácil fazê-lo rir, mas pude ver que quase havia conseguido.

– Quando você está livre do sonho e unido a Deus – disse depois de um momento, e fiquei surpreso ao ouvi-lo dizer essa palavra –, precisa ser um mestre do equilíbrio. Gentil e firme, duro e suave, masculino e feminino, feroz e clemente.

– Yin e yang – falei, porque sabia um pouco sobre as coisas do Oriente.

– Exato. Independentemente de qualquer defeito que possa ter, Dukey é um homem de lealdade profunda, e eu aprecio isso.

– Certo.

– O que não queremos é nos parecer com todos os outros, Russ. Eu vim da primeira vez porque a humanidade havia se estagnado em seus costumes. Todos aqueles sacrifícios rituais, todo aquele apedrejamento, todas as regras. Eu estava tentando tirar vocês daquilo, do sonho. E estou tentando fazer a mesma coisa aqui. Os programas de entrevistas políticas, na verdade as próprias campanhas, são influenciados por marqueteiros. O que a capacidade de se sair bem em 16 debates tem a ver com o ato de governar? É só verborragia, posicionamento, combate. As pessoas ouvem isso durante um tempo, depois param de prestar atenção. Estou tentando sacudi-las, fazer com que haja novamente um diálogo real, sincero, fazer com que as pessoas pensem num espírito novo e se importem com algo que não seja sua suposta segurança.

– Até aí, tudo bem, no que diz respeito a sacudir as pessoas. Mas devo dizer que há uma boa chance de Hurry Linneament mastigar meu pai e minha mãe e cuspi-los.

– Você ficará surpreso – disse ele. – Mas eu não o trouxe aqui para falar sobre estratégia.

– Você me trouxe aqui para suar e perder 10 quilos – respondi, e então ele riu, um riso gentil, feliz, que fez com que eu me sentisse bem.

– Não, eu o trouxe aqui para dizer como tudo funciona.

Quando ele disse essas palavras, senti um arrepio na pele, uma aranha do deserto subindo rapidamente pela coluna.

– Não tenha medo – disse ele.

Outro grande arrepio. Vou lhe dizer, foram as duas piores coisas que alguém já me disse.

– Certo – consegui dizer numa voz estridente, depois pigarreei por alguns segundos enquanto tentava juntar coragem para falar de novo. – Certo... mas... e digo isso com todo o respeito, você sabe, por seu julgamento e tudo mais. Mas, se você ia compartilhar os segredos do Universo com alguém, bom, quero dizer...

– Você acha que não é digno.

– Senhor, eu não sou digno – respondi. Uma velha frase dos dias em que ia à igreja. E pela primeira vez a palavra com "S" não pareceu chateá-lo. – Quero dizer, aprecio isso. Não quero que pense que sou ingrato. Só que, bem, Zelda, minha mãe, até meu pai, ao seu modo, Stab, Ezzie, Ada, os Simmelton... eu sou o metido a espertinho da turma, aquele que duvida, o cínico. E todos eles são... *bons*.

– Deixe que eu escolha com quem compartilho os segredos do Universo.

– Certo. Desculpe. Sem dúvida.

– Vou manter a coisa simples: há uma energia que percorre toda a vastidão da criação. Na Terra, para os seres humanos, essa energia assume a forma de um jorro de consciência. O que vocês chamam de pensamento.

– Até aí estou acompanhando.

– O pensamento é composto de palavras.

– Certo. No princípio era o Verbo.

– Exato. Para algumas pessoas, a força desse jorro é avassaladora. São almas imaturas, novas na experiência humana. São as que causam a maioria dos problemas. Para tornar suportável o jorro de consciência, a força do pensamento, elas acham, equivocadamente, que precisam estreitá-la. Querem pegar um rio enorme e construir um pequeno canal lateral com o qual esperam desviá-lo. Mas, claro, a força do grande rio só aumenta ainda mais se você o comprime numa passagem estreita. Para as almas imaturas, isso em geral resulta numa violência terrível. Hitler é o maior exemplo. Veio com suas teorias racistas e nacionalistas porque a criação era muito complexa para ele compreender. O fato de haver judeus bons e arianos maus era demais. Em vez de fluir livremente através dele, a força enorme do Universo foi espremida em suas teorias estreitas. O resultado foi... bem, você sabe qual foi o resultado.

– Certo, mas o que acontece com alguém assim... quero dizer, em termos de castigo?

– Se eu fosse lhe falar por parábolas, diria: ele vive mais seis milhões de vidas, sofrendo em todas, até entender a mensagem.

– Algumas pessoas diriam que você está pegando leve demais com ele.

Jesus não pareceu me ouvir.

– No lado oposto do espectro está o amor, a capacidade completa de ver o outro como a si próprio. Não falo simplesmente amor sexual, fascínio, atração, amar uma pessoa pelo que ela pode fazer por nós. Falo do amor em escala total, altruísta, puro. O amor de um bom pai ou uma boa mãe, para dar um de muitos exemplos, ou de um mentor altruísta. Onde há esse tipo de amor, o poder da energia de pensamento flui diretamente através da pessoa, que não teme as complexidades da vida, não precisa de que todas as outras almas da Terra sejam exatamente iguais a ela.

– Onze de Setembro.

– Como assim?

– As pessoas que nos atacaram no Onze de Setembro queriam que todo mundo fosse como elas.

– Exatamente. Claro, há milhões de nuanças no espectro entre o amor perfeito e o ódio puro, entre o santo e o assassino em série. Algumas pessoas administram a energia do pensamento de modo parcial, em alguns compartimentos, e não em outros. Por exemplo, um grande compositor que não é gentil com a esposa. Um político carismático que ascende às alturas do poder e o usa mal, de um modo idiota, mas não assassino.

– Um marido que só trata a esposa razoavelmente bem.

– Bom. Então você entende. O fato é que vocês vivem muitas vidas. Você sabe disso, claro. Está na Bíblia.

– Na verdade, não acredito que esteja. Minha mãe conhece a Bíblia de trás para frente e nunca mencionou nada sobre múltiplas encarnações.

– Alguém deve ter feito cortes feios, então – disse ele, e eu não soube se era brincadeira. – De qualquer modo, em última instância, depois de muitas vidas (ou de muitos anos no purgatório, se você preferir, o que é a mesma idéia expressa com imagem diferente), você aprende a administrar completamente essa força de pensamento. Passa a dominá-la como um pianista domina seu instrumento após décadas de treinamento árduo. Nesse ponto, para voltar à imagem da água, sua vida na Terra é o equivalente a nadar num rio, ou talvez surfar numa onda. Você surfa a energia do pensamento, você faz parte da grande força da vida. A única medida confiável disso é a capacidade de amar, e não a freqüência com que você comparece aos serviços religiosos, a freqüência com que sorri e diz coisas boas, nem a capacidade de fazer milagres ou ler mentes, e certamente não seu grau de sucesso material. A única medida dessa realização é a capacidade de habitar o espaço psíquico de outra alma, de entendê-la completamente, o que resulta na gentileza. Uma gentileza sábia, e não idiota.

– E foi isso que você veio à Terra nos ensinar? Quero dizer, desta vez? É isso que vai fazer como presidente, tornar nosso país mais... tolerante, na falta de uma palavra melhor? Mais amável e gentil?

– O importante é derrubar as barreiras nas fronteiras de seus padrões de pensamento, ir além dos rótulos. Eu vim ajudá-los, todos vocês, a fazer isso.

– Obrigado – falei sem querer.

Nesse momento, chegamos a uma elevação e, onde eu tinha certeza de que não haveria nada além de deserto, vimos uma cidadezinha, uma estrada pavimentada, uma torre de caixa-d'água. Continuamos andando para lá sem diminuir o passo. Eu esperava uma Coca gelada, ou algo mais forte, mas me vi pensando no que ele tinha me dito, e não queria falar nada tão comum quanto "Que tal uma bebida?".

– Por enquanto chegamos aos limites de sua compreensão – disse Jesus gentilmente.

– E tão cedo.

– Quero que você se lembre de tudo isso quando as coisas acontecerem como acontecerão. Lembre-se desta conversa. Talvez você queira tomar notas a respeito em seu diário, se é que posso lhe pedir que faça isso.

O arrepio de novo.

– Não gosto dessa conversa – falei. – Do *quando as coisas acontecerem como acontecerão.*

Ele me apertou de novo contra seu corpo e respondeu:

– Uma das minhas pessoas escolhidas, mesmo que não saiba. Talvez especialmente porque não sabe.

E então me soltou, e eu soube que seria inútil perguntar qualquer outra coisa, e provavelmente não poderia mesmo, porque ele havia lançado aquela corrente elétrica através de mim outra vez. Parecia que meus ossos estavam zumbindo.

A outra coisa que senti durante a caminhada, e isso pode parecer estranho, é que eu tinha um amigo de verdade. Antes de me juntar à campanha, meu trabalho tinha sido social. Nunca deixei de ter pessoas para convidar para um aniversário ou para assistir a um jogo pela TV. Mas sempre tivera um sonho, e acho que um monte de gente também tem, de encontrar uma pessoa com quem compartilhasse o mesmo tipo de entendimento profundo da alma. Não estou falando de uma namorada, esposa ou parente, mas de um amigo. O sentimento que tive com Jesus naquele dia foi algo parecido com o que sempre sonhei. Devia ser isso que Zelda sentia na companhia dele também – quem sabe talvez ele fizesse todo mundo se sentir assim –, e isso me ajudou a entendê-la melhor e a me libertar do meu ciúme imbecil.

Sem que mais nada fosse dito, Jesus e eu andamos até à cidade, na verdade um vilarejo – um posto de gasolina, uma mercearia, um bar empoeirado com cercado de madeira do lado de fora e lugares onde amarrar o cavalo. Um típico cenário de faroeste. Dentro do bar estava fresco e calmo. Tinham um chope local decente chamado Oasis Amber. Jesus e eu pedimos um copo e bebemos sem nos sentar, com os cotovelos no balcão e um pé apoiado em sua base, sem nos falarmos nem nos olharmos, como caubóis depois de uma longa trilha... só que ele usava bermuda e sandália e estava com o brinco de novo. Depois de um tempo, me pareceu que ele estava flertando com a garçonete, uma mulher de meia-idade e, pelo menos aos meus olhos, nem um pouco atraente. Estava perguntando sobre a vida dela, se ela gostava dali, quais eram seus sonhos. Pouco a pouco, ela foi se abrindo. Disse que sempre havia sonhado em ser esteticista e abrir seu próprio salão, cortando cabelos, fazendo unhas, maquiagem, sobrancelhas. Para ela seria uma boa vida. Jesus ouviu isso como se ela dissesse que pretendia descobrir a cura do câncer. Não havia julgamento em seu rosto ou em sua voz, nenhum esnobismo nem zombaria e, frase a frase, dava para ver a expressão da mulher mudar. Depois de meia hora dessa conversa, ela era quase bonita.

– Meu irmão tem uma picape – disse ela, quando soube que estávamos a pé ali, sem especificar o motivo. – Deixe-me ligar para ele.

Quando o irmão chegou, por acaso ele trabalhava no Hotel e Clube Palm Springs – não sei por que fiquei surpreso – e estava indo para lá naquele momento trabalhar no segundo turno. Ficaria feliz em nos dar uma carona, se quiséssemos. Ouvimos uma fita de Willie Nelson no caminho. Jesus parecia gostar muito da música.

vinte e sete

POUCO ANTES DA FESTA BILÍNGÜE para a imprensa no Hotel e Clube Palm Springs, Jesus deu a Zelda uma folha de caderno onde estava escrito, em sua letra bem-feita, o nome dos repórteres que haviam tentado nos seguir para o deserto. Eles foram excluídos da coletiva sem piedade. A princípio os pecadores reclamaram alto com Zelda, afirmando sua inocência, mas no fim desistiram e tentaram fazer acordos com os que haviam sido admitidos ao evento, pedindo que levassem um pequeno gravador, que mostrassem suas anotações e coisas do tipo. Fiquei feliz por estar fora daquele trabalho. E isso me fez ver de novo que Jesus tinha um lado sério.

Durante a coletiva, Jesus sentou-se numa das poltronas da enorme suíte, com as mãos cruzadas no colo. Os repórteres se amontoaram em volta, com flashes espocando, gravadores zumbindo, teclas de laptops sendo digitadas. A segunda ou terceira pergunta foi feita por uma mulher do *Wall Street Journal:*

– Jesus – começou ela, e dava para ver que estava se esforçando para parecer reverente e respeitosa. – Há meia hora o marido de Marjorie Maplewith, o reverendo Aldridge Maplewith, que, como o senhor sabe, comanda uma megaigreja em Idaho e um império de TV com vários milhões de espectadores... há meia hora ele exigiu, em seu sermão semanal na TV, que o senhor prove que é quem diz ser ou abandone a disputa.

Jesus avaliou a mulher com o que eu chamaria de curiosidade agradável, como se admirasse seu corte de cabelo.

– Como assim?

A repórter hesitou um momento. Dava para ver o pequeno balão de confiança que a rodeava começando a murchar. Mas então ela o encheu outra vez.

– Ele exigiu que o senhor prove que é Deus.

– Deus? – disse Jesus levantando as sobrancelhas com ar divertido. – Eu usei esta palavra?

Meu pai estava sentado no canto, eu me virei e olhei por entre os corpos de dois fotógrafos e o vi coçando o lugar onde estivera sua marca de nascença.

– Bom, o senhor não é? – Agora a repórter tinha um sorriso nos cantos da boca. Sabia que iria fazer notícia.

– Você diz que eu sou – disse Jesus. – O máximo que me chamei nesta campanha foi de Filho do Homem e mesmo isso...

– Mas o senhor tem o nome que a maioria das pessoas neste país usa para se referir a Deus – pressionou a repórter.

Jesus esperou por um tempo interminavelmente longo, provavelmente uns 20 segundos, antes de falar de novo. Dava para ouvir o *ploc... ploc* das quadras de tênis ali perto.

– Diga ao bom reverendo Maplewith que, se ele me permitir usar seu púlpito para um sermão dominical até à eleição, eu lhe darei a resposta que ele exige.

Foi outra jogada inteligente, e todo mundo na sala estava escrevendo, digitando ou tirando fotos num frenesi. O reverendo Maplewith não faria isso, claro, porque significaria milhões de dólares de publicidade grátis para um dos oponentes de sua mulher.

Mesmo assim restava a impressão, na mente da maioria das pessoas, de que Jesus não estava respondendo diretamente à pergunta, e isso lançaria uma sombra na campanha à medida que as semanas prosseguissem.

O meio da coletiva foi bastante previsível, a não ser pelos 30 minutos em que o candidato respondeu a perguntas em espanhol. Isso pareceu não exigir esforço de sua parte e permitiu que os repórteres que não falavam essa língua fossem ao banheiro. Nadine Simmelton sentou-se ao meu lado nos fundos da sala e traduziu tudo que achava que eu quisesse saber. Sobre a imigração, Jesus optou pelo justo: a legal estava bem, a ilegal não. Quanto à ajuda externa, reiterou sua declaração de que os ditadores não receberiam nada de sua administração e que era importante, para o bem-estar do país, que a diferença entre ricos e pobres fosse reduzida. Nenhuma dessas posturas era particularmente original ou chocante. A questão sobre a luta contra as drogas o deixou num terreno menos seguro: Jesus colocava a maior parte da culpa não nos colombianos, nos afegãos ou nos traficantes de esquina, e sim nos usuários. A responsabilidade moral por qualquer dor associada ao tráfico de drogas estava totalmente nos ombros deles. Não acreditava que os traficantes ou usuários devessem ser mandados automaticamente para a cadeia, a menos que fossem violentos ou roubassem. Algumas vezes as medidas punitivas eram apropriadas, sim, mas ele promoveria um sistema elaborado de educação, multas, tratamento e serviços comunitários, em vez de encher as prisões com viciados não violentos. (Este seria outro problema na campanha, outro pequeno alvo para Maplewith e Alowich: eles diriam que Jesus era frouxo com o crime.) Os repórteres escreviam e escreviam.

Jesus já havia declarado seu posicionamento nas questões fundamentais do dia – era terminantemente contra a pena capital, por exemplo – e não parecia gostar de se repetir, mesmo quando as perguntas eram feitas de novo em inglês. Por quatro ou cinco vezes disse: "Já falei sobre isso, voltem e verifiquem suas anotações" e "Não tenho nada de novo a dizer sobre esse tema". Desde que havia anunciado a mãe como candidata a vice, houve diversas investigações sobre os antecedentes de Anna Songsparrow, mas todas haviam chegado à mesma conclusão: seu passado era de uma índia simples, criando um filho incomum, mãe solteira que trabalhava no mercado de alimentos da reserva enquanto o filho crescia. Cada habitante da reserva que foi entrevistado disse a mesma coisa: ela era uma boa mulher, sensata e inteligente, trabalhadora, muito quieta, filha de um chefe famoso, mulher notável mas sem ambições, que havia escolhido uma vida fora dos refletores locais. Era conhecida pela generosidade, por manter-se a par dos acontecimentos do mundo com um rádio que escutava toda noite. Com a exceção de um relacionamento bastante breve que a levara ao Kansas, não tivera outro homem na vida depois do falecimento do pai de Jesus. Não bebia nem fumava e fazia viagens regulares ao deserto para ficar alguns dias sozinha – em busca de uma visão, pensavam alguns, mas ninguém tinha certeza. Freqüentemente, quando havia algum conflito na reserva, as partes a procuravam e em geral ela conseguia mediar uma solução pacífica. Fora isso, ficava em segundo plano.

Assim, a festa para a imprensa foi basicamente sem novidades – até o desastre final... ou o que pareceu, pelo menos na ocasião, ser um desastre. Perto do fim das duas horas, um repórter do *Salt Lake City Star* fez uma pergunta que ninguém havia proposto antes:

– Jesus, poderia nos dizer numa única frase o que o diferencia dos dois outros principais candidatos?

Jesus sorriu para ele. Os repórteres ficavam a noite inteira acordados pensando em perguntas assim, novos ângulos de um território velho, algo que pudesse levar o candidato a fazer um desvio incauto das observações ensaiadas. O escorregão viraria notícia e o repórter seria promovido. Mas havia algo próximo da compaixão no sorriso de Jesus, como se ele conhecesse o jogo, soubesse que era um aspecto essencial e sujo da democracia, como se entendesse o que a pergunta se destinava a provocar e soubesse, antecipadamente, o tipo de reação que sua resposta traria. Depois de uma breve pausa e sem tirar os olhos do repórter, disse:

– Tenho mais mulher em mim.

Houve uma agitação na sala. Mãos de repórteres se levantaram. O cara de Salt Lake City estava tentando gritar acima do barulho, dizendo que queria mais detalhes. Havia pedido uma única frase e agora queria mais detalhes. Eu estava afundando na minha poltrona e não podia encarar meu pai do outro lado da sala. Para machões como ele, esta não era uma resposta atraente. *Mais mulher em mim.* Preocupei-me pensando que essa única frase se espalharia mais rápido do que os vídeos do grito rebelde de Howard Dean em Vermont. Jesus seria considerado um fracote, um maricas, um filhinho da mamãe que não queria brigar. E sem dúvida a questão da preferência sexual seria ressuscitada.

O candidato não pareceu se afetar com a agitação na sala, despreocupado com o que havia acabado de falar. Deu um riso largo e se levantou. Tinha vestido jeans e um paletó esporte para a ocasião. Ele fechou um botão do paletó sobre a barriga lisa, agradeceu e saiu da sala. Como um bando de malucos, o pessoal da imprensa foi correndo repassar suas matérias.

Fui para o quarto que dividia com Zelda e me deitei na cama, esperando que ela viesse. Imaginei as manchetes do dia seguinte: MASCULINO O BASTANTE PARA SER PRESIDENTE? SERÁ O CÓDIGO PARA A ADMISSÃO DA HOMOSSEXUALIDADE DE JESUS? JESUS É TRANSEXUAL? Outros iriam se perguntar se fora uma alfinetada maldosa em Marjorie Maplewith, cuja... como posso dizer?... feminilidade nunca tinha sido o ponto forte de sua candidatura.

Caí em depressão. Eu havia largado o emprego pelo cara e ele ia acabar com tudo com algumas palavras impensadas. Eu não queria falar com Wales. O telefone tocou. Tive certeza de que era meu pai. Não atendi. Não queria entrar no avião na manhã seguinte e ir para o comício em San Diego que havíamos planejado com um astro de cinema que nos apoiava. Sentia como se Jesus e todos nós da campanha estivéssemos deitados no deserto, feridos, com os urubus nos sobrevoando. Mais um dia, mais algumas horas, e eles estariam pousados em nosso peito bicando nossos olhos, soltando gritos que soavam como *mais mulher em mim, mais mulher em mim.*

Então ouvi a fechadura da porta estalar e Zel entrar no quarto.

– Não foi maravilhoso? – foi a primeira coisa que ela disse.

vinte e oito

ZELDA PODIA TER ACHADO MARAVILHOSO, e sem dúvida milhões de outras mulheres no país ouviram a frase como um elogio ou, no mínimo, como sinal da apreciação de Jesus por elas. É possível que isso até tirasse alguns votos femininos de Marjorie Maplewith, que não era tímida em jogar o que a imprensa chamava de "carta do sexo" quando lhe convinha: revirando os olhos e dando um aparte casual sobre como o marido ajudava pouco em casa e coisas desse tipo (mas o fato era que os Maplewith eram multimilionários, e nenhum deles havia lavado um prato ou tirado uma folha do quintal desde o assassinato de Kennedy). Mas, como eu havia temido, os grandes veículos da mídia (todos controlados por homens com muito pouca inclinação para admitir que tinham um lado feminino dentro deles) pularam diante da frase de Jesus como leões sobre uma zebra aleijada. Na semana seguinte, não era possível ligar a TV, ouvir o rádio ou pegar um jornal sem ver ou ouvir algum comentarista sugerindo (delicadamente, pois não queriam ofender as mulheres que pensavam que um pouco de feminilidade em um homem, ou a delas próprias, por sinal, era uma coisa boa) que Jesus não era suficientemente homem para liderar a nação numa época de guerra.

– Que tipo de homem – berrou Hurry Linneament –, eu lhes pergunto, que tipo de homem americano diz uma coisa dessas quando nossos inimigos estão procurando qualquer sinal de fraqueza e esperando a oportunidade de atacar?

E o Dr. Michael Wild, o ultrajante rei do rádio do fim de noite, observou que Jesus tinha uma reunião marcada para o fim do mês em São Francisco, e "todos sabemos que São Francisco simboliza a moderna consciência americana". Mas não declarou que ele próprio havia se mudado de Nova York para São Francisco 20 anos antes.

E Bull O'Malley, que recentemente havia se livrado de um escândalo sexual extremamente embaraçoso fazendo acordo judicial por uma quantia não revelada depois de ter jurado em altos brados: "Lutarei para limpar meu nome", continuou sugerindo grosseiramente que Jesus "já devia ter feito a operação" e não estava contando a ninguém.

A NPR fez uma matéria sobre a etimologia da palavra *mulher*.

No noticiário da noite com Jim Wearer, um comentarista liberal e um conservador comentaram a frase de Jesus e ambos discutiram por muito tempo se os termos "homem" e "mulher" realmente continuavam significando alguma coisa.

A faixa de notícias na parte de baixo da tela do canal Fox dizia: "Candidato Cristo admite 'feminilidade'" – e a falta de exatidão não os impediu de repassá-la durante vários dias.

Bobby Biggs ignorou completamente a sentença talvez porque soubesse que havia conseguido a entrevista exclusiva com Jesus e não quisesse se arriscar a um cancelamento ofendendo a campanha.

Mas, em seu programa de domingo, Popopoffolous e seus convidados passaram a hora inteira falando disso, com sorrisos charmosos nos rostos (menos George Bill, que não sorriu), ponderando se isso teria sido um ato falho ou não, ou se seria a última de uma série de estratégias políticas espantosamente inteligentes da campanha de Jesus.

– Quem é a mente pensante aí e como ela vai se revelar? – perguntou Slam Davidson para concluir a discussão.

Depois de meu pessimismo inicial, esforcei-me ao máximo para surfar a onda, como Jesus havia sugerido. Havia muita coisa a fazer. Imediatamente após a coletiva, nos dividimos em dois grupos. Jesus mandou Anna Songsparrow fazer um circuito pelo extremo Sul, começando na ponta da Flórida e viajando pelo Alabama, Mississippi e até Nova Orleans, que, depois de tanto tempo, ainda continuava se recuperando a passo de lesma. Ela gostou da idéia do filho, mas sugeriu que fizessem o circuito no dobro do tempo que ele havia planejado, indo de ônibus de uma cidadezinha a outra ao longo da rota que ele traçara. Jesus concordou. Mandou os Simmelton e Esmeralda van Antibes lhe fazerem companhia e coordenar a logística. Dukey MacIntyre deveria passar os primeiros dias com eles ou o tempo necessário para recrutar uma dezena de machos de pensamento igual ao dele para proteger Anna. O restante de nós – Zel e eu, mamãe e papai, Stab, Wales, Ada e o filho e o próprio candidato – atravessaria as montanhas até San Diego no jato.

Foi durante esse curto vôo que algo mudou dentro de mim. Pude sentir aquilo fisicamente, como a gente sente, não sei... como a gente sente quando acorda depois de uma semana de cama com gripe e percebe que consegue ficar de pé e tomar chá com torrada no café da manhã. Algo mudou em Zelda também e em Walles, Ezzie, minha mãe e meu pai. Só meses depois eu iria descobrir que, durante nossa curta estadia em Palm Springs, Jesus conseguira ter conversas particulares com cada um de nós. Eu fui o último. Na quente área de piquenique no deserto, eu recebera todos aqueles abraços de parabéns, os beijos e os apertos de ombros porque todos já haviam tido sua hora particular com ele, seu vislumbre do verdadeiro funcionamento do mundo, aquela experiência de pura amizade. É uma medida de minha presunção, acho, ter pensado que ele havia reservado aquilo especialmente para mim. Mas esta não é a questão. A questão é que todos nós chegamos mais perto de onde Stab estivera o tempo todo.

Não me entenda mal. Eu estivera próximo de mais gente com síndrome de Down, de crianças e adultos com deficiências mentais, do que praticamente todo mundo que conheço, e isso tende a nos tirar qualquer idéia sentimental que possamos ter de que as pessoas assim tendem a ser melhores, mais santas ou mais gentis do que qualquer um. Não são. Algumas delas são maravilhosas e algumas nem tanto, como em qualquer outro grupo, inclusive repórteres, terapeutas, conservadores, liberais, brancos, negros, índios, ricos e pobres. Mas Stab era um dos maravilhosos. Eu me lembrei, enquanto atravessávamos as montanhas entre o deserto da Califórnia e o litoral, de que, no primeiro instante em que vira Jesus, meu irmão havia se ajoelhado. Não havia dúvida nele nem cinismo. Ele não precisou ver milagres nem falar dos sentimentos com um amigo. Não precisou ser convencido. Era como se tivesse visto em Jesus algo para o qual eu era cego. Quero dizer, *via* fisicamente. Nem Zelda, que havia aceitado Jesus muito mais prontamente do que eu, nem Wales, que havia largado um emprego que pagava mais, nem minha mãe, com suas certezas católicas e suas contas de rosário – nenhum deles havia caído de joelhos, como Stab, ao vê-lo pela primeira vez. Talvez fosse mais fácil para os Simmelton, Ada e Dukey: eles tinham visto seus filhos serem trazidos de volta à vida pelo cara com tatuagem de flor no antebraço. O restante de nós recebera milagres menores (a marca de nascença do meu pai, todo o negócio de leitura de mente), e essas coisas chegaram mais tarde, depois de já nos conhecermos. Nós tínhamos de contar com a fé.

De algum modo, quando pousamos em San Diego e saímos para o hotel nas limusines brancas, a fé nos fora dada integralmente. Estar perto de Jesus não era como nas semanas anteriores. Na limusine, por exemplo, descobri que não conseguia encará-lo facilmente. Queria estar ali com ele, claro, mas outra parte de mim queria fugir e se esconder. *Senhor, não sou digno.* Era como estar na presença de um gigante ou algo assim. Era aterrorizante como se apaixonar. Talvez, pensei, fosse como ter filhos: você recebia um presente tão precioso, tão *grande*, que a idéia de que ele fosse tirado de você era insuportável.

Imagine como era, então, ser o cara encarregado de garantir que nada de ruim lhe acontecesse.

◆◆◆

Em San Diego nos hospedamos em outro hotel elegante, o La Jolla Hyatt Regency. Zelda e eu havíamos acabado de desfazer as malas e de pendurar as roupas no armário quando o telefone tocou. Era Jesus, chamando-a à sua suíte para uma reunião de estratégia com Wales.

– Você está se sentindo... não sei, um pouco diferente? – perguntei antes que ela saísse.

Estávamos de pé entre a cama e a porta. Zelda havia segurado meu braço e ia me dar um beijo de despedida. Seu rosto bonito se franziu ligeiramente quando pronunciei essas palavras. Ela confirmou com a cabeça.

– O que você acha que é?

– Algum tipo de muro está desmoronando – respondeu ela. – Uma linha de defesa caindo. Vejo isso nos meus clientes o tempo todo. Eles chegam a um determinado ponto na terapia em que essa antiga fortificação despenca. É aterrorizante.

– O que você acha que aconteceu?

Ela deu de ombros, desviou o olhar, depois me olhou de novo.

– Eu estava pensando nisso durante a viagem de avião. Acho que, quando disse aquilo sobre a mulher que há nele, estava nos dando uma espécie de sinal. Mostrando alguma coisa. Ele sabia que as pessoas o atacariam quando dissesse aquilo, mas disse assim mesmo. Ele se abriu sem medo. Acho que estava nos mostrando que poderíamos nos abrir assim também.

– De jeito nenhum – respondi. – Não há mulher em mim, Zel, nem uma gota. Zero. *Niente*. Sou 100% *hombre macho*, e se você ao menos sugerir o contrário na frente de qualquer pessoa, estou dizendo, eu vou...

Ela demorou um ou dois segundos para perceber que eu estava brincando ou pelo menos meio brincando. Deu um sorriso torto com o canto da boca, me beijou com força e saiu.

◆◆◆

Eu havia criado o hábito, quando tínhamos tempo livre, de zapear pelos canais de TV para tentar me manter atualizado sobre as opiniões nacionais. Como assessora de imprensa, tecnicamente esse era o trabalho da minha noiva, mas desde a manhã até à noite ela ficava atolada com telefonemas de repórteres pedindo um ou outro favor especial ou pressionando por um comentário oficial sobre várias questões, como tratamento médico para soldados que retornavam da guerra, o que poderia ser feito para melhorar o desempenho do serviço de inteligência, detalhes sobre os planos de Jesus para a saúde ou números de sua proposta de orçamento. À noite, freqüentemente quando estávamos na cama, eu a colocava a par do que tinha visto ou lido. Isso havia se tornado uma espécie de preliminar para nós.

Assim, naquela manhã, cansado, preocupado e com medo daquele novo rumo, me deitei na cama, liguei a TV e comecei a passar os canais. Não havia muita coisa àquela hora. Eu estava deitado havia 15 ou 20 minutos quando houve uma batida na porta. Levantei-me, abri e vi meu irmão Stab. Tinha lágrimas nos olhos.

– Venha, irmão – falei. – Vamos pedir umas rodelas de cebolas empanadas, milk-shake de café e conversar.

Peguei o telefone e liguei para o serviço de quarto. Stab ignorou a TV, o que era incomum para ele. Foi à janela e ficou parado, com suas costas largas e redondas viradas para mim, fungando. De vez em quando enxugava uma lágrima. Quando desliguei o telefone, o convenci a se sentar comigo junto à mesinha lateral. Desliguei a TV. Seu rosto malformado, redondo, vermelho e inchado nos lugares errados era um retrato da tristeza.

– Diga quem machucou você e eu vou pegá-lo – falei. Era brincadeira, claro, mas não havia sido brincadeira quando éramos crianças. Muitas vezes ele chegava da escola chorando por causa de algo que um imbecil sem consideração lhe dizia e eu tinha de procurar o tal imbecil no dia seguinte e convencê-lo, às vezes pegando pesado (desde o jardim-de-infância meu pai havia me dado aulas de boxe toda manhã de sábado atrás do *triple-decker*), falando que era aconselhável ser gentil com os que não haviam sido abençoados com seus dons abundantes.

– É Jesus – disse Stab, ainda choroso.

– O que foi? Porque ele não quis mandar você para nenhum programa de entrevista? Olha, ele também não me mandou. Jesus tem em mente algo maior para você, ele mesmo disse.

Mas Stab estava balançando a cabeça do modo exagerado e solene que gostava de usar quando sabia que a pessoa que estava falando havia entendido tudo errado.

– Então o que é? Ele disse algo ruim pra você?

Mais balanços de cabeça.

– Então o quê?

– Vão matar ele!

– Não. – Pus a mão em seu braço, mas as palavras me deixaram subitamente gelado. – Ei, escute, isso foi da outra vez. Não vai acontecer de novo. Eu sou o encarregado da segurança e antes de a gente ir a qualquer lugar sempre ligo para algum figurão da polícia estadual, digo que estamos indo e eles mandam dezenas de caras para protegê-lo. Você viu os policiais nos nossos comícios. De onde acha que eles vieram, hein? E também há detetives à paisana.

– Ele me disse.

– Quem disse?

– Jesus. Deus.

– Disse o quê?

– Eu já disse.

– Diga de novo, meu chapa.

– Vão matar ele.

– Jesus disse isso?

Ele confirmou com a cabeça. Uma lágrima pingou de seu olho direito sobre o topo da mesa e fez uma pequena estrela ali.

– Tem certeza? Quando?

– A-a-a-a-a-a... agorinha mesmo. No quarto dele. Ele me disse. Disse que pessoas ruins iam matar ele de novo, mas que estava tudo bem, que ia me ver no céu. Que eu não deveria ficar triste com isso, Russ, e não deveria contar a ninguém, por isso sorri, dei um abraço nele e quando saí vim direto ver você, comecei a chorar no corredor e não consigo parar, Russ.

Houve uma batida educada na porta. Uma mulher jovem, de cabelos pretos e uniforme cor-de-rosa trouxe uma bandeja e a pôs na mesa entre nós: um prato repleto de rodelas de cebola empanadas e duas coqueteleiras de metal com milk-shake de café. Derramou parte de cada milk-shake nos copos altos. Sorriu para Stab e lhe disse, num cauteloso inglês com sotaque árabe, que também gostava de cebola empanada. Ele estendeu uma para ela. Ela recusou educadamente. Stab ficou mais triste, continuou empurrando a cebola para ela. Por fim, a mulher teve de aceitar e sorriu para mim como se tivesse feito algo errado e não olhou a nota que pus em sua mão para ver o valor.

Meu irmão tinha um apetite voraz e uma barriga que provava isso. Como a maioria das pessoas que conheço, seu humor sempre melhorava quando comia. Mastigamos e bebericamos por um tempo. Lembrei-o de enxugar o lábio superior com o guardanapo. Ele fez isso e depois começou a chorar de novo.

– Tem certeza de que ele disse isso, meu chapa?

– Tenho, tenho, tenho.

– Ele não estava brincando ou falando da última vez?

– Não, não, não.

– E ele não queria que você me contasse?

– Não, não, não.

Eu sentia arrepios correndo na pele dos braços e das costas, mas, por causa de Stab, fingi que o que ele havia me dito não era grande coisa.

– Vamos cuidar disso – falei. – Dukey e eu vamos garantir que as pessoas ruins nem cheguem perto dele.

– Mas o Dukey foi embora.

– Só por uma semana.

– Mas e se acontecer antes de ele voltar?

– Então eu cuido disso.

– Mas quando Deus diz que uma coisa vai acontecer, ela não tem de acontecer?

– Em geral, sim, mas talvez haja alguma brechinha dessa vez. Como ele disse que iriam matá-lo, você lembra?

– Disse "atirar". Disse que iam atirar nele duas vezes, mas que ele ia me ver no céu e que eu não deveria ficar triste com isso. Mas estou.

– Ele disse quando ou onde?

Ele voltou a balançar a cabeça. Lágrimas voaram para a esquerda e para a direita.

– Não se preocupe, meu chapa. Estou dizendo: vai ficar tudo bem.

– Verdade, Russ?

– Claro. Sem dúvida. Na próxima vez em que falar com ele, peça que não deixe que isso aconteça. Diga que isso vai deixar você triste demais, que você é o melhor amigo dele e que não é certo deixar o melhor amigo infeliz. Tente isso, está bem? E não conte a mais ninguém, certo?

– Certo, Russ. Segredo de irmãos?

– É isso aí. Segredo de irmãos.

Era uma coisa que dizíamos um ao outro havia 20 anos. Ele quebrava uma peça de louça da minha mãe enquanto dançava na cozinha ou eu levava uma namorada para o quarto quando nossos pais tinham ido a uma festa de ano-novo e transformávamos isso num segredo de irmãos, um pacto de proteção mútua. Isso sempre havia nos ajudado a sentir que tínhamos uma ligação especial. Mas dessa vez, pelo menos para mim, foi quase como se eu estivesse mentindo para ele, fazendo-o acreditar que realmente não vivíamos numa dimensão de existência em que o pior de nós podia matar o melhor. Durante cerca de uma hora, Stab e eu ficamos no quarto vendo Emeril fazer um guisado no canal de culinária, como se o mundo não passasse de cebolas bem cortadas e cozidos borbulhantes.

vinte e nove

POR MAIS QUE EU AMASSE E ADMIRASSE MEU IRMÃO, não estava convencido de que ele tivesse entendido a história direito. Ele costumava ouvir ou entender mal coisas que as pessoas diziam e pulava de penhascos emocionais várias vezes por dia. Se isso aumentou minha ansiedade já elevada sobre alguém dar um tiro em nosso candidato? Claro. Mas eu já estava fazendo tudo que achava humanamente possível, com uma enorme ajuda dos rapazes e moças de uniforme azul. E eu realmente não acreditava que Jesus soubesse que seria assassinado e tivesse escolhido revelar essa informação apenas a Stab Thomas, sem fazer nada a respeito.

De qualquer modo, ninguém atirou em Jesus em San Diego. E não teria sido difícil atirar nele ali, uma vez que passou boa parte da visita em cima de uma prancha de surfe numa praia lotada. Por acaso, o garoto metade índio e talvez metade mexicano do Oeste do Texas era tão hábil sobre uma prancha quanto sobre um touro. Não sei por que deveríamos ficar surpresos com isso. Ele cozinhava, costurava, cantava numa voz que parecia a de Johnny Cash, tirou farpas dos dedos de Amelia Simmelton com uma pinça e mão firme e era capaz de conversar com os pais dela, com propriedade, sobre estratégias de investimento. Tínhamos um homem da Renascença nas mãos.

De qualquer modo, ao meio-dia, Richard Sprockett apresentou um comício do Jesus Para a América na colina em La Jolla. Sprockett, para os três ou quatro de vocês que viveram numa cabana perdida no Alasca durante a última década, recebeu da revista *People* o título de homem mais sexy do mundo por três anos consecutivos, era um ídolo do cinema de 30 e poucos anos que faturava 40 milhões de dólares para estrelar filmes nos quais ia para a cama com algumas das jovens mais glamurosas do mundo. Nos primeiros anos de sucesso, ele fizera as coisas de sempre: viajar de jato de Saint-Tropez a Bora-Bora com diversas beldades de pernas bonitas, mergulhar de iates no Adriático, ser preso por posse disso ou daquilo, dar socos em paparazzi, tirar a camisa para capas de revistas.

Mas recentemente sofrera uma espécie de conversão. Ainda fazia os filmes, ainda tirava a camisa, ainda tinha o iate e as belas acompanhantes, mas também gastava milhões de dólares para reconstruir as casas do litoral do Mississippi, onde fora criado, e fundar centros para que os jovens das áreas rurais mais pobres dos Estados Unidos tivessem algo para fazer além de olhar as vacas ruminando numa noite de sábado.

Andy Ray Pressbine, o cantor country de quem falei antes, era amigo de Sprockett – dois garotos sulistas que haviam crescido à base de aveia e corridas de carro e alcançado enorme sucesso. Foi por intermédio de Pressbine que Sprockett se interessou pela campanha de Jesus, e, como o ídolo do cinema tinha se oferecido para apresentar o comício, fomos parar em San Diego (onde suponho que seu iate estava ancorado naquela temporada).

O comício em si, ainda que com bom público, não foi nada especial. Apareceram muitas mulheres jovens e de meia-idade da Califórnia que tinham ido ver Richard Sprockett em carne e osso e um punhado de casais endinheirados que pareciam não ter nada melhor para fazer naquela manhã e ficaram ali perto sem aplaudir. Sprockett fez uma apresentação pessoal e bem-humorada, dizendo:

– Esperei a vida inteira por um presidente de quem pudesse me orgulhar.

Depois entregou o microfone a Jesus, que agradeceu e fez um discurso ao qual nós, da campanha, estávamos nos acostumando – sobre o país que os Estados Unidos poderiam vir a ser, um país que se importasse com todo o seu povo e fosse reverenciado de novo no mundo como um farol de justiça e decência. Próximo de terminar, Jesus mencionou que sempre se sentia em casa perto do oceano Pacífico, porque, em sua juventude, havia passado uns dois meses "se encontrando" como surfista um pouco mais ao norte dali, em Santa Monica.

Depois do discurso ele sempre tinha uma breve sessão de perguntas e respostas (diferentemente dos outros candidatos, que eram enfiados nas limusines e mantidos em segurança longe de qualquer pergunta difícil). E durante essa sessão em La Jolla um cara magro de cabelos claros e compridos, de bermuda cortada e camiseta velha, gritou:

– E aí, malandro, o mar tá bombando! Vamos pegar uma onda?

E Jesus gritou de volta:

– Demorô, brou – o que aparentemente era algum tipo de jargão de surfe. Quinze minutos depois, estávamos indo para a Black's Beach no banco de trás de um jipe com duas pranchas coloridas amarradas no teto e Jesus Cristo no banco do carona. Richard Sprockett veio junto – um cara legal, pensei, mas Zelda não gostou dos pêlos que ele havia deixado crescer no lábio superior. Naturalmente uma multidão se reuniu na praia. Fiquei feliz em ver um grupo de fotógrafos em meio aos curiosos e aos bronzeados. De algum lugar surgiu uma roupa de banho. Jesus entrou no banheiro de concreto da praia para se trocar e depois estava remando no mar, ao lado do surfista que havia feito a pergunta e cujo apelido, por acaso, era Minhocão.

Durante a hora seguinte, enquanto o grupo da imprensa crescia, as câmeras de TV rodavam e Richard Sprockett dava autógrafos e posava para fotos com adolescentes de biquíni, Jesus surfava. Remava, esperava uma onda boa, ficava de pé, e a gente via sua silhueta contra o céu límpido, os braços abertos para se equilibrar, girando e voltando, depois fazendo um corte rápido à direita e mergulhando de lado na água, enquanto a onda estourava. Tinha o físico de um mestre de ioga e, quando voltava à superfície e pegava a prancha de novo, dava para ver o prazer estampado em seu rosto. Zelda não conseguia parar de olhá-lo, mesmo rodeada por repórteres que a atormentavam perguntando por que essa informação intrigante não tinha sido incluída na biografia que ela havia distribuído.

– O que acha, chefe? – perguntei a Wales quando nos vimos parados juntos.

Ele segurou meu braço e me levou para a beira do mar. Um fotógrafo se separou da multidão e caminhou paralelo a nós, tirando fotos. Uma delas seria publicada no próximo número da *Newsweek* (com Jesus na capa) sobre uma legenda que dizia: "Dois dos principais assessores de Jesus numa praia da Califórnia." Meu pai a recortou e colocou na carteira, tirando-a em cada lanchonete ou café, para contar vantagem sobre mim com seu mais novo conhecido.

– Acho que não podemos ser derrotados – disse Wales. Ele precisava falar perto do meu ouvido por causa do barulho das ondas.

– Apesar da frase "há mais mulher em mim" e outras coisas desse tipo? Apesar da Associação Nacional do Rifle? Da fúria imanente de nossos opositores?

– Palavra difícil para você, "imanente".

– Obrigado.

– Mas você não ficou mais inteligente desde que está na companhia do gênio.

– Está contando vantagem?

Ele chegou a sorrir, depois inclinou a cabeça grisalha na direção do surfista mais famoso do país.

– Tudo que ele faz, cada passo que dá, é calculado para acertar no ponto em que eles são fracos. A montaria no touro mostra sua coragem física, sua masculinidade. "Mais mulher em mim" mostra sua sensibilidade. Aparecer junto de Richard Sprockett mostra seu apelo sensual. Esse truque do surfe demonstra sua juventude e seu vigor em relação aos dois velhotes.

– Que, por sinal, são uns 10 anos mais novos que você.

– Sabe de quem ele me faz lembrar?

– De quem?

– Muhammad Ali. Ele vai suplantá-los em esperteza, como Ali fez. Ele tem todas as habilidades e é de longe mais inteligente do que os outros dois, mais do que nós.

– Fale por você. – Continuamos andando sem dizer mais nada. O fotógrafo retornou a temas mais interessantes. – Quando os outros dois perceberem que estão prestes a perder, vão partir para acabar conosco nas últimas semanas e o nosso homem não é exatamente invulnerável.

– A não ser que haja algum erro enorme, acho que estamos dentro – disse Wales, e pela primeira vez ouvi uma verdadeira empolgação em sua voz. – Chega de West Zenith para você e para mim, meu chapa. Vamos trabalhar na Casa Branca. Finalmente faremos alguma coisa que pode tornar o mundo um lugar melhor, em vez de informar que lugar de merda ele é de verdade.

– Certo. Além disso, vamos conseguir títulos de sócios do Country Club do Congresso, não esqueça. Escute, eu não ia lhe contar, mas tenho uma novidade incômoda.

– Manda bala.

– Péssima escolha de palavras. Um pouco antes de virmos para cá, meu irmão bateu à minha porta, chorando, e contou que Jesus lhe disse que levaria um tiro.

– O quê?

– Isso mesmo. Que ia morrer, mas que voltaria a vê-lo no céu e que ele não deveria ficar triste.

– Disse onde ou quando?

– Negativo.

– Nada bom.

– Não é o tipo de coisa que o Stab inventaria, mas devo dizer que, pela experiência, há uma chance razoável de ele ter entendido mal os detalhes.

– Chega de oportunidades de fotos de surfe, então – disse Wales. – Temos de manter um controle mais rígido.

– Ele nunca vai deixar, você sabe.

Wales só precisou de dois segundos para se dar conta de que o que falei era verdade.

– Há um comitê que vota sobre quem recebe proteção do Serviço Secreto. Como chefe de segurança, você deve saber disso, certo?

– Claro – respondi, mas na verdade não sabia.

– O chefe da segurança interna, figurões do Senado e da Câmara são os que participam do comitê. Bom, eles se reuniram na semana passada e decidiram que Jesus merecia. Fomos informados em Palm Springs.

– Você deveria ter me contado.

– Sabe por que não contei?

– Por quê?

– Ele recusou.

– Jesus?

Wales confirmou com a cabeça.

– "Nada de Serviço Secreto para mim enquanto não for presidente oficialmente eleito" foi o que ele disse, e num tom de voz de quem não estava para brincadeira.

– Conheço a voz. De qualquer forma, tente de novo, certo? Vou ligar para nossa arma secreta, Enrica Dominique. Teremos de vigiar melhor as multidões. Vou contar aos outros o que Stab disse e pedir para manterem segredo.

– Zelda sabe?

– Ainda não.

– Vocês dois estão bem?

– Quer a verdade? Ela está apaixonada por ele. Isso é meio difícil para mim. Você sabe, é duro competir com Deus.

– Nem fale. Ezzie também o adora. – Ele bateu no meu ombro. – Por sorte não somos egoístas, não é?

– Exatamente. Mas o que me mantém acordado à noite é a idéia de que nem todos os homens do país são tão esclarecidos quanto você e eu. Imagino algum cara por aí que não suporte ver Jesus recebendo toda essa atenção. O cara é meio gorducho, graças a uma vida inteira de muita cerveja. A boa aparência se foi, os neurônios também. Ele mora em um lugar onde não quer morar, tem um emprego do qual não gosta e seu pai zombava dele quando era pequeno por não ser capaz de bater no garoto do vizinho. Gosta de fuzis, costuma ir para o mato atrás de sua casa e atira em esquilos na manhã de domingo quando sua mulher e os filhos estão na igreja. Uma noite, depois de um dia ruim no trabalho, ele chega em casa e encontra a mulher diante de um noticiário de TV informando sobre a vinda de Jesus à cidade para um comício. Ela tem uma certa expressão no rosto. Suas bochechas estão vermelhas, as mãos suando, os dedos dos pés virados para cima. A comida enlatada está esfriando na cozinha. Eles não fazem sexo desde a virada do ano 2000. No dia seguinte, o cara falta ao trabalho, vai a um comício com um AK-47 escondido na perna da calça... entende aonde quero chegar?

– Entendo – respondeu Wales. Estávamos chapinhando na areia molhada à beira d'água, arruinando nossos sapatos bons. Ele pôs a mão no meu braço e me virou 180 graus, de modo que voltamos a caminhar para a multidão. – Tenho idade suficiente para me lembrar de quando atiraram no Gerald Ford... que não era exatamente...

– Um Richard Sprockett em termos de carisma.

– Para não mencionar Reagan, Luther King, Kennedy, Lincoln, McKinley.

– O arquiduque Ferdinando – concluí. O assunto não era ameno. Na verdade, me deixava completamente apavorado. Mas eu estava me esforçando ao máximo para não permitir que aquilo nos arrastasse para as caixas de calmante na farmácia local.

Demos mais uns passos ao som das ondas, gaivotas e adolescentes berrando.

– Sabe – disse Wales. – Nós batemos um papo sobre isso.

– Quem?

– O Chefe e eu.

– Sobre segurança? – Senti outra pontada de mágoa por terem me deixado de fora.

– Não o seu tipo de segurança. Segurança de segurança.

– Ah, segurança de *segurança*. Pensei que você estava falando da outra segurança.

– Idiota. – Ele cuspiu na água, depois virou a cabeça para mim de novo, de modo que eu pudesse ouvi-lo melhor. – Nós demos um passeio. Em Palm Springs. Cedo, você sabe, antes daquele estranho passeio de ônibus. Eu estava dizendo a ele que, depois de todos esses anos de luta... bem, sou um pouco como o cara que você descreveu, atirando nos esquilos.

– Com um barrigão – falei. – A boa aparência se foi.

– Não. Quero dizer que, depois de anos solteiro, sem encontrar uma mulher com quem eu quisesse passar mais de duas noites, sem amar meu trabalho, sentindo-me como se não estivesse fazendo nada além de andar na esteira e assinar o contracheque, depois de tudo isso, você sabe, encontrei Ezzie, e a coisa aconteceu como aconteceu. Fantástico. Então Jesus aparece e me escolhe para ser gerente da campanha. O cara poderia ter quem quisesse para o serviço, certo? Agora acordo de manhã, olho Ezzie dormindo ao meu lado e penso nela e no emprego que tenho, no privilégio, na empolgação, e me preocupo com a idéia de que tudo isso pode ser tirado de mim. Finalmente eu tenho... sabe? Meu pequeno paraíso pessoal. Nem sua presença estraga. E passo parte do dia pensando: e se eu perder isso? É estranho.

Nem no campo de golfe, nem no trabalho, nem no Patsanazaki's depois de cervejas tarde da noite, nem num momento sem reservas numa festa de aniversário depois de beber quatro martínis, Wales havia falado comigo como naquele dia na praia. Era como Zelda tinha dito: como se Jesus tivesse mostrado magicamente o modo de tirar a armadura. Fiquei em silêncio. A essa altura estávamos chegando perto das fãs, que berravam.

– Ele disse algo em que venho pensando – continuou Wales. – Não consigo entender direito.

– Deixe-me deduzir para você.

– Ele disse que a gente precisa dizer sim a tudo. Disse que Jó teve problemas quando disse não e que, assim que disse sim, tudo deu certo. Esse era o objetivo da história. Esse tipo de confiança.

– Sinto muito – falei. – Todas aquelas feridas e coisa e tal. Perder o apartamento, o carro. Não é para mim.

– Fale sério ao menos um minuto, Russ. – Wales se virou e me olhou.

Nesse momento me senti infantil e em pânico. Não gostava da sensação. Tentei engolir o medo, mas ele ficou preso na garganta e fez minha voz sair esquisita.

– E daí? Devemos deixar alguém atirar em Jesus, matá-lo, e dizer sim a isso? Devemos deixar... não sei, Zelda ou Ezzie morrer, ou nos abandonar, e dizer sim a isso? É o que você está querendo dizer?

Wales continuou me olhando. Eu podia ouvir as ondas se partindo e espirrando.

– Durante todos esses anos, você fez o noticiário – disse ele. – Todas aquelas matérias sobre jovens que morriam em acidentes de carro na noite da formatura. Todos aqueles caras baleados em Fultonville e Hunter Town. Terremotos. Enchentes. Câncer. Pais cujos filhos eram seqüestrados e nunca mais se tinha notícias deles. Não aprendemos nada com isso?

– Entrevistei muitas pessoas. Posso lhe dizer que "Sim" ou "Sim, obrigado, Deus" não era exatamente a primeira coisa que elas diziam.

– Naturalmente – concordou Wales, mas estava me olhando como se eu estivesse deixando de perceber alguma coisa.

– Quando descobri que Esther estava, você sabe, dançando o tango do colchão com o cara do Tai Chi, as primeiras palavras que me vieram à boca não foram "Ei, obrigado, Deus".

– Bom exemplo. Pense nisso por um minuto. – Naqueles poucos segundos, estávamos tendo mais contato visual do que em 10 anos.

Continuei, atrapalhado:

– Quando Stab nasceu daquele jeito, meus pais não pularam de alegria.

– Segundo bom exemplo.

Wales continuou me olhando. Comecei a ter uma compreensão de aonde ele estava querendo chegar.

– Certo, ótimo – falei. – Mas há coisas que não acabam sendo melhores no final. Posso lhe dar 10 exemplos a partir das reportagens que você acabou de mencionar. A mãe e o pai que...

Ele ergueu a mão.

– Sei disso. Norm Simmelton e eu tivemos uma conversa a respeito. Você não vai até eles e diz: "Ei, está tudo bem, seu filho vai morrer daqui a algumas semanas, mas tudo acontece por um motivo." Você não diz isso. Não pode. Não deve.

– Mas... – comecei.

Wales esperou que eu continuasse e, quando não fiz isso, disse:

– Mas... – E depois: – Talvez... – E em seguida: – Na verdade, a gente nunca sabe.

E então alguém na multidão nos chamou para dar uma olhada em Richard Sprockett, que havia decidido subir numa prancha de surfe pela primeira vez só para ver como era.

trinta

DEPOIS DAQUELA CONVERSA COM WALES NA PRAIA, percebi que o que Jesus estava tentando fazer era nos aprofundar na parte de nós mesmos da qual geralmente fugíamos.

– Há um dourado campo alpino dentro de cada um de vocês – disse durante um discurso improvisado em algum ponto na vastidão de construções de estuque marrom nos arredores de San Diego. – Um lugar onde vocês são banhados em aprovação, não por alguma coisa que tenham feito, mas simplesmente por sua natureza sagrada. Se vocês tivessem um presidente que mostrasse o caminho até esse lugar, que diferença isso faria na sua vida e no mundo!

Imaginei intelectuais e antiintelectuais zombando dele em salas de estar pelo país afora. "Dourado campo alpino", diriam. "Minha natureza sagrada. Que tipo de baboseira é essa?"

Mas nesse ponto eu havia começado a ouvir com mais atenção o que Jesus dizia. Por um lado, nosso trabalho com ele era principalmente *exterior:* os discursos, a logística, o esforço para tentar convencer grandes números de pessoas a votar nele. Por outro lado, em especial na Califórnia, todos sentíamos que ele tinha seu próprio processo de aquecimento global acontecendo: estava tentando mudar o clima interior ao qual havíamos nos acostumado durante toda a vida, o modo como pensávamos, o tipo de suposições que fazíamos a respeito de nós mesmos, das pessoas próximas e do país. "Ampliem sua definição do possível" era algo que ele gostava de dizer quando um membro da equipe lhe dizia que não podíamos fazer algo que ele queria que fizéssemos. Era quase como se estivesse simultaneamente concorrendo a um cargo nacional e dirigindo um seminário particular sobre cura espiritual.

Passamos um bocado de tempo na Califórnia, um tempo irracionalmente grande, era o que Wales e eu achávamos. Mas Jesus insistiu nisso. "A arena do esclarecimento" era como chamava o Estado, mas, como muitas de suas outras observações, não sabíamos até que ponto era para levar a sério.

De San Diego fomos para o Norte, num ritmo exaustivo, algumas vezes fazendo até oito comícios por dia. Em vez de seguir um itinerário fixo, Jesus disse a Wales para aceitar qualquer convite razoável e, assim que espalhamos essa notícia, recebemos pedidos de cada prefeito e comitê escolar das cidadezinhas desde Escondido até Santa Cruz. Ele foi a Twentynine Palms falar com os fuzileiros navais que estavam lá (dizendo que seu árduo treinamento básico fora o equivalente a um aprendizado espiritual, um modo de obter o controle sobre seus medos). Fomos a Fresno falar em espanhol com camponeses (dizendo que seu suor alimentava a nação). Descemos de novo, passando por San Bernardino, Los Angeles, Oxnard, Ventura, Santa Barbara, Bakersfield, San Luis Obispo e cada pequena parada de caminhões e cada vilarejo no caminho.

O efeito desses eventos foi uma espécie de saturação dos noticiários na mídia local – que adorou o fato de ter histórias de verdade para relatar, em vez de ser obrigada a usar as sobras das grandes agências de notícias e das redes nacionais. Desde o primeiro dia de campanha, Jesus sempre havia mostrado uma preferência por fazer as coisas de modo diferente, em parte para obter publicidade e em parte porque ele era simplesmente assim. Mas na Califórnia essa tendência cresceu um bocado. Ele parecia ter vontade de falar pessoalmente com cada cidadão do estado.

Em São Francisco, marcou um encontro com um grupo de banqueiros ricos e investidores chamado Feltonov Group, por causa de Pavel Ivanovich Feltonov, o emigrante russo bilionário dos fundos de alto risco. Esse evento, a portas fechadas, aconteceu no San Francisco Hilton. Eu havia me reunido com o chefe de polícia da cidade e com um capitão da polícia estadual, avisei que houvera uma ameaça específica à vida de Jesus (mas disse que não tinha mais detalhes) e eles reagiram nos dando mais proteção do que a rainha da Inglaterra teria. Havia atiradores de elite à paisana no telhado do hotel, policiais de motocicleta por todos os lados enquanto vínhamos do aeroporto, cães farejadores de bombas no elegante saguão.

Jesus saiu da reunião dizendo que tivera "discussões substantivas sobre o futuro da responsabilidade ambiental em todos os setores da economia americana". E naquela mesma tarde o próprio Feltonov anunciou oficialmente que Jesus era o candidato que melhor serviria aos interesses econômicos do povo. Era um endosso gigantesco para a elite empresarial americana e vimos um aumento imediato nas doações.

Algumas horas depois, Jesus recebeu outro grande endosso, dessa vez da Associação dos Professores de Escolas Públicas. Ele havia comparecido a um grupo de leitura na casa de uma apoiadora em Marin County. Antes disso, a imprensa dizia que nenhum professor poderia se dar ao luxo de viver em Marin County, mas isso se mostrou incorreto: havia pelo menos uma. O marido de Andrea Welsh tinha feito fortuna vendendo adereços de plástico que pareciam fogo de verdade para lareiras, mas, apesar da riqueza, ela mantivera o emprego como professora da sexta série do ensino fundamental em Mill Valley, enquanto criava três filhos e mantinha em casa reuniões mensais de leitura com um grupo de 11 amigas bem relacionadas. Naquele mês, elas estavam lendo *Cristo ficou em Eboli*, e alguém do grupo, meio a sério, havia sugerido que sondassem a possibilidade de Jesus fazer uma parada em Marin. Zelda adorou a idéia. Jesus tomou chá, beliscou sanduíches e passou uma hora falando sobre o livro (cujos primeiro e último capítulos leu durante a viagem de San Jose até lá). E ainda que o título pudesse gerar equívocos (era um relato da pobreza no Sul da Itália na época de Mussolini, não tinha nada a ver com Jesus), eles tiveram uma discussão animada. Jesus sugeriu que – em vez do "Nenhuma criança será deixada para trás", que os professores abominavam universalmente – eles desenvolvessem um programa nacional em que as crianças dos ensinos fundamental e médio tivessem de passar parte de cada semana lendo para cegos, para pessoas de abrigos, inválidos, etc., e depois, no fim do período letivo, escrevessem um texto sobre a experiência. Andrea Welsh havia convidado o chefe do Departamento de Saúde, Educação e Bem-estar, que adorou a idéia. Assim tivemos outro grande endosso.

Talvez o ponto alto da turnê pelo Grande Estado, como Wales o chamava, tenha sido um encontro com o governador, Markus Stradivarius, um republicano moderado cujo apoio Marjorie Maplewith viera cortejando durante um ano e meio. Stradivarius, poeta e descendente da famosa família de artesãos de violinos, havia emigrado dos Bálcãs para os Estados Unidos e ficado famoso no país quando foi escolhido em meio a um belo grupo de jovens garanhões no *Bachelorette's Number One*, um programa de TV popular no fim dos anos 1990. Ninguém entendia como ele havia feito isso, mas Stradivarius aproveitou seu namoro com uma modelo da Victoria's Secret, Zindy Zathro, para fazer carreira política. Tivera dois pequenos reveses – um breve escândalo por ter passado a mão numa mulher e o leve boato de que o resultado do programa tinha sido armado –, mas se mostrou um sobrevivente. Disse que gostou da idéia de Jesus com relação à conferência sobre o aborto e ficou intrigado (pronunciou a palavra como "intricado") com os comentários sobre economia e responsabilidade ambiental e, apesar de ter parado antes de falar que apoiava a campanha, permitiu que os fotógrafos tirassem uma foto dele apertando a mão de Jesus e prometeu escrever um poema para a posse, caso ele chegasse lá.

Quando terminamos nosso circuito de três semanas e meia pela Califórnia e voamos para Medford, Oregon (havia mais limusines brancas esperando lá), as pesquisas nacionais mostravam Jesus com uma liderança de dois dígitos no estado com maior colégio eleitoral e estava claro qual campanha tinha ímpeto e qual não tinha. Não sei se foi o golpe do "mais mulher" ou o desafio vindo do púlpito de seu marido, mas as esperançosas paradas de campanha de Marjorie Maplewith haviam assumido um clima desesperado. Seu público era pequeno. Suas viagens freqüentes à Califórnia pareciam uma tentativa tardia de contrapor o movimento feito por Jesus. Era de conhecimento público que seus conselheiros mais próximos estavam fazendo uma busca frenética pelo slogan certo.

O coronel Alowich havia descoberto como rir de modo mais agradável – *unh, unh, unh,* em vez de seu *rá! rá! rá!* mostrando os dentes – e isso, combinado com um circuito enérgico pelo Nordeste e uma nova proposta de melhorar as escolas públicas, o havia trazido de volta para um quase empate no segundo lugar. Infelizmente ele contratara assessores que haviam se dado mal nas campanhas de Dukakis e Kerry e, sob pressão, os conselhos deles nem sempre eram bons. Numa tentativa descarada de cortejar os votos do *Ultimate Fighting*, por exemplo, eles mandaram Alowich caçar alces no Maine, mesmo que todos soubessem que ele não caçava desde um fim de semana com o pai quando estava na terceira série. Sua campanha mostrou um anúncio em que ele aparecia com uma espingarda no ombro e uma voz grave ao fundo dizia: "O *homem* capaz de manter a América segura e forte!"

O pessoal de mídia de Maplewith não era muito mais sofisticado.

Seu esforço sancionado oficialmente ("Oi, sou Margie Maplewith e aprovo este anúncio") foi um pouco mais decente do que um não-oficial, mais tarde atribuído à sua equipe, que mostrava um sósia de Jesus travestido de mulher e que conseguiu bons resultados em algumas partes de Utah. O anúncio que circulou mais amplamente mostrava, numa seqüência rápida, cabeludos manifestantes contra a guerra com cartazes que diziam SEM FIM!, cenas picantes de um capítulo de *Girls Gone Wild*, que passava às altas horas nos canais de TV a cabo, homens de turbantes gritando "Abaixo a América!" (em inglês, estranhamente), e ela parecia dar a entender que tudo isso era culpa de Jesus. Ele era mostrado numa foto com a boca aberta e seu cabelo, geralmente bem cuidado, soprado pelo vento e revolto. E então, muito mais lentamente, e acompanhado por uma música de John Philip Sousa, a própria candidata entrava no palco de um comício numa cidade pequena onde todo mundo era branco e centenas de bandeiras tremulavam. A câmera girava para uma menina na frente da multidão, loura e em êxtase, e depois o locutor perguntava: "Você confiaria seus filhos aos cuidados de alguém que não conhece? Alguém que aparece de repente dizendo que é bom e puro? Alguém que não se compromete em pertencer a um partido, a uma religião ou mesmo a um dos sexos? Alguém que não passou a vida nos Estados Unidos, mas que andou por aí fazendo coisas que não podem ser averiguadas? Ou você colocaria o futuro deles nas mãos de uma mulher que construiu uma empresa, permaneceu fiel à sua fé, serviu no Congresso, criou dois belos filhos num casamento longo e estável e que lutou pelo bem-estar das famílias durante 30 anos? Agora, no dia da eleição, a escolha está clara: Maplewith para presidente!"

Mas tudo que faziam parecia ultrapassado. Os eleitores americanos (e, igualmente importante para nossos propósitos, a mídia americana) tinham visto candidatos fazendo discursos, apertando mãos, lançando acusações, falando de questões técnicas, soltando slogans. O que nunca tinham visto antes era um candidato que passava toda uma preciosa manhã caminhando com três engenheiros ambientais nas Cascades ou usando um martelo – não durante 10 minutos, e sim por seis horas – na reserva indígena de Warm Springs no Norte do Oregon, onde estavam sendo construídas casas novas para substituir as que haviam sido danificadas num deslizamento de lama. Jesus fez uma aula de ioga em Portland, foi a abrigos de idosos e discursou sentado numa cadeira de rodas para "saber como era a sensação". Tinha um estoque aparentemente ilimitado de idéias originais e, naquele circuito pela Costa Oeste, as colocou na mesa para nós aceitarmos ou rejeitarmos. Aceitávamos a maioria e víamos o dinheiro e o apoio jorrando.

Trabalhar numa campanha política pode ser extremamente sedutor. Quando ela está indo bem, é uma emoção diferente de qualquer outra e no fim daquele verão tudo correu muito bem para nós. Lembro-me de uma noite, depois de um comício particularmente grande, quando Zelda e eu estávamos na cama incapazes de dormir e ela disse:

– É como se as pessoas estivessem fazendo uma transferência. Estão projetando nele uma visão idealizada de seus pais ou de si mesmas. E sinto como se parte disso estivesse passando para nós. Não acha, Russ?

Minha mãe tinha uma visão ligeiramente diferente da coisa toda. Num determinado ponto, depois de Jesus ter andado de caiaque no rio Colúmbia perto de um lugar chamado Chenoweth, fomos passear pela margem e ela me falou:

– Estar perto dele me faz sentir como se tivesse acabado de me confessar. É como se todos os nossos pecados tivessem sido perdoados.

– Não imagino você com muitos pecados a perdoar, mãe.

– Tendo me casado fora da igreja? – disse ela com uma pontada de dor na voz. – Chegando tarde para a missa o tempo todo, no início por causa dos... avanços românticos de seu pai?

Ela seguiria com a lista, mas encontrei uma pequena brecha e a fiz parar.

– Acho que Jesus está tentando dizer que a igreja, você sabe, bem... é uma grande igreja. Tem porta grande. Qualquer um pode entrar, e as regras não são tão importantes quanto, não sei, amar seu marido, por exemplo.

Ela não questionou isso, o que me deixou atônito. Achei que era bom sinal.

trinta e um

CHEGAMOS A SEATTLE NO FIM DE SETEMBRO e tivemos três comícios normais em dois dias – nada de surfe, nada de discussões sobre livros, nada de montar em touros, fazer caminhadas ou andar de cadeira de rodas – e gigantesca proteção policial em todos eles. Acho que a boa vontade na Califórnia e no Oregon havia diminuído um pouco minha paranóia. Estávamos sentindo o amor, como disse Enrica Dominique quando, tirando licença da WZIZ, se juntou a nós no aeroporto de Seattle e viu como parecíamos felizes. A conversa lacrimosa de meu irmão sobre Jesus levar um tiro já tinha acontecido havia tempo suficiente para que eu não me preocupasse mais com isso dia e noite. Mesmo assim quero dizer oficialmente que não afrouxei a proteção ao candidato. Eu tentava fazer com que ele usasse um colete à prova de balas e fizesse mais comícios em ambientes fechados, mas ele se recusava terminantemente. Não se importava com a polícia ao seu redor, mas em nenhuma circunstância concordaria com uma guarda pessoal do Serviço Secreto até o fim da eleição. Apesar dessas restrições, eu fazia todo o possível.

Randy Zillis ligou de novo na nossa segunda manhã em Seattle. Eu não tinha notícias dele desde aquela conversa sobre os lírios do campo.

– Só quero que você saiba que fui à sede da campanha de Jesus na cidade e o lugar estava lotado – disse ele. – Ainda não acredito no número de pessoas que estão caindo nessa armação.

– E se não for uma armação, R. Z.? E aí?

– Então vou queimar eternamente, cara – ele respondeu e, quando desliguei algumas frases depois, senti vontade de tomar uma ducha ou uma bebida forte para lavar minha alma do som de sua voz.

O terceiro e último comício em Seattle foi um evento ao ar livre, sob chuva fraca, num parque de um subúrbio particularmente liberal chamado Westonborough. A multidão era amigável e entusiasmada. Jesus terminou seu discurso com uma imitação não muito boa de Elvis, que fez as pessoas sorrirem, depois andou pela frente do pódio segurando o microfone. Estava se preparando para ouvir a primeira pergunta quando houve uma agitação na frente da platéia, o tipo de coisa que não víamos desde Kansas. Havia um empurra-empurra e alguém gritava – só pude identificar a expressão "o verdadeiro senhor!" –, mas depois descobrimos que isso era apenas uma estratégia para nos distrair. Voltei minha atenção para os empurrões e gritos, e a polícia fez a mesma coisa. Vários tiras foram em direção ao importuno, que se esgueirou para longe.

No meio dessa confusão planejada foram disparados tiros do teto de um prédio de três andares à direita de Jesus.

A primeira bala passou direto e se cravou no palco de madeira uns dois metros à sua esquerda. A segunda acertou de raspão a pele de sua nuca, abaixo da orelha direita, só não atingiu a coluna vertebral por três milímetros e atravessou a parte de trás de seu ombro esquerdo antes de ricochetear no corrimão de metal da escada e quebrar a janela de um carro da polícia estacionado a 40 metros dali. Depois de um segundo de paralisia, foi como se alguém tivesse apertado um botão de pandemônio. Pessoas gritavam e corriam feito loucas para as saídas do parque, policiais apontavam para o telhado, sacando as armas, gritando nos rádios.

Demorei dois segundos para reagir. Eu tinha sido distraído pelo lunático gritando na multidão e hesitei, não querendo derrubar Jesus de novo sem motivo. Ouvi a segunda bala fazer um som estranho – *tinc!* – quando acertou o corrimão, olhei para cima e vi Jesus cambalear de lado, depois recuperar o equilíbrio e se abaixar sobre um dos joelhos. Uma mancha de sangue brotou nas costas de seu paletó esporte. Cheguei ao seu lado em menos tempo do que demoraria para dizer "merda". Wales e dois policiais tiveram a mesma reação. Mais dois segundos e estávamos com Jesus no chão do palco, cobrindo-o com nossos corpos. Alguém, possivelmente eu, estava gritando:

– Ele foi atingido! Ele foi atingido!

Tiramos seu paletó, o que não foi fácil com os empurrões e gritos. Na confusão fui jogado no chão, de modo que meu rosto ficou perto do dele e vi a calma mais estranha e imaterial em seus olhos. Era como se ele tivesse acabado de acordar de um cochilo no meio da tarde e estivesse olhando o relógio ao lado da cama para ver quanto tempo teria antes de ir para a casa de um amigo tomar um coquetel. Um policial estava rasgando as costas de sua camisa, o outro apertava o ferimento da nuca com a mão – lembro-me de que os dedos estavam escorregadios de sangue. Mas Jesus apenas me olhou com aqueles olhos castanhos sem fundo e disse, muito baixinho:

– Estou bem, Russ.

– Você não parece bem. Está branco que nem um fantasma.

– Desse jeito consigo mais votos – brincou, antes de perder a consciência.

Seis ou sete policiais do estado haviam formado uma espécie de muro atrás dele, de pé entre seu corpo deitado de costas e o lugar de onde os tiros tinham vindo. Começou a chover mais forte. Uma médica veio correndo da multidão. Era uma mulher asiática de meia-idade – pediatra, mas ninguém se importou. Naquele ponto, uma médica era uma médica. Olhou os dois ferimentos e disse para não movermos o pescoço dele nem apertar a coluna com força. E então a ambulância veio abrindo caminho entre a multidão, os enfermeiros chegavam no palco e havia armas desembainhadas em toda parte, no meio dos gritos, dos rádios e sirenes da polícia. Somente uma pessoa da campanha teve permissão de entrar na ambulância com Jesus – eu. Tive tempo suficiente para dar uma olhada rápida por cima do ombro enquanto ia correndo ao lado da maca. Zelda e meus pais estavam no meio do palco, encharcados e traumatizados, tentando fazer meu irmão, que estava ajoelhado, se levantar. Então, com escolta policial, disparamos para o Hospital Sueco. Jesus estava morto, inconsciente ou tão imerso em meditação que ninguém podia alcançá-lo. A enfermeira havia aplicado um soro.

– Ele tem pulsação – disse depois de uns 60 segundos.

Peguei-me rezando. Não podia me lembrar da última vez em que havia rezado de verdade e não sabia exatamente para quem estava rezando, mas dizia baixinho:

– Por favor, deixe que ele viva. Por favor, deixe que ele continue vivo.

No hospital, auxiliares empurraram a maca para a emergência entre fileiras de fotógrafos, câmeras espocando, repórteres gritando perguntas como se a prioridade naquele momento fosse garantir que teriam uma matéria. Na sala de exames, uma enfermeira puxou uma cortina em volta do leito e dois médicos começaram a trabalhar. Não deixei que me expulsassem, e alguns minutos depois, quando Stab chegou, não deixei que o expulsassem também. Ele estava murmurando uma oração depois da outra:

– Ave, Maria cheia de Deus, Deus ama você. Ele ama você dentre todas as mulheres e o fruto do vosso ventre.

Muito mais tarde, Jesus diria a Stab que foram as orações dele que o trouxeram de volta do céu. Alguns de nós acreditaram nisso, outros não.

Catorze longos minutos se passaram antes que Jesus abrisse os olhos. Havia todo tipo de máquinas conectadas a ele, médicos limpando meticulosamente os ferimentos, verificando monitores, aplicando medicações através do soro, tirando raios-x da parte superior da coluna. Quando viu as pálpebras de Jesus se abrindo, Stab parou de rezar e começou a pular. Por causa de sua grande barriga, os vidros de remédio na mesa sacudiam tanto que os médicos finalmente nos fizeram sair. Recuamos uma curta distância até uma ante-sala, perto da área de espera principal, e ficamos ali com Zelda, mamãe, papai, Wales, Dukey e Enrica Dominique.

– Por quê, por quê, por quê, por quê, por quê? – ficava dizendo minha mãe.

– Ele vai ficar bem, mãe. Stab, não se preocupe, ele vai ficar bem.

– Atiraram em Deus! – disse meu irmão em tom furioso. – Alguém mandou uma bala em *Deus!*

A emergência estava apinhada de policiais, a calçada do lado de fora repleta de repórteres, o estacionamento atrás deles lotado de gente rezando e chorando. Meu celular tocou. Fui para uma saleta atender. Era o subchefe do Departamento de Polícia de Seattle.

– Pegamos o desgraçado – disse ele.

Os médicos deram 23 pontos em Jesus, começaram um tratamento com antibiótico para impedir que os ferimentos infeccionassem, fizeram uma transfusão para repor a grande quantidade de sangue que ele havia perdido e o obrigaram a ficar deitado durante horas, enquanto as notícias de que alguém tentara matá-lo circulavam pelo mundo.

Depois de um tempo, Zelda saiu para falar com a imprensa reunida. Deu os fatos: o estado de Jesus era bom e, a não ser que houvesse uma infecção ou algum dano que os médicos não tivessem visto, ele receberia alta no dia seguinte. E, não havendo complicações, retomaria sua programação normal de campanha ainda naquela semana. O atirador havia fugido a pé e fora apanhado no banheiro de um Starbuck's. Dizia-se um "verdadeiro cristão vivo" e fazia parte de uma igreja radical chamada Templo dos Anjos Devotos da Judéia, que tinha alguns milhares de membros, espalhados principalmente no Noroeste. O atirador havia trabalhado de conluio com o sujeito que criara a confusão diante do palco e que, por enquanto, havia escapado.

Ficamos na área de espera por um longo tempo, sentados em cadeiras do hospital, tomando café e tentando nos acalmar. Experimentar algo assim é uma estranha combinação do familiar com o surreal, como se parte de você já tivesse passado por isso ou tivesse visto nas telas milhares de vezes. Outra parte de você não acredita que aconteceu.

Meu pai pareceu particularmente afetado.

– Maníacos – ficava dizendo. – Idiotas. – Ele não fumava havia 20 anos, mas pelos movimentos das mãos fortes pude ver que ele queria um cigarro.

– Não gostam que ele diga que é Deus – falei com a voz trêmula. – Eles têm o monopólio de Deus. Sabem quem ele é, qual sua aparência, como agiria, em quem votaria, o que pensaria sobre sexo, impostos, armas e caça.

– São maníacos – repetiu ele. – Para começar, o cara nunca disse que era Deus, não é?

Stab veio nos ver. Mostrei a ele um grande sorriso otimista e disse:

– Talvez fosse isso que ele tinha em mente quando falou aquilo a você, meu chapa. Falou que iam atirar nele. Bom, atiraram, e ele sobreviveu.

Meu irmão me deu o olhar vesgo característico das pessoas que têm síndrome de Down e depois disse:

– Ele falou que iam atirar nele duas vezes e não uma.

– Claro – respondi. – Certo. Foram duas balas, não foram? Acho que agora estamos bem.

Quase acreditei em mim mesmo.

◆◆◆

Naquela noite, depois de Jesus ter sido levado para o andar de cima e falado com sua mãe pelo telefone, e depois de todos os outros terem voltado para o hotel, Enrica Dominique e eu nos postamos no corredor do lado de fora do quarto dele. Policiais, tanto à paisana quanto uniformizados, montavam guarda nas duas extremidades do corredor e nas entradas do hospital. Dukey e seu bando estavam no gramado dos fundos, sob a chuva, garantindo que ninguém chegasse perto o suficiente para lançar uma granada pela janela de Jesus. Mas eu tinha a sensação de que o pior havia passado. A pessoa responsável estava na cadeia, seu colega de conspiração fora descoberto no condado vizinho e simplesmente não existem tantos malucos assim por aí. Até mesmo o pastor do Templo dos Anjos Devotos da Judéia fizera uma declaração afastando a igreja dos acontecimentos e do atirador. "Ainda que não aceitemos o impostor como o Verdadeiro Cristo", proclamava a declaração bondosamente, "jamais encorajamos o uso de violência para alcançar objetivos espirituais."

Eram 3 ou 4 horas da madrugada, Enrica e eu tomávamos um copo de café depois do outro, quando eu lhe disse que achava que tínhamos atravessado em segurança a pior parte do oceano e que a partir daí estaríamos bem.

Ela me olhou como se eu tivesse começado a recitar o Alcorão em russo. Bem no fundo, Enrica era uma mulher gentil. De sexualidade e idade indeterminadas, tinha cabelo preto curto e um rosto que parecia um pequeno bloco de cimento sobre a formação mais larga do corpo. Gostava de terninhos pretos, brincos de argola gigantescos e sanduíche de porco desfiado no almoço. A pele dos antebraços era coberta de tatuagens de figuras míticas brandindo espadas.

Como posso já ter mencionado, ela praticava boxe tailandês e tinha algo como uma faixa preta de 1º grau. Havia trabalhado na estação mais ou menos durante o mesmo tempo que eu e sempre nos demos bem. O que eu gostava nela era sua dedicação inabalável a Wales e seu gosto por piadas vulgares. O que nem sempre gostava era seu tremendo preconceito contra qualquer pessoa que ela achasse que não havia nascido num ambiente tão barra-pesada quanto o dela. Estas eram as lentes pelas quais via o mundo: havia os muito ricos, depois os "yuppies que sugavam cuspe", depois uma pequena fatia de figuras da classe trabalhadora – que incluía a maior parte de seus alunos no Kickboxing Palace e o cara que consertava seu Chevy Nova de 18 anos – e depois havia os verdadeiros seres humanos, como ela, que haviam crescido na miséria. Apenas eles viam o mundo como realmente era. Wales me disse que, juntando seu salário na estação e os lucros de seu império do kickboxe, cuja maior parte ela investia de modo sensato, Enrica Dominique poderia ter se aposentado e ido para Gstaad, vivendo cercada de luxo pelo resto de seus dias. Mas essa não era a questão. A questão era que ela havia encontrado uma identidade confortável, baseada igualmente nas privações da juventude e na inflexibilidade mental de sua vida adulta. Essa era sua história, e Enrica se apegava a ela, como o restante de nós.

– Para um cara que costumava dar as notícias – disse ela, me encarando com seus olhos escuros e fazendo uma pausa para dar efeito dramático –, você é quase tão esquisito quanto um professor.

– Obrigado.

– Você me surpreende, Russ, quando diz coisas ingênuas assim. Quero dizer, eu achava que você tinha nascido numa espécie de família real.

– O mais real possível. Meu pai é veterano do Vietnã, ex-campeão de boxe e pedreiro aposentado. Minha mãe arrumou as camas no Motel Scabies durante sete anos.

– E você acha que isso é o fim? Que ninguém mais vai tentar machucá-lo agora? O que é que daqui em diante é só sushi e Boccelli?

– Sushi e Boccelli?

– Babaquice yuppie. Coisas boazinhas.

– Não disse isso. Só espero que paremos de ser alvos para treino de tiro durante um tempo.

Ela franziu os lábios e me avaliou.

– Você não sabe que as pessoas têm suas idéias a partir do que as outras fazem? – disse finalmente – Há umas seis pessoas originais no mundo. O resto é macaco de imitação. Quando se trata de religião e política, 90% das pessoas fazem o que os pais faziam e acham que se decidiram sozinhas. Elas assistem ao noticiário para ver qual é a última moda.

– Claro – respondi, cansado.

– E para uma parcela significativa da humanidade a última moda é "vamos matar Jesus".

Certifiquei-me de que estava a uma distância razoável e disse que esperava que ela estivesse errada.

trinta e dois

ENQUANTO TUDO ISSO ACONTECIA, Anna Songsparrow Endish estava no meio de sua viagem pelo Sul e também gerando manchetes, mas estas foram temporariamente suplantadas pela notícia do atentado. Com seu modo calmo, ela era uma oradora inspirada. Diferentemente de Jesus, não fazia piadas, não imitava Elvis nem ia nadar no rio Suwannee. Não agradava aos gostos locais montando em touros ou subindo em pranchas de surfe. Prosseguia calmamente com sua viagem de ônibus, parando em cidadezinhas que as outras campanhas nem sabiam que existiam e fazendo discursos curtos que não havia escrito e nos quais improvisava continuamente.

– Somos todos uma só tribo – dizia, segundo o que Esmeralda me contou – e precisamos começar a agir como uma tribo, cuidar uns dos outros e contribuir para o todo. Meu avô era um grande líder, um grande homem sábio segundo nossa tradição e freqüentemente dizia que deveríamos nos esforçar ao máximo para entender que, na verdade, somos um só corpo. Ele dizia que diariamente deveríamos passar um tempo imaginando que éramos outras pessoas da tribo, principalmente aquelas com quem tínhamos dificuldade de nos relacionar.

Para alguns ouvidos, as coisas que ela dizia eram o pináculo da ingenuidade. O *New York Times* publicou um artigo sarcástico intitulado "Banalidades navajo não convencem os pobres", alegando que seus discursos eram como dar chocolate de colher a quem está morrendo de fome. Mas, na verdade, os pobres, os pobres invisíveis, pareciam empolgados por ela ir falar com eles e estavam loucamente apaixonados por ela. Homens e mulheres idosos, muitos dos quais afirmando ter sangue índio, saíam de seus locais de reclusão, especialmente no Sul do Mississippi, cobrindo-a de presentes como varetas de guerra esculpidas à mão, mocassins, potes de cerâmica e bijuterias. Ela também mostrou ter uma queda pelo simbolismo. A caminho de Nova Orleans comprou um ancinho – um ancinho simples, de jardim – num dos subúrbios mais prósperos. Quando chegou à cidade, saiu do ônibus com seu ancinho, sua pequena equipe e cerca de uma centena de seguidores da imprensa, e andou, sem dizer uma palavra, até chegar a um terreno vazio cheio de vidro quebrado, pedaços de metal, papel e outros detritos. E começou a limpar a área. Trabalhou sem falar, com os fotógrafos da imprensa se apinhando ao redor, tirando fotos de vários ângulos. Continuou trabalhando, sem responder a nenhuma pergunta, até que, finalmente, alguém teve o bom senso de pegar um ancinho e se juntar a ela. Pelo que Norm Simmelton (que também pegou um latão de lixo e começou a trabalhar) me contou, até membros da imprensa se abaixaram para pegar algum pedaço de metal ou um folheto de propaganda e jogar na pilha.

Quando recuperou as forças, Jesus ligou para a mãe e pediu que ela fosse para o Norte. Deveria seguir ao longo do poderoso Mississippi, permanecendo o mais perto possível do rio, parando onde achasse que deveria parar e falando o que achasse que deveria falar.

– Gosto da idéia do ancinho, mamãe – ouvi-o dizer. E depois: – O principal é mostrar às pessoas que boa presidente você seria se alguma coisa me acontecesse.

trinta e três

OS MÉDICOS DO HOSPITAL SUECO FIZERAM JESUS passar uma segunda noite lá e depois uma terceira, só para garantir. Ser processado era uma coisa, mas ser o médico que deixou Jesus voltar ao trabalho cedo demais, sem estar totalmente recuperado, teria conseqüências muito maiores.

Quando saiu andando do hospital – diante de uma multidão que o aplaudia no estacionamento –, Jesus instruiu o motorista da limusine a despistar a imprensa e depois levá-lo à cadeia local para falar com o homem que havia tentado matá-lo. Achei que era uma má idéia e lhe disse isso.

– Má idéia moral ou estratégica? – perguntou ele. Nós o havíamos apanhado numa das limusines alugadas, só eu, Dukey e Enrica. O restante da equipe tinha ficado no hotel e estava preparando uma refeição especial, com buquês desejando melhoras e cartões que tinham chegado aos montes (incluindo belos arranjos enviados por Maplewith e Alowich).

– Estou começando a ver – respondi, encarando-o através do espaço entre os bancos de trás da limusine – que não há diferença.

Ele sorriu, mas pareceu distraído.

– Você está bem?

– Fisicamente, estou.

– E não-fisicamente?

Ele encolheu seus ombros grandes.

– Talvez eu não faça sentido para você, mas as coisas aqui na Terra às vezes me enchem de tristeza. Tudo aqui acontece como deveria, sei disso melhor do que ninguém. Nem um fio de cabelo da sua cabeça foge da Lei e do Grande Plano. Nem uma respiração. Nem uma fungadela. Nada. Mas há momentos em que o estado de consciência humano me surpreende. Não em sua ignorância, mas em sua ignorância *persistente*. Comparada ao resto da criação, sua atração pela violência, por exemplo, é espantosa. Em certas situações, fico imaginando por que isso nunca mudou, nunca evoluiu.

– Bem-vindo ao mundo real – disse Enrica.

Dukey olhava alerta pela janela.

– Há momentos em que perco a paciência – observou Jesus.

– Não faça nada impensado.

Ele sorriu.

– Sabe que, como uma raça, se deixarem de lado a violência ao menos por alguns dias, um peso cármico gigantesco seria tirado de cima de vocês?

– Cármico?

– O peso do pecado. Da transgressão. A Lei. Causa e efeito. Use o termo que quiser, mas bastariam alguns dias e vocês veriam uma queda notável no que chamam de "desastres naturais". Enchentes. Terremotos. Deslizamentos de terra.

– "Atos de Deus" é como as companhias de seguro chamam essas coisas – falei.

Ele balançou a cabeça tristemente, pelo que me pareceu, e fez sinal com uma das mãos para indicar que a conversa estava terminada.

Fiquei, como sempre, com pelo menos 45 perguntas sem resposta.

O pessoal da cadeia não ficou muito feliz de nos ver. Era um prédio de concreto, sem graça, com barras nas janelas e um gramado pequeno e ridículo na frente. Saímos do carro, seguimos pelo caminho de entrada, passamos pela porta da frente e paramos diante da mesa da recepção até que alguém nos notasse. Jesus pediu para falar com o encarregado. Quando ele chegou – um xerife gorducho chamado Henrik Wegen –, Jesus disse que queria ver o homem que havia tentado matá-lo, Alton Smith III.

– Com que objetivo? – perguntou o xerife Wegen. Parecia que estava sendo literalmente espremido entre a força da burocracia atrás dele e do homem à sua frente. Seus olhos oscilavam atrás dos óculos. Havia suor nas dobras do pescoço. Ficou mexendo a aliança em seu dedo para frente e para trás, como se ela estivesse provocando uma dor aguda.

– Com o objetivo do perdão – respondeu Jesus.

– Perdão – repetiu o xerife, empurrando os óculos para trás, sobre o osso do nariz. – Perdão? O senhor sabe que ele terá de cumprir a pena, não sabe? Quer o senhor o perdoe ou não.

– Isso não me importa, é problema de vocês, não meu. Estou aqui para fazer o meu trabalho.

Depois de alguns minutos, tivemos permissão de passar por uma porta deslizante, feita de barras, e seguimos por um corredor entre celas, metade das quais estavam ocupadas. Os presos praticamente não prestaram atenção em Jesus e só se levantaram para sibilar vulgaridades para Enrica Dominique. Que sibilou de volta. O lugar parecia uma ante-sala do inferno, em que todas as distrações e prazeres haviam sido proibidos, e a pessoa ficava diante de si mesma. Em muitos casos, seria como ser obrigado a ouvir uma música da qual você não gostasse 24 horas por dia.

Paramos diante da cela de Alton Smith.

– Visita para você – disse o guarda.

Smith levantou a cabeça desgrenhada do livro que estava lendo e moveu os olhos na nossa direção. Jesus estava à minha esquerda, com alguns centímetros separando nossos corpos. Quando o prisioneiro ergueu os olhos, senti um jorro de calor no lado esquerdo e, por um segundo medonho, pensei que Jesus tivesse mentido sobre o perdão e fosse incinerar o sujeito ali mesmo. Atirar um raio de fogo por entre as barras e transformar Alton Smith III – e a campanha – em cinzas. Girei a cabeça. Jesus estava absolutamente imóvel, encarando Smith com seu olhar calmo e amoroso. Nada que eu pudesse ver nele era diferente. Mas ele estava liberando calor. No entanto, Alton Smith deve ter visto algo que eu não vi. Seus olhos ficaram muito arregalados. Ele largou o livro no chão (páginas com bordas vermelhas, capa em imitação de couro preto, Bíblia Sagrada escrito em dourado), deu um passo em nossa direção e depois se prostrou no concreto frio, de rosto para baixo, braços à frente, e começou a chorar de modo tão digno de pena que, se eu fosse o xerife de King County, me sentiria tentado a comutar sua sentença e libertá-lo. Dukey McIntyre não sentiu o mesmo e sussurrou asperamente do outro lado de Jesus:

– Vagabundo.

Enrica estava atrás de nós. Pude ouvir seus dentes rangendo. Jesus os ignorou. Ficou parado ali pelo que pareceu um longo tempo, mas provavelmente foram apenas uns 15 segundos, e disse baixinho:

– Eu o perdôo. – Depois se virou e voltamos pelo corredor. Só que agora, em vez do "Ei, gostosa" e de grosseiros sons de beijo, só podíamos ouvir os gemidos de Alton Smith III:

– Não! Não! Não! Não!

Voltamos ao hotel em silêncio. Jesus nunca mais falou do incidente, a não ser para pedir que não disséssemos uma palavra sobre isso à imprensa. Na modesta festa de boas-vindas pareceu relaxado, feliz e totalmente ele mesmo.

trinta e quatro

QUANDO ATRAVESSAMOS A INTERESTADUAL 90 até Spokane, parando para um comício em Moses Lake e uma boa noite de sono em Ritzville, faltavam apenas 40 dias para a eleição. Estávamos nos aproximando daquela semana preocupante em que deveríamos atacar em massa os programas de TV e rádio. De Spokane, Jesus nos orientou a ir até Coeur d'Alene, Idaho, para um rápido comício no centro do terreno de Maplewith.

Surpreendeu-me que Jesus fizesse alguma coisa parecida com "bem debaixo do seu nariz". Em meu diário, a anotação da noite anterior ao discurso é: "*Ele está preocupado com Maplewith?*" E no comício, diante de apenas umas 100 pessoas e cerca de 100 membros da imprensa, ele me surpreendeu novamente ao citar a Bíblia. Como eu disse, ele tinha feito questão de não falar de religião. Não há referências bíblicas em seus discursos. Era como se quisesse ganhar a eleição por méritos humanos, pela força de suas idéias, por assim dizer. Isso me parecia maluquice porque ainda que suas idéias fossem boas, originais, sensatas e que sua personalidade fosse agradável, até mesmo carismática, era óbvio – pelo menos para Wales, Zelda e eu – que nosso sucesso se baseava mais no reconhecimento do nome do que em qualquer outro fator. Com uma organização minúscula e não profissional como a nossa, alguém que *não* se chamasse Jesus Cristo teria uma chance de ser reconhecido pela mídia nacional equivalente à de uma bola de neve na República do Congo.

Depois da tentativa de assassinato, o próprio Jesus pareceu entender isso. Ou talvez entendesse o tempo todo e o tempo todo tivesse planejado esperar até às últimas semanas para dar a cartada de Deus. De qualquer modo, de pé no palco da sala de conferências de um hotel em Coeur d'Alene, falou sobre a Bíblia pela primeira vez na campanha e pela primeira vez chegou perto de atacar um dos rivais. Eu perceberia, muito mais tarde, que esta era outra jogada de xadrez, tudo parte de seu grande plano, mas na época fiquei surpreso.

– Vocês sabem – disse ele, com o microfone na mão, andando para frente e para trás perto da beira do palco – que não mudou muita coisa nos últimos dois mil anos. É, temos computadores, carros e televisores, nos vestimos de modo diferente, fazemos outros tipos de trabalho em alguns casos. Mas a mistura de bom e mau, fiel e infiel, permaneceu a mesma. Naquele tempo havia pessoas exatamente como o reverendo Maplewith, marido de Marjorie. Tinham muitos seguidores. Viviam em casas grandiosas. Tinham certeza, certeza absoluta, de que suas palavras eram a palavra de Deus. E no entanto, quando o Filho do Homem chegou para viver entre eles, fizeram exatamente o que o reverendo Maplewith fez: exigiram um sinal. Bom, vou lhes dizer uma coisa: eu não lhes dei um sinal na época e não vou lhes dar um sinal agora!

Houve aplausos razoavelmente empolgados vindos da pequena multidão, mas não achei que fosse uma frase particularmente forte. Dentro de mais 10 dias Jesus estaria na TV em rede nacional, no *Meet the Media*, de Bobby Biggs, provavelmente o programa de entrevistas políticas mais assistido e mais respeitado, e sua grande fala seria "Eu não lhes dei um sinal na época e não vou lhes dar um sinal agora"?

Mesmo assim, enquanto os repórteres na multidão davam risinhos e escreviam, Jesus prosseguiu cheio de confiança:

– O que o bom reverendo não entende, e o que a maioria dos escribas e fariseus não entendia naquele tempo, é que a questão aqui não é o que Deus pode fazer por vocês, mas o que vocês podem fazer por vocês mesmos! Será que Deus já lhes deu tudo de que precisam? Será que o Reino do Céu está, de fato, dentro de vocês? Será que vocês não estão sempre olhando para fora de si mesmos em busca de soluções, procurando um salvador, quando vocês mesmos são capazes de transformar este mundo numa espécie de paraíso, de levar uma vida pacífica e produtiva? Até mesmo vivendo de modo a tornar sua morte livre de medo e ansiedade? Se algum país da Terra é capaz de entender essas coisas, é este, com suas riquezas, sua longa história de aceitar os ousados e otimistas de todos os cantos do planeta, sua grande tradição de fazer o que ninguém mais no mundo achava possível. Esta é a mensagem dos Estados Unidos, esse tipo de pensamento sem limites. E é uma mensagem, uma atitude, que, com sua ajuda, eu levarei de volta à Casa Branca. Obrigado!

Pela primeira vez Jesus não quis responder a perguntas. Saiu do palco diante do que me pareceram aplausos educados e talvez perplexos. Com policiais e alguns valentões de Fultonville caminhando ao nosso lado, nós o fizemos sair por uma porta lateral, entramos numa limusine e corremos para o aeroporto. Todo o acontecimento teve um sabor estranho. Tanto que, num momento a sós, Zelda me perguntou se eu achava que a tentativa de assassinato o havia mudado.

– É cedo demais para dizer – respondi. – Mas este comício não se encaixou exatamente no que vimos até agora.

– Um médico no hospital me disse que, por alguns minutos, eles pensaram que iriam perdê-lo. Talvez ele tenha visto a luz branca e obtido uma nova perspectiva, ou algo assim.

– Acho que ele sempre vê a luz branca. E acho que aquela bala o teria matado se ele deixasse. Estamos falando de três milímetros.

– Sinto uma mudança nele – disse ela.

– Talvez ele esteja cansado de levar tiros, ser crucificado, esfaqueado, xingado, traído. Você não ficaria, se não fizesse absolutamente nada, jamais, para ferir as pessoas e elas a tratassem assim? Ele está com uma fúria infernal. Não vai mais aceitar isso.

– Fala sério, Russ.

– Estou falando sério. Acho que ele tem um grande problema com a atitude de um monte dos supostos cristãos e que, desde que fomos ao Kansas, está procurando um modo de mandar a eles um recado. Talvez todo o motivo para ter vindo aqui agora seja mostrar que eles estão fazendo certas coisas em seu nome, como odiar e julgar pessoas, e dizer que não quer isso. Durante um tempo ele se esqueceu disso, na Califórnia, porque não há tantos supostos cristãos lá e porque estava se divertindo tanto, surfando e comendo rosquinhas. E então um deles lhe deu dois tiros e agora ele está contra-atacando. Devo dizer que gosto um pouco disso.

Zelda tinha as sobrancelhas franzidas e mexia no brinco na orelha direita.

– Há um monte de bons cristãos – disse ela.

– Sei disso. Joe Lesteen é animado e divertido de se ouvir. A... como é mesmo o nome dela?... Fryers também. Não é esse tipo que o incomoda, são os cheios de ódio, os de mente pequena, os...

– Sinto como se ele estivesse sempre dois passos à nossa frente – continuou ela, como se não me ouvisse. – Sinto que isso vai disparar alguma coisa que dispara outra coisa, que vai terminar onde ele quer que termine.

Assenti, pensativo, mas só muito mais tarde, depois que o jogo de xadrez havia se desenrolado, entendi como Zelda estava certa.

◆◆◆

Nossa programação era voar para o Leste e passar a semana antes da entrevista no *Meet the Media* num circuito pela parte norte do Meio-Oeste: Chicago, Detroit, Madison, Minneapolis.

Mas assim que estávamos na limusine, Wales, que ficara tão surpreso quanto Zel e eu com a referência bíblica, fez uma observação casual:

– Recebemos um convite generoso – disse sarcasticamente. – Não está na nossa programação. Mas mesmo assim queria repassar a vocês.

– O que é? – perguntou Jesus.

– É meio arriscado – continuou Wales. – Mas fica mais ou menos no nosso caminho e já que você parece estar num clima combativo... Bom, o cara que fez o convite tem uma igreja no Leste de Montana. Na fronteira com Dakota do Norte. Igreja de tamanho médio, talvez com algumas centenas de pessoas. Assim como os da religião de Maplewith, se dizem cristãos. São politicamente ativos. Contra os impostos. Contra o governo. Contra os gays. Contra o aborto. Contra a evolução. Contra os católicos. Contra os judeus. Contra pessoas de cor. A favor de atrair muito dinheiro. Bem, o nome do cara é Pitchens. Desafiou você a ir falar amanhã à congregação dele. No domingo, você sabe. Não está interessado em milagres nem em nada, só quer que você diga o que quiser diante do povo dele. Estou inclinado a negar, porque acho que aí tem, mas queria...

– Vamos aceitar – disse Jesus.

– Verdade? Montana tem três votos no colégio eleitoral e não passamos nenhum tempo em...

– Não estou interessado nos votos do colégio eleitoral eles não significam nada para mim. A primeira coisa quando eu for eleito será abolir o colégio eleitoral.

– Certo. Vamos aceitar. Isso significa chegar tarde a Madison, e temos um comício lá à noite.

– Acerte tudo – disse Jesus, e então, quase de imediato, pareceu cair no sono.

Ele não estava dormindo, mas numa espécie de transe, num estado meditativo em que entraria freqüentemente nas semanas seguintes. Depois de isso ter acontecido meia dúzia de vezes na minha presença, lhe perguntei a respeito e ele disse que era uma prática que havia aprendido no Tibete. Disse que precisava se recarregar periodicamente.

– Nos velhos tempos, eu ia para o deserto e as pessoas me deixavam em paz. Mas aqui não é possível, por isso vou para o deserto interior e descanso.

Ele "descansou" na limusine no caminho até o aeroporto de Boise, enquanto Wales, Zel e eu nos ocupávamos com os telefonemas para acertar o evento na igreja: transporte, mídia, polícia. Nesse ponto, já éramos profissionais nisso. Meu irmão, sentado junto de Jesus, como sempre fazia quando viajávamos, pegou a mão dele e fechou os olhos, imitando-o. Desde a tentativa de assassinato, Stab não mostrava sua felicidade usual. Eu havia feito questão, mais de uma vez, de lhe dizer que não tínhamos com que nos preocupar. A premonição de Jesus sobre levar um tiro, duas vezes, tinha sido verdadeira. Ele havia sobrevivido aos dois tiros. Estávamos resolvidos. Mas dava para ver que Stab não tinha tanta certeza e me perguntei se ele sabia, ou sentia, algo que o restante de nós não alcançava.

Como Wales suspeitara, o evento na igreja em Montana era uma armadilha. No dia seguinte ao comício em Boise, voamos até o Aeroporto Frank Miley perto de Miles City, Montana, depois seguimos de carro por uma curta distância até Kinsey, onde ficava a igreja. Olhando a pradaria ondulada e vazia ao redor, não pude ver como haveria muitas pessoas no culto dominical, mas tínhamos sido lembrados de que ali era Montana, onde uma viagem de carro de seis horas era como ir à mercearia da esquina comprar leite.

De fato, quando paramos diante da moderna construção de aço e vidro, a Igreja de Cristo em Deus, havia uma multidão agitada. Dois caminhões de TV estavam ali, o que deveria ser uma dica. Meses depois da eleição, ficaríamos sabendo, por intermédio de várias fontes, que o reverendo Maplewith havia armado a coisa toda. Seria arriscado demais ter Jesus em sua própria igreja, já que sua mulher era concorrente dele. Por isso recusou o desafio de Jesus e depois, secretamente, arranjou para que seu bom amigo, o reverendo Peter Pitchens, realizasse o evento na Igreja de Cristo em Deus, para onde Maplewith mandou de ônibus 500 de seus seguidores mais radicais. Passaríamos a pensar naquilo como “a emboscada”.

Mas, na época, só estávamos fazendo o que Jesus queria. Chegamos à igreja em nossas limusines brancas e paramos o mais perto possível da porta lateral. Havíamos alugado uma limusine a mais para acomodar a força de segurança, que tinha sido aumentada: mais alguns colegas motoqueiros de Dukey. Eles saltaram primeiro e empurraram as pessoas de lado para formar um corredor para nós. Wales e eu, Enrica e Dukey, Stab, mamãe e papai, Zelda, todos seguimos Jesus entrando na igreja, passando através de um ar inamistoso. Não havia cartazes sendo agitados – Pitchens e Maplewith provavelmente avisaram que a congregação não deveria parecer uma força de ataque diante das câmeras –, mas havia murmúrios malignos e só uma parte do reforço policial que eu havia pedido. Em vez de parar para apertar mãos e conversar amenidades, como teria feito normalmente, Jesus manteve os olhos à frente, como alguém que fosse em direção a seu carrasco. Entrou pela porta lateral da igreja sem dizer uma palavra a nenhum de nós.

No banco da frente havia lugares reservados para a equipe de campanha. Como chefe de segurança, pude ficar de pé junto a uma parede lateral com Enrica, Dukey e seus rapazes. Sem nos consultar, o pastor Pitchens havia pedido que os policiais uniformizados ficassem do lado de fora. Ocorreu-me, olhando a decoração tradicional da igreja ao redor, que tudo aquilo – as cruzes, os vitrais, o púlpito e os livros de hinos – eram na verdade em honra do homem que agora estava sentado no palco ao lado do pastor Pitchens. Mas a sensação não era essa. Pitchens – alto, magro como um graveto, vestindo terno escuro – levantou-se e leu uma passagem do Velho Testamento e continuou falando sobre ela durante cerca de meia hora, enquanto eu alternadamente examinava a multidão em busca de lunáticos e vigiava minha mãe, meu pai, meu irmão e minha noiva, para avaliar o humor deles. Nervosos, eu diria. Extremamente nervosos. É possível sentir o ódio, mesmo quando não o vemos, mesmo quando ninguém diz sequer uma palavra agressiva. Era uma justaposição estranha: estávamos rodeados por imagens religiosas, ouvindo frases bíblicas e sentindo a pulsação e o movimento daquele ódio.

Pitchens era o homem da armadilha e desempenhou perfeitamente seu papel.

– E agora, amigos – disse (tinha uma daquelas vozes profundas e sonoras que quase pareciam a voz de Deus, mas que na verdade eram mais próximas da voz de Hurry Linneament) –, e agora temos a grande honra de escutar um dos candidatos ao cargo político mais importante da face da Terra. Isso não é nada, claro, em comparação aos cargos celestiais, mas mesmo assim, como vimos no correr dos anos, nosso presidente costuma ser chamado a fazer a obra de Nosso Senhor na Terra, a obra de Cristo, de determinados modos, em determinadas arenas, até o dia em que o próprio Cristo retorne para separar os bons dos maus, o trigo do joio, e lançar os pecadores nas chamas eternas e levar os absolvidos à glória com ele no céu por toda a eternidade. Portanto, agora vamos dar toda a atenção a um dos candidatos a esse importante cargo.

Notei, como tenho certeza de que todo mundo também, que Pitchens não o chamou pelo nome. Jesus se levantou, apertou a mão de Pitchens e andou lentamente até o púlpito. A multidão se remexeu inquieta. Fiquei olhando meu irmão, o medo estampado em seu rosto, girar e percorrer com o olhar as fileiras de pessoas atrás.

Jesus pôs as mãos nas laterais do púlpito e deu seu belo sorriso à congregação.

– Obrigado por me receberem – disse em sua própria versão da sonora voz de Deus. – É uma verdadeira honra ser convidado para falar a vocês, e gostaria de agradecer ao reverendo Pitchens por sua hospitalidade. – Fez uma pausa. Alguém no fundo da multidão disse uma palavra, bastante alta, mas não consegui entender, e Jesus não respondeu. Assenti para Dukey, que despachou dois de seus amigos para ficar perto dos fundos, para o caso de o encrenqueiro precisar ser lembrado de quem era o dono da casa onde ele estava.

– Com a permissão do reverendo – disse Jesus, virando-se para olhar para

Pitchens. – Na leitura de hoje do Novo Testamento gostaria de aproveitar uma passagem pouco usada de João, capítulo 7. É intitulada "A festa das Tendas".

Jesus pigarreou e começou:

– "Depois disso, Jesus percorria a Galiléia, não podendo circular pela Judéia, porque os judeus o queriam matar. Aproximava-se a festa judaica das Tendas..." – Ele parou e levantou os olhos. – A palavra hebraica para esta festa é *Sukkoth*, como talvez vocês saibam. Ela acontecia mais ou menos nesta época do ano, no outono, e comemorava as colheitas e o período em que, depois do Êxodo, os judeus andaram pelo deserto e viveram em cabanas. Deixem-me continuar. "Disseram-lhe, então, seus irmãos: 'Parte daqui e vai para a Judéia, para que teus discípulos também vejam as obras que fazes, pois ninguém age às ocultas quando quer ser publicamente conhecido. Já que fazes tais coisas, manifesta-te ao mundo!' Pois nem mesmo os irmãos criam nele."

Nesse ponto, Jesus fez uma pausa e olhou com expressão curiosa para as páginas em suas mãos, como se estivesse se lembrando de algo muito pessoal.

– Interessante que houvesse discípulos na Judéia, não acham? – perguntou, levantando a cabeça para a congregação e deixando seu olhar percorrê-la de um lado para outro e dos fundos para a frente. – "Discípulos", é o que diz. Não "amigos", "apoiadores" ou "simpatizantes", e sim "discípulos". E também é interessante que, pelo menos nesta tradução, Jesus pareça ter irmãos. A palavra é usada duas vezes. – Ele parou de novo e baixou os olhos, e me pareceu que estava se lembrando daqueles irmãos, talvez sentisse nostalgia com relação a eles. Balançou a cabeça com um pequeno movimento e continuou: – "Disse-lhes Jesus (vou pular algumas linhas): 'Subi, vós, à festa. Eu não subo para essa festa porque meu tempo ainda não se completou.' Tendo dito isso, permaneceu na Galiléia. Quando seus irmãos subiram para a festa, também ele subiu, não publicamente, mas às ocultas."

Após uma pausa, ele ergueu os olhos e repetiu:

– *Às ocultas.* O que isso poderia significar?

Na verdade parecia estar esperando uma resposta da congregação. Ninguém falou.

– E continuando: "Os judeus o procuravam na festa, dizendo: 'Onde está ele?' Faziam-se muitos comentários a seu respeito na multidão. Uns diziam: 'Ele é bom.' Outros, porém, diziam: 'Não. Ele engana o povo.' Entretanto, ninguém falava dele abertamente, por medo dos judeus."

Jesus levantou os olhos de novo. Parecia estar sorrindo, mas o que aparentava ser um silêncio assassino havia baixado sobre a congregação.

– Só mais um pouquinho – disse. – Acompanhem-me. Então Jesus ensina nessa festa. Não é o tipo de coisa que aconteceria na sociedade de hoje. Ele ensina numa festa, e os judeus se maravilham com seus ensinamentos, porque naquele tempo os rabinos sempre mencionavam, como um modo de demonstrar respeito, os mestres que lhes haviam ensinado, sua própria linhagem de mestres. Mas Jesus não fez isso. Por quê?

De novo nada além do silêncio eriçado.

– E então, quando havia terminado de ensinar... bom, deixem-me ler as Escrituras de novo: "Alguns de Jerusalém diziam: 'Não é a esse que procuram matar? Eis que fala publicamente e nada lhe dizem! Porventura as autoridades reconheceram ser ele o Cristo? Mas nós sabemos de onde esse é, ao passo que ninguém saberá de onde será o Cristo quando ele vier.' Então, em voz alta, Jesus ensinava no Templo, dizendo (nesse ponto Jesus fechou a Bíblia, levantou os olhos e falou o restante de cor): – "Vós me conheceis e sabeis de onde eu sou; no entanto, não vim por própria vontade, mas é verdadeiro aquele que me enviou e que não conheceis."

Quando terminou de pronunciar essas palavras, parou e varreu a multidão com o olhar de um lado para outro, como havia feito antes. Era um olhar ao mesmo tempo simpático e desafiador.

– Na época, os judeus eram meu povo – disse finalmente, e vi meu pai se empertigar. Houve ao mesmo tempo uma agitação, muito pequena, nos fundos da igreja, perto de onde a pessoa havia gritado antes. Virei-me e vi alguém sendo escoltado porta afora, mas daquela distância não pude ver o que estava acontecendo nem quem fazia a escolta. Mas não pareceu que fosse uma coisa ameaçadora, por isso fiquei onde estava. – Os judeus – repetiu Jesus. Mais pessoas se remexeram. – Quem seriam aqueles judeus?

– Nós sabemos quem eles são – gritou um rapaz localizado num ponto um pouco mais atrás da metade da congregação. – Os assassinos de Cristo.

Jesus olhou na direção do homem. Eu o vi olhar para o meu pai. Ele continuou:

– Os judeus, naquela época e naquele lugar, eram o povo que detinha o poder religioso, sob o poder secular dos romanos. Eram os mantenedores da lei, da lei religiosa e do conhecimento antigo. Tinham certeza de que sabiam o que Deus queria: como o sábado deveria ser guardado, por exemplo, ou que tipo de sacrifícios eram apropriados, quem deveria ser condenado e quem deveria ser absolvido. – Ele parou de novo, baixou os olhos, levantou-os outra vez. – Parece-me que, no nosso tempo e lugar, os judeus não seriam os judeus atuais, como os conhecemos. Se usarmos a Bíblia como guia, chegaremos à conclusão de que os judeus não são um grupo étnico ou religioso, mas aqueles que têm certeza de que sabem, aqueles que são rápidos em julgar os outros por não obedecer à palavra de Deus, aqueles que nos dizem qual é a Sua lei.

Ajeitei o corpo e olhei em volta. As pessoas haviam começado a sentir o que Jesus estava dizendo e houve uma onda de murmúrios, uma pequena epidemia de balanços de cabeça. Jesus fez um gesto amplo com o braço acima da congregação. Percebi, naquele momento, por que ele não tinha falado de religião durante a campanha: tudo que dissesse sobre o assunto, qualquer palavra que pronunciasse, deixaria alguém desconfortável ou coisa pior. E, quando você deixa as pessoas desconfortáveis, elas geralmente não votam em você.

– Talvez *vocês* fossem o equivalente atual daqueles que são chamados de "os judeus" no Evangelho de João – continuou, como se precisasse ser mais claro.

– Heresia! – alguém gritou depois de compreender a frase.

Jesus levantou as mãos, calmo como sempre. Meu coração estava batendo forte, e Dukey e Enrica me olhavam com expressões que pareciam dizer "Está louco? Tire-o daqui!". Mas não senti que poderia interromper o sermão naquele ponto. E não queria.

Jesus prosseguiu calmamente, porém mais alto:

– A Bíblia diz que parte daquele povo pensava: "Ele é bom." Na verdade, um pouco adiante no texto, quando os guardas do templo são mandados para prendê-lo, voltam de mãos vazias, dizendo: "Jamais um homem falou assim!" E Nicodemos, numa passagem famosa, defende o direito de Jesus falar. Assim, vejam só, por mais doloroso que possa ser admitirmos, poderíamos fazer um paralelo com a situação de hoje. Se...

– Você não é Deus! – gritou uma mulher. – Você não é o Cristo Ressuscitado!

Jesus olhou-a com paciência.

– Posso não ser – respondeu lentamente. – Posso não ser. Mas minha pergunta é a seguinte: vocês o reconheceriam se ele estivesse entre vocês? Se ele chegasse e não se parecesse com o que vocês esperam, se não falasse como vocês imaginam que ele fale, vocês o reconheceriam?

– Blasfêmia! – gritaram mais alguns.

– Pecador!

– Anticristo!

Um ou dois lunáticos nos fundos começaram a entoar:

– Crucifiquem-no! Crucifiquem-no!

Jesus levantou uma das mãos.

– Mais adiante, no mesmo capítulo, João escreve que muitas pessoas do povo estavam dizendo: "Quando o Cristo vier, fará, porventura, mais sinais do que esse fez?"

Agora os gritos tomavam toda a igreja. O reverendo Pitchens não fez qualquer tentativa de acalmar seu rebanho. Sentado em sua cadeira de encosto alto, de pernas cruzadas, trocou o lado sobre o qual jogava o peso de seu corpo e manteve o queixo apoiado numa das mãos, como se considerasse seriamente o que Jesus estava dizendo.

– Vou deixá-los com isto – disse Jesus, tentando falar mais alto do que o tumulto de acusações, ameaças e xingamentos. – É uma coisa que só direi uma vez nesta campanha e só aqui: fui mandado por Aquele que tem o direito de mandar, e vocês não O conhecem.

Dois segundos depois de Jesus dizer essas palavras espantosas, vi Pitchens fazer um pequeno movimento para cima com a mão direita. Era o tipo de gesto que a gente faria para alguém indicando que queria que a pessoa ficasse de pé. Imediatamente a multidão se levantou, e as pessoas gritavam, berravam e apontavam para Jesus:

– Blasfemo! Pecador! Fora daqui! – E outras coisas do tipo.

Corri pelo corredor aberto à frente, com Dukey, Enrica e três motoqueiros de Massachusetts um passo atrás de mim. Agarrei meu irmão primeiro, depois Zelda, mamãe e papai e os empurrei com força pelos degraus acarpetados que levavam ao palco. Alguns membros da congregação avançavam aglomerados. O barulho era ensurdecedor. Pitchens continuava sentado ali. Jesus também não havia se mexido. Assim que chegamos ao palco, nossa força de segurança pequena e muito pouco profissional conseguiu tirar Jesus do púlpito e levá-lo até à porta lateral antes de sermos cercados e impedidos de prosseguir. As pessoas nos golpeavam, não com socos, mas fazendo gestos acusatórios com a mão e o braço. E os rostos, os rostos eram medonhos de se ver, contorcidos de fúria, feios de ódio, homens, mulheres e até algumas crianças gritavam o mais alto que podiam, os adultos estendiam as mãos por cima dos nossos ombros para agarrar as roupas e os cabelos de Jesus. Ele se inclinou, se encolheu, mas não levantou as mãos para se defender. No entanto, Dukey e seus colegas já estavam fartos e começaram a dar socos. E não eram os ganchos de mentirinha dos programas de humor, eram golpes curtos, malignos, desferidos contra os homens mais próximos. Enrica estava dando chutes fortes nas mulheres mais barulhentas, sem machucá-las muito, mas derrubando-as de lado como pinos de boliche. Ela movia os pés com uma precisão espantosa. Em um de vários vislumbres rápidos que tive enquanto empurrava as pessoas para longe, vi que meu pai havia assumido sua postura de boxeador e ia machucar algum desavisado. Aquele pateta velho de cabelos grisalhos e sobrancelhas grandes? O que está fazendo parado daquele jeito? E, então, *pow!* Havia sangue jorrando do rosto mais próximo dele, e pessoas caindo em todas as direções, tropeçando, pulando e mais gritos, e, se a polícia não tivesse violado seu acordo e invadido a igreja naquele momento, Deus sabe onde a coisa iria parar. Alguém certamente seria morto. Foram necessários apenas alguns golpes de cassetetes, então vimos uma abertura e saímos pela porta lateral, empurramo-nos e fomos empurrados, numa confusão louca, para as portas das limusines.

De algum modo saímos dali e todo mundo respondeu à chamada. Stab, Zelda e mamãe choravam. Meu pai tinha a mão direita quebrada e um corte feio sobre o olho esquerdo, do qual mamãe cuidava em meio às lágrimas. Meus braços e minhas pernas tremiam, e eu revia cenas do único episódio violento de minha vida adulta, a famosa cacetada no estacionamento. A gravata de Jesus estava rasgada do pescoço para baixo, o colarinho quase totalmente arrancado, os ombros do paletó abertos nas costuras. Ele fazia uma careta de dor. Vários golpes haviam acertado bem onde a bala o atingira e uns dois pontos se abriram.

– Desgraçados, desgraçados – Wales murmurava, enquanto enxugava o rosto ensangüentado do meu irmão com um lenço com monograma.

Enrica, que havia se enfiado no carro conosco e estava se espremendo contra o braço da poltrona para não se sentar no colo de Jesus, me deu um olhar tipo "Está vendo o que eu disse?".

Todos estávamos ofegando. Os carros já haviam retornado à Interestadual 94, com sirenes por toda volta. Demoramos toda a viagem até o aeroporto para conseguirmos formar frases coerentes, perguntar uns aos outros quem estava ferido e com que gravidade. As coisas se acalmaram por um momento, e então Stab irrompeu em lágrimas de novo, comecei a xingar e mamãe mandou eu me calar. Zelda parecia traumatizada: estava apertando minha mão com força. E quando chegamos ao portão do aeroporto meu pai fez a coisa mais estranha: segurou a mão de Jesus com sua mão boa, levou-a aos lábios e beijou seus dedos. Foi a única vez que jamais o vi fazer uma coisa assim.

trinta e cinco

DE TODA AQUELA HORA MEDONHA, a única coisa que chegou às telas de televisão de todo o país foi a imagem de Jesus sendo perseguido até dentro da limusine. Um certo canal – que não devo dizer qual, mas tem o mesmo nome de um animal conhecido por sua esperteza – fez questão, num noticiário depois do outro, de se demorar nos rostos furiosos dos paroquianos que haviam irrompido para o pátio da igreja. Os espectadores ouviam as palavras "Blasfêmia!" e "Heresia!" repetidamente. Isso era seguido por uma breve entrevista com o reverendo Pitchens, cuja frase famosa iria para os anais da pretensão espiritual: "Os membros da minha igreja têm um instinto para reconhecer falsos testemunhos."

Não foi exatamente uma cobertura justa e equilibrada. E o que Linneament chama de "mídia superficial" não fez muito melhor. Na confusão perdeu-se, por exemplo, a história (que só foi divulgada uma semana e meia mais tarde e mesmo assim apenas discretamente) de uma mulher chamada Annabelle Rundegren. Ela era de Williston, Dakota do Norte, e tinha sido levada de carro até lá por sua filha, Helga. Annabelle era cega e tinha dito à filha que queria ouvir Jesus pessoalmente. Conseguiu entrar na igreja e se sentou num banco ao fundo. Assim que Jesus começou a falar, voltou a enxergar. Ela gritou, é claro, quem não gritaria? – foi o primeiro barulho que eu havia escutado, antes de as coisas enlouquecerem –, e as pessoas ao redor acharam que ela havia sido posta ali pela campanha de Jesus, que era uma fraude, e rapidamente a retiraram do prédio. Ela ficou tão traumatizada, primeiro pelo milagre e depois pela maldade dos outros que estavam no mesmo banco, que pediu à filha que não dissesse a ninguém sequer uma palavra sobre aquilo e se entocou em sua casa durante nove dias, secretamente em êxtase. Por fim, quando viu o tipo de divulgação que estávamos recebendo, foi ao jornal local e contou o que havia acontecido. Mas sua história pareceu suspeita para os veículos de mídia mais sofisticados e seria preciso revirar as últimas páginas de alguns jornais de alcance nacional para encontrar o meio parágrafo que lhe dedicaram.

Mesmo assim sobrevivemos à emboscada, não apenas fisicamente. Quando tentei falar com Jesus sobre o ocorrido no avião – onde estávamos cuidando dos ferimentos e tomando bebidas fortes –, ele me dispensou.

– Em frente, em frente – foi tudo o que disse. E depois: – Ligue para a minha mãe, ela vai ficar preocupada quando souber.

◆◆◆

Machucados e arranhados, em alguns casos usando roupas recém-compradas, seguimos a programação pelo Meio-Oeste, que culminaria numa sessão de fotos de Jesus se encontrando com sua mãe na foz do rio Mississippi, ao norte de Minnesota. A cena louca na Igreja de Cristo em Deus jamais se repetiu, nada sequer chegou perto daquilo. Mas – e isso era muito estranho para mim –, depois daquele dia medonho, as pesquisas começaram a oscilar. A princípio, Alowich e Maplewith sensatamente evitaram qualquer comentário direto sobre o desastre, optando, em vez disso, por enfatizar o argumento de que Jesus estava se recusando a debater com eles. Utilizaram o infeliz acontecimento na igreja em seus anúncios depois de alguns dias, mas o que realmente martelavam era a questão do debate. Combinada com a corrida rápida de Jesus para a porta da limusine, a recusa o fez parecer, pelo menos a alguns olhos, menos corajoso do que havia aparentado na arena do rodeio. Justin Dreaf aproveitou essa abertura para fazer um novo anúncio, que passava repetidamente nos principais estados onde a batalha era mais acirrada (diferentemente de Jesus, ele *se importava* com o colégio eleitoral), em que imagens de Jesus correndo para a limusine eram combinadas com a locução dizendo: "Esta é a pessoa que queremos nos liderando em tempos de guerra?"

E o coronel Alowich adotou uma postura semelhante, divulgando um anúncio que mostrava Jesus do lado de fora da igreja e Alowich de uniforme militar com sua esposa estrela de TV ao lado. "Alguns fogem", dizia a voz no anúncio, "e alguns ficam e lutam. Alowich para presidente."

Esse material teve o efeito desejado, lamento informar. Pelo menos no sentido de que os números nas pesquisas retornaram ao ponto em que Maplewith, Jesus e Alowich tinham cada um entre 20 e 30%, com alguns poucos indecisos. Estranhamente, Jesus, que havia se chateado com uma liderança de apenas seis pontos, agora parecia contente com um empate estatístico. Nos dias seguintes, não fez nada além de nos cobrir de elogios e encorajamentos enquanto enfrentávamos, em seu nome, o frio Norte do Meio-Oeste, onde ventava bastante. Eu começava a achar que ele estava fazendo algum tipo de jogo conosco – e com os eleitores americanos: tudo que fazia parecia destinado a nos tirar de nossas expectativas e suposições usuais. Isso podia ser muito, muito frustrante.

As estações de TV e os jornais pareciam gostar de que as coisas estivessem ficando apertadas enquanto chegávamos ao último mês (mas, como Wales nos lembrou, as disputas quase sempre ficavam acirradas nas últimas semanas das campanhas) e adoraram o fato de que praticamente toda a equipe de Jesus iria se apresentar em algum programa de TV ou rádio. Zelda estava trabalhando demais. Numa manhã, depois de termos uma hora sozinhos e de tomarmos café da manhã no quarto, quando ela ligou novamente seu celular, havia 73 mensagens. Dezoito eram do pessoal de Linneament, perguntando se tinha certeza de que eles não poderiam receber o próprio candidato no programa de Hurry, nem ao menos pelo telefone, em vez de apenas os pais de um de seus principais assessores.

– O senhor e a senhora Thomas também estão entre os principais assessores – respondeu Zelda, irritada. E depois acrescentou: – E são grandes fãs de Hurry.

trinta e seis

ÀS VEZES PODE PARECER QUE DESDENHO A FERA de muitas cabeças que chamamos de mídia americana. Peço desculpas. Como ex-personalidade do ramo, sei muito bem como é fácil transformar os repórteres de TV, rádio e jornal em sacos de pancada, retratá-los apenas como o tipo de pessoa que virá atrás de você logo depois de seu melhor amigo ser assassinado por um assaltante, colocará um microfone na sua cara e perguntará como você se sente. Também é fácil criticar as grandes empresas de mídia por dedicarem 20% de seu tempo a uma estrelinha de filmes adolescentes envolvida com drogas quando há crianças com fome no Leste do Kentucky ou bandos de estupradores na Somália.

Provavelmente em nenhum outro momento essa propensão pela falta de sensibilidade, essa tendência a enfatizar as futilidades e ignorar a essência é mais óbvia do que durante uma campanha presidencial. Mas, para ser justo com os repórteres que estão na batalha e com os donos dos veículos de notícias, deve-se reconhecer que as campanhas são tão longas que as pessoas envolvidas em sua cobertura são como refugiados durante uma caminhada de 16 meses, revirando as beiras das estradas e as florestas em busca de migalhas de alimentos e de pequenas poças sujas onde possam beber. E também devo admitir que, durante nossa famosa campanha, houve algumas investigações e análises substanciais não somente dos candidatos, mas também dos problemas que os Estados Unidos tinham de enfrentar naqueles dias. O *Jim Wearer News Hour*, por exemplo, foi razoavelmente bom em fazer uma cobertura profunda dessas questões. Wearer poderia ter se vestido melhor, na minha opinião, e eles poderiam ter usado mais vídeos, ter dado mais vida, mas pelo menos foram suficientemente bons para poupar os espectadores de um relato interminável das atribulações dos casamentos das celebridades, das aventuras criminosas dos astros do futebol, da tristeza dos pais de crianças seqüestradas e das variações cotidianas nas pesquisas.

De posicionamento político oposto, Harry "Hurry" Linneament também teve seus momentos. Como um buldogue irado que sai mastigando todos os móveis da casa, até Hurry (e, num caso mais extremo, em raras ocasiões, até mesmo Shawn "Não Tanto" Mannily) ocasionalmente cravaria os dentes num tema que não era puramente um comercial partidário disfarçado. Linneament o sacudia, rosnava e corria pela casa com ele e, quando você chegava, descobria pedaços do seu controle remoto espalhados no tapete. Mas pelo menos em parte do tempo abordava as grandes questões, embora ele e as pessoas que telefonavam para o programa depois de uma triagem cuidadosa ("Sou seu *maior* fã, Hurry!") parecessem, ao meu ouvido crítico, um tanto isentos de compaixão pelos menos afortunados. Enquanto isso, se você ligasse a America Free Radio, Wendy Shriller estaria falando sobre os sapatos baratos do coronel Alowich ou ajudando a espalhar o boato de que Margie Maplewith havia feito uma conta enorme na loja da Victoria's Secret no shopping de Idaho. Coisas importantes desse tipo.

Mas estou sendo sarcástico de novo. Isso provavelmente vem de minha ambição frustrada. Estou disposto a admitir que sou invejoso. Durante toda a minha vida adulta, tudo o que quis foi ser o âncora noturno de uma rede de TV importante. Boston. Atlanta. Nova York. Levar as grandes notícias aos lares de milhões de pessoas.

Portanto considere isso um pedido de desculpas por dar socos fáceis na criatura de quem dependemos para nos dizer como o resto da humanidade está se comportando. Considere isso um prelúdio ao relatório sobre a antepenúltima semana da campanha, a semana em que o povo de Jesus foi ao ar – e foi trucidado.

Aqui vai a seqüência das jogadas:

1. Primeiro rebatedor: Dukey McIntyre no *Lenny Queen Show.*

Independentemente do que você pense sobre Queen, ele está fazendo o que faz há muito tempo e é um profissional. Assim como Linneament, não ficou satisfeito em receber uma migalha em vez do bolo com cobertura, mas aceitou o que ganhou. A história de Jesus se candidatando a presidente era o tipo de coisa que só acontece uma vez na vida de um apresentador de programa de entrevistas, por isso acabaram fazendo um grande estardalhaço antecipadamente, anunciando que Queen havia conseguido uma *entrevista exclusiva* com o subchefe de segurança de Jesus e presidente da empresa de artigos de segurança Scorched Earth, Ronald McIntyre.

Apesar disso tudo, o próprio Queen levou cerca de meio segundo para decifrar Dukey. Pavio curto que era, Dukey foi ao programa usando camiseta de camuflagem sob uma jaqueta de couro preta – para ele, o traje definitivo de machão. Nos primeiros 20 minutos, Queen lhe mandou uma série de bolas fáceis:

– Então, senhor McIntyre, quais são os principais desafios para proteger um candidato como o Senhor Cristo?

E Dukey rebateu cada uma delas de primeira:

– Bom, senhor Queen, os desafios são que em todo lugar existe gente que não presta, gente com parafuso solto, entende? Eu e meu pessoal... bom, digamos apenas que não hesitamos em usar o que tem de ser usado, sabe?

Ao concluir suas frases em tom de interrogação, o rosto sério de adulto que havia assumido na primeira parte da resposta subitamente o abandonava. Dukey olhava para o famoso apresentador por baixo de suas sobrancelhas cor de ferrugem como um garoto da segunda série querendo ouvir o que seu pai achava das duas tábuas que ele havia pregado lá embaixo no porão.

Alguns minutos antes do fim da entrevista, Queen puxou seus suspensórios e cometeu o erro – pelo menos eu achei que foi um erro – de ressuscitar a questão da homossexualidade. Fez isso de modo indireto, gentil, aludindo aos ataques financiados por Justin Dreaf: os anúncios mostrando uma porta de armário aberta atrás do nosso candidato, talvez o brilho de um brinco. Dukey tinha a esperteza das ruas e percebeu aonde a pergunta queria chegar.

– Escute – disse, e não conseguiu se impedir de apontar um dedo para Queen por cima da mesa. Deu para ver a grande cabeça retangular de Lenny recuar cinco centímetros, os óculos deslizarem ainda mais para baixo em seu nariz. – Escute, essa é a maior babaquice de todos os tempos, certo? Estou avisando: a próxima pessoa que começar a chamar nosso cara de ve... que começar a dizer que ele é homossexual vai se ver comigo, sacou?

Queen tinha sacado. Seus produtores e técnicos também. A câmera se afastou do rosto de Dukey e não voltou mais. Nos dois últimos minutos do programa, um visivelmente abalado Lenny Queen falou sobre "a situação incomum que temos aqui, inédita na política americana, de proteger um candidato, já alvo da bala de um assassino, que afirma ser Jesus Cristo. Pessoal, nunca vimos algo assim".

Ele prosseguiu até o fim da entrevista sem mencionar de novo o nome de Dukey e deu um telefonema para Zelda no segundo em que o programa terminou. Disse que não estava satisfeito, que se sentiu ameaçado e que não nos daria mais nenhuma cobertura, absolutamente zero, até o fim da campanha.

Um fora. Ninguém pontuou.

2. Segundos rebatedores: Meus pais no *Harry Linneament Radio Show*, transmitido de costa a costa.

Linneament, que não costumava ter convidados em seu estúdio, começou dizendo ao meu pai:

– Senhor Thomas, pelo que sei, o senhor é membro da fé hebraica e isso...

– Sou judeu – interrompeu meu pai.

– Ótimo, judeu, se o senhor quiser. Diga, como é que um judeu trabalha na campanha de um homem chamado Jesus Cristo?

– Fui honesto com relação a isso desde o início. Pergunte a qualquer um. Para mim, esse cara é o melhor que existe para o cargo, só isso. Neste país não devemos prestar tanta atenção à cor ou à religião das pessoas. Para mim, este cara é um rabino, um professor, e é tremendamente inteligente. E corajoso também. É disso que precisamos na Casa Branca, para variar.

– Então as diferenças religiosas não o incomodam? O fato de seu povo acreditar que Jesus tenha sido meramente...

– Ele é um grande rabino – disse meu pai. – Eu me atenho a isso.

– E, senhora Thomas, como exatamente a senhora passou a ser uma das principais assessoras da campanha dele? A senhora tem diploma em ciência política?

– Sou mãe – respondeu ela. – Não tenho diploma de nada. Meu filho se envolveu. Como qualquer boa mãe, quando ele pediu minha ajuda, fui de braços abertos. Sou católica, por sinal, e criei meus filhos nessa fé.

– Mas é um absurdo, não é? Quero dizer, com todo o respeito. Os senhores parecem pessoas amigáveis, inteligentes, boas... e são grandes fãs meus, por sinal, pessoal, portanto acho que a parte do "inteligentes" é óbvia, he, he... Mas, em primeiro lugar, como a senhora pode realmente acreditar que esse homem é *o* Jesus Cristo? Em segundo, que ele voltou à Terra. Em terceiro, que voltou logo para se candidatar à presidência dos Estados Unidos!

– É uma questão de fé – respondeu minha mãe. – O senhor é que vive falando sobre Deus e a Bíblia. Bom, é hora de apostar no que sempre diz.

– Eu gostaria de dizer que não acredito que ele seja Deus – meu pai precisou intervir. – Só para constar.

– Mas, perdoe-me, esta pergunta é para a senhora: numa época de grave crise, a senhora está pedindo que confiemos nossas vidas a alguém que parece quase não ter um passado, que certamente não tem experiência política da qual tenhamos algum registro. O país está se desestruturando por dentro e sendo ameaçado de destruição por fora... e a senhora está nos pedindo que elejamos um desconhecido jovem e solteiro?

– É uma questão de fé – repetiu minha mãe, usando a tática que utilizava com meu pai durante 42 anos. Sempre havia funcionado com ele e ela não via motivo para não funcionar com Hurry Linneament. Simplesmente repetiria a mesma coisa até esgotá-lo. – Além disso – acrescentou –, o fato de ele ser solteiro não é tão importante assim. Um monte de casamentos não dá certo hoje em dia. É uma questão de fé.

– Mas fé em *quê?* – reagiu Hurry. Sua voz grave estava ficando esganiçada. Ele tinha se casado cinco vezes.

– Fé em Deus – respondeu minha mãe.

– Ou num bom homem – interveio meu pai. – Num mestre.

As coisas seguiram assim pela maior parte da hora, um impasse, pelo que me pareceu. Eu estava deitado na cama do hotel ouvindo pelo rádio, de olhos fechados, a mão direita envolvendo com força minha bola de golfe da sorte. Linneament atirava uma flecha e ela ricocheteava no escudo de mamãe. A flecha seguinte batia na superfície dura de papai. Não fiquei insatisfeito. Mas então o programa foi aberto para os telefonemas e recebemos coisas assim, uma depois da outra:

– Sou uma boa católica, senhora Thomas – disse Jane, de Maryland. – Uma católica *de verdade*. Acho que deveria saber que os cardeais não reconheceram esse suposto Jesus. A senhora jamais mencionou isso. Se os cardeais e bispos não dizem que ele é Deus, como ele pode ser Deus?

E Robert, do estado de Nova York:

– Oi, Hurry, sou seu fã desde que você começou, desde aquela época. Agradeço a Deus todos os dias por termos uma voz da verdade nesta terra conturbada, mas devo dizer que estou surpreso por você receber esses malucos liberais no seu programa.

E Eddie de Wyoming:

– Aqui nós não engolimos idiotices, Hurry, como você sabe. Na próxima eleição, estou pensando em dizer que sou Buda, ou algo assim, e vou me candidatar ao Senado. Posso lhe dar o endereço de um site para onde seus ouvintes podem mandar doações?

Hurry deu uma grande gargalhada diante desse comentário. No fim do programa, segundo meu pai, minha mãe estava chorando e ele se sentia pessoalmente insultado, até mesmo enganado.

– Eu teria lhe dado um soco na boca com minha mão boa, se isso não fosse prejudicar a campanha – disse-me.

Depois disso, Harry Linneament passou dias repetindo as palavras "*de fé*", em tom de zombaria, sempre que surgia o assunto do Partido da Divindade, da mudança climática, de pessoas de pele escura vivendo na pobreza ou do *New York Times*.

Dois fora.

3. Terceira rebatedora: a Mãe de Deus.

Roger Popopoffolous, devo dizer, tratou Anna Songsparrow com bastante respeito. Com a exceção de Anne Canter (participando da discussão em nome de Corker Lobbits, que eu achava a mulher madura mais bonita da televisão e que havia saído da rádio estatal anos antes porque ia ganhar mais e ela não era idiota), Roger e seus colegas fizeram perguntas diretas e importantes – sobre suas idéias a respeito do serviço de saúde, da criminalidade urbana, do problema de drogas, da situação da educação pública, do terrorismo, das condições de vida dos índios – e ela deu respostas longas em sinceridade e um tanto curtas em detalhes, freqüentemente fazendo referência ao modo como as coisas eram feitas na sociedade navajo havia muitas gerações. Na terceira ou quarta vez que ela mencionou seu avô, o famoso sábio e chefe, a senhora Canter (que havia escrito um best-seller maldoso e que cultivava a fama de ser má) não agüentou mais. Na verdade, toda vez que Songsparrow mencionava valores tribais, Canter balançava o cabelo louro para um lado e para outro, revirava os olhos e se encolhia com uma expressão de dor, como se alguém na sala tivesse aberto a porta de uma geladeira onde um prato de comida estivesse apodrecendo durante semanas. Por fim, não conseguiu ficar em silêncio:

– Senhora Endish... ou será que devemos chamá-la de Senhora Cristo?

Anna a olhou por um momento e depois disse:

– Nós, navajo, traçamos a linhagem através da mãe.

– Senhora Endish, então. Vou lhe dizer uma coisa que não disse a ninguém em 20 anos como repórter. E nesses anos estive na companhia de algumas figuras desagradáveis. Acho a senhora uma fraude. Uma impostora. Acho seu filho uma fraude. E acho que essa piada já foi longe demais. Meu sentimento, Roger, é que, no dia da eleição, o povo americano vai perceber que foi enganado e não vai confiar o destino de seu país, de sua família e de seus filhos a um charlatão.

– A senhora tem todo o direito de ter a sua opinião – respondeu Anna sem se abalar.

– Só isso? – rosnou Canter. – Esta é a sua resposta? Que tenho direito à minha opinião?

– Gostaria de saber se podemos falar sobre os temas – disse Songsparrow baixinho –, em vez de começar a brigar uns com os outros.

Popopoffolous tentou dizer alguma coisa, mas Canter estava agitada e perturbada e gostava de começar brigas.

– Este *é* o tema, eu diria. O tema central é a autenticidade e a experiência de seu filho, de seu colega de chapa. Com licença, mas não estamos falando aqui de uma disputa para ver quem vai dirigir a carrocinha de cachorros ou ser o chefe do cassino. Estamos falando do líder do mundo livre.

Foi um grande escorregão, até mesmo para Anne Canter. Tão grande que Popopoffolous pôs a mão no antebraço dela, algo que ninguém jamais o vira fazer. Canter reagiu a isso mais ou menos como o presidente da Alemanha havia reagido à massagem improvisada de um ex-presidente americano.

A câmera foi até Anna Songsparrow, que não estava piscando.

– Eu diria – disse ela com firmeza. – Eu diria, e com mais respeito do que a senhora demonstrou, que um chefe tribal tem muitas qualidades que seriam valiosíssimas para um presidente. Uma das principais é a responsabilidade de proteger seu povo não apenas física, mas também espiritualmente... para usar uma palavra da qual a senhora talvez não goste. Além disso, ele é responsável por alimentar um espírito de unidade entre personalidades diferentes. Tem de garantir que os idosos sejam respeitados e cuidados. Que a terra seja respeitada e cuidada. Que algum sentimento de história, do valor da tradição e dos rituais seja passado para as gerações mais novas. Meu avô, por exemplo, teve a experiência de ser cercado por uma força hostil que não queria nada mais do que o extermínio de seu povo. Sem dúvida, nestes tempos, esse tipo de experiência e essas qualidades não são apenas desejáveis mas essenciais num presidente. Meu filho entende isso não somente como alguém que é em parte navajo, mas como um homem de herança mestiça, numa nação de herança mestiça, e como alguém que decidiu concorrer a esse cargo não pelo ganho pessoal, não por motivos egoístas, e sim como um último sacrifício.

A mesa de debatedores ficou num silêncio perplexo em parte por causa do que Anna Songsparrow havia acabado de dizer e em parte pelo modo como ela dissera aquilo, sem um tremor de recriminação, com calma e segurança. Tudo que Anne Canter pôde fazer foi apertar os lábios com desprezo, desviar os olhos e tirar o cabelo louro e comprido do rosto com dois dedos. Houve alguns segundos de silêncio, algo de que nenhum apresentador de TV ou rádio gosta. Por fim, Popopoffolous conseguiu dizer:

– George, uma palavra final?

Batendo com o lápis na mesa, George Bill hesitou, depois chocou o apresentador, a convidada, eu e, suspeito, uns 40 milhões de americanos conservadores ao terminar o programa com a seguinte observação:

– Vou fazer algo que também nunca fiz antes, Anne. Vou citar João Batista. No Evangelho de João, capítulo 1, ele teria dito mais ou menos o seguinte: "Eu não o conhecia... E eu vi e dou o testemunho que ele é o Eleito de Deus."

Songsparrow rebate e chega à terceira base.

4. Quarto rebatedor: Patterson Wales no *Bulf Spritzer Hour.*

Acho Bulf um cara decente, mas não consegue convencer o espectador de que não está em êxtase por se encontrar sob os holofotes. As pessoas provavelmente já disseram o mesmo sobre mim, e sem dúvida com bons motivos. Como eu, Spritzer é um profissional, e em Wales, pelo menos, ele tinha alguém que não ia enfiar um dedo no seu peito, alguém que, mesmo se não soubesse nadar muito bem, pelo menos sabia que as águas da política são fundas e cheias de tubarões.

– Qual é a verdadeira história aqui? – começou Spritzer.

– A verdadeira história – respondeu Wales – é que o povo americano está diante do candidato dos seus sonhos. Um sujeito inteligente, compassivo. Um sujeito que não tem interesses especiais. Um homem cuja campanha foi financiada por pessoas que acreditam que ele pode salvar os Estados Unidos. A verdadeira história é que você tem nas mãos um unificador. As pessoas estão tão acostumadas a brigar que algumas não sabem o que fazer com isso.

– É justo. Essa é uma fala de efeito, o que esperaríamos que você dissesse.

– É a...

– Mas não é verdade que preferiríamos ter as mesmas qualidades num candidato com um nome menos... incendiário... e com mais experiência de governo?

– Claro – Wales admitiu. – Porque é a isso que estamos acostumados. É o melhor em que podemos pensar quando se trata de figuras políticas. Mas ele é quem é. Não vai mudar seu nome nem suas crenças. Ele não é assim.

– Mas ele afirma que é Deus?

– Pergunte a ele.

– Eu perguntaria, se pudesse tê-lo no programa.

– Bom, outras pessoas já perguntaram.

– E o que ele diz? Esta me parece a questão central da campanha, não é?

– A questão central da campanha é unidade, gentileza, compaixão... não para apenas algumas pessoas, mas para todos.

– São três questões – observou Spritzer. – E você não respondeu à pergunta.

– Qual era?

– Senhor Wales, ele é Deus ou não?

– Ele se chama de Filho do Homem.

– Uma clássica saída pela tangente. Ele é Deus ou não? A nação quer uma resposta.

– Acho que *você* quer a resposta, Bulf.

Wales disse isso com um sorriso, mas quando a câmera se virou para Spritzer dava para ver os pêlos de sua barba eriçados, de tão irritado que estava.

– Deus ou não? – repetiu, com uma perspicácia na voz que poderia cortar um bloco de granito de New Hampshire.

– Presidente ou não, é só nisso que estou interessado – respondeu Wales.

– Deus ou não?

Bulf andou tendo aulas com mamãe, pensei.

Wales havia começado a suar. Spritzer o havia encurralado e não iria soltá-lo.

– Eu diria que é Deus, sim – admitiu Wales depois de um momento.

– Obrigado – disse Spritzer. – Finalmente. Então aí está. Deus está concorrendo à presidência. Ou um homem que se diz Deus, que acredita que é Deus, que afirma ser Deus. O que as pessoas pensantes medianas farão com isso?, eu pergunto.

– Votarão nele – disse Wales. No quarto de hotel, pulei de pé e aplaudi.

Spritzer sorriu mas não de modo amigável.

– Segundo as últimas pesquisas... vamos colocá-las na tela, certo? O que estamos vendo é o oposto, uma rápida queda no apoio ao candidato que diz ser Deus. – Na tela, Spritzer mostrou um gráfico com três linhas. A linha roxa representando o apoio a Jesus ia para baixo. Bulf estava com um ponteiro na mão. – Depois de chegar ao pico algumas semanas atrás, como podem ver neste gráfico – ele bateu sobre a linha roxa –, o número de pessoas que pretendem votar em Jesus caiu de quase 40% para perto de 30. Enquanto isso os outros dois candidatos ganharam força. Poderia dar uma explicação?

– As propagandas de ataque funcionam, infelizmente – foi o melhor que Wales conseguiu dizer, e, mesmo tentando parecer confiante, a câmera mostrou o suor em sua testa e o movimento nervoso que ele fazia com uma das mãos, como se estivesse querendo alisar as sobrancelhas mas tivesse decidido não fazer isso.

Durante o restante do programa, ele se esforçou ao máximo, mas Spritzer continuou golpeando e golpeando, mostrando um gráfico depois do outro: eleitoras com filhos, eleitores com renda anual de mais de 80 mil dólares, democratas, republicanos, independentes – todos perdendo fé, ou interesse, em Jesus para presidente, o que aniquilava todas as coisas boas que Wales tentava dizer. No fim, a impressão que ficava era de uma locomotiva que viera acelerando e depois fora desviada para um trilho sem saída.

O terceiro fora. Mas pelo menos Wales deu umas boas rebatidas.

◆◆◆

Não foi uma grande semana. Depois dessa série de entrevistas, algumas pesquisas nos mostraram caindo para o terceiro lugar, atrás de Alowich, que vinha crescendo. Resumindo: finalmente nossa falta de profissionalismo havia sido exposta. Acho que há um motivo para existirem velhos profissionais comandando as grandes campanhas. É um trabalho duro, sórdido, exaustivo. Não é para amadores como nós. Havíamos conseguido nos virar durante alguns meses, principalmente pela força do desempenho do nosso candidato, de seu brilho estratégico, de seu nome. Mas durante aquela semana de grandes apresentações na mídia (tornadas maiores, acho, pelo fato de que a campanha e o candidato haviam participado de tão poucas), a coisa desmoronou ao nosso redor. Com a possível exceção de Anna Songsparrow, parecíamos o que éramos de fato: um punhado de gente da cidade tentando atravessar o Everglades a pé, sem repelente para insetos, sem lanterna, sem bússola.

Assim, seria um tremendo eufemismo dizer que estávamos contando demais com a apresentação de Jesus no *Meet the Media* e, ainda que um clima sombrio tivesse baixado sobre o grupo – agora maior, já que Anna Songsparrow havia se juntado de novo a nós –, nosso principal jogador ainda não entrara em campo e tentávamos animar uns aos outros do melhor modo possível.

5. Quinto rebatedor: Jesus, no *Meet the Midia*.

Fiquei tão nervoso que fui assistir sozinho num bar.

Se fôssemos julgar Jesus somente por sua aparência física, fosse ele Deus ou não, tenho certeza de que os espectadores do programa de Bobby Biggs o teriam aprovado com entusiasmo. Na véspera do programa, Jesus saiu e comprou um estupendo terno Armani e outras roupas, espalhando dinheiro em Manhattan como um astro do rap (a imprensa cobriu essa farra de compras). Sapatos brilhantes, camisa creme aberta no colarinho, o Armani, o corte de cabelo fantástico, os malares, o sorriso. Se Jesus não parecia Deus quando se sentou diante de Bobby Biggs, ninguém mais pareceria.

Biggs tinha reputação de ser justo e cumpriu seu papel dedicando os primeiros dois terços do programa a temas importantes, dando a Jesus a oportunidade de responder às acusações de que era café-com-leite nas questões de Estado. Ele entrou em alguns detalhes sobre seu passado, dando nomes dos lugares na Índia, no Tibete e no Nepal onde havia estudado ioga e meditação, dos famosos mestres espirituais que havia conhecido. Assistindo pela TV num bar perto de Akron, Ohio, minha impressão era de que os cidadãos comuns não ligavam a mínima para algum mestre de ioga de Nova Délhi ou para os santos perseguidos de Ladakh. Mas Jesus agia como se eles *devessem* ligar e, com isso e alguns poucos fatos sobre suas outras atividades (por acaso ele havia servido no Corpo de Paz na Guatemala durante um ano, antes de se decidir pela peregrinação ao Oriente; não tinha experiência em política exterior, mas pelo menos isso era *alguma coisa*), parecia mais acessível do que antes, na campanha.

Em termos de proposta, ofereceu algumas novas, especialmente destinadas aos críticos que diziam que ele falava muito de compaixão e idealismo mas pouco de bom senso orçamentário. Lembrou aos espectadores a iniciativa de responsabilidade ambiental do Grupo Feltonov e o apoio de Pavel Feltonov. Disse que esses planos tinham o potencial de injetar bilhões de dólares do imposto de renda na economia, ao mesmo tempo que acrescentava centenas de milhares de novos empregos na indústria – e desfiou os números para sustentar o que dizia. Insistiu que não havia motivo para que nossas tarifas sobre produtos importados não fossem iguais às cobradas sobre nossas mercadorias em outros países, dólar por dólar – sua campanha tratava de justiça, no mínimo. E então nos surpreendeu a todos, inclusive Biggs, ao dizer:

– Também gostaria de observar que cada um dos meus oponentes, no decorrer desta campanha, deu sugestões excelentes. As idéias de Marjorie sobre a proteção às nossas crianças, as propostas de educação do coronel... são programas saídos de mentes de primeira classe e que eu adoraria implementar nos primeiros 100 dias da minha administração.

Biggs ouviu respeitosamente, sondando uma vez, duas, como era seu estilo, depois passando à próxima pergunta. À medida que o programa seguia, afastou-se gradualmente das questões políticas para o território mais pessoal:

– Pelo que sabemos, o senhor propõe a não-violência e eu e muitos americanos admiramos isso. Nós admiramos isso em Ghandi, no doutor Martin Luther King. Admiramos no Dalai-Lama, que, devemos mencionar, manifestou-se ontem dando apoio entusiasmado ao senhor, algo que ele jamais fizera.

– Um grande homem santo – disse Jesus. – Gostaria que ele fosse elegível.

Biggs deu um sorriso indulgente.

– Mas, ao mesmo tempo, o pacifismo deixa a maioria dos americanos inquieta. Eles se perguntam o que o senhor faria com relação à ameaça terrorista, se existe alguma situação em que o senhor usaria a força, se tentaria acabar com a produção de armas ou desarmar os militares.

Jesus parou por alguns instantes, pensando. Pude sentir eleitores de todo o país inclinando-se em direção aos aparelhos de TV. Um desses eleitores estava mal apoiado num banco a pouca distância de mim, junto ao balcão.

– Solta uma bomba atômica nos sacanas – disse ele. – Deixe que Deus separe quem é bom e quem é mau!

O barman ameaçou expulsá-lo.

Jesus deu uma resposta mais comedida.

– Moralmente, é uma questão extremamente difícil – disse ele. – Uma questão com a qual as pessoas de consciência lutaram desde o princípio dos tempos. – Por um momento, tive medo de que ele fosse tentar se livrar com uma não-resposta de político. Mas esse não era seu estilo. – Como falei antes, ainda que seja tentador acreditar, principalmente para aqueles de nós que têm uma vida segura e confortável, que não há pessoas realmente más no mundo, isso é uma negligência moral para com o dever. Existem pessoas más.

– Pode apostar sua linda bunda marrom que há – berrou o bêbado.

– A ameaça aos Estados Unidos é muito real, extraordinariamente real. Não se pode conversar com essas pessoas. Não se pode argumentar com elas. Elas carregam um ódio tão grande no coração que vêem a gentileza como fraqueza.

– Sim – interveio Biggs. – Mas minha pergunta foi sobre sua reação. O senhor usaria a força ou não?

– Vou chegar lá – respondeu Jesus. – Você vai notar duas coisas na minha campanha, Bob: primeiro, eu nunca critico meus colegas candidatos; segundo, nunca evito uma pergunta. Minha resposta é sim, eu usaria a força em determinadas circunstâncias, mas só depois que todas, e quero dizer todas mesmo, as outras possibilidades razoáveis tenham sido exauridas. No início da campanha, quando falei que achava que a resposta adequada à ameaça terrorista era uma ação policial, e com isso me refiro à polícia e às forças especiais, recebi um bocado de críticas. Mas reafirmo o que disse, desde que não enfrentemos um estado-nação com um exército. Nosso trabalho é nos proteger, e não converter as pessoas da violência para o pacifismo tentando matar o maior número possível delas. Esqueça os aspectos morais, vamos falar de questões práticas. A invasão armada simplesmente não funciona a longo prazo e não existe nenhum, absolutamente nenhum registro histórico de que isso tenha funcionado na era moderna em circunstâncias semelhantes às que enfrentamos agora. No caso de Hitler, Mussolini e Hirohito, que tinham exércitos com milhões de soldados e estavam decididos a conquistar o mundo, matar muitos deles foi inevitável e necessário. Se bem que líderes mais sábios poderiam, e eu digo *poderiam*, ter evitado ou minimizado o conflito caso tivessem agido de modo diferente nos anos anteriores à guerra. Não estamos lidando com Hitler, Hirohito ou Mussolini aqui, e sim com um número relativamente pequeno de almas cheias de ódio e perigosas. Se eu direcionaria membros das Forças Armadas para matar essas almas caso isso significasse impedir a morte de pessoas inocentes? Sim. Nem todos somos capazes de nos permitir ser crucificados. Certamente ficarmos imóveis vendo nossas crianças serem feridas ou mortas não é um ato sagrado.

Ele fez uma pausa e prosseguiu:

– Mas existe muito espaço para sutileza, mesmo nesta questão, Bob. A idéia de termos sociedades esclarecidas, de acabar com as ditaduras é boa, nobre e até mesmo sagrada. Mas não se pode fazer isso por meio da invasão, do assassinato, da força. A violência não é apenas moralmente errada, ela simplesmente não funciona, ou só funciona por pouco tempo. A paz é criada através do exemplo pacífico. Defender o país, claro, esta é a primeira responsabilidade de um presidente. Mas tire o feixe de luz de seu olho antes de tentar remover o cisco do olho dos outros. Vamos nos tornar um exemplo moral luminoso para o mundo. As coisas boas virão em seguida.

Nesse momento Biggs chamou o intervalo comercial. Restavam apenas cinco minutos de programa e eu sentia que talvez pudéssemos ter chance de novo. A resposta longa, direta e sensata de Jesus havia silenciado até mesmo meu amigo ali no bar, e achei que ela poderia ter nos colocado de volta no páreo, mudado a mente de algumas pessoas em dúvida – embora outras sempre fossem vê-lo como um ingênuo sem solução.

Quando terminaram os comerciais, Biggs, balançando para a frente como costumava fazer, disse o seguinte:

– Eu estaria em falta se não explorasse mais uma questão com o senhor. Não vou perguntar *se* o senhor é Deus. Mas perguntarei o seguinte: se o senhor é Deus, se não é apenas Jesus Cristo no nome, mas *o* Jesus Cristo da história bíblica, o homem que algumas pessoas acreditam que seja o filho de Deus e outras acreditam que foi pelo menos um mestre muito sábio, *se* o senhor é essa pessoa, essa criatura, ou qualquer palavra que queira usar, e decidiu voltar à humanidade – *se* for eleito presidente, irá agir nesse cargo simplesmente como ser humano, sem dúvida um ser humano sábio e capaz, ou – é difícil verbalizar isso de modo adequado – irá recorrer a poderes extraordinários para realizar seus deveres?

Era uma questão que estivera na mente de todo mundo no país desde que o nome de Jesus fora dito pela primeira vez no palco da Praça Banfield em West Zenith. Até agora ninguém, pelo menos nenhuma figura da mídia, tivera coragem de perguntar isso a Jesus diretamente.

Jesus mostrou seu grande sorriso.

– Usarei o cargo para fazer o bem, Bob. Esse, afinal de contas, é o objetivo de minha volta à Terra, e foi por isso que desta vez voltei não como mestre, mas como político, se você quiser. Farei o bem. Prometo isso ao povo americano. Meu propósito aqui não é realizar milagres. Se quisesse, eu poderia ter feito somente milagres desde o primeiro dia e talvez meus números nas pesquisas fossem melhores. – Os dois deram um risinho diante disso. – Meu propósito é mostrar aos homens e mulheres que vocês não precisam aceitar o que aceitaram até agora em sua história espiritual e política. Guerras, cobiça, corrupção, maldade de todo tipo. Os Estados Unidos não precisam se acomodar com isso, e cada um de vocês, como indivíduos, também não. Podemos mirar mais alto. Se for eleito presidente, não só falarei dessas coisas como vou demonstrá-las em cada aspecto de minha liderança. Exatamente como tentei fazer nesta campanha.

Biggs pareceu aliviado. Inclinou-se para a frente outra vez no que era quase um gesto de reverência, quase se curvando, e agradeceu a Jesus por ter ido ao programa. Jesus também agradeceu. Biggs mencionou um próximo convidado. Um comercial de uma firma de investimento veio em seguida. Meu colega americano na ponta do balcão disse:

– O cara está certo.

O barman concordou.

E estávamos de volta ao páreo.

trinta e sete

FALTANDO APENAS 15 DIAS PARA OS ELEITORES irem às urnas, os outros dois candidatos participaram de um debate na televisão, o último de uma série de três. Jesus não tinha sido convidado ao primeiro, que aconteceu antes de ele anunciar a candidatura. Poderia ter sido incluído no segundo, se tivéssemos pressionado, mas na época estávamos concentrados em pôr seu nome na cédula em todos os 50 estados e na luta para montar nossa logística, por assim dizer. No terceiro debate, ele era um ator tão importante em todo o drama que não convidá-lo teria comprometido a legitimidade do evento. Assim, a Liga de Mulheres Eleitoras contatou Wales e fez um convite formal. Wales, Zel e eu tivemos uma reunião com Jesus e lhe falamos sobre isso. Ele demorou apenas três segundos para decidir não participar. E manteve sua decisão, mesmo durante nossa semana de mídia ruim, quando os números caíam e a pressão aumentava. Fiquei surpreso com isso. Preocupei-me, assim como Wales e Zelda, com a idéia de que sua recusa em participar fosse vista como covarde e antiamericana, motivada apenas pelo medo de ficar cara a cara com os oponentes.

Até certo ponto foi o que aconteceu. Em especial depois do bom desempenho no programa de Biggs – um desempenho que nos lançou de volta à liderança na última pesquisa –, Maplewith e Alowich começaram a nos atacar com força na questão do debate. Alowich, que havia caído de novo para o terceiro lugar, mas não por uma margem muito grande, ressuscitou o anúncio em que Jesus fugia e ele ficava para lutar. Maplewith atacava Jesus a cada parada, usando outras pessoas para os golpes realmente sujos. E parecia que cada programa de rádio recebia telefonemas de pessoas questionando a coragem de Jesus, imaginando se ele realmente se importava em ganhar ou se para ele aquilo era apenas um jogo, especulando do que ele tinha medo, algum grande segredo sombrio (conexões com o submundo, sugeriu um comentarista), e assim por diante.

A Liga de Mulheres Eleitoras e a CNN sabiam que o debate seria melhor com

Jesus no palco, por isso continuaram estendendo o prazo, nos dando cada vez mais tempo para dar a resposta final. Estenderam até 48 horas antes. Jesus recusou.

– Recuso-me a ser outro palhaço no circo do "peguei você" – disse ele, quando tivemos a última reunião sobre o assunto, em outra suíte de hotel, esta na região central de Ohio. Estávamos tendo multidões gigantescas ali, e os números nas pesquisas subiam ligeiramente. Jesus disse que não via motivo para mexer com o sucesso.

– Eles farão um estardalhaço à sua custa, sem que você esteja lá para se defender – sugeriu Wales, olhando suas anotações. Eu conhecia meu chefe o suficiente para ver a tensão em seu rosto. Ele estivera trabalhando noite e dia nos últimos quatro meses e meio. A publicidade de emboscada e os erros da semana anterior haviam colocado uma grande mossa no otimismo que ele havia demonstrado na praia da Califórnia.

– Deixe que eles façam o que quiserem – disse Jesus. – Mandamos minha mãe para o debate dos vice-presidentes, e Clarence e Maileah essencialmente a ignoraram.

– Com todo o respeito – continuou Wales, ainda sem levantar os olhos –, ela não é você. O anúncio do Alowich está ganhando força no Sul e no Oeste. Algumas redes começaram a mostrar de novo as imagens da igreja em Montana.

– Não fizemos nada de errado lá.

– Sei disso. Mas eles montaram um clipe de 14 segundos que dá a entender que estávamos fugindo de alguma coisa.

– E estávamos.

– E agora vão dizer que estamos fugindo do debate.

Jesus considerou isso por um momento, brincando com a pulseira do relógio caro que ele usava algumas vezes (notei que os ponteiros nunca se moviam). Nessas situações, eu tinha a sensação de que ele estava só fingindo pensar em nossas sugestões. Parecia-me que sua decisão já estava tomada e que ele só estava sendo educado, fazendo-nos pensar que tínhamos alguma importância no que ele fazia. Por exemplo, desde a tentativa de assassinato, eu ficara constantemente no pé dele para escolhermos locais em que a segurança fosse mais fácil – ambientes fechados, onde pudéssemos fazer as pessoas passarem por detectores de metal e onde não tivéssemos de nos preocupar com lunáticos com fuzis nos telhados. Ele fingiu pensar um pouco nisso, depois me disse que odiava detectores de metal e que gostava de ficar ao ar livre sempre que podia. Basicamente, então, ele estava se oferecendo, num evento após outro, para qualquer pirado que o odiasse o bastante para matá-lo. Posso dizer que isso me deixava acordado a noite toda.

– Annie Ciappellino nos apoiou, não foi? – perguntou Jesus, como se tivesse acabado de pensar nisso.

Annie Ciappellino era uma garota de Jersey que havia ganhado a medalha de prata na maratona da Olimpíada anterior. Foi uma virada gigantesca. Sem esperanças de um resultado melhor que o 20º lugar, havia ultrapassado a favorita russa na volta do estádio e chegado a seis metros de alcançar a vencedora queniana. Seu pai, que a havia treinado desde quando ela estava na escola primária, morreu de ataque cardíaco três dias antes, tendo atravessado metade do mundo para ver a filha correr. Era uma história triste e maravilhosa, tornada mais maravilhosa ainda pelo fato de que Annie era uma doce beldade, de cabelos pretos, que doou para instituições que atendiam a crianças um terço de seus vultosos ganhos com apoios comerciais. Numa viagem para promover seu último tênis de corrida, ela havia cruzado com Anna Songsparrow em algum lugar no Sul, ouviu-a falar, gostou e no dia seguinte apoiou Jesus publicamente.

– Ligue para ela, por favor. Tenho uma idéia.

A idéia de Jesus era pegar a acusação dos opositores, de que estava *correndo* para longe, e usá-la a seu favor. Ele e Annie Ciappellino "correriam" da casa dela em Cape May, Nova Jersey, até West Zenith, Massachusetts, uma distância de 580 quilômetros. "Correriam" entre aspas, porque eles não correriam toda a distância, mas entre 10 e 16 quilômetros diários nos últimos 10 dias da campanha, lado a lado, ao longo de ruas e estradas, e então, depois de parar em algum lugar para tomar banho e trocar de roupa, seguiriam de ônibus por mais 30 ou 40 quilômetros, fazendo breves paradas no caminho.

Anne C. concordou sem hesitar, e esse final inusitado de nossa campanha tremendamente estranha foi anunciado na véspera do grande debate.

Eu lhe pergunto qual você acha que foi o assunto mais interessante no noticiário noturno: Maplewith e Alowich fazendo seu terceiro debate, preparando-se para dizer coisas um contra o outro, ou Jesus correndo ao longo da Costa Leste com uma linda medalhista olímpica que dava um monte de dinheiro para crianças doentes?

Na noite seguinte, enquanto todos nós, menos Jesus, assistíamos à TV na sala dos fundos de um restaurante de frango frito em Altoona, Pensilvânia, a senadora Marjorie Maplewith e o coronel Dennis Alowich usavam grande parte de seu tempo no ar atacando o candidato que decidira não aparecer. Havia alguma substância em seus ataques. A senadora Maplewith atacou o que ela considerava a idéia ridícula de que poderíamos lutar contra os "islamo-nazistas", como os chamava, sem usar tropas em grande número. Citou os comentários de dois generais respeitados para sustentar isso. Atacando do outro lado, o coronel

Alowich, inventor do GreenBiscuit, chamou a postura de Jesus em tornar o ambientalismo o novo motor da economia americana de "sonho de alguém sem experiência de negócios no mundo real". Durante a primeira meia hora, pensei que a previsão de Anne Canter (de que, à medida que nos aproximássemos da eleição, os eleitores dariam as costas a Jesus) fosse se mostrar correta. Alowich e Maplewith haviam afiado seus estilos no decorrer da longa campanha, encontrado suas vozes, e lançavam granadas contra o candidato ausente – e de vez em quando um contra o outro – como cabos de infantaria que haviam servido em quatro guerras.

O problema era que, depois da primeira meia hora de debate e das poucas explosões efetivas, eles continuaram fazendo a mesma coisa. O moderador, Lance Panderson, um âncora de rede nacional, cheio de carisma, que fora pioneiro do estilo "grisalho e orgulhoso disso", continuou pressionando-os por respostas específicas às perguntas e eles continuaram usando as questões como ponto de partida para seu próximo ataque contra Jesus. Aos 45 minutos, Zelda disse, empolgada:

– Os dois estão se ferrando! – E na marca de uma hora havíamos começado a aplaudir alto a cada vez que eles mencionavam o nome de Jesus, o que acontecia a cada 30 segundos. Restando uns poucos minutos, Alowich pareceu entender subitamente o que estava acontecendo, e inseriu uma linguagem ligeiramente elogiosa em sua declaração final, dizendo que Jesus havia feito uma campanha forte ("para um calouro") e obviamente era um bom homem ("embora talvez não tão bom quanto afirma"), mas Maplewith continuou atacando e atacando. Estava tentando, pelo que sugeriu Esmeralda, se contrapor aos eleitores antimulheres, mostrando como era durona, que podia distribuir pancadas junto com os garotões. Mas Stab resumiu o que muitos espectadores pensavam, ao dizer:

– Ela é *má!*

Em nenhum momento da campanha fiquei tão feliz quanto no fim do debate. Todos nós sentimos que tínhamos uma nova chance na vida e comemoramos com algumas boas garrafas de vinho no hotel. Jesus retornou do que disse que fora uma corrida de cinco quilômetros no escuro ("para ter uma leve esperança de acompanhar Annie C.") e nós o recebemos com um coro de análises felizes, todos falando ao mesmo tempo, dando diferentes versões com a mesma conclusão: os outros dois haviam fracassado completamente.

A oscilação das pesquisas demonstrou isso. Chocando os sabe-tudo mais espertos da TV, inclusive Anne Canter, não somente os eleitores não estavam se afastando de Jesus na reta final da campanha como vinham claramente retornando a ele. Havíamos nos preocupado – todos os três campos haviam se preocupado – que, numa campanha dividida em três, ninguém surgisse com a maioria dos votos no colégio eleitoral. E, à medida que os novos números eram divulgados, esse parecia ser nosso maior problema. No dia em que Jesus e Annie C. se encontraram em Cape May e tiraram uma foto com roupas de corrida e gorros de lã no frio de quatro graus do fim de outubro, a pesquisa do *Christian Science Monitor* dizia o seguinte:

JESUS CRISTO (PARTIDO DA DIVINDADE)	35%
MARJORIE MAPLEWITH (PARTIDO REPUBLICANO)	33%
DENNIS ALOWICH (PARTIDO DEMOCRATA)	27%
INDECISOS/OUTROS	5%

trinta e oito

A "CORRIDA PELA CASA BRANCA", como Wales a batizou, foi uma idéia brilhante e o pior pesadelo para um chefe de segurança. Mesmo com a ajuda das polícias local e estadual, e com mais uma dezena de aficionados por Harley Davidsons que Dukey convocara do novo grupo dos Panteras no Oeste da Nova Inglaterra (eles haviam se oferecido para trabalhar de graça para Jesus), com o entusiasmo que nos recebiam a cada parada e parecia se multiplicar a cada quilômetro, o fato era que nosso candidato – que já havia escapado por pouco da morte – era um alvo perfeito para qualquer lunático que decidisse que Deus queria que ele se esgueirasse ao topo de algum prédio abandonado em Tom's River ou Rahway e experimentasse seu novo fuzil 30-06. Todas as tardes eu examinava a rota de corrida do dia seguinte com uns dois policiais uniformizados. Toda noite eu me sentava com os Simmelton e tentava avaliar qual das várias ameaças que havíamos recebido nas últimas 24 horas representava perigo real. Eu acordava todas as manhãs antes do sol – o que não era fácil para mim – e me certificava de que tínhamos proteção meticulosa no ponto onde a corrida do dia começaria, que o ônibus tinha sido examinado e reexaminado, em busca de explosivos, e que o próximo hotel seria o mais seguro que pudéssemos torná-lo.

Zelda mantinha o mesmo horário, tentando cuidar de todos os pedidos da imprensa. Imprimia e distribuía documentos com propostas de governo, arranjava credenciais, dava permissões para comícios, recusava pedidos de entrevistas na TV. Todo mundo estava trabalhando 16 horas por dia: mamãe ajudando Zelda com a promoção local, supervisionando os bufês contratados e vigiando as duas crianças em parte do tempo; papai mapeando as melhores rotas de viagem, arranjando acomodações separadas para os motoqueiros (que o haviam adotado, estranhamente, como sábio conselheiro e que preferiam motéis vagabundos onde pudessem beber, xingar e quebrar coisas sem chamar muita atenção) e imprimindo uma programação diária; Stab distribuindo os panfletos em papel brilhoso nos quais haviam sido impressos meia dúzia dos pontos-chave da plataforma de Jesus, vários apoios importantes e algumas citações inspiradoras; os Simmelton ajudando com problemas do site na internet; Dukey agindo como guarda-costas pessoal de Annie Ciappellino (o que deixou Ada – que ajudava Zel com trabalhos de imprensa – com ciúme); Enrica Dominique fazendo massagens terapêuticas diárias nos dois corredores; Wales mantendo-se atento ao quadro nacional, às pesquisas e às informações de centenas de comitês de Jesus para a América. Também monitorava os anúncios dos outros candidatos e a programação de Anna Songsparrow, que tinha seguido para os três estados do Norte da Nova Inglaterra com Esmeralda para um último percurso por uma área à qual provavelmente não havíamos prestado atenção suficiente.

O nível de estresse era altíssimo. Acho que a única coisa que nos mantinha em frente, na verdade, eram as legiões de moradores comuns de Nova Jersey que se amontoavam pelo caminho sorrindo, gritando, aplaudindo, rezando, desmaiando. Mostravam cartazes feitos à mão, dizendo coisas como: NÓS ACREDITAMOS! e PRESIDENTE CRISTO PARA SEMPRE!. Cobriam trechos inteiros de rodovias com pétalas de flores ou folhas de palmeira. Jogavam terços para Jesus abençoar ou cantavam hinos enquanto ele passava. Estendiam fotos de Annie C. para ela autografar. Entre a preocupação com o bem-estar físico de Jesus e os sonhos de como seria a vida se chegássemos à Casa Branca passaram-se dias inteiros em que eu não comia quase nada entre meu café às 6 horas da manhã e o jantar.

Faltando uma semana e com as pesquisas se sustentando, Annie e Jesus puderam ser encontrados correndo lado a lado pela Broadway em Manhattan (que pesadelo para conseguir as permissões!). Tivemos um grande comício no Harlem, onde os pastores das igrejas de beira de rua apareceram com força total, e os Harlem Globetrotters fizeram um breve show para esquentar a multidão; outro enorme comício numa área de fala hispânica no Bronx; outro, na tarde seguinte, em Westport, Connecticut, onde toda a equipe passou a noite numa mansão de Walter W. Estabrooke, o empreendedor imobiliário e dono de cassinos que afirmava ter sido ateu durante toda a vida até ver Jesus no *Meet the Midia* e se converter.

Converter-se a quê?, era a pergunta que ninguém pareceu fazer. Em meus raros momentos de calma, refleti sobre o fato de que, com a exceção do fatídico sermão em Montana, Jesus havia ficado longe de igrejas, mesquitas, templos, capelas, crucifixos, homens de batina preta e da linguagem associada a tudo isso. Ele disse a Wales que achava que a religião organizada havia feito muitas coisas maravilhosas em casos individuais, mas que costumava causar divisões, criando uma mentalidade do tipo "nós contra eles" que era exatamente o oposto do que ele tentava realizar. (Isso não impediu que a União Americana de Liberdades Civis abrisse um processo contra a campanha dizendo que ela turvava a distinção constitucional entre Igreja e Estado. Durante um ou dois dias, isso nos preocupou, mas o processo terminou diante de um juiz chamado Winston Washington, amigo dos Simmelton, no Sexto Distrito de Nova York, que o descartou como sendo frívolo.)

Depois do dia correndo e fazendo campanha, Jesus voltava ao hotel – ou aonde quer que estivéssemos hospedados naquela noite –, conversava sobre estratégia com Wales, ficava alguns minutos com Stab, ligava para a mãe e depois basicamente se trancava no quarto. Raramente jantava. A não ser que fosse por um motivo extremamente urgente, dizia para não o incomodarmos, que nos veria no café da manhã, que precisava de um tempo de descanso. Nesse ponto já havíamos aprendido a aceitar isso; com a possível exceção de meu irmão, ninguém levava para o lado pessoal.

Havíamos nos programado para chegar a West Zenith no domingo antes da eleição. De algum modo, notavelmente mantivemos a programação, mesmo com as multidões aumentando pelo Centro e pelo Norte de Connecticut e com o exército da imprensa se expandindo diante de nossos olhos. As pesquisas continuavam favoráveis, mas na última semana os indecisos pareceram estar tendendo para o lado de Maplewith, e o coronel Alowich também perdia votos para ela. Wales me disse em particular o que todos os noticiários vinham mencionando: que ainda que Jesus tivesse uma vantagem estreita além da margem de erro, essa dianteira não se traduzia bem no colégio eleitoral. Parecia haver trechos do país onde, devido a algum motivo – saraivadas de propaganda negativa, figuras religiosas contrárias e influentes, máquinas democráticas ou republicanas historicamente poderosas, falta de atenção da nossa parte –, o apelo de Jesus fora abafado. Michigan, Illinois (com o qual estivéramos contando) e Ohio estavam muito perto do empate; Arkansas e o vizinho Oklahoma se inclinavam na direção de Alowich, junto com o estado natal dele, Washington, e os tradicionalmente democratas como Maryland, Delaware, Havaí e Rhode Island. A Flórida era imprevisível. O Texas, com seu monte de votos no colégio eleitoral, seria uma luta entre Maplewith e Jesus. Parecíamos só estar seguros na Califórnia, talvez em Nova York, Nova Jersey e na Pensilvânia.

Durante uma das raras conversas que Zelda e eu conseguimos ter naquela semana, ela disse:

– Acho que eu não suportaria outra eleição em que o candidato vence no voto popular mas não é eleito. Creio que este país não suporta isso. – E os programas de política dedicaram muito tempo ao mesmo assunto, especulando, prevendo, parecendo confiantes em suas opiniões, apesar do que a maioria das pessoas dizia que era a configuração mais estranha e volátil de estados na história eleitoral recente.

Assim chegamos ao West Zenith Hilton (parte do qual reservamos para Jesus, nosso pessoal e apoiadores fundamentais de todo o país, e onde aconteceria o tradicional comício/festa/discurso de aceitação ou admissão da derrota) fisicamente exaustos, esperançosos, preocupados, fascinados com o sucesso e flutuando numa pequena balsa no meio do que parecia um enorme, escuro e agitado mar de incerteza.

E então Jesus desapareceu.

trinta e nove

CHEGAMOS AO HILTON ÀS 23 HORAS DE DOMINGO, mas mesmo àquela hora uma multidão de pessoas dando as boas-vindas enchia a entrada de carros. Jesus quis dizer algumas palavras antes de entrar. Esse breve discurso foi a mistura usual de agradecimento, otimismo e encorajamento de antes da eleição ("Na terça-feira vamos começar o longo processo de virar este país na direção em que ele deve ir!"), só que terminou de um modo estranho. Eu estava a pouco mais de um metro dele. Jesus usava apenas um suéter leve e jeans sob o frio de novembro, sem luvas, chapéu ou cachecol. Estava falando com sua vitalidade de sempre e respondendo aos gritos loucos com seu usual sorriso luminoso. Mas no fim, em vez de encerrar com um comentário ameno como "Vamos descansar agora. Temos mais um dia de trabalho pela frente", ele disse: "E agora devo desaparecer", e passou pela porta de vidro com filas de policiais de West Zenith de cada lado e sua equipe de assessores fiéis logo atrás.

E agora devo desaparecer.

Notei o que ele tinha dito, claro. Senti uma pontada de ansiedade, mas Jesus disse que gostaria de ter uma última reunião rápida conosco em sua suíte, por isso não pensei muito no negócio de "desaparecer".

A reunião foi curta. Ele deu algumas sugestões para o último dia e nos disse que na véspera da eleição, como agradecimento por nosso trabalho, iria nos levar ao Taj Mahal, um restaurante indiano em Wells River.

– O que é isso? A Última Ceia? – brincou meu pai, outra de suas piadinhas que não serviu exatamente para melhorar o humor de todo mundo no quarto. No dia seguinte, segunda-feira, depois de Jesus realmente desaparecer, minha mãe acusaria meu pai de tê-lo ofendido e exigiu que ele pedisse desculpas, mesmo que não houvesse a quem se desculpar no momento. Meu pai disse que ela não tinha senso de humor, e os dois recomeçaram a discutir como faziam havia 42 anos.

Ouvi-los se agredindo verbalmente chateou Stab, mas, como costumava acontecer, ele não conseguiu articular a causa de seus sentimentos, então simplesmente gaguejou, balançou os braços e gritou:

– Não! Não! Chega!

A raiva de Stab chateou Zelda. Vê-la perturbada me deixou com raiva, por isso gritei com Dukey, que foi para a janela e ficou mal-humorado. Ada me lançou um olhar de desprezo. Seu filho do milagre, Dukey Junior, veio e me deu um chute na canela. Amelia Simmelton lhe passou um sermão dizendo que nada que valesse a pena jamais era alcançado pela violência. Dukey mandou Amelia não falar com seu filho naquele tom de voz. Norman Simmelton mandou Dukey não falar com *sua* filha *naquele* tom de voz. Foi um belo momento no geral, e além disso nosso candidato havia desaparecido.

Mas estou colocando o carro na frente dos bois. Deixe-me voltar. Eram 9 horas da manhã de segunda, o dia seguinte ao nosso triunfante retorno a West Zenith, menos de 24 horas antes do início da votação. Estávamos no salão do café da manhã do hotel comendo waffles com chocolate quente e Jesus não só não se juntou a nós como percebemos que ele não havia falado com ninguém naquela manhã, apesar de haver uma última grande coletiva programada para o salão de convenções do hotel às 10 horas. Depois de um tempo, Zelda me disse que tinha uma intuição de que algo estava errado. A primeira coisa que fizemos foi ligar para o quarto de Jesus. Ninguém atendeu. A segunda foi mandar Dukey lá em cima. Ele bateu. Sem resposta. Ele pressionou uma arrumadeira e a fez abrir a porta. Não havia ninguém. Nem um bilhete. A cama não tinha sido desfeita. Dukey desceu para o salão do café da manhã com seu relato: ele e Enrica tinham certeza de que houvera algo ilegal e começaram a me acusar de não ter sido suficientemente cuidadoso, uma avaliação do meu trabalho que não apreciei, uma vez que vinha de meus subordinados. Zelda estava enrolando o cabelo nos dedos como se quisesse arrancá-lo.

Assim discutimos e nos impacientamos durante um tempo sobre os restos do café da manhã. Demos telefonemas para os quartos de várias pessoas importantes na região – em alguns casos acordando-os depois de uma noite de festa. Nada de Jesus. Contatamos nosso escritório no centro da cidade. Nenhum sinal dele. Com alguma relutância e depois de uma pequena discussão, Wales ligou para a polícia – e então tínhamos um caso de desaparecimento.

Depois disso subimos à suíte (o equivalente a uma suíte presidencial em West Zenith; nenhum de nós dormia lá, havíamos reservado o lugar para as reuniões e para assistir à apuração na última noite) e esperamos que ele voltasse. Quando às 10 horas Jesus não apareceu, Zelda teve de descer de elevador até o salão de convenções, subir ao pódio e contar aos 250 repórteres e fotógrafos de todo o mundo que o nosso candidato não estava disponível.

– Por que ele não está disponível? – queriam saber, sensatamente.

Mais tarde ela me confessou que ficara tentada a mentir, usar a exaustão física depois de toda a corrida como desculpa. Mas no calor do momento contou a verdade: Jesus havia desaparecido, estávamos procurando-o, a polícia estava atrás dele, esperávamos ser capazes de remarcar a coletiva para as 3 horas da tarde. Enquanto isso, disse ela, Anna Songsparrow ficaria satisfeita em responder às perguntas.

Naquele momento a imprensa estava quase tão interessada no que Anna Songsparrow tinha a dizer quanto no resultado da partida de críquete naquele dia entre os Budas de Bombaim e os Homens de Ferro de Islamabad. Tinham um novo assunto quente. A Fox passou-o em sua tela com mais freqüência do que seu alerta contra terroristas: NOTÍCIA DE ÚLTIMA HORA. JESUS DESAPARECE NA VÉSPERA DA ELEIÇÃO PRESIDENCIAL. NÃO SE TEM NOTÍCIAS DELE DESDE A MEIA-NOITE. OS ASSESSORES ESTÃO FRENÉTICOS. POLICIAIS LOCAIS, ESTADUAIS E DO FBI TRABALHAM NO CASO. ESTÁ SENDO PROCURADA PESSOA LIGADA AO DESAPARECIMENTO.

Não havia pessoa ligada ao desaparecimento, claro. Eu era o homem de frente com o pessoal da lei e seria o primeiro a saber. Mas Jesus havia sumido.

Deprimido, com a fé oscilando como uma criança em sua primeira bicicleta, sem arranjos de segurança a fazer porque não havia candidato a proteger, ouvi o chefe Bastatutta me falar da busca que havia organizado, ouvi o figurão do Serviço Secreto, Richard Diamond, me fazer um sermão sobre jamais deixar um candidato recusar proteção. Dei a Angelina Monahan, agente do FBI encarregada, uma lista de todos os lugares aonde pude pensar que Jesus iria em West Zenith e nos arredores. Quando isso terminou, abracei Zelda durante alguns segundos e depois fui para um bar nas redondezas.

Era uma coisa nojenta de se fazer, admito. Até mesmo covarde. Eu deveria ter ficado com o resto da turma, com minha mãe, meu pai, Stab e Zelda. Como chefe da segurança, deveria estar lá para falar pessoalmente com as autoridades policiais, que discutiam umas com as outras para saber quem teria jurisdição no caso do desaparecimento de Jesus. Mas eu tinha certeza absoluta de que não houvera crime e admito que isso me deixou com raiva de Jesus: achei que merecíamos um tratamento melhor depois de tantos meses de trabalho juntos. Senti minha casa de fé, nova e sólida, ruindo. Fiquei com vergonha e não queria que mais ninguém percebesse, por isso fingi que ia falar com a polícia e me esgueirei para longe.

Fiquei tentado a voltar ao meu apartamento, mas em vez disso peguei um táxi para o Wee Drop Inn, um bar escuro perto do rio Connecticut. Sabia que os clientes poderiam me reconhecer, na condição improvável de ainda estarem sóbrios àquela hora (meio-dia), mas também sabia que eles eram o tipo de pessoas que tinham problemas suficientes para adotar o que eu chamava de Código de Não-intromissão. Estava certo. Deixaram-me em paz. Sentei-me num banco, acalentei uma cerveja preta, mastiguei amendoins velhos, assistindo à Fox em uma TV e à CNN em outra. Mantive o celular no balcão, onde podia vê-lo. Comentaristas de todo tipo haviam sido trazidos para diante das câmeras, tirados de seus escritórios e suítes de cobertura, e disseram que esse último imprevisto (presumindo que não tivesse havido crime) poderia ser devastador para o que parecia, até então, uma liderança bastante segura, pelo menos no voto popular.

Com um triunfo mal disfarçado latente na voz, Anne Canter observou que "se há uma coisa de que o povo dos Estados Unidos não gosta é a falta de confiabilidade".

Bulf Spritzer chamou a virada nos acontecimentos de "preocupante num punhado de sentidos diferentes" e acrescentou: "O drama não pode ficar maior do que isto!"

As campanhas de Alowich e Maplewith divulgaram declarações desejando tudo de bom à família e esperando um final feliz para o mistério – enquanto, em particular, diziam que era exatamente esse tipo de comportamento que esperavam desde o início. Era preciso estar às vistas do público durante anos para merecer a confiança do povo americano. E Jesus não havia feito isso. E agora seus seguidores vinham recebendo o que mereciam.

Continuei mastigando amendoins e esperando o celular tocar. Não tocou, a não ser pelos informes periódicos de Dukey – tentando compensar seu ataque de insubordinação –, que me disse, várias vezes, que ele e seus colegas estavam "dando arrochos por toda a cidade, cara". Ele presumia que eu estivesse no hotel, e não falei nada para que pensasse o contrário. Bebi moderada mas continuamente. Não falei com ninguém. Tentei impedir que minha fé se esvaísse por completo, mas quanto mais pensava no que Jesus havia feito, mais raiva sentia. Quanto mais raiva sentia, mais difícil era acreditar que ele fosse Deus, ou santo, ou mesmo alguém digno de nossos enormes esforços. Quanto mais duvidava de seu merecimento, mais culpado me sentia e menos motivação tinha para voltar ao hotel. Em outras palavras, era o perfil clássico de um pecador.

Por fim, às 2 horas, quando não pude mais suportar os noticiários, levantei-me do banco do bar e me obriguei a pegar um táxi. Pensei ter visto minha ex-sogra perto da entrada do hotel (poderia ser o que os psicólogos chamam de miragem de memória traumática), por isso dei a volta e usei o cartão-chave na porta dos fundos, depois tive de subir 12 lances de escada porque um dos elevadores estava sendo consertado e o outro era muito lento. Na suíte, com exceção de Anna Songsparrow, toda a turma estava sentada espalhada, em várias posturas de devastação. Anna tinha ido procurar algum lugar para rezar. Ninguém parecia ter notado que eu havia saído, mas, depois de me beijar, Zelda fungou, franziu os olhos e disse:

– Cerveja?

Dukey me salvou de ter de responder. Abri o celular e ouvi:

– Nada, cara, nada. Alguém pegou ele, estou dizendo.

– Acho que não. Acho que ele saiu sozinho.

– Para fazer o quê? – berrou Dukey.

– Rezar ou algo assim. Você sabe como ele é.

– De jeito nenhum. Hoje, não, cara. Ele não é *tão* maluco.

– Continue tentando. Procure nos lugares onde você menos esperaria. Verifique o Parsifal's e o Wee Drop Inn.

– Boa idéia, chefe – ele falou e eu desliguei. Passaram-se horas antes que ele ligasse de novo.

O "centro de comando", como havíamos batizado a suíte em momentos melhores, tinha o ar de uma sala de velório numa funerária, onde alguém muito jovem está deitado num caixão e os amigos ao redor, em pequenos grupos, perguntando-se por quê. Quando não estava ao telefone com o pessoal da imprensa, Zelda ficava junto à janela, com olhos cheios de lágrimas. Amelia Simmelton se aproximava e a abraçava e tentava convencê-la, com uma certeza sábia de 9 anos de idade, que tudo que Jesus fazia era por bons motivos. Stab ficava me olhando como se eu tivesse a explicação para toda aquela tristeza e não lhe dissesse de propósito. Mamãe havia decidido que o melhor a fazer era preparar sopa de escarola e tinha levado meu pai para comprar os ingredientes, e agora eles estavam na cozinha, trancados em um de seus silêncios pós-briga, cortando alho e abrindo latas de feijão-branco. Andávamos de um lado para outro, tomávamos cerveja ruim e beliscávamos os sanduíches e bolinhos que a gerência do hotel havia mandado. Alguns de nós choravam, uns xingavam e outros faziam as duas coisas, mas ninguém suportava ligar a televisão.

– Vamos ao Mahal sem ele ou o quê? – perguntou Wales, e a sala se dividiu. Mais discussões, mais recriminações e picuinhas. Um telefonema da agente do FBI dizendo que havia uma informação de que Jesus tinha sido visto numa igreja da zona sul. Estavam verificando.

Às 15 horas, Zelda teve de descer e encarar a imprensa de novo e ainda estava lá quando recebi o telefonema pelo celular às 16h45.

– Russ, é o chefe Bastatutta. Nós o encontramos.

– Vivo?

– Sim.

– Bem?

– Sim.

Com o telefone ainda no ouvido, levantei o polegar para o pessoal na sala.

– Nunca ouvi palavras melhores, chefe. Onde?

– Hunter Town.

– Hein?

– Parece que ficou lá o dia todo jogando futebol na lama com uns garotos. Estamos com ele num carro. Vamos levá-lo de volta ao hotel. Mas, vou lhe contar, de algum modo a notícia vazou. Uns caras da imprensa chegaram no final, logo antes de escurecer. Ligue a TV, você verá.

Alguém apertou um botão no controle remoto, e no segundo em que a imagem surgiu lá estava o nosso candidato, coberto de lama da cabeça aos pés, os braços ao redor de quatro ou cinco garotos negros vestindo agasalhos escuros com capuzes. Um deles estava jogando uma bola de futebol para cima.

– Estamos ferrados – disse Wales, num tom de quem tivesse acabado de saber que precisaria fazer quatro tratamentos de canal no dia do aniversário. Vi Norman Simmelton se encolher. – Nós mesmos nos ferramos.

– Não, escutem – falei. – Já passei algum tempo em Hunter. Acho até que reconheço um daqueles garotos. São garotos bons, a maioria.

– Certo. Você sabe que são garotos bons. Eu sei que são garotos bons. A questão é: as outras pessoas sabem que eles são garotos bons? Não creio.

– Será que isso não vai parar nunca? – gemeu Nadine Simmelton.

Hunter Town era uma espécie de Fultonville mais pobre, uma parte da cidade aonde os motoristas de táxi brancos não iam. Até os motoristas jamaicanos e etíopes costumavam se recusar a ir lá. Os repórteres da ZIZ pediam escolta policial quando precisavam fazer uma matéria naquela área.

– Não entendo – falei. Estava no sofá ao lado de Wales nesse momento. Zelda viera por trás e havia posto as mãos nos meus ombros. – Quero dizer, sei que ele se importa com os pobres, que quer fazer uma declaração simbólica sobre isso e quer que o país finalmente supere as questões raciais, mas por que não foi a Hunter Town fazer um comício ou algo assim? Por que furar com a imprensa? Por que não nos dizer aonde estava indo? É como se tivesse um desejo de morte ou algo assim... Vocês sabem o que quero dizer.

Wales estava tentando desembrulhar um charuto, mas suas mãos não funcionavam direito. Olhou a tela da TV sem dizer mais nenhuma palavra. Assistimos à ZIZ mostrar repetidamente as imagens de Jesus com seus colegas de futebol. Jesus sorrindo, acenando e, para as câmeras de TV, fazendo um último lançamento da bola numa espiral perfeita antes de subir numa radiopatrulha. Noelle Prendergast, que fora promovida a correspondente móvel quando eu saí, estava no local.

– Informando ao vivo de Hunter Town para a Wizard, "WZIZ News", às 17 horas.

Ela parecia amedrontada e estava segurando o microfone muito perto do rosto, mas fora isso fazia um trabalho competente.

Quando a polícia escoltou Jesus até à suíte, Stab o abraçou com mais prazer do que o normal. Minha mãe o convenceu a tomar uma tigela de sopa. Ele ficou junto à bancada da cozinha, com a lama seca na camisa, nos tênis e na calça, parecendo absolutamente despreocupado com o fato de ter deixado mais de 200 repórteres esperando por duas vezes, de os sabe-tudo estarem prevendo um abandono total dos eleitores voláteis em estados-chave e de ter nos causado tanta preocupação.

Jesus foi suficientemente educado para terminar a sopa e elogiar mamãe. Disse que os planos para o jantar indiano em Wells River ainda estavam de pé e que ia para o quarto tomar banho e trocar de roupa. Não pude mais suportar, não consegui segurar a raiva. Segui-o pelo corredor e, quando se virou para fechar a porta, ele me viu. Sorriu, sinalizou para eu entrar, fechou a porta e ficou ali parado, com lama no cabelo.

– Deixe-me adivinhar – disse ele. – Você está chateado.

– Gostaria de uma imunidade momentânea – respondi, mantendo a calma.

– De quê?

– De você ser, você sabe... Deus ou o que quer que você seja. Gostaria de poder dizer o que quero sem medo de castigo.

Ele riu.

– Sério. Quero uma imunidade.

– Você sempre pode me dizer o que está pensando, e sabe disso, Russ.

– Nem sempre – falei idiotamente. E então a coisa saiu: – Você nos deixou todos arrasados hoje. Foi grosseria, falta de consideração, ingratidão, depois de todo o trabalho que fizemos. E, mais importante, foi uma coisa completamente estúpida do ponto de vista estratégico. Você manteve centenas de pessoas da imprensa esperando não apenas uma vez, mas duas, e elas não gostam desse tipo de coisa. Pode ter estragado toda a eleição com um dia de futebol.

Ele não havia se mexido. A expressão em seu rosto era agradável, atenta, respeitosa, até mesmo amistosa. Parecia estar esperando mais.

– É só isso que eu queria dizer.

Ele continuou me olhando.

– Sem ofensa. Sem desrespeito. Mas acho que foi uma coisa péssima de se fazer, uma coisa maluca, e eu não poderia simplesmente ir ao jantar esta noite e fingir que está tudo bem. Não sou assim.

– Sei que não é. Por isso você está aqui, porque não é assim. Por isso eu o escolhi. Quando chegar a hora de contar a minha história, não quero alguém que vá embelezar a coisa toda. Não estou interessado em ser o Jesus da imaginação melosa de alguém.

– Certo – respondi, mas estava confuso.

Ele sustentou meu olhar até eu ficar desconfortável e depois disse:

– E sei sobre suas dúvidas.

De repente fiquei interessado na cor das paredes do hotel.

– Olhe para mim – falou ele.

Era extremamente difícil mover os olhos de volta para ele.

– Desculpe – respondi. – Pelas dúvidas.

– Estou acostumado com isso, acredite. Se faz você se sentir melhor, posso dizer o seguinte: é tão impossível para você conceber a realidade do Reino de Deus quanto se imaginar respirando embaixo d'água ou voando. Mais tarde, quando tiver saído desse corpo, dessa existência, todo o poder de Deus vai se manifestar para você e não haverá possibilidade de dúvida.

– Isso me apavora, por algum motivo.

– Por um bom motivo. É uma experiência espantosa para todo mundo e aterrorizante para alguém que tenha levado uma vida cheia de violência, ódio ou cobiça. Para alguém que levou uma vida de gentileza e generosidade, entretanto, é completamente diferente. No momento em que sentem pela primeira vez a presença de Deus, essas pessoas ficam protegidas do medo pela compreensão de que têm Sua bondade dentro de si. Está claro?

– Não exatamente.

– O olho com que Deus vê você é o olho com que você vê Deus.

– É engraçado. Eu me lembro disso da escola dominical. Sempre me confundiu.

Ele me mostrou a expressão de impaciência que eu vira tantas vezes.

– Sentir a divindade em você na presença de Deus pode ser comparado a certos momentos únicos na Terra. Os melhores momentos fazendo amor, de amizade, de estar junto com a família; as instâncias em que você se sente ligado a outra alma. Faz sentido?

– Um pouco – respondi.

Então Jesus sorriu. O sorriso foi como um banho de água quente e perfumada.

– Esse sentimento é uma leve sugestão do que você sente na presença de Deus, se sua consciência estiver relativamente limpa. A dúvida é banida. O ódio contra si mesmo é banido. Você se conscientiza de sua verdadeira identidade divina. Fazendo uma comparação grosseira: a criança entende o amor dos pais ao mesmo tempo que entende a necessidade que os pais têm dela, o modo como a vida dos pais foi expandida pela existência do filho. É a forma mais pura de reciprocidade.

– Certo. Obrigado.

– Ainda está com raiva?

– Um pouco, sim. Só por causa de todo o trabalho que nós tivemos. Só porque queremos tanto que você seja eleito e comece...

– Só porque você acha que sabe mais – disse ele calmamente.

– Certo. Desculpe de novo. Eu só...

– Vá tomar uma chuveirada. Estão preparando uma refeição especial para nós no Taj Mahal. Não vamos deixá-los esperando.

Então voltei pelo corredor do hotel com uma corrente fria de confusão passando por baixo de tudo. *Só porque você acha que sabe mais.* Como o cheiro de um espírito maligno, os farrapos da minha raiva e da dúvida me seguiram até o quarto. Pude ouvir o chuveiro ligado e pensei no que diria a Zelda quando ela saísse, como iria lhe contar que havia pegado pesado com Jesus em nome de todos nós, que ele não havia pedido desculpas, que eu estava imaginando se ele ao menos se importava em ganhar a eleição.

E então fui até à janela e recuperei o bom senso. A escuridão havia baixado sobre West Zenith e eu podia ver as luzes das ruas formando linhas retas pelos bairros e escritórios ainda iluminados em prédios do centro. Aquilo me pareceu enorme demais, complicado demais, tantos milhares de almas trabalhando num quebra-cabeça interconectado. Perto disso, até mesmo uma eleição presidencial era uma coisa insignificante.

Só porque você acha que sabe mais.

Meu celular zumbiu no bolso, depois começou a tocar e quando falei alô lamentei profundamente ouvir a voz de Randy Zillins.

– Ajude um velho amigo. Me conte a verdade sobre o que aconteceu hoje.

– Randy Zillins. O cara que só liga quando precisa de alguma coisa.

– É, bem, escute, preciso fazer uma matéria. Pode me dar alguma coisa? Você sabe, sobre hoje? Alguma informação interna? E sem aquela baboseira de Bíblia. Pode ser?

– Claro. O que aconteceu hoje foi uma lição de humildade.

– Argh, meu Deus.

– Escute – disse eu, porque nesse ponto já me sentia realmente farto dele. Olhando para trás, agora, vejo que estava experimentando o oposto do que Jesus havia me dito momentos antes: em vez de estar com Deus e sentir a bondade em mim, eu estava falando com Randy Zillins e sentindo em mim a escuridão, a dúvida, a mesquinharia, a insistência em saber mais. – Não quero que você me ligue mais, certo? Estamos na véspera da eleição, tenho nove milhões de coisas para fazer, inclusive proteger o cara que você acha que é uma fraude e que está num hotel onde qualquer um pode entrar. Então, por favor, vá encontrar sua informação em outro canto.

Esperei um segundo antes de desligar. Pude ouvi-lo respirando do outro lado da linha, insultado, magoado, chocado – quem sabe exatamente o que ele estava sentindo? Quando eu já ia pedir desculpa, ou pelo menos suavizar o que tinha dito, ele desligou.

quarenta

A COISA DE QUE VOU SEMPRE ME LEMBRAR em nossa última ceia é a sensação de calor que emanava de Jesus. Tínhamos visto fagulhas daquilo durante a campanha. Mas, com todas as viagens, as aparições públicas e a tensão de chegar lá dia após dia para dizer basicamente a mesma coisa repetidamente, às vezes ele ficava afastado. Não frio, mas distante.

No Taj Mahal – como se para compensar sua ausência durante o dia –, ele estava totalmente presente, e a única palavra que pode descrever o modo como nos tratou é *amor*. Todos à mesa sentiram isso. Jesus sorria de modo radiante para nós, tocava as pessoas sentadas mais próximas, contava piadas para meu irmão e fazia todo mundo sentir que ele tinha um lugar especial para cada um em seu coração. Perto do fim do que acabou sendo um jantar muito bom, ele presenteou cada um de nós com um broche de ouro 20 quilates onde estava gravado CAMPANHA DE JESUS. Sem contar Anna Songsparrow, 14 pessoas tinham sido convidadas para o jantar, de modo que havia 14 broches feitos por um joalheiro de Manhattan. (Agora, depois do que aconteceu, e depois de ter tempo suficiente para dar às pessoas uma perspectiva da magnitude de tudo aquilo, fiquei sabendo que cada broche valia mais de 100 mil dólares. Até hoje nenhum foi vendido.)

Jesus andou ao redor da mesa distribuindo-os. Parou para dar um abraço caloroso em cada um e dizer palavras de agradecimento por nossa colaboração particular. Parado junto à minha cadeira com a mão no meu ombro, disse:

– Quero agradecer ao Russ por não ter papas na língua, por sua irreverência reverente e por me derrubar no escritório de Jocko Padsen.

– De nada – respondi. Ele riu e pareceu genuinamente satisfeito.

Quando terminou com essa cerimônia, pediu que continuássemos sentados. Como que por um sinal invisível, a porta de nossa sala privativa se abriu e entraram dois garçons. Um carregava uma tigela de prata cheia de água; o outro trazia um sabonete e uma toalha. Jesus se ajoelhou diante de minha mãe, que por acaso estava sentada ao meu lado. Antes que ela pudesse fazer qualquer coisa para impedi-lo, ele tirou seus sapatos e lavou seus pés, ensaboando com ternura os dedos tortos, depois os enxaguando e secando cuidadosamente com a toalha. Ela permitiu que ele terminasse com um dos pés antes de desmoronar. No decorrer de quase 40 anos, eu tinha visto minha mãe chorar, claro: no enterro da mãe dela, quando meu pai fazia alguma coisa que a deixava frustrada ou quando eu fazia algo que a desapontava (o dia em que eu lhe disse que ia me divorciar foi uma ocasião memorável de choro). Mas eu nunca tinha visto nada nem de longe parecido com a tristeza que começou a se derramar dela enquanto Jesus passava para o segundo pé. Meu pai estava sentado do outro lado dela, e mesmo que os dois não estivessem se dando bem nos últimos dias ele não suportou vê-la daquele jeito – as bochechas tremendo e encharcadas, as mãos subindo e descendo ao longo das coxas como pássaros feridos, os lábios se remexendo convulsivamente. Papai se inclinou e pôs a mão grande sobre as dela, tão pequenas, e ficou dizendo:

– O que foi, Mudgie? Ele não quer dizer nada de ruim com isso, querida. Mudgie, pare, querida.

Eu estava dizendo algo parecido. Stab tinha começado a chorar também. Jesus continuou o que estava fazendo com uma gentileza que a gente não costuma encontrar num homem tão grande.

– Mãe, o que foi? – perguntei, bastante debilmente, acho, porque estava tão perplexo e perturbado quanto os outros. Nos círculos em que eu andava, a gente não costumava ver um homem lavar os pés de uma mulher num local público. – É uma coisa que ele quer fazer. É o modo de ele agradecer.

Ela estava balançando a cabeça para mim, com força.

– Mãe, está tudo bem – repeti.

– Não, não está, Russ – respondeu ela, mas as palavras não saíram diretas, assim. Saíram em jorros por baixo da onda de lágrimas e tristeza: – *Não... não... está... Não, Russ, não está!* Arnie, não está. É da Bíblia. Foi o que ele fez na Bíblia bem no final. Agora ele vai dizer que vai para um lugar aonde não podemos segui-lo! – Sua voz subiu de volume e embargou na última sílaba.

Era como falar de alguém que não estivesse na sala. Jesus estava tão concentrado – de cabeça baixa, mãos trabalhando – que quase parecia estar *dentro* dos pés da minha mãe. Mas, quando ela disse essas palavras, notei um peculiar tremor nos músculos dos cantos dos lábios dele e, ao ver essa reação, senti como se a porta tivesse sido aberta e um jorro de ar a 10 graus abaixo de zero tivesse soprado na minha nuca. Abaixei-me sobre um dos joelhos de modo que meu rosto estivesse no mesmo nível do de Jesus. Arrisquei-me a pôr mão em seu ombro e perguntei:

– Ela está certa?

Durante alguns segundos ele me ignorou. Concentrou-se no segundo pé, lavando entre os dedos, depois enxaguando e secando. Com a mesma delicadeza, apertou o pé dela com as duas mãos e pousou-o no tapete. Outra onda de soluços se derramou de minha mãe.

– Ela está certa? – repeti. – O que você fez hoje foi algum modo estranho de nos preparar?

Jesus virou lentamente a cabeça para mim e em seus olhos pude ver algo que não tinha visto antes. Era como se eles se abrissem para uma série de profundos mundos castanhos, um atrás do outro, cada um mais amplo e mais complicado do que o anterior. O sentimento especial de amizade que eu tivera com ele no deserto e em seu quarto naquela tarde estava ali de novo, só que desta vez multiplicado por 10, como se ele estivesse vendo através de mim, lendo as páginas do meu futuro e do meu passado, e banhando tudo isso em compreensão, perdão e amor. Ele era o Jesus que eu havia crescido imaginando, só que não se importava tanto com meus pecados.

– Eu espero o melhor de vocês – disse ele, baixinho, e, ainda que esse "vocês" claramente se referisse a todos nós, a palavra praticamente me derrubou.

Estremeci, não pude controlar. Precisei de cinco ou seis segundos para me recuperar.

– Você não veio até aqui para nos deixar de novo, não é? – perguntei.

Seu rosto estava tão imóvel quanto o céu numa noite de inverno, cheio daquela abertura enorme, luminosa. Escuro e claro ao mesmo tempo. Disse:

– É uma coisa que você não pode entender.

– Experimente explicar.

– Preciso cumprir a profecia.

– Para o inferno a profecia. Desta vez *não há* profecia. Nada está escrito, nada está gravado em pedra.

Agora Stab o abraçava pelo outro lado, também de joelhos. Minha mãe parecia prestes a desmaiar. Eu tinha consciência de Zelda se inclinando para ele e dos outros se amontoando ao redor. Ada Montpelier estava choramingando ali perto, e Dukey tentava, ao seu modo, consolá-la:

– Não é nada, está tudo bem, ele está bem.

– Está tudo bem como está – disse Jesus. – Tudo acontece como deveria.

– Mas você vai embora?

Jesus parou e inspirou devagar.

– Não sejam bobos – disse.

Nesse momento pude sentir... parece estranho, mas pude senti-lo voltando à sala. Era como se, depois de ter começado a lavar os pés da minha mãe, ele tivesse se expandido em três dimensões, se transformado em algo maior do que seu corpo, algo gigantesco, algo amoroso e aterrorizante ao mesmo tempo. Muito mais tarde, eu me lembraria da parte da Última Ceia quando ele disse: "Este é o meu corpo e este é o meu sangue", e isso deu um novo significado àquela passagem para mim, como se seus discípulos estivessem meio lentos mentalmente, cheios de medo, e ele tentasse fazê-los entender que um ser tão grande quanto o espírito-Jesus não podia ser encapsulado num corpo humano. Agora acredito que ele estava preparando aqueles discípulos, tentando fazer com que eles se concentrassem em algo que não fosse a dimensão física.

– Então você não vai a lugar nenhum?

– Não sejam bobos – repetiu. – Aonde eu poderia ir?

– Está vendo? Ele está bem – disse Dukey rindo, como se tentasse convencer a si mesmo.

Stab se levantou e começou a fazer uma dança desajeitada pela sala. Pulava num pé e depois no outro, como uma espécie de guerreiro índio americano comemorando a paz. Havia sons felizes saindo da boca do meu irmão, mas por baixo dos sons felizes pude ver que ele estava com medo de que seu mundo desmoronasse.

– Certo, então – falei, tentando um tom mais leve e quase conseguindo. – Foi legal o que você fez. Agradeço. Minha mãe agradece. Mas você nos apavorou.

– Resistam ao medo – disse Jesus. – O medo está sempre no futuro. Cortem-no. Resistam a ele.

Wales interveio, animado:

– Agora que sabemos que você vai estar por aqui, diga uma coisa: vamos ganhar?

– Sem dúvida – repondeu Jesus, e nós aplaudimos e gritamos. Mas houve um tom falso naquele momento. Eu o repassei uma centena de vezes. Lembro-me de que Zelda e eu deixamos nossos olhares se encontrarem por um segundo e depois tivemos de olhar para outro lado. Norm Simmelton começou a falar e parou abruptamente. Acredito que, bem no fundo, todos sabíamos de alguma coisa, sentíamos alguma coisa. Quando Jesus lavou os pés da minha mãe, não creio que estivesse esperando o melhor de nós, acho que estava esperando demais de nós: estava presumindo que havíamos aprendido, pela parábola de sua presença numa campanha política, que deveríamos deduzir as coisas sozinhos. Que de certa forma estávamos por conta própria. Que tínhamos algum poder e controle sobre nosso destino espiritual, um poder que não sabíamos possuir. Que poderíamos ter até mesmo um pouco de divindade dentro de nós.

As pessoas se levantaram. Minha mãe calçou os sapatos. Os garçons levaram a tigela de água, o sabonete e a toalha e voltaram com chá e pudim de arroz. Ocupamos nossos lugares de novo e agimos como se fôssemos uma equipe de campanha comum na véspera de uma eleição, nada mais que isso.

– Sua ausência na coletiva de hoje nos deixou magoados – Zelda teve coragem de dizer.

Jesus lhe deu o olhar que tinha me dado quando estávamos ajoelhados. Vi aquilo se registrar no rosto lindo dela: o medo, depois algo cobrindo o medo. Imaginei se ele estava preparando cada um de nós de um modo diferente: Zelda e eu com esse sinal misterioso, minha mãe com a lavagem dos pés.

– Eu sei – disse ele. – Foi chato para você, não foi?

– Muito.

Achei que Jesus poderia pedir desculpas – algo que eu nunca o vira fazer. Em vez disso, ele estendeu a mão sobre o canto da mesa e segurou o pulso dela. Ela pôs a mão sobre a dele. Não senti nem um pouco de ciúme.

– Você sabe – disse ele – que não deixam os presidentes jogarem futebol na lama. Eu sabia que seria minha última chance de fazer algo assim e, se tivesse contado a vocês antes, o que todo mundo teria dito?

– De jeito nenhum deixaríamos você ir – gritou Dukey. Notei que, desde que Jesus estivera lavando os pés da minha mãe, ele vinha tocando Ada quase continuamente. Isso era raro. Embora eu não achasse que ele era mau com ela, praticamente não havia ternura em público entre os dois, pelo menos não na forma de toques ou palavras, e também não havia muita ternura pública entre Dukey e o filho. Teria sido um risco grande demais para ele fazer isso e deixar que as pessoas vissem. Seria o equivalente psicológico de andar por aí sem a jaqueta de couro. Agora, de repente, ele estava com o braço em volta de Ada e massageava o ombro dela com os dedos de uma das mãos. Ela parecia tocada por um alienígena. Talvez Jesus tivesse mandado uma mensagem para eles também.

– Exato – disse Jesus. – Vocês teriam tentado me impedir.

– Pelo menos você deveria ter deixado que uns caras fossem junto. Pela segurança.

Jesus sorriu para ele, a meu ver com indulgência.

Os Simmelton queriam pagar a conta, mas Jesus não deixou. Pegou um rolo de notas no bolso da calça e enfiou na mão do garçom, que fez uma reverência para ele enquanto saía.

No comboio de limusines a caminho do hotel, estávamos sentados em nossas posições de sempre, Zelda e eu de frente para Jesus e Stab. Eu podia sentir Jesus me observando, mas mantive os olhos voltados para o outro lado. Estava tentando deduzir o que havia acontecido, o que ele realmente nos dissera, se tinha prometido alguma coisa, se minha intuição estava muito fora do alvo. Tentei atrair o olhar de Zelda, mas ela estava falando ao telefone com um repórter, tentando aliviar a ausência de nosso candidato na coletiva de imprensa.

Passamos por um trecho escuro de rodovia, pela rampa de saída, e depois vi a triste cidade de West Zenith surgir, as fachadas de lojas com placas de metal cobrindo as vitrines, os becos sombrios, os moradores de rua encolhidos em cobertores junto às portas, os carros preguiçosos e rapazes evitando a luz. Pensei no que Jesus me dissera uma vez: a Terra é a dimensão da dor. Pensei em Wales, na praia em San Diego, dizendo que tínhamos de aprender a dizer sim a tudo.

Quando chegamos ao hotel, Zelda desceu e depois Stab. Por um momento, Jesus e eu ficamos sozinhos no banco de trás. Sinalizei para ele sair primeiro e então pude encará-lo. Ele me olhou, me olhou de novo, pôs a mão no meu joelho e disse uma palavra.

– Coragem.

◆◆◆

Muito tarde naquela noite, quando sentimos que havíamos feito todos os preparativos para o dia da eleição, Zelda e eu nos deitamos lado a lado sob os lençóis da cama do hotel, nossas peles quentes se tocando. Nenhum dos dois conseguia dormir. Nenhum dos dois tinha dito uma palavra sobre o que acontecera naquela noite no Taj Mahal. Como se evitássemos falar nisso, tínhamos ficado sentados no quarto assistindo à TV quase até às 2 horas da madrugada. Os sabe-tudo estavam prevendo que, apesar das curiosidades da véspera da eleição, Jesus ainda poderia vencer no voto popular, talvez com uma margem de até 5%, mas o colégio eleitoral era absolutamente incerto. Alowich provavelmente estava fora do páreo, mas Maplewith poderia ter vantagem sobre Jesus, dependendo de como as coisas acontecessem em meia dúzia de estados-chave.

– Você também não consegue dormir, não é? – perguntou Zelda baixinho, no escuro.

– Nem um pouco.

– Sabe o que eu queria, Russ?

– O quê?

– Que pudéssemos não nos preocupar. Queria que, independentemente do que aconteça amanhã, nos sentíssemos privilegiados por fazer isso, por estar perto dele, por conhecer as pessoas que conhecemos nos últimos meses. Gostaria que simplesmente pudéssemos ser gratos por isso, ganhando ou perdendo ou... não importa o que aconteça. Antes de ele entrar na nossa vida, estávamos indo bastante bem... eu era feliz, você era feliz... mas sinto como se toda uma outra dimensão de nós mesmos tivesse sido aberta agora. Veja quanto ele deu a cada um de nós. E o que nós fizemos para merecer? Nada, realmente.

Por alguns instantes, fiquei ali deitado, sem falar. Pude ouvir a porta do elevador se fechando no corredor, o som fraco de uma sirene na rua lá embaixo. Pude sentir o calor da perna de Zelda na minha pele.

– Você já imaginou – perguntei – por que ele veio até nós? Quero dizer, olha só: eu, minha mãe, meu pai, Dukey McIntyre, pelo amor de Deus. Não somos exatamente os 12 apóstolos e Maria Madalena. Jesus chegando a West Zenith para se juntar a um bando de otários como nós! Você não fica se perguntando?

– Ele precisava escolher algum lugar. Precisava escolher algumas pessoas.

– Eu sei, mas não somos particularmente santos, inteligentes nem fizemos algum grande trabalho na vida.

– Seu pai foi corajoso na guerra. Ele e sua mãe criaram Stab com muito amor. Você passou pelo que passou com Esther e não ficou amargo para sempre. Os Simmelton cresceram no equivalente de Hunter Town em Nova York e de algum modo saíram dali e distribuíram milhões de dólares para boas causas.

– Certo. E você foi criada em lares adotivos e desde então passou a vida ajudando pessoas e agüenta um cara como eu. Eu sei. Mas...

– Todos nós tivemos vidas boas – disse ela baixinho. – Todos fomos heróicos, de um modo comum.

– Mesmo assim... quero dizer, veja o Wales. O cara assiste ao futebol nos domingos com um copo de vodca na mão. Vai pescar nos fins de semana do verão. Não é exatamente, você sabe, João Batista...

– Talvez Jesus não queira que vejamos as pessoas desse jeito. Pense só. No último dia da campanha, ele foi jogar futebol com aqueles garotos e deixou que tirassem fotos suas com eles. A maioria das pessoas olha para garotos assim e, sem mesmo conhecê-los, pensa: fazem parte de quadrilhas, são criminosos, pessoas que a gente não quer encontrar num beco escuro. A maioria das pessoas olha para o seu irmão e imediatamente dá as costas, ou o vê como um idiota que não pode ficar quieto quando deveria, que não entende direito a vida. Com Stab, pelo menos, você vê além das superfícies, e eu também. Talvez Jesus esteja tentando nos mostrar que faz isso com todo mundo, que olha para além do exterior, para algo perfeito lá dentro. Talvez seja isso que ele esteja tentando nos ensinar, e se ele for presidente...

Zelda parou de repente.

– Só consigo fazer isso com crianças muito pequenas – falei em tom de brincadeira, porque do modo como ela havia parado depois das palavras *se ele for presidente*, algo frio havia soprado no quarto de novo. – Bebês, criancinhas. Depois que completam 2 anos, começo a ver o que há de errado com elas. Mesmo com alguém que eu amo, mesmo com você, sem ofensa, posso ver essa parte perfeita num minuto em cada 100. Vejo isso em mim mesmo num dia a cada dois anos, e à medida que fico mais velho vejo cada vez menos. Hoje, quando ele sumiu, fui até o Wee Drop Inn e fiquei sentado lá durante duas horas assistindo à TV. Estava tão furioso que parei de acreditar que havia ao menos alguma coisa boa nele, não importando que ele pudesse ser, você sabe, que ele pudesse ser...

– Enviado por Deus – disse ela.

– Exatamente.

Depois de um tempo, Zelda se virou de lado e pousou a bochecha no meu ombro.

– Quando eu tinha meu consultório, costumava me perguntar o que fazia com que as pessoas se odiassem tanto. Ou talvez não se odiassem, mas tivessem uma opinião tão ruim sobre si mesmas, como se houvesse um padrão perfeito segundo o qual devessem viver, em termos de corpo, de cérebro, como pais, amantes, filhos. Algumas vezes eu achava que tínhamos virado tudo de cabeça para baixo: acreditávamos que devíamos ser bons para conseguir nos amar, em vez de nos amar naturalmente e depois, naturalmente, fazer o bem porque nos amávamos.

– Você me confundiu.

– De vez em quando, na viagem, eu via alguém, uma garçonete, um motorista ou alguém na multidão... Lembra-se do homem que nos vendeu aqueles sanduíches em Chico? E havia uma expressão no rosto dessas pessoas... Era como se, ao olhar para Jesus, estivessem se vendo, como se ele fosse a manifestação de como elas se sentiam consigo mesmas. Acho que elas chegaram a um ponto em que estão perfeitamente em paz com sua humanidade.

– Minha mãe diz que, quando sai da confissão na tarde de sábado, se sente santificada. É o que você quer dizer?

– Aposto que, quando está com esse estado de espírito, é impossível sua mãe ser grosseira com alguém ou fazer alguma coisa que cause mágoa. Ela acredita que seus pecados foram perdoados, acredita mesmo, assim pode perdoar todo mundo.

– Até meu pai... por algumas horas.

– Acho que Jesus estava tentando nos ensinar algo sobre isso o tempo todo: as conversas, as brincadeiras, a coragem, a calma, o calor, a insistência na gentileza, o fato de virar nossas convicções de cabeça para baixo. Ter desaparecido hoje. Até lavar os pés de sua mãe no jantar. Tudo foi uma grande lição.

Pensei nisso por um minuto, sentindo sua pele contra a minha e a escuridão e o frio mais além. Pensei no meu pai insistindo em usar a palavra *rabino* ou *mestre,* em vez de *Deus.* E depois pensei na última coisa que Jesus me disse antes de sair da limusine. A premonição que estivera no fundo da minha mente se agitou e depois abriu caminho para o lado de fora:

– Ele vai ser assassinado, não vai?

– Acho que sim.

– E teremos de lidar com isso, e lidar com o país que temos sem ele.

– É. – Zelda levantou o rosto e me beijou, depois ficamos em silêncio e acabamos dormindo assim, abraçados.

quarenta e um

AS REDES DE TV FAZEM UMA COISA ESPERTA no dia da eleição. Pegam informações de suas próprias pesquisas de boca de urna, pessoas paradas em lugares-chave que fazem certas perguntas aos eleitores depois de eles terem votado. Para crédito das redes, enquanto as cabines de votação ainda estão abertas, elas se contêm para não fazer projeções baseadas nessas informações. Assim que a votação é encerrada numa certa região ou num estado, começa a diversão. Quando isso acontece, é mais ou menos assim: "Agora a Rede ABC pode projetar que Mickey Mouse vai levar o estado da Flórida. Portanto, a Flórida, com seus 27 votos no colégio eleitoral, vai para a coluna do Mickey." E assim por diante.

O interessante para mim, como jornalista, é o que eles fazem antes que essas projeções possam acontecer. Inevitavelmente mandam algum repórter de segunda linha e lhe dão um segmento de quatro minutos para falar sobre as respostas que os eleitores deram nos lugares de votação. Essas respostas não podem ser diretas, dizendo em quem eles votaram – é cedo demais para que isso possa ir ao ar –, de modo que caem na categoria de conclusões chocantes como: "Descobrimos que os eleitores que se descrevem como 'muito religiosos' geralmente colocam 'questões de valor' acima da força da política externa." Ou: "Nossa pesquisa demonstrou que mulheres entre 25 e 40 anos, que moram nos subúrbios, têm de um a três filhos, preferem comprar carros feitos por empresas americanas, usam terninhos quando vão ao escritório e cujos maridos ganham mais de 100 mil dólares por ano, essas mulheres disseram, em sua maioria esmagadora, que as questões ambientais tiveram importância muito grande nestas eleições."

Para adivinhar quem está se saindo bem e quem não está, você precisa ser capaz de entender o código, ler as entrelinhas desse negócio. Precisa saber que partidos são considerados mais fortes no quesito defesa nacional ou em questões ambientais em cada eleição, o que cada candidato disse sobre controle de armas, controle de natalidade, controle da mente. Se você ouvir com atenção, digamos, por volta das 18 horas, pode começar a ter uma idéia de qual será o resultado.

Como ex-trabalhador da mídia, geralmente sou bom em ler esse código, mas agora havia uma dúvida enorme: locais que, no passado, haviam sido previsíveis agora apresentavam estatísticas insignificantes devido à entrada do novo candidato. Nunca antes houvera um homem santo na disputa. Se você julgasse pelo que Jesus tinha dito durante a campanha, teria dificuldade para situá-lo de um lado ou do outro. Ele havia realizado o que era aparentemente impossível: conseguira que metade do eleitorado mudasse de posição.

Assim, apesar de ficarmos sentados (ou, no meu caso, andando de um lado para outro) na suíte do 12º andar do hotel durante a maior parte do dia, assistindo aos canais de notícias, e apesar de termos apoiadores nos ligando de várias partes do país e contando o que suas próprias bocas de urna lhes diziam (por exemplo, que o comparecimento às urnas era particularmente alto) e nos dando informações sugestivas aqui e ali, à medida que a tarde e depois a noite iam passando, estávamos tão confusos e preocupados quanto todo mundo. Um monte de pizza foi consumido naquele dia no 12º andar. Um monte de rosquinhas. Um monte de asas de galinhas, costeletas e sushi. Um monte de café, cerveja e refrigerante. Combinando a espera dos resultados e a preocupação com a conversa da noite anterior com Zelda, senti que estava no fio de uma navalha da altura de 12 andares e ficando mais gordo a cada segundo. Uma brisa vinha de uma direção e eu quase caía para um lado. Meia hora mais tarde, uma brisa soprando da outra direção fazia com que eu me agarrasse para não cair para o outro lado. Quanto mais ficava ali sentado, mais fundo a lâmina cortava.

Cada um enfrentava essa tensão insuportável ao seu modo. A cada hora mais ou menos, meu pai saía e corria pela extensão do corredor ("Você vai ter um ataque cardíaco, Arnie!", gritava minha mãe) e retornava ao quarto com o rosto vermelho e suado, aninhando o pequeno gesso em sua mão quebrada e indo para o isopor cheio de cerveja. Quando não estava gritando com ele, minha mãe rezava o terço. Stab ficou muito barulhento – tanto que o mandamos para o saguão pagar cada nova entrega de comida. Dukey andava repetidamente em volta do hotel, com uma pistola sob o colete, sem luvas – ainda que a temperatura não estivesse muito acima do ponto de congelamento naquele dia em Massachusetts –, sem chapéu, com alguns colegas motoqueiros se revezando para lhe fazer companhia. Norman Simmelton lia trechos de *Suave é a noite*, de F. Scott Fitzgerald, para a esposa, que havia se encarregado de vigiar a internet em seu laptop. Dukey Junior assistia sem parar aos vídeos do dinossauro Barney numa pequena TV que havíamos posto num canto da sala principal. Amelia agia mais ou menos como babá. Ada Montpelier reiniciava os DVDs do Barney, esquentava pizza, servia o café e de vez em quando parava junto à janela para tentar ver seu companheiro inquieto. Enrica assumiu posição no corredor. Quando fui falar com ela, a vi tentando chutar a luminária do teto e chegando bem perto. Wales tinha fumado dois charutos até a metade, fazia anotações, cobrindo páginas e mais páginas de papel com várias combinações de estados que nos levariam acima da marca dos 270 votos do colégio eleitoral. Esmeralda estava grudada ao aparelho de TV, inclinada para frente, cotovelos nos joelhos, repassando tudo que tivesse a mínima importância.

– Comparecimento enorme em Utah! – anunciava, e alguém na sala grunhia ou soltava uma sílaba de surpresa ou um grito de comemoração. – O marido de Maplewith está numa esquina em Boise distribuindo bíblias!

Zelda usava a outra linha de telefone para massagear a imprensa, dizendo como estávamos otimistas e que Jesus se encontrava em seu quarto com Anna Songsparrow trabalhando no discurso.

Essa última parte não era exatamente verdade. Jesus estava em seu quarto com Anna Songsparrow, sim, mas nas poucas vezes em que entrei lá os encontrei se divertindo com jogos de tabuleiro.

– Mãe, qual dessas músicas fez sucesso na voz de Frankie Valli nos anos 1960?

De vez em quando, assombrado pela conversa da noite anterior, eu pegava o único elevador que funcionava e ia até o salão de baile onde alguns dos nossos apoiadores mais preguiçosos estavam tomando birita grátis, com os cartazes e faixas encostados num canto. Verificava as entradas, falava com os policiais de plantão, depois ia ao saguão e conferenciava com o chefe Bastatutta, que havia chegado ao hotel na hora do café da manhã e não tinha ido embora.

– Espero que tenha votado primeiro, campeão – falei.

– Pode apostar o rabo, votei sim. Quantos candidatos como esse nós vamos ter?

– Então você está convencido de que ele é Deus, hein?

Ele virou para mim seu olhar de interrogador.

– Não preciso que ele seja Deus – respondeu. – Um cara que diz o que ele diz, que pensa o que ele pensa é suficiente para mim.

Para mim não é suficiente, pensei, mas não disse.

Preciso confessar uma coisa: tenho pensamentos estranhos e desagradáveis. Quando estou sob tensão, esses pensamentos vêm com mais freqüência e com mais força. Quase como se eu estivesse andando no deserto e alguma parte diabólica da minha mente me tentasse a pular na picape com esses pensamentos e partir para algum paraíso de cabeça para baixo onde a cerveja é gelada e eu faço todas as regras. "Para mim não é suficiente" era um exemplo perfeito. Mas o que isso significava? E por que só me veio à mente sob o olhar do chefe Bastatutta, um cara forte e descomplicado que se decidiu por uma coisa e jamais hesitou?

Às 18 horas, uma hora antes da votação ser encerrada em alguns estados do Leste, começamos a ouvir de diversas fontes que Alowich estava fora do páreo. A disputa era entre Maplewith e nós. Não era uma notícia chocante, mas uma confirmação das tendências que tínhamos visto na semana anterior. Seria mais apertado do que se esperava, disseram nossas fontes.

– Até o voto popular vai ser apertado? – perguntei a Zel.

Ela assentiu, sombria.

– Nada bom.

Ainda que a Fox não tivesse sido gentil conosco durante a campanha, Esmeralda ficava sempre mudando para esse canal. De algum modo, eles conseguiam os resultados alguns minutos antes de todo mundo, e ela dizia que gostava mais dos gráficos deles, mas acho que era porque ela devia ter ações da empresa. Brett V. Ruhm era o principal correspondente da Fox nas eleições e tinha dois especialistas com ele: Cham Grinwealthy, ex-presidente da Assembléia Legislativa, cujo compromisso com a América já tinha sido quase esquecido, de modo que estava pensando em se candidatar à Casa Branca na próxima eleição; e Billy Betbette, escritor, ex-membro do Gabinete e líder moral. Eram exemplos excelentes, pensei, de quanta cara de pau uma pessoa precisava para ter uma carreira bem-sucedida nos níveis mais altos da política americana. De fato, uma das qualidades essenciais – e não são muitas as pessoas que falam sobre isso – era uma completa falta de vergonha. Você tinha de ser capaz de trair sua esposa com uma mulher mais nova, na própria Casa Branca, e aparecer na TV com um grande sorriso na cara. Tinha de ser apanhado com uma dominatrix durante a Convenção Nacional dos Democratas, depois trocar de partido, virar analista político e fazer previsões preconceituosas que nunca se confirmavam. Tinha de escapar do serviço militar e depois mandar outras pessoas para o combate. Não somente precisava roubar, trair e mentir – qualquer um pode fazer isso –, mas tinha de roubar, trair e mentir consciente de que todas as pessoas do mundo sabiam disso e mesmo assim ser capaz de aparecer em público e falar com a confiança de quem tem a palavra de Deus borbulhando em seu coração.

Grinwealthy, um exemplo de moralidade, havia abandonado a esposa no leito de morte para fugir com sua nova mulher. Betbette, o exemplo de moralidade número dois, era viciado em jogos – o que não o impediu de escrever livros sérios sobre a moralidade antiquada e de fazer campanha para Maplewith em Nevada. Como pagamento por seus pecados, ali estavam, na frente e no centro de uma grande rede de notícias na noite da eleição, passando ao eleitorado sua sabedoria... e suas previsões erradas

– Está bastante claro que, com a possível exceção de New Hampshire, o coronel Alowich vai ficar com a área democrata do país, ou seja, a Nova Inglaterra – disse Betbette pouco antes de a rede anunciar, às 20h12, que o Maine, com seus quatro votos do colégio eleitoral, iria para a republicana Marjorie Maplewith. Isso me deixou tremendamente nervoso e perturbado, e não porque me senti sem graça por causa de Betbette. O Maine era um estado onde tínhamos esperança de ganhar. Vê-lo cair na coluna de Maplewith tão cedo provocou um novo jorro de pensamentos ruins, um monólogo interior dizendo que Wales havia estragado tudo considerando garantida a vitória no Norte da Nova Inglaterra. Jesus jamais havia aparecido por lá, e tínhamos mandado Anna Songsparrow apenas no último minuto e somente num circuito limitado. Guardei essa opinião comigo, claro.

Mais tarde, depois que Grinwealth disse que agora achava que Alowich não venceria num único estado da Nova Inglaterra, ficamos sabendo que o coronel parecia ter se sustentado em Rhode Island e estava com forte presença, junto com Jesus, em Massachusetts.

Assistir àquelas análises eruditas seria divertido – eles erravam de modo espetacular e com muita cara-de-pau –, só que uma nuvem vinha baixando sobre nossa equipe exausta. Nenhum de nós dizia nada, mas eu apostaria que todos estávamos pensando a mesma coisa: já havíamos perdido o Maine e Rhode Island, dois estados onde esperávamos ganhar. O que isso dizia sobre o resto daquela noite abençoada?

A coisa ficou pior: logo se projetou que Maplewith iria vencer em New Hampshire com uma margem confortável. Connecticut continuava indefinido.

Todo aquele trabalho, todo aquele sacrifício; a empolgação de ver as pessoas amontoadas diante da Academia de Feng Shui de Simi Valley ou na Arthur Avenue no Bronx esperando captar um vislumbre de Jesus; o sentimento terrível da multidão sibilando e zombando na igreja em Montana; todos esses altos e baixos, todos aqueles estupendos dias de golfe gastos tomando café com rosquinhas com capitães da polícia; os grandes balões de esperança... e agora podíamos sentir tudo escorrendo de nossas mãos e flutuando no espaço. Mantínhamos os olhares fixos na TV, mas com um sentimento de pavor.

O próximo anúncio não ajudou a melhorar o clima: alguns minutos depois de Brett Rhum especular que Alowich poderia estar de volta à corrida, afinal de contas, e que provavelmente teria uma presença mais forte do que a esperada no Sul, graças ao seu passado militar, Maplewith ficou com a Virgínia e a Carolina do Norte. E 10 minutos depois com a Carolina do Sul também.

– Deus nos ajude – gemeu minha mãe. – Deus nos ajude.

Grinwealthy disse:

– O que estamos começando a ver é o que minha colega Anne Canter previu há duas semanas: na solidão da cabine eleitoral, os americanos estão rejeitando vigorosamente todo o show do Partido da Divindade.

E assim, naturalmente, menos de 10 minutos depois, Maryland e Nova Jersey entraram na nossa coluna. Wales pegou um charuto novo e envolveu-o com os lábios.

Delaware foi para Alowich. A Flórida estava praticamente empatada.

O telefone tocou, mas ninguém atendeu. Estávamos paralisados. Nenhum de nós queria levantar o fone e ouvir alguém do outro lado dizendo: "Estamos recebendo os resultados do Meio-Oeste. Terminou. Estamos acabados."

– Precisamos atender às ligações, pessoal – reclamou Wales, mas não se moveu mais do que qualquer outra pessoa para fazer isso. Depois do quinto toque, o telefone ficou mudo.

Quando Betbette falou a frase seguinte, a cobertura da Fox se tornou demais até mesmo para Esmeralda:

– Assim que virmos Nova York ficar com Alowich, o que estou começando a pensar que vai acontecer, a campanha do suposto Jesus terá de desmontar sua barraca e voltar para o nada de onde veio.

Ezzie mudou para a NBC no instante em que estavam colocando Nova York na coluna de Jesus. Aplausos e gritos de comemoração... até dizerem que Ohio estava se inclinando para Maplewith.

– Ainda continuamos na briga – lembro-me de Wales ter dito mais ou menos nesse momento. – Não percam a fé, pessoal.

E, mesmo não parecendo que continuávamos na briga, ele estava certo. Para resumir, quando chegamos à meia-noite no Meio-Oeste, a contagem estava assim:

ALOWICH – Rhode Island, Delaware, West Virginia = 12 votos no colégio eleitoral.

MAPLEWITH – Maine, New Hampshire, Connecticut, Virgínia, Carolina do Norte, Carolina do Sul, Geórgia, Ohio, Kentucky, Mississippi, Alabama = 109 votos no colégio eleitoral.

JESUS – Nova York, Massachusetts, Maryland, Nova Jersey, Vermont, Pensilvânia = 92 votos no colégio eleitoral.

Nesse ponto da noite, graças às grandes margens em Nova York, Nova Jersey e Pensilvânia, tínhamos 42% do voto popular, Maplewith 37% e Alowich 21%, mas todos sabíamos como isso significava pouco. A única coisa que o voto popular demonstrava era quem o povo americano mais queria para presidente.

– A coisa vai se definir na Flórida – disse Wales em tom agourento. Mas até mesmo isso me parecia otimismo. Eu sentia que a esperança de vitória escorria de mim pelos dois sapatos. Eu estava começando a me pegar desejando que pelo menos mantivéssemos uma diferença pequena, que os resultados finais não representassem uma rejeição completa a tudo que Jesus defendia.

– Popopoffolous está prevendo a mesma coisa – disse Nadine, de perto do laptop. – Flórida, Flórida, Flórida. George Bill acha que Alowich pode ser o novo Nader. Ele poderia tirar apoio suficiente de nós em Palm Beach para jogar a eleição a favor de Maplewith.

– Quem é o secretário de estado lá agora? – perguntou o marido dela.

– Não é do nosso pessoal.

– Como você acha que a Corte Suprema votaria caso houvesse uma recontagem e um questionamento?

– Deixe-me responder do seguinte modo – disse Nadine. – Dois dos juízes foram caçar alce em Saskatchewan com Aldridge Maplewith.

Zelda se alternava entre atender ao telefone (nunca ficamos sabendo de onde era a ligação perdida) e vir para perto de mim. Ela colocava a mão no meu braço e eu parava de andar durante um tempo.

– Ainda estamos na disputa – dizia ela. Ou: – Muitos estados ainda não mandaram os resultados. – Ou: – Acabo de falar com ele; ele não está preocupado. – E eu assentia, fingindo concordar, mas, pelo menos segundo meu entendimento, o código televisivo dizia: Maplewith, Maplewith, Maplewith.

Às 21h10, enquanto todo o peso do desespero se comprimia sobre mim, e eu só queria sair do hotel e andar pelas ruas de West Zenith até que aquilo acabasse, Jesus saiu do quarto dos fundos. Havia tomado banho e calçado botas de caubói, jeans novos e uma camiseta laranja, de manga comprida, com JETHRO TULL impresso na frente. Tinha um passo leve.

– Onde está Anna? – perguntou minha mãe, só para lhe dizer alguma coisa.

– Rezando – respondeu Jesus. – Ela tem um monte de trabalho pela frente. Estávamos escolhendo cargos para todos vocês na nova administração. Vocês vão gostar do que decidimos.

Esse otimismo absurdo foi recebido com um silêncio estrondoso. Nem Stab conseguiu levantar o ânimo o suficiente para perguntar o que Jesus supostamente havia programado para ele. Nosso candidato estava ali parado, com as mãos nos quadris e um sorriso nos olhos, feliz como se estivéssemos assistindo ao segundo quarto da final do campeonato da NBA e ele houvesse acabado de chegar, depois de ter ficado preso no trânsito, pegado um prato de frango frito e uma cerveja e fosse se sentar para assistir ao seu time aumentar a vantagem no placar.

Esmeralda fez uma atualização para ele, guardando o pior para o fim: a disputa na Flórida continuava muito apertada, e Illinois, que todas as nossas combinações haviam considerado vitória garantida, também parecia incerto.

Jesus deu de ombros, passou o braço em volta de Stab, que havia se levantado para pegar mais rosquinhas, e fez um gesto para mim com a mão livre.

– Os irmãos sérios – disse, enquanto envolvia nós dois. – Arnie, como você e Mudgie conseguiram produzir esses dois palhaços?

– Sorte, acho – disse papai.

– A segurança está toda resolvida? – Jesus me perguntou, nos soltando e pegando um pedaço de aipo. Quase tive a sensação de que ele estava zombando de mim por eu me preocupar tanto, zombando de todos nós por nos importarmos tanto. Outro feio sopro de dúvida flutuou em volta de mim. Talvez Anne Canter estivesse certa: para ele era um jogo, uma paradinha rápida no planeta Terra para se certificar de que nada havia mudado, que nunca iríamos aprender nossas lições espirituais. Os eleitores haviam sentido isso. No fim, depois de flertar com a idéia de eleger uma criatura sagrada como presidente, tinham visto o absurdo daquilo, haviam percebido que não mereciam, decidido que deveria haver dois Jesus e que este não importava, e tinham votado no que já conheciam.

Tentando não deixar que essa linha de raciocínio transparecesse em minha voz, disse a ele que o hotel estava o mais seguro possível, dado o fato de que o público tinha acesso ao saguão, às salas de reuniões e aos andares de baixo.

– Isolamos os dois andares de cima, este e o 11º – disse a ele. E me lembro, mesmo agora, do estranho sorriso torto em seu rosto quando falei isso. – Há um andar acima de nós, sem quartos, apenas máquinas: motores dos elevadores, um dos quais não está funcionando, aparelhos de ar-condicionado, aquecedores e tubulações. Os rapazes do Dukey e a polícia foram instruídos a só deixar trabalhadores com identificação entrarem lá, usando a escada. O pessoal do hotel reprogramou o elevador de modo que só vai até o 10º andar, mas pode mudar isso para nós quando chegar a hora, se formos descer. Até lá, se algum de nós quiser usar o elevador, terá de descer dois lances e pegar no 10º. O chefe Bastatutta está no saguão, de olho nas pessoas. A polícia estadual e o Serviço Secreto estão preparados para o caso de você se tornar o presidente eleito.

– Para o caso? – disse ele, erguendo as sobrancelhas para mim. Em seguida mordeu o aipo, mastigou e mastigou, sem tirar os olhos dos meus. – Você é o melhor encarregado de segurança que existe. Jamais duvide disso, não importa o que aconteça.

Mas eu duvidei, claro, e não me importei com as implicações do "não importa o que aconteça". Em algum momento da hora anterior havia me ocorrido que a bolha de confiança em que eu vivera antes de entrar para a campanha estivera murchando lentamente não apenas desde que os resultados começaram a chegar, mas nos últimos meses. Quando Jesus me convocou, eu tinha certeza do meu emprego, da minha popularidade, do meu lugar no mundo, do meu futuro na televisão. Agora não tinha certeza de nada, muito menos de que era o melhor encarregado de segurança que existia. À medida que os minutos passavam, eu lançava olhares para Jesus tentando ver além de sua expressão feliz, procurando outra sugestão do que poderia acontecer e quando. Mas naquela noite ele estava jogando pôquer conosco, escondendo as cartas e apostando tudo. Ele conhecia o futuro, claro que conhecia, e, em retrospecto, é espantoso para mim que parecesse tão feliz e tão à vontade naquelas horas.

– Vou ficar aqui e assistir com meus bons amigos durante um tempo – anunciou, e assumimos posições diante da tela.

Por respeito, deixamos o controle remoto com ele, que zapeou de canal em canal – ABC, CBS, NBC, CNN, Fox, PBS –, algumas vezes se levantando para pegar outro talo de aipo ou uma rosquinha, ou enfiando a cabeça no quarto dos fundos para ter um momento com sua mãe. Um a um começaram a chegar os resultados do Meio-Oeste. E, com um anúncio depois do outro, senti que uma criatura de esperança retornava à vida em mim.

Minnesota, Michigan e Wisconsin, estados que haviam ficado na coluna democrata nas eleições recentes, pareciam estar indo para o Partido da Divindade desta vez.

– As margens são pequenas – observou Wales, enquanto olhávamos os números aparecendo na tela. – Mas o colégio eleitoral não se importa com margens.

Dakota do Norte e do Sul, dois lugares que se esperava que tendessem para os republicanos, foram os próximos a cair em nossa coluna, com margens mais confortáveis. Kansas e Nebraska também foram para Jesus, por um ou dois pontos percentuais.

Zelda havia se aproximado e estava apertando minha mão. Os sabe-tudo em todos os canais continuavam perplexos com essa virada nos acontecimentos, balançando a cabeça, dizendo que nada igual tinha sido visto desde que alguém conseguia se lembrar.

– Nebraska não ficar com os republicanos numa eleição presidencial – maravilhou-se Slam Davidson. – Quando foi a última vez que isso aconteceu?

– Haverá alguns questionamentos sobre fraudes eleitorais, posso garantir – dizia Betbette com sua confiança de sempre quando paramos brevemente na Fox. Agora Anne Canter havia se juntado aos dois figurões, e seu bom humor de antes estava indo para o brejo. Ela parecia pessoalmente ofendida. Balançava o cabelo para o lado e franzia a testa. Antes de Jesus trocar de canal, a ouvi dizer:

– Muitas zonas eleitorais na área rural ainda não foram apuradas, e os eleitores das áreas rurais tendem a...

Jim Wearer mantinha o rosto inexpressivo, neutro, objetivo. Deixava que os analistas de cada lado dissessem o que queriam, e depois de 10 minutos assistindo você não tinha mais certeza se ainda existia no mundo o bom e o mau, o certo e o errado, um vencedor e um perdedor.

Bulf Spritzer estava andando empolgado de um lado para outro no palco, segurando uma prancheta, pedindo que sua equipe pusesse um ou outro gráfico na tela e praticamente gritando:

– Tremendo drama!

Notícias estavam sendo feitas, notícias importantes, e isso o fazia tremer.

Mas, apesar dos anúncios bons, era cedo demais para abrir o champanhe. A senadora Maplewith ia vencendo facilmente no Texas, com seus 34 votos no colégio eleitoral. Nem Jesus nem Anna Songsparrow haviam posto os pés no estado da Estrela Solitária durante a campanha, mesmo que ele supostamente tivesse nascido lá, e de novo pensei que a inexperiência de Wales havia atuado. Ele era um produtor de jornalismo, um produtor de jornalismo *local*, e Jesus o havia escolhido para comandar uma campanha presidencial de nível nacional. Era uma piada cósmica.

As hienas da dúvida tinham sentido o cheiro do medo em mim e vieram se deleitar.

Passei cinco minutos ligando para o meu pessoal da segurança – os patamares da escada, o elevador, o saguão, o perímetro do hotel, tudo estava sob rígido controle. Alguém da gerência ligou perguntando sobre liberar o elevador.

– Absolutamente não – respondi, talvez com ênfase demais. – Ele não vai descer antes de mais uma hora, pelo menos. Se precisarmos sair antes disso, usaremos a escada. – Desliguei e voltei a atenção para a TV.

Em Indiana, Maplewith tinha uma vantagem confortável. Estava acumulando os estados grandes e médios, enquanto nós ficávamos com Montana (três votos) e Novo México (cinco) e continuávamos recebendo telefonemas de colegas na Flórida e em Illinois, esperando boas-novas e não recebendo nenhuma.

Mas, então, enquanto os votos de Palm Beach começavam a ser contados, ficamos à frente por um único ponto percentual no Estado Ensolarado. Avançamos até mesmo em Illinois. A sala havia ficado mais barulhenta. Stab estava de pé, olhando não o aparelho de TV, mas os rostos de minha mãe e do meu pai. Meu pai batia com o gesso ritmadamente na palma da mão esquerda dizendo o mesmo que gostava de dizer na pista de corridas de cães quando seu galgo disparava na última volta.

– Vamos, vamos lá. Uma vez!

Com as coisas ainda muito incertas, chegamos à Costa Oeste, onde se esperava que Alowich ficasse com o Oregon e Washington, e nós tínhamos a Califórnia quase garantida. À medida que mais números eram divulgados, mais zonas eleitorais eram apuradas, nossa liderança na Flórida oscilava, desaparecia, reaparecia.

– Maplewith – disse Jim Wearer – está agora dois pontos à frente em Illinois.

Nevada também estava indeciso.

– Perdemos a Flórida, Illinois e Nevada – disse Wales, verificando e verificando de novo suas contas – e terminamos com 269 votos. Mesmo com a Califórnia.

– Falta um – ouvi-me dizendo.

– O site que estou olhando diz que Cook County está vindo para nós – disse Nadine empolgada.

O telefone tocou. Zelda atendeu. Pôs a mão sobre o fone e olhou para mim, do outro lado da sala.

– Illinois! – murmurou com os olhos arregalados de empolgação. Não me permiti acreditar nela.

Às 23h15, Jesus se levantou e parou junto de mim, perto da ponta da poltrona.

– A diferença entre mim e você – falei olhando o rosto dele – é que, se você ganhar, estará em paz, e se perder, também.

– Meu único objetivo em vir à Terra é demonstrar que não existe diferença, em última instância, entre mim e você. – Presumi que ele estivesse brincando. Os dois olhávamos a tela da TV. Depois de cerca de um segundo virei-me para ele com uma expressão de perplexidade tão grande que ele riu. – Pense nisso quando eu tiver ido.

– Aonde você vai?

– Lá embaixo fazer meu discurso de aceitação.

Nesse momento, quase no instante em que as palavras saíram de sua boca, às 23h26, horário do Leste, o noticiário da ABC foi o primeiro a anunciar que suas projeções davam o estado de Illinois a Jesus Cristo. Um enorme grito de vitória soou na sala. Esqueça a Flórida, esqueça Nevada, com Illinois na nossa coluna, desde que a Califórnia não nos desapontasse, chegaríamos a 290 votos.

– Estamos dentro – falei numa voz tão maravilhada que Zelda lançou um sorriso lindo na minha direção. Ela estava recebendo telefonemas que lhe diziam a mesma coisa. Norman Simmelton insistiu em pedir cautela. Minha mãe passava as contas do terço pelos dedos cada vez mais depressa. Meu pai veio por trás de mim e fez uma massagem profunda em meus ombros com sua mão boa. Mas Jesus ficou ali parado calmamente tomando suco de maçã, alerta como uma coruja num galho ao crepúsculo.

Desde que a Califórnia não nos desapontasse.

Às 23h40, Jesus sugeriu que mudássemos para a CBS – da qual a ZIZ era afiliada – e, depois de assistirmos por cerca de 15 minutos num estado de empolgação intensa que não consigo comparar a qualquer outro sentimento que eu já tenha tido, o principal correspondente eleitoral da CBS, Mortimer Redds (um antigo ídolo meu), disse essas fantásticas palavras:

– Com base em informações confiáveis e nas pesquisas de boca de urna do estado da Califórnia, a CBS está preparada para declarar... – Ele parou durante dois segundos e verificou a última informação que vinha por seu ponto eletrônico – ... está preparada para declarar que Jesus Cristo foi eleito presidente dos Estados Unidos.

A gritaria na sala era capaz de estourar os tímpanos. Pulamos, nos abraçamos e beijamos, choramos, rodeamos Jesus e o tocamos onde conseguimos – nos ombros, no cotovelo, no rosto, nos cabelos, nos dedos. Anna Songsparrow saiu do quarto dos fundos com lágrimas escorrendo pelas bochechas. Ela e o filho trocaram um abraço longo, e então os telefones começaram a tocar quase a ponto de saltar dos ganchos. Não demorou muito para que o coronel Alowich ligasse admitindo a derrota. Jesus foi extremamente gentil. Maplewith demorou mais uma hora – estava esperando por uma reviravolta nos condados rurais em Illinois, mas isso não aconteceu. Jesus foi gentil de novo.

– Marjorie, ouça – escutei-o dizer. – Quero que você considere uma coisa. Eu disse o mesmo ao Dennis. Quero que os dois pensem em servir no meu gabinete. Não, não. Pelo bem do país. Quero que você pense nisso.

E então os caras do Serviço Secreto estavam passando pela porta e dizendo que haviam assumido oficialmente a segurança do presidente eleito. Agora, não tínhamos escolha. Eu deveria ordenar que meus homens "se afastassem" enquanto o chefão, Richard Diamond, assumia.

Senti um soco no estômago. Por um lado, eu tinha me acostumado a proteger Jesus; era o meu trabalho, minha identidade, e lamentei perder isso. Por outro, eu vinha sendo esmagado por uma premonição durante tanto tempo que pensava que acabaria morrendo de ansiedade antes de ver se Jesus estava brincando de novo conosco com suas sugestões ou se iria cair morto, se desmaterializar ou ser assassinado por outro maluco. Não queria deixar a sensação de júbilo da sala e não gostava da idéia de descer e dizer ao Dukey e seus rapazes que estávamos fora do caso, que seu momento sob os holofotes havia acabado. Ao mesmo tempo sentia um alívio incomensurável, sabendo que agora a segurança de Jesus estava nas mãos de profissionais. Na minha empolgação, na mistura de sentimentos da hora, deixei de ligar para o hotel e dizer para liberarem os elevadores.

Fiquei na suíte durante mais alguns minutos para desfrutar da comemoração. Wales tinha estourado o champanhe caro que os Simmelton haviam trazido e todo mundo estava bebendo um pouco. Stab pulava, gritando. Meu pai tinha lágrimas nos olhos e abraçava minha mãe. Afastei Zelda do telefone por tempo suficiente para um beijo demorado e recebemos uma salva de palmas.

– Ele vai me nomear secretária de Saúde e Serviços Humanos – sussurrou ela no meu ouvido, e apertei-a com mais força, parabenizando-a, e disse que ela era a pessoa perfeita para o cargo.

Enrica entrou e uivou como um lobo. Norman, Nadine e Amelia deram um abraço em família. Eu me certifiquei de que Richard Diamond fosse apresentado a todos e depois disse que ia lá embaixo para uma última tarefa. Quando ia me virar, captei o olhar de Jesus. Por um momento, pensei que ele se aproximaria e diria que cargo tinha em mente para mim: porta-voz, conselheiro de relações ecumênicas, chefe da agência nacional de comunicação. Mas só piscou e deu um sorriso rápido, quase triste. Era a última vez que o veria vivo, mas na hora eu não sabia. Parei para dar uma última olhada na cena feliz na sala e saí.

Desci pelo corredor até o elevador e enquanto esperava ali me lembrei da tranca e liguei para a recepção. O gerente noturno disse que havia um pandemônio lá embaixo, e eles levariam mais 10 minutos para mudar o ajuste do elevador para que chegasse ao 12º andar.

– Ótimo – falei. – Eles vão comemorar durante mais 10 minutos, pelo menos. Só não se esqueça de fazer a mudança.

É difícil de admitir, mas, quando me virei e fui em direção à escada, mostrei meu crachá e desci os dois lances, senti outro jorro de pensamentos ruins, uma pontada de raiva, inveja ou dúvida. Sei que não faz sentido. Naquele momento, eu só tinha motivos para estar feliz e orgulhoso – havíamos ganhado, afinal de contas, contra todas as probabilidades –, mas sentia como se um demônio estivesse sussurrando no meu ouvido. Tentei ignorá-lo. Ficava dizendo a mim mesmo que Jesus ia virar o país de cabeça para baixo, que as coisas iam mudar, que eu faria parte dessa mudança, que ele tinha pensado num cargo para mim, algo de prestígio, até mesmo essencial, mas que estava esperando para me surpreender. Como uma espécie de distração, fiquei repetindo que meu país, meu grande país, havia elegido alguém tão especial que nada jamais seria como antes. Dentro de todos nós sempre existira uma esperança secreta de um dia ter um líder que realmente entendesse nossos problemas, alguém que não fosse ambicioso, não fosse conivente, não causasse divisões, não fosse partidário e não quisesse ajudar os amigos a encher os bolsos, cujas boas intenções não fossem corrompidas por filosofias idiotas ou fraquezas pessoais. Bem no fundo de nós um sonho estivera escondido e agora havia se alçado à luz. Logo iria se transformar em realidade nacional. Tentei afastar o foco de mim mesmo desse modo, mas não deu certo.

Uma versão instrumental ruim de "Hotel California" tocava no único elevador que funcionava. Ele pareceu levar muito tempo para descer 10 andares. No saguão de piso de mármore – que naquele momento estava apinhado de pessoas de uma parede à outra –, avistei Randy Zillins. Pude ver que ele tentava abrir caminho até mim, mas forcei passagem por entre os corpos na outra direção e saí por uma porta lateral. Deus sabe o que teria acontecido se ele pudesse me dizer uma palavra naquele momento, se eu tivesse me desculpado por ter sido grosseiro com ele ao telefone ou mesmo demorado um tempo para ouvi-lo falar sobre qualquer coisa. Ele poderia se sentir importante pela primeira vez na vida. Poderia ter mudado de idéia e permitido que Jesus tivesse sua hora de glória e seus quatro ou oito anos de trabalho duro. Ou poderia ter se virado contra mim, em vez disso. Deus sabe. Você pode ficar louco olhando o passado e pensando que poderia ter sido 5% mais gentil e mudado o rumo da história. Você pode ficar louco.

O chefe Bastatutta estava parado na passagem fria entre duas portas. Apertou minha mão e disse:

– Bom trabalho, garoto.

Respondi que não era mais o chefe de segurança oficial de Jesus e que tinha de encontrar Dukey e seus colegas para lhes dar a notícia. Por todo o lugar já dava para ver sujeitos grandalhões de terno escuro e fones de ouvido.

– Não baixe a guarda, independentemente do que eles disserem – insistiu Bastatutta. Lembro-me de ter tido o pensamento engraçado de que talvez eu tentasse armar um encontro entre ele e Enrica Dominique.

Saí para o frio e a escuridão, afastei-me dos caras da imprensa perto da entrada e encontrei Dukey nas sombras atrás do hotel fumando um baseado. Peguei-o de surpresa. Ele jogou o cigarro longe, como se tivesse queimado os dedos.

– Ei, cara – falei. – Nós ganhamos. Acabaram de anunciar. Estamos dentro.

Ele me envolveu num abraço apertado e quando me soltou eu lhe disse que o Serviço Secreto havia assumido nosso trabalho uns 20 minutos antes. Ele ficou carrancudo e deu um risinho.

– Podemos pelo menos controlar a multidão ou algo assim?

– Claro, só não fiquem no caminho dos grandões de paletó escuro.

– Como se eles me dessem medo – disse ele.

Eu já ia lhe dar as costas quando algo me segurou e me manteve ali parado. Olhando de novo para aquele momento, imagino se a visão de Randy Zillins havia me contaminado, mandado minha mente girando numa direção ruim; se a inveja e a dúvida são contagiosas assim, mesmo vindas do outro lado de um saguão apinhado. De qualquer modo, o fato é que naquele momento um jorro de pensamento demoníaco saiu pela minha boca em sete bafos de vapor cinza.

– Dukey – falei, depois parei e podia ter mudado de idéia, mas não mudei. – Tenho uma pergunta para você.

– O que é?

– Eu sempre pensei, você sabe. Quero dizer, a matéria que a gente fez sobre a queda do Dukey Junior. Quero dizer, foi uma queda de um lugar muito alto. – Ele estava me olhando atentamente. Continuei: – Fico feliz por ele estar bem, claro. É um garoto fantástico. Mas sempre me perguntei: a coisa aconteceu mesmo como foi contada, com Jesus chegando e colocando a mão nele e tudo mais?

Dukey me encarou, o sorriso de comemoração desaparecendo do rosto. Cinco segundos. Dez segundos. Os braços afastados do corpo, o cabelo curto e espetado, cor de ferrugem, de pé, sobrancelhas franzidas, orelhas e nariz vermelhos de frio, um cheiro de maconha em volta.

– Uau! – disse ele por fim, e foi como se tivesse me dado um soco no queixo. – Depois de tudo que você viu, cara, de tudo que nós fizemos... você faz uma pergunta dessas?

– Não quis dizer nada com isso. Só estava curioso, você sabe, é difícil...

– De que serve ser inteligente, cara, se você precisa fazer uma pergunta dessas?

– De nada – respondi, só para me afastar dele, para me afastar de mim mesmo. – É melhor eu deixar de ser idiota.

– Isso mesmo.

Lembro-me de ter me virado e voltado pela esquina do hotel, no escuro, tentando não me preocupar com o que eu havia feito. Era uma pergunta inocente, disse a mim mesmo. O ceticismo de um jornalista nato. Mas um jorro de vergonha tão grande estava me preenchendo que mal consegui não correr pelo resto do caminho até à porta da frente e subir correndo os 12 andares de escada. Queria olhar o rosto de Jesus naquele momento. Queria ver algo melhor do que eu.

Estava nos fundos do hotel, fora das vistas de Dukey e da imprensa. Meu celular tocou. Tirei-o do bolso, vi o nome de Zelda no identificador e o abri.

– Oi, linda.

– Ele está descendo – disse ela. – Liguei para ver se você está preparado.

O fato é que quando Zelda disse essas palavras senti uma presença atrás de mim. Girei, pensando que poderia ser um agente do Serviço Secreto ou Dukey vindo pegar pesado comigo, ou um louco tentando se esgueirar para dentro do hotel, mas não havia ninguém no escuro.

– E para dizer que eu te amo – acrescentou ela.

– Vejo você num segundo. Também te amo.

Assim que fechei o telefone escutei sirenes – não era exatamente um som espantoso e incomum em West Zenith naqueles tempos, mas aquilo me cortou como uma lâmina por entre as costelas e comecei a correr feito um louco. Desci correndo a fria faixa de grama que separava a parede do hotel do estacionamento, virei a esquina e vi, na frente do prédio, uma multidão de eleitores de Jesus, a imprensa e outros que haviam conseguido passar pelas barricadas. Senti um jorro de alívio momentâneo... e então a primeira ambulância e o primeiro carro de polícia vieram cantando pneus pela entrada circular, e foi como se um sinal tivesse sido dado para a multidão, como se alguma palavra corresse de boca em boca. Senti um pânico súbito e incerto. Não foi como em Seattle quando Alton Smith dera seus dois tiros. Naquele momento houvera algo real, os sons, as balas, o sangue. Mas aqui eram apenas notícias, apenas palavras, e que palavras monumentais!

– Atiraram em Jesus – diziam as pessoas. – Atiraram nele.

Abri caminho pela multidão até à porta, em seguida estava no saguão, e as sirenes se empilhavam lá fora. As pessoas se empurravam, gritavam, e boatos loucos voavam sob o lustre. Houve um período de pura confusão, com enfermeiros das ambulâncias e policiais tentando ir até o elevador que funcionava. Lembro-me de alguns policiais correndo para a escada e de ter ficado paralisado, como se num pesadelo, incapaz de passar pela multidão, e então, quando me virei e tentei ir para a escada, não podia dar um passo sequer. Depois do que pareceram muitos minutos, a porta do elevador se abriu. Quatro homens saíram rapidamente e tentaram atravessar o saguão apinhado de gente. Moviam-se desajeitadamente e então percebi que carregavam uma maca. Um dos homens era Richard Diamond. Gritei, chamando-o, mas, claro, ele não ouviu. Por cima das cabeças à minha frente, pude ver sua expressão: era algo que você jamais gostaria de ver no rosto de um ser humano, uma combinação contorcida de agonia e fracasso no cumprimento do dever. Ele sabia que estava segurando a história nas mãos e que a história sangrava até à morte. Estava gritando para que as pessoas saíssem do caminho, mas os que se encontravam à minha frente faziam o oposto: empurravam na direção da maca, gritando:

– É Jesus! É Jesus!

Não pude chegar mais perto, vi a maca sair pela porta, captei um vislumbre de cabelos escuros. Os corpos estavam tão apinhados à minha volta que não pude colocar a mão no bolso para pegar o celular. Ainda estava me esforçando ao máximo para passar pelas pessoas à frente. Com a mão esquerda segurava a carteira de identidade sobre a cabeça, mostrando-a aos policiais, que formavam uma barreira à nossa frente e tentavam nos empurrar para um dos lados do saguão. Ninguém me deu a mínima atenção. O mesmo elevador se abriu de novo. Outra maca. Mais quatro homens carregando-a, uma mulher correndo com eles. Desta vez eu estava suficientemente perto para reconhecer o rosto da pessoa ferida: meu pai. Havia uma enorme mancha de sangue em sua camisa, perto do ombro direito, e a mulher, talvez uma médica de emergência, estava apertando uma toalha ou uma camisa embolada contra o ferimento. Então empurrei como se quisesse derrubar todo o prédio, dei quatro passos à frente e passei pela última pessoa entre mim e o policial. Acenei minha identidade freneticamente e consegui chegar ao lado da maca.

– Pai!

Ele virou a cabeça dois centímetros. Seus olhos estavam abertos, os músculos ao redor retraídos de dor.

– Pai!

– Atiraram nele – foi a única coisa que ele disse. Sua voz estava baixa, e então a maca foi empurrada para longe de mim e tentei ir logo atrás, passei pela porta da frente, tentei entrar à força na ambulância com ele.

– Ele é o meu pai! – gritei. – Sou da equipe! Sou da equipe de Jesus! Sou Russ Thomas! Ele é o meu pai!

Mas não adiantou. As portas da ambulância se fecharam. Ela foi passando entre a multidão, a princípio devagar, depois acelerou na direção do Hospital Springfield, com a sirene se fundindo a dezenas de outras. A cena na frente do hotel era uma confusão de ambulâncias, radiopatrulhas e policiais correndo de um lado para outro, pessoas gritando e chorando. Lembro-me de uma imagem em meio a todo aquele caos: uma mulher mais ou menos da idade da minha mãe sentada no chão frio na beira da entrada de veículos, com os joelhos afastados e o rosto nas mãos.

Senti alguém agarrar por trás a gola da minha jaqueta de couro. Girei, pensando que era algum policial tentando me tirar dali. Era.

Bastatutta não disse nenhuma palavra. Estava praticamente me arrastando ao lado dele, segurando a gola da minha jaqueta com uma das mãos e empurrando as pessoas para o lado com a outra. Abriu caminho até o carro de polícia mais próximo e me empurrou de encontro à porta do carona.

– Leve-o ao hospital – rosnou para o policial parado mais perto do carro. – VÁ! AGORA!

Depois de 30 segundos encostando os pára-choques da frente contra a multidão, estávamos com a sirene berrando, a 110 quilômetros por hora pelo coração da cidade. O rádio guinchava, com o sargento ouvindo atentamente e repetindo sem parar:

– Não sei mais do que você.

Meu celular tocou. Eu havia me esquecido dele. Puxei-o do bolso, abri-o e ouvi Zelda chorando e perguntando onde eu estava, se havia sido machucado, quem estava machucado e quanto, dizendo que ainda se encontrava no quarto, que ficara para trás para me ligar e pegar uma coisa que achava que Jesus esquecera. Enquanto saía para o corredor, foi impedida por agentes do Serviço Secreto. Eles a empurraram de volta para o quarto. Meu pai e os outros tinham ido com Jesus. E Stab, onde estava ele? Não a deixavam sair do quarto! Havia histórias conflitantes na TV.

– Sua mãe está aqui, mas cadê Stab?

– Não sei! Estou num carro da polícia – gritei três vezes antes que ela parasse de berrar por tempo suficiente para ouvir. – Estou indo ao hospital. Jesus foi baleado. Eu os vi carregando-o para fora. Papai foi baleado. Estava falando, está vivo. Vou pedir ao Bastatutta que envie alguém para pegar vocês. Todos vocês. Você está aí? Zel! Zelda!

A linha havia ficado silenciosa como a morte. Tentei ligar de novo para ela mais duas vezes e só recebi uma mensagem de fora de área. E então estávamos no hospital, o policial chamando Bastatutta pelo rádio, eu correndo para as portas do setor de emergência, passando por um exército de uniformes azuis. Lembro-me das luzes fluorescentes da área de espera e de uma mancha de sangue no linóleo do tamanho de um punho. Passei por um ou dois policiais que tentaram me deter e cheguei à porta das salas de tratamento, onde um jovem auxiliar atarracado bloqueava o caminho.

– Sou da equipe de Jesus – disse muito alto e com o máximo de autoridade que pude. Estava balançando minha identificação e jogando as palavras em cima dele. Eu tentava passar e ele me segurava com força pelos ombros. – Meu pai está aí. Eu sou da equipe. Me deixe passar!

– Sei quem o senhor é. Ninguém entra.

– Meu pai foi baleado.

– Ninguém entra.

– O chefe Bastatutta disse...

– O chefe não manda aqui.

Ele me virou com aspereza e apontou para uma sala de tratamento ao lado. Argumentei durante mais alguns minutos, depois desisti e passei pela porta que ele havia indicado. Naquela sala estéril, em vez de me sentar, fiquei de joelhos. Respirava como se tivesse acabado de atravessar a cidade correndo. Não me importava com quem me visse – o médico, o policial, as enfermeiras. Fiquei de joelhos. Podia ouvi-los trabalhando com Jesus, ou com meu pai, não dava para saber, a alguns metros dali, através de uma porta, atrás de uma cortina, uma médica dando ordens para que isso e aquilo fosse feito. O som de sua voz, o tom, a calma profissional sobre uma camada de terror suprimido – era como ouvir a única coisa que você jamais quereria escutar na vida. Fechei os olhos com força, apertei as mãos diante do peito e sussurrei:

– Desculpe, desculpe, desculpe – sem pensar em por que estava me desculpando. Uma espécie de culpa comunal havia me envolvido, culpa por ser humano. Culpa por meus pensamentos. Depois de um tempo, ouvi a voz de Zelda, em seguida a da minha mãe, depois a de Stab. Levantei-me, fui até eles e nos seguramos num abraço circular. Falei que não tinha notícias. Sobre ninguém, sobre nada. Disse que deveríamos rezar, o que, nos dias antes de Jesus, não teria sido nem um pouco do meu feitio.

quarenta e dois

QUASE TODO MUNDO NO PLANETA CONHECE os detalhes históricos do que aconteceu naquela noite, mas tenho algumas informações pessoais que jamais saíram nos jornais nem na TV. Enquanto Jesus saía da suíte do hotel, sua mãe, meu pai, Wales, Ezzie, Stab e Enrica estavam ao seu lado e um grupo do Serviço Secreto à frente e atrás. Ada Montpelier e minha mãe tinham ficado na suíte para olhar as crianças. Zelda saíra do quarto com Jesus, depois decidira voltar para pegar um caderno onde estavam escritos os nomes de pessoas a quem ele poderia querer agradecer. No caminho de volta à suíte, me ligou avisando.

– Segurem o elevador para mim – gritou por cima do ombro. Mamãe mudou de idéia e esperou para descer com Zelda.

Depois ficaríamos sabendo que, fervilhando de ciúme, Randy Zillins havia usado suas habilidades investigativas e conexões locais para descobrir alguns detalhes de segurança relativos ao hotel: que um elevador tinha sido programado para não ir além do 10º andar, que o outro estava quebrado, que apenas trabalhadores identificados poderiam chegar ao 13º andar, onde ficavam as máquinas. Há teorias da conspiração que dizem que mais de uma pessoa estava envolvida, que o defeito do elevador era parte do plano do assassino, mas nenhuma evidência levantada pela Comissão Leahy sustenta isso e acredito que seria dar crédito demais a Randy Zillins. Ele não era muito diferente do homem gordo de meia-idade que eu havia imaginado ao conversar com Wales na praia. Era um repórter de 38 anos, com um complexo de insegurança do tamanho de Júpiter. Era pequeno, não tanto física quanto psicologicamente, e atormentado, numa sociedade obcecada pela celebridade, por suas próprias ambições interrompidas.

Enquanto estávamos na estrada com a campanha, Zillins havia escrito uma série de artigos sobre Jesus, todos repletos de cinismo. Eu os li, muito mais tarde, quando pude suportar. Tinham títulos como "Falsos Deuses, Falsos Testemunhos" e "O Verdadeiro Pecador".

De qualquer modo, perto da meia-noite, quando Jesus e seu séquito vieram pelo corredor, o único elevador que funcionava ainda não tinha sido reprogramado para ir até o 12º andar. (As teorias da conspiração também dizem que isso era parte do plano, mas eu sei que não é assim: simplesmente me esqueci de ligar para o gerente quando deveria, e então, na confusão, ele simplesmente se esqueceu de dar a ordem quando deveria.) Quando o elevador não apareceu no 12º andar depois de um minuto e meio, o pessoal do Serviço Secreto achou suspeito e levou Jesus para a escada mais próxima. Fizeram uma varredura na escada, claro, mas, por sorte, destino, conexões locais ou algum gênio criminoso oculto, Randy Zillins havia conseguido um passe de trabalhador e estava escondido um andar acima. Ouviu a porta se abrir, escutou vozes, adivinhou o momento em que Jesus estaria passando do corredor abaixo para a escada. Saiu do esconderijo, desceu dois degraus e disparou dois tiros rápidos por entre os patamares. Foi sorte ter acertado o alvo. Ele havia feito apenas umas 12 visitas ao stand de tiro em East Zenith; não era especialista. Teria uma boa visão de Jesus por apenas uma fração de segundo e, mesmo então, só poderia ver parte de seu tronco. Agora acredito que algum plano divino estava em funcionamento, mas isso é algo que não digo a muitas pessoas. A primeira bala não o atingiu e passou zunindo pelo poço de concreto da escada. A segunda acertou o corpo de Jesus num ângulo descendente agudo, entrando quatro centímetros acima do pulmão direito e saindo pela parte inferior das costas. Meu pai, veterano de combate, reagiu instantaneamente e subiu correndo a escada em direção ao agressor. O segundo homem de Richard Diamond, Elliot Welner, estava meio passo atrás dele. Zillins disparou um tiro às cegas enquanto se virava e tentava correr e essa bala atravessou o ombro direito do meu pai. Então Welner disparou três tiros, um dos quais acertou Zillins bem no coração, matando-o na hora. Depois disso houve uma corrida frenética para estancar o sangramento das duas vítimas, descobrir onde o elevador estava parado e carregar Jesus e meu pai até às ambulâncias.

Conseguiram levar Jesus ainda com vida até o hospital, mas ele havia perdido tanto sangue que foi impossível salvá-lo. Os médicos tentaram por 40 minutos. E durante esse tempo esperamos numa sala próxima, rezando e chorando. Logo ficamos sabendo que os ferimentos do meu pai não colocavam sua vida em risco. Foi um consolo naquela noite medonha.

Estranho o modo como a vigília terminou. Esta parte, claro, nunca foi divulgada na imprensa: cerca de um minuto antes de recebermos a notícia de que os médicos não podiam salvar Jesus, meu irmão Stab parou de soluçar de repente – coisa que vinha fazendo sem parar – e olhou para mim. Eu havia olhado para ele milhões de vezes nesses últimos anos. Sempre houvera uma espécie de cobertura sobre seus olhos muito próximos um do outro e meio caídos e sua boca arredondada, uma espécie de obscuridade – é o único modo que tenho para descrever –, como se seu cérebro estivesse envolto em névoa. Mas durante aquele minuto, aproximadamente, aconteceu uma mudança nele. Ficou ali sentado com uma expressão de surpresa. Acredito que, para o melhor ou para o pior, ele estava vendo o mundo à sua volta como todos nós. E pouco depois disso a doutora Wendy Weston, cirurgiã-chefe do Hospital Springfield, entrou na sala de espera e nos disse que Jesus estava morto.

Então nosso sofrimento passou além do pessoal, como a minha culpa havia sido. Era um sofrimento universal – pela perda de Jesus, mas também por nós, por nosso país, pela humanidade. Zelda me disse mais tarde que achava que era um sofrimento decorrente do fato de que vivemos num mundo onde o mal pode triunfar tão facilmente sobre o bem.

Fiquei ali um longo tempo. Meu pai havia perdido muito sangue, precisaria de duas cirurgias no ombro e nunca mais recuperaria a capacidade total do braço direito, mas sua vida jamais esteve em perigo. Tivemos permissão para vê-lo, porém ele ainda estava sedado e só falou conosco mais tarde, à noite.

Antes disso, dividindo-nos em dois grupos, os médicos nos deixaram entrar na sala onde estava o corpo de Jesus. Zelda, eu, Wales, Ezzie e Anna Songsparrow fomos primeiro. Dos ombros para baixo Jesus estava coberto por um lençol. O rosto tinha uma palidez que não era natural, os olhos fechados, o cabelo desalinhado e molhado. Era como se não houvesse luz naquela sala, nem ar.

– Ressuscite – falei baixinho, numa voz trêmula que ninguém ouviu. Sentia-me vazio e amargo, e não conseguia parar de olhá-lo. – Se vai ressuscitar, faça isso agora. Não espere. Não nos faça esperar. Ressuscite.

Ele não se mexeu. Zelda estava apertando minha mão e chorando alto. Demos meio passo atrás para que Anna Songsparrow pudesse chegar perto e ter um momento particular. Ela se inclinou e encostou sua testa na testa do filho e ouvi suas palavras murmuradas – uma oração ou uma recitação mágica numa língua que não entendi. Continuou por muito tempo e depois de um período seu corpo começou a tremer. Zelda e Ezzie a abraçaram. Wales e eu também nos aproximamos, mas não nos olhamos e não conseguíamos falar.

quarenta e três

NAQUELA MADRUGADA, depois de Zelda ter ficado diante da imprensa e contado tudo que sabia, e de minha mãe e Stab terem insistido em passar a noite no quarto do meu pai no hospital (ainda que ele estivesse acordado e tivesse dito que não precisava), e de Dukey, Enrica e eu termos acompanhado o corpo até o necrotério, liguei para o chefe Bastatutta e pedi que ele colocasse uma segunda equipe especial (além do grupo do Serviço Secreto) para garantir que ninguém fizesse nada com o corpo, e depois de Anna Songsparrow, Wales, Ezzie e os Simmelton terem voltado ao hotel para rezar, beber ou atender aos telefonemas intermináveis, saí andando por aí de novo. Não consigo explicar por quê. Quando acabou de falar com a imprensa, Zelda me pediu que a levasse de volta ao seu apartamento. Então fiz isso. E depois pediu que eu ficasse com ela, mas não fiquei, pelo menos não imediatamente.

– Eu volto – respondi.

– Aonde você vai?

– Não sei. Andar. Só preciso... não sei do que preciso. Não vou longe. Eu volto. Preciso de uma hora.

Depois do trauma daquele dia, um monte de outras mulheres teria feito estardalhaço e insistido para que eu ficasse. E um monte de outros homens não teria saído. Mas Zel e eu somos diferentes nesse aspecto, e é uma diferença que persistiu em nossa vida de casados. Nós dois vemos isso como um ponto forte, um modo de deixar o outro se mover em sua própria órbita, ao mesmo tempo que mantemos a ligação gravitacional que sentimos um pelo outro.

De qualquer modo, fui andar. Já passava das 3 horas da madrugada, a parte mais escura de uma noite escura. Não saí com nenhum destino consciente, apenas virei à direita na calçada diante do prédio e continuei andando, passei pela fileira de casas vitorianas reformadas, depois atravessei a ponte e entrei em Fultonville. Talvez estivesse inconscientemente indo para o local do primeiro milagre, não sei. Andava num atordoamento frio. Lembro que havia algumas luzes acesas nas janelas dos prédios por onde passava, alguns carros e táxis na rua. Em circunstâncias comuns, àquela hora da noite, eu não seria visto caminhando em Fultonville sem uma escolta policial, ou pelo menos sem uma equipe de câmera. Mas havia a sensação de que até mesmo os assaltantes, os traficantes e os estupradores estavam dando um tempo (na verdade, como as estatísticas mostrariam depois, houve uma queda de 70% nos crimes violentos em todo o país nas 24 horas após a morte de Jesus).

Mesmo assim era um lugar assustador, um bairro assombrado pelas lembranças de medonhas notícias de jornal, e era quase como se aquelas histórias vivessem nas fachadas de tijolos dos prédios, nos terrenos baldios cheios de lixo e nos pátios das escolas, nos hidrantes, nos postes telefônicos e nas cercas de arame enferrujado.

Depois de um tempo, cansado e com frio, cheguei a um local chamado Liberty Park, medonhos 300 metros quadrados de folhagem urbana e lixo, freqüentado por moradores de rua que não encontravam um local mais seguro para pousar suas caixas de papelão. Eu havia feito dezenas de matérias no Liberty Park, nenhuma delas feliz. O lugar ficava a apenas alguns quarteirões de onde Dukey Junior fora trazido de volta à vida. Nessa hora fazia muito frio. Eu deveria ter dado meia-volta e retornado ao apartamento de Zelda, mas estava num humor peculiar, que ia além da tristeza. Era mais do que uma falta de Jesus, mais do que tristeza porque ele jamais habitaria a Casa Branca, mais do que raiva do idiota triste e violento que havia atirado nele. Pode-se dizer que eu havia afundado numa depressão espiritual. Um sentimento de que, pelo menos neste mundo, o bem jamais triunfaria, que a esperança não passava de um desperdício de energia e que meus demônios pessoais iriam sempre me assombrar.

Sentei-me num banco de madeira na semi-escuridão e olhei o parque vazio.

E agora chego à outra parte da narrativa que você não encontrará nos livros de história. Vou contar como aconteceu, exatamente como ele me pediu.

Eu estava sentado num banco no Liberty Park quando vi um vulto surgir na mesma entrada que eu havia usado. Senti um tremor de medo, claro – naquele bairro, àquela hora. No entanto, estava num clima tão estranho que quase não me importava se alguém tentasse me machucar. Pude ver que era um homem. Meio alto, vestindo roupas escuras. Vinha arrastando os pés num passo de morador de rua, movendo-se vagamente na minha direção. Quando passou sob a luz fraca do poste, pude vislumbrar seu rosto. Levantei-me. Ele arrastou os pés até junto de mim. Fiz menção de me ajoelhar, mas ele segurou meu braço direito e me manteve de pé.

– Não quero isso de você – disse ele. – Vamos nos sentar.

Então nos sentamos lado a lado, mas me virei de modo a poder olhar para ele. As roupas estavam sujas, eram velhas e havia lama nos seus sapatos, mas era o mesmo rosto, os olhos brilhando na escuridão, um traço de impaciência ao redor da boca. Não havia evidência de sangue em lugar nenhum; ele não parecia sentir dor; tinha uma consistência humana, se é que esta é a palavra certa, e não se parecia nem um pouco com um fantasma errante. Pude sentir meu corpo tremendo, vibrações minúsculas, como se a tristeza estivesse dedilhando uma canção fúnebre nas minhas células.

– Desculpe – foi a primeira coisa que falei, e até minha voz estava tremendo. – Desculpe por mim. Pelo cara que fez isso. Por todos nós.

– Não quero isso de você, meu amigo. Você é o sumo sacerdote da irreverência reverente, não me desaponte agora. Onde está o cara sem papas na língua? Onde está o Russ Thomas que eu conheci e amei?

– Esmagado – respondi. – Todas as frases espertinhas foram espremidas para fora de mim.

– Por quê?

– Por quê? Porque eu gostava de ter você por perto. Isso mudou coisas dentro de mim e dentro de todos nós. Durante um tempo pensei que teríamos um futuro que fosse... não sei, alguns pontos acima da pocilga humana. Achei que eu até poderia ser o Russ Thomas da minha imaginação, ou algo assim.

– Você acha que nossa campanha não fez nenhuma diferença? Para o país? E para você, pessoalmente?

– Não tanto quanto faria se você tivesse ficado. – Eu ia dizer mais uma coisa: que sentiria falta dele, de sua presença, que achava que tinha mais um milhão de coisas a aprender com ele. Mas uma fagulha de raiva me atravessou e o que saiu foi: – E o que mais me perturba é que sei que você fez isso de propósito. Quando desapareceu naquele dia e foi jogar futebol em Hunter Town, as pessoas acharam que talvez alguma coisa ruim tivesse lhe acontecido. Mas eu não. Eu sabia que aquilo fazia parte do seu plano. E isso é exatamente a mesma coisa. As pessoas dirão que aquele cara terrível fez essa coisa terrível com você, o que é verdade, mas você deixou que acontecesse, e isso... é o que mais dói.

Por um tempo, ele não disse nada. Virei o rosto para frente, para o parque, e enfiei as mãos com mais força nos bolsos da jaqueta. Sentia que estava arriscando minha alma falando com ele daquele jeito, mas não consegui me impedir.

– Deixe-me perguntar uma coisa – disse ele. – Na última vez em que vim à Terra, isso fez alguma diferença?

– Fez. Claro. Não eram muitas as pessoas que falavam sobre dar a outra face e dar aos pobres antes de você aparecer. Praticamente o mundo todo marca a passagem dos anos a partir da época em que você nasceu. Religiões surgiram por sua causa. Seu rosto está em toda parte. Seu nome. Todas aquelas pinturas, esculturas, aqueles livros... Não fazem isso por qualquer pessoa.

– Naquela vez também deixei que me matassem. E nem todo mundo que ouviu falar de mim acreditou. E a revolução que comecei não mudou realmente o equilíbrio de poder. Não livrei o mundo do mal. Em vez de unir as pessoas, acabei provocando uma fenda que persiste até hoje, uma fenda que provocou mortes incontáveis. Meus amigos mais íntimos, gente como você, Zelda, Wales, Stab, Ezzie e o resto de vocês, ficaram chateados comigo por ter partido, como você está. Tinham dúvidas quando eu estava vivo, como você teve.

– E mesmo assim você deixou uma duradoura impressão positiva no planeta.

– Exatamente.

– Ótimo, então isso pode acontecer de novo desta vez. Mas por que não terminar o que começou? Ficar por aqui. Liderar o país por oito anos. Mostrar ao mundo um novo modo de fazer as coisas, mais gentil, mais inteligente, com mais visão, mais tolerante, mais compassivo. O que há de errado com esse plano?

– No âmbito da compreensão humana, nada.

– O âmbito da compreensão humana é o único ao qual a maioria de nós tem acesso.

– Certo. E esse é todo o problema. Eu estava tentando lhes mostrar como ir além disso.

– Como? – perguntei com amargura. – Dando um vislumbre de um modo melhor de ser, um gosto do paraíso e depois...

Parei bem ali, no meio da frase. Sem me virar para ver, tive a sensação de que ele estava sorrindo para mim. Pensei no início, no que teria acontecido se Ressús não estivesse passando por perto quando Dukey Junior caiu do terceiro andar; no que teria acontecido se Amelia Simmelton tivesse sufocado lentamente no terceiro andar do Hospital da Misericórdia. Os dois casais de pais – rico e pobre, culto e inculto, pessoas que faziam grandes contribuições para o bem-estar dos outros e pessoas que cheiravam um pouco de cocaína na escada de incêndio para relaxar – teriam tido um vislumbre da pureza e da inocência de seus filhos, talvez um vislumbre do amor que eles próprios eram capazes de dar àqueles filhos; teriam três anos ou 10 anos desse paraíso... e depois ele lhes seria brutalmente arrancado. Eu havia feito tantas reportagens assim que tinha perdido a conta – a doce garota do segundo grau que fora morta num acidente de carro na noite do baile de formatura; os pequenos heróis da enfermaria de câncer pediátrico; as crianças de 19 anos mandadas para casa em caixões cobertos por bandeiras, vindas da guerra. Muito abaixo do frio distanciamento jornalístico, eu havia me perguntado mil vezes por quê. Perguntava por que e o que eu faria se algum dia isso acontecesse com um filho meu. Eu ia querer morrer. Durante dias, meses, anos, não se quer nada além de poder morrer. Sentiria a amargura, a angústia diferente de tudo que o resto do mundo jamais conheceria. E então... viveria nessa amargura, nesse desejo de morte, nessa dor pelo resto dos dias... ou de algum modo superaria, continuaria em frente e chegaria a uma espécie de trégua impossível com aquilo, como se tivesse um olho em alguma outra dimensão, alguma outra explicação, como se estivesse atiçando uma pequena fogueira de esperança de que havia um lugar melhor do que esse caldeirão de dor.

– Desculpe ter de dizer isso – falei a Jesus quando havia pensado bem –, mas é um sistema de merda. Ninguém deveria passar por uma dor assim, não me importa para que paraíso ela os aponte. Se eu tivesse criado o mundo, teria criado de modo que ninguém morresse, ninguém sofresse. Sem estupro, sem câncer, sem crianças atropeladas, sem Alzheimer, sem guerra. Essa seria a minha idéia de amar minhas criaturas. Desculpe se isso parece arrogante, mas é o que eu faria. E estaria disposto a apostar que quase todo mundo a quem você perguntar sente a mesma coisa.

Virei-me para encará-lo. Ele estava olhando para o parque, com expressão ilegível. Pensei por um tempo que ele havia entrado num dos seus transes e que não diria mais nada; ou que estava prestes a desaparecer de volta para o lugar de onde veio. Mas depois de um longo tempo ele pôs a mão no meu ombro – e a mão era de verdade, não a de um fantasma ou espírito. Senti uma corrente elétrica me atravessar de novo, uma canção de amor capaz de expulsar o hino fúnebre que minhas células estavam cantando. Ele disse:

– Tudo acontece como deveria acontecer. Tudo que acontece acaba levando você na direção do bem, da paz, do tipo de paz e amor que você não pode imaginar. Tudo.

– Isso é uma coisa muito, muito difícil de a gente se obrigar a crer. Algumas coisas que acontecem são tão terríveis que é impossível dizer sim a elas.

– Entendo – disse Jesus, e depois ficou quieto por mais um longo tempo. – De algum modo você precisa ter a humildade para crer que entendo isso e que suas percepções sobre o que é melhor para vocês são... turvas.

– Como é possível clareá-las? É o que eu quero saber.

– Eu lhe dei uma centena de lições sobre isso nos últimos meses. Repasse tudo, suas lembranças, suas anotações... Você começará a ver o caminho que pode seguir para clarear sua percepção... Comece questionando suas suposições. – Como se fosse mais uma lição, ele tirou uma garrafa do bolso e tomou um gole. – O que me lembra... – disse passando a garrafa para mim. – Não cheguei a lhe dizer que trabalho eu tinha para você depois da eleição.

– Pelo jeito não importa agora, não é? – Tomei um gole (era um bom vinho tinto que teve gosto de ácido puro na minha boca) e devolvi a ele.

– Anna será presidente durante quatro anos, depois vai se recusar a se candidatar para a reeleição, principalmente porque não vai querer suportar os ataques malignos que os dois partidos farão contra ela. Durante esses anos, ela precisará de todos vocês. Está interessado ou quer voltar para o jornalismo?

– Estou interessado, claro. Depois disso o jornalismo vai ser como ganhar salário para rolar em bosta de bode.

Ele quase sorriu.

– Seu trabalho, meu amigo jornalista, é levar a notícia à vida das pessoas, escrever isso do modo como aconteceu. Tudo. O bom, o ruim, o confuso. Não se pinte nem pinte o resto dos seus colegas como algo que vocês não são. E não mude sequer uma vírgula das minhas palavras nem do meu comportamento. Você fará isso?

– Claro.

– Então estamos terminados, por enquanto. – Ele manteve a mão no meu ombro enquanto se levantava e uma corrente de amor tão grande estava fluindo para mim que eu não poderia descrevê-la sem recorrer a imagens de drogas ou sexuais, e mesmo assim seria muito fraco. Senti-me amado de um modo que nenhum ser humano poderia me amar. Senti que ia começar a chorar. A bela crosta de proteção que eu havia construído ao meu redor durante anos estava desmoronando em pedaços de piadas ruins e sinceridade fingida. Consegui pôr minha mão sobre a dele por um ou dois segundos e impedir que os soluços jorrassem. – Não se levante – disse ele, e percebo agora, ao escrever isso, que foi a primeira coisa que ele havia me dito: quando nos conhecemos no Pete's Cafe em Wells River, no que parece outra vida. Ele apertou minha mão calorosamente. – Espere até eu ir embora e volte para Zelda. Ela ainda está acordada. Está preocupada.

Obriguei-me a confirmar com a cabeça. Pensei ter visto um tremor minúsculo no canto de seus lábios, como se ele estivesse triste com alguma coisa. Pensei que ele poderia piscar, dizer uma última palavra ou mesmo começar a chorar. Mas não. Tentei dizer mais alguma coisa, mas não consegui.

Quando Jesus se virou e foi arrastando os pés para a entrada do parque, senti uma dor real, física, no meio do peito, como se tivesse levado um tiro ali também. Minha respiração estava ofegante e de repente era um esforço enorme fazer o que eu fizera naturalmente durante quase 40 anos, simplesmente enfiar a vida dentro de mim e empurrá-la para fora de novo. Senti uma pressão atrás dos ossos da face e da testa e então a tristeza se derramou em mim, impossível de ser contida como o rio do pensamento, e meu rosto estava encharcado e quente, com um pinga-pinga em cima da minha mão direita. Eu chorava como um menino. Olhei-o ir, uma figura escura e diluída fundindo-se lentamente com a escuridão para além das luzes do parque. Pude ver suas pernas, as solas dos sapatos, um último clarão da pele exposta de uma das mãos e depois nada.

– Volte – falei na direção dele, baixinho, com a respiração entrecortada, apenas uma vez. E depois não pude mais vê-lo.

CONHEÇA OUTROS TÍTULOS DA EDITORA SEXTANTE

A CABANA
William P. Young

Durante uma viagem de fim de semana, a filha mais nova de Mack Allen Phillips é raptada e evidências de que ela foi brutalmente assassinada são encontradas numa cabana abandonada.

Após quatro anos vivendo numa tristeza profunda causada pela culpa e pela saudade da menina, Mack recebe um estranho bilhete, aparentemente escrito por Deus, convidando-o para voltar à cabana onde aconteceu a tragédia.

Apesar de desconfiado, ele vai ao local do crime numa tarde de inverno e adentra passo a passo no cenário de seu mais terrível pesadelo. Mas o que ele encontra lá muda o seu destino para sempre.

A CONSPIRAÇÃO FRANCISCANA
John Sack

Pouco antes de morrer, frei Leo, um grande companheiro de São Francisco, escreve uma carta de despedida para seu amigo Conrad e esconde nos ornamentos do pergaminho uma mensagem que faz referência a acontecimentos misteriosos da vida do santo.

Preocupado com as possíveis implicações políticas e religiosas da carta, Conrad abandona seu isolamento nas montanhas e atravessa a Itália para encontrar explicações. Que motivação estaria por trás da atitude de frei Leo? E por que mandara uma mensagem cifrada?

Ao buscar respostas, Conrad descobre uma armação de altos membros do clero para proteger um segredo que poderia destruir a Ordem e abalar os alicerces da Igreja Católica, colocando em risco sua vida, seus votos e sua própria fé.

O GUARDIÃO DE MEMÓRIAS
Kim Edwards

Inverno de 1964. Uma tempestade de neve obriga o Dr. David Henry a fazer o parto de seus filhos gêmeos. O menino é perfeitamente saudável, mas o médico logo reconhece na menina sinais da síndrome de Down.

Guiado por um impulso irrefreável e por dolorosas lembranças do passado, Dr. Henry toma uma decisão que mudará para sempre a vida de todos e o assombrará até a morte: ele pede que sua enfermeira, Caroline, entregue a criança para adoção e diz à esposa que a menina não sobreviveu.

Caroline decide criar Phoebe como sua própria filha. Norah, a mãe, jamais conseguiu se recuperar do vazio causado pela ausência da menina. A partir daí, uma intricada trama de segredos, mentiras e traições se desenrola, abrindo feridas que nem o tempo será capaz de curar.

A MULHER DE PILATOS
Antoinette May

Com riqueza de detalhes e magistral ambientação histórica, *A mulher de Pilatos* transporta o leitor para o centro do conturbado Império Romano. Recorrendo à sua experiência como biógrafa para reconstituir a vida de Cláudia Prócula, Antoinette May cria uma emocionante história em que ficção e realidade se misturam com perfeição.

Acompanhando a trajetória de Cláudia, o livro apresenta o surpreendente ponto de vista feminino de uma sociedade particularmente machista, além de acompanhar os romances, os conflitos, as angústias e as transgressões das mulheres na época de Cristo.

Nascida com o dom da premonição, Cláudia era atormentada por visões de guerra e morte desde a infância. Apesar de não poder interferir no curso da história, ela faz de tudo para evitar um dos mais trágicos acontecimentos de todos os tempos: a crucificação de Jesus.

O CÓDIGO DA VINCI
Dan Brown

Um assassinato dentro do Museu do Louvre, em Paris, traz à tona uma sinistra conspiração para revelar um segredo protegido por uma sociedade secreta desde os tempos de Jesus Cristo. A vítima é o respeitado curador do museu, Jacques Saunière, um dos líderes dessa antiga fraternidade, o Priorado de Sião, que já teve como membros Leonardo da Vinci, Victor Hugo e Isaac Newton.

Momentos antes de morrer, Saunière deixa uma mensagem cifrada que apenas a criptógrafa Sophie Neveu e Robert Langdon, um simbologista, podem desvendar. Eles viram suspeitos e detetives enquanto tentam decifrar um intricado quebra-cabeça que pode lhes revelar um segredo milenar envolvendo a Igreja Católica.

Apenas alguns passos à frente das autoridades e do perigoso assassino, Sophie e Robert vão à procura de pistas ocultas nas obras de Da Vinci e se debruçam sobre alguns dos maiores mistérios da cultura ocidental – da natureza do sorriso da *Mona Lisa* ao significado do Santo Graal. Mesclando os ingredientes de um envolvente suspense com informações sobre obras de arte, documentos e rituais secretos, Dan Brown consagrou-se como um dos autores mais brilhantes da atualidade.

AS CINCO PESSOAS QUE VOCÊ ENCONTRA NO CÉU
Mitch Albom

As cinco pessoas que você encontra no céu conta a história de Eddie, mecânico de um parque de diversões que morre no dia de seu aniversário de 83 anos tentando salvar uma garotinha. Imerso numa rotina de trabalho e solidão, ele passou a vida se considerando um fracassado. Ao acordar no céu, encontra cinco personagens inesperados que lhe mostram como ele foi importante.

Esse livro foi escrito para cada um de nós, pois freqüentemente nos sentimos frustrados e inúteis – assim como Eddie – por não termos realizado nossos sonhos. Ele nos faz lembrar que vivemos numa ampla teia de ligações e que temos o poder de mudar o destino dos outros com um pequeno gesto e nos faz descobrir a importância da lealdade e do amor em nossas vidas.

INFORMAÇÕES SOBRE OS PRÓXIMOS LANÇAMENTOS

Para receber informações sobre os lançamentos da Editora Sextante, basta cadastrar-se diretamente no site www.sextante.com.br

Para saber mais sobre nossos títulos e autores, e enviar seus comentários sobre este livro, visite o nosso site www.sextante.com.br ou mande um e-mail para atendimento@esextante.com.br

Editora Sextante
Rua Voluntários da Pátria, 45 / 1.407 – Botafogo
Rio de Janeiro – RJ – 22270-000 – Brasil
Telefone (21) 2286-9944 – Fax (21) 2286-9244
E-mail: atendimento@esextante.com.br